N&K

Ann Petry

Miss Muriel

Erzählungen

Aus dem amerikanischen Englisch von
Pieke Biermann

NAGEL UND KIMCHE

Die Originalausgabe erschien 1971 unter dem Titel
Miss Muriel and Other Stories bei Houghton Mifflin, Boston.

Wir haben uns bemüht, alle Rechteinhaber an den aufgeführten Zitaten ausfindig zu machen, verlagsüblich zu nennen und zu honorieren. Sollte uns dies im Einzelfall nicht möglich gewesen sein, bitten wir um Nachricht durch den Rechteinhaber. Der Abdruck der Zitate auf den Seiten 44, 100 und 252 aus RICHARD III / MACBETH von William Shakespeare in der Übersetzung von Frank Günther erfolgt mit der freundlichen Genehmigung des Hartmann & Stauffacher Verlag, Köln.

1. Auflage 2024

Deutsche Erstausgabe

Gesetzt aus der Centennial
von GGP Media GmbH, Pößneck
Druck und Bindung von CPI books GmbH, Leck
Printed in Germany
ISBN 978-3-312-01299-2
www.nagel-kimche.ch

Dieses Buch ist für Walter J. Perry

Inhalt

Miss Muriel *9*

Der neue Spiegel *73*

Has Anybody Seen Miss Dora Dean? *108*

Die Leidarbeiter *134*

Mother Africa *149*

Die Gebeine von Louella Brown *191*

Olaf und seine Freundin *212*

Wie ein Leichentuch *231*

Der Zeuge *245*

Schlagzeugsolo *272*

Ein nötiges Klopfen *280*

Dunkelheit und Durcheinander *290*

Doby ist weg *339*

Quellen, Anmerkungen
und Dank der Übersetzerin *349*

Miss Muriel

Ruth Davis und ich gehen nach der Schule fast jeden Tag zusammen nach Hause. Wir gehen sehr langsam, wir reden nämlich gern miteinander, aber in der Schule kommen wir kaum dazu und nachmittags auch nicht. Wir sind uns sehr ähnlich. Wir sind beide zwölf und im ersten Highschooljahr und machen keine Hausaufgaben – also, nur selten, wir lernen nämlich schneller als der Rest der Klasse. Wir lachen über dieselben Sachen und sind neugierig auf dieselben Sachen. Wir haben sogar dieselbe Frisur – dicke Zöpfe den halben Rücken runter. Nur in einem sind wir uns nicht ähnlich. Sie ist weiß und ich bin schwarz.

Als wir gestern vor dem Haus ankamen, in dem mein Vater seine Apotheke hat, haben wir uns erst mal auf die Stufen gesetzt – die langen Holzstufen entlang der gesamten Front. Ruth hat gesagt: »Hier würd ich auch gern leben«, und die Stufen getätschelt, obwohl die ziemlich splitterig sind.

Aunt Sophronia hat uns wohl reden gehört, denn sie kam zur Tür. Sie sagte: »Ich habe heute Morgen meine Schuhe zum Schuster gebracht. Bitte geh sie für mich abholen«, und gab mir ein Pappkärtchen mit einer Nummer drauf.

»Kommst du mit, Ruth?«

»Ich muss nach Hause. Meine Tante hat ganz bestimmt auch was zu tun für mich. Genau wie deine.« Sie lächelte Aunt Sophronia an.

Ich bin den halben Weg bis zu ihr nach Hause mitgegangen und dann wieder zurück und die Petticoat Lane hoch zur Schusterwerkstatt. Mr. Bemish, der Schuster, ist ein kleiner weißer Mann mit grauen Haaren. Er hat ein Glasauge. Das hat nicht dieselbe Farbe wie sein eigenes. Es ist ein dunkleres Grau. Wenn ich zu dicht neben ihm stehe, wird mir immer etwas mulmig, weil sich das eine Auge in seiner Höhle bewegt und das andere nicht.

Mr. Bemish und ich sind Freunde. Ich bringe ihm immer Schuhe zum Reparieren. Wir besitzen kein Gespann, deshalb gehen wir viel zu Fuß. Wir haben sogar eine Familienregel, dass wir unter fünf Kilometern Entfernung immer zu Fuß gehen müssen. Und deshalb müssen unsere Schuhe ständig zur Reparatur, sie brauchen neue Sohlen und Absätze, und wir brauchen anscheinend andauernd neue Schnürsenkel. Im Wald bleibe ich ziemlich oft mit den Oberteilen in den Stechwinden hängen, und dann müssen die Risse wieder geflickt werden.

Als ich Aunt Sophronias Schuhe abholen kam, saß Mr. Bemish beim Fenster. Das Fenster ist groß, er hat von da einen schönen Blick auf die Straße. Er hatte seine Lederschürze um und die Brille auf. Die Brille ist klein mit einem Stahlgestell. Er nähte gerade einen Schuh, in der Nadel steckte ein langer gewachster Leinenfaden. Den Faden wachst er immer selbst.

Ich gab ihm das Kärtchen, und er stand auf und holte die Schuhe. Ich sah, dass er sie getrennt von den anderen Schuhen gestellt hatte. Es sind Aunt Sophronias Ladenschuhe. Sie glänzten wie Lackleder, so blank hatte er sie poliert. Sie standen ganz allein vorn auf dem Tisch, auf den er die Schuhe stellt, die er fertig hat. Er beugte sich zu mir, und ich wich etwas zurück. Ich mochte dem Glasauge nicht so nahe kommen.

»Die Dame, die die Schuhe gebracht hat. Wer ist denn das?«

Ich sah ihn an und zog eine Augenbraue hoch. Die Kunst, eine Braue zu heben, hatte ich zwei Monate lang ständig vor dem Spiegel einstudiert.

Mr. Bemish sagte: »Was ist los mit dir? Hast du meine Frage nicht gehört? Wer ist die Dame, die mir diese Schuhe gebracht hat?«

Ich trat noch einen Schritt zurück. Er wusste es nicht, aber ich kopierte gerade Dottle Smith, meinen absoluten Lieblingsmenschen auf der ganzen Welt. Dottle erzählt die wunderbarsten Geschichten und kann schauspielern und Gedichte rezitieren. Er kommt jeden Sommer zu Besuch. Also, ich verneigte mich erst vor Mr. Bemish und verneigte mich danach vor einer imaginären Gruppe von Leuten irgendwo rechts von mir und sagte: »Meine Herren, nehmen Sie Platz. Mr. Bones, wer war die Dame, mit der ich Sie gestern Abend sah?« Dann senkte ich die Stimme und sagte: »Das war keine Dame. Das war meine Frau.«

»Mädelchen –«

»Warum sagen Sie immer Mädelchen zu mir? Ich hab einen Namen.«

»Ich kann mir nicht merken, wie Leute heißen. Ich bin zu alt dafür. Das hab ich dir schon mal erklärt.«

»Wie alt sind Sie, Mr. Bemish?«

»Geht dich nichts an«, sagte er griesgrämig. »Wer –«

»Nun, ich frage nur, um zu entscheiden, ob ich auch denke, dass Sie alt genug für Vergesslichkeit sind. Halten Sie die Vergangenheit für wirklicher als die Gegenwart?«

Mr. Bemish drückte seinen Verdruss mit einem finsteren Blick aus. »Die Stadt ist voll von Kindern«, fing er an. »Kinder bringen mir die Schuhe und holen sie wieder ab, wenn ich sie repariert habe. Die Kinder erledigen das. Und für mich sehen die alle gleich aus. Ich kann mir nicht merken, wie die heißen. Ich versuche es auch gar nicht erst. Ich gedenke nicht, mir das Hirn mit einem Haufen Kindernamen zu verstopfen. Ich sehe auch nicht so oft dieselben Kinder. Also sage ich Junge zu den Jungs und Mädelchen zu den Mädchen. Das habe ich dir schon mal erklärt. Was ist denn heute los mit dir?«

»Es ist Frühling, auf der Kirchenwiese sind lauter Rotkehlchen auf der Suche nach Würmern. Wären Sie nicht manchmal lieber ein Rotkehlchen auf der Suche nach einem Wurm?«

Er seufzte. »Jetzt sag schon, wer war die Dame, die diese Schuhe gebracht hat?«

»Aunt Sophronia.«

»Sophronia?«, fragte er. »Ein komischer Name. Das ist deine Tante?«

»Ja.«

»Lebt sie bei euch?«

Vor der Tür maunzte Mr. Bemishs Katze, ich ließ sie herein. Sie ist ein sehr hübsches Geschöpf, grau mit weißen Pfoten und einem wirklich tollen Fell. »May-a-ling, May-a-ling«, ich tätschelte sie, »wo warst du denn?« Ich habe immer das Gefühl, wenn ich warte, wenn ich einfach weitermache, dann antwortet sie. Sie ist eine sehr intelligente Katze und sehr zugänglich.

»Lebt deine Tante bei euch?«

»Ja.«

»Lebt sie schon lange bei euch?«

»So sechs Monate, glaub ich. Sie ist Apothekerin.«

»Du meinst, sie versteht was von Medizin?«

»Ja, wie mein Vater. Sie betreiben den Drugstore gemeinsam.«

Mr. Bemish schob die Hände in Aunt Sophronias Schuhe, hielt sie hoch und betrachtete sie eingehend. Dann führte er sie an der Tischkante entlang, so in Tippelschritten, als Karikatur der Art, wie Frauen gehen.

»Sie hat kleine Füße, nicht?«

»Nein.« Ich versuchte zu klingen wie meine Mutter, wenn sie etwas missbilligt.

Er wurde rot und wickelte die Schuhe zu einem akkuraten Bündel in Zeitungspapier.

»Ist sie verheiratet?«

»Wer? Aunt Sophronia? Nein. Sie ist nicht verheiratet.«

Er holte seinen Kekstopf vom Regal. Mr. Bemish lebt in der Werkstatt. Er hat einen Herd an einer Wand, einen großen schwarzen Herd aus Gusseisen mit Nickelrosten und einem Teekessel drauf, und neben dem Herd ist ein schwarzer Ausguss, auch aus Gusseisen, mit einer Pumpe. Er kocht sein Essen selbst, er backt Brot, und meistens blubbert irgendein Eintopf auf dem Herd. Im Winter frieren in der kleinen Werkstatt die Fenster so zu, dass ich nicht hinein- und er nicht hinaussehen kann. Sobald es dämmert, zieht er die roten Vorhänge zu und schaltet die Lampen an, dann schimmern die Fenster von außen rosarot, von der Frostschicht und den roten Vorhängen und dem Licht dahinter.

Manchmal vergisst er, den Vorhang zwischen seiner Schlafnische und der Werkstatt zuzuziehen, dann kann ich sein Bett sehen. Es ist ein Messingbett. Offensichtlich poliert er es, es glänzt nämlich wie Gold. Kopfteil und Fußteil sind verschlungen geformt. Vor dem Bett liegt ein kleiner Teppich mit Blumenmuster. Unter dem Bett steht sein weißer Porzellannachttopf. An der Wand hängen ein dunkler Anzug und ein paar Hemden an Haken. Es gibt eine Kommode mit Schubladen, darüber einen kleinen goldgerahmten Spiegel und daneben ein Waschgestell mit einer Waschschüssel und einer Kanne. Waschschüssel und Kanne sind weiß mit aufgemalten rosaroten Rosenknospen.

Mr. Bemish hielt mir den großen Steinguttopf hin.

»Nimm einen Keks, Mädelchen.«

Er macht große, dicke Sirupkekse. Ich aß gleich drei auf einmal. Ich hatte gar nicht mitgekriegt, dass ich Hunger hatte. Den vierten Keks aß ich ganz langsam und unterhielt mich mit Mr. Bemish.

»Ich glaube nicht, dass meine Aunt Sophronia je heiratet.«

»Warum nicht?«

»Na, ich hab noch nie von einer Apothekerin gehört, ich wüsste auch gar nicht, wen eine Apothekerin heiraten würde. Vielleicht einen anderen Apotheker? Hier gibt's nirgends welche außer meinem Vater, und den kann sie ja nun nicht heiraten. Er ist schon verheiratet, mit meiner Mutter.«

»Sie sieht aus wie eine Zigeunerin«, sagte Mr. Bemish verträumt.

»Aunt Sophronia, meinen Sie?«

Mr. Bemish nickte.

»Tut sie nicht. Sie sieht aus wie meine Mutter und Aunt Ellen. Und die, sagen mein Vater und Uncle Johno, sehen aus wie ägyptische Königinnen.«

Sie sind beide nicht sehr groß und haben flinke Bewegungen und sehr glatte braune Haut und große schwarze Augen und eine sehr aufrechte Haltung. Aber sie sind sich nicht ähnlich. Meine Mutter hat viel Geschäftssinn. Sie kauft und verkauft gern Sachen. Sie ist Fußpflegerin und Friseurin. Manchmal scheint das Leben nur aus anderer Leute Haaren und Zehennägeln zu bestehen. Sie stellt selbst Haarwasser her und verkauft es an ihre Kundinnen. Sie entwirft Essgeschirr und Tischdecken und Gästehandtücher und verkauft sie. Aunt Ellen und Uncle Johno sind eher für Kultur zuständig. Aunt Ellen hält Vorträge in Schulen und Colleges. Sie spielt Bach und Beethoven auf Klavier und Orgel. Sie schreibt Artikel für Zeitungen und Illustrierte.

Über Aunt Sophronia weiß ich nicht sehr viel. Sie arbeitet im Laden. Sie bereitet die verschriebenen Rezepturen zu. Sie stickt. Sie liest viel. Klavier spielt sie nicht. Sie ist sehr gepflegt. Die Männer, die in den Drugstore kommen, beobachten sie aus den Augenwinkeln. Sie trägt die Haare straff aus der Stirn gekämmt und ist immer schlicht gekleidet, hochgeschlossene Kleider mit langen Ärmeln, und trotzdem sieht sie aus wie – na ja, wie eine ägyptische Königin. Sie ist jung, aber sie wirkt sehr ruhig und vernünftig.

Mr. Bemish bot mir noch einen Keks an. Ich sagte artig: »Den esse ich auf dem Nachhauseweg, damit ich bei Kräften bleibe. Vielen, vielen Dank.«

Als ich Aunt Sophronia die Schuhe gab, erzählte ich ihr: »Mr. Bemish findet, du siehst aus wie eine Zigeunerin.«

Meine Mutter sah mich ärgerlich an. »Hat er gesagt, du sollst das weitererzählen?«

»Nein, hat er nicht. Aber ich fand es eine interessante Aussage.«

»Ich möchte nicht, dass du weitererzählst, was du so hörst. So was macht nur Ärger. Jetzt werde ich jedes Mal, wenn ich Mr. Bemish sehe, überlegen, ob –«

»Was denn – ich meine –«

Sie sagte, ich soll jetzt gehen und mich ums Klavierlernen kümmern machen, und überging meine Frage. Ich möchte mal wissen, wie alt ich werden muss, bevor ich erwachsene Fragen stellen darf und ehrliche Antworten bekomme. Die Erwachsenen finden immer etwas, das ich stattdessen machen soll. Ist das etwa keine Machtausübung, wenn sie mir irgendwas befehlen, bloß um Fragen auszuweichen?

An dem Abend, so gegen fünf, kam Mr. Bemish in die Apotheke. Ich saß auf der Bank am Fenster. Die Bank ist sehr alt. Auf die setzen sich die Kunden, wenn sie darauf warten, dass ihre Medikamente fertig werden. Das Holz hat eine wunderschöne Farbe. So ein rötliches Tiefbraun.

Mr. Bemish setzte sich neben mich. Ich fand seine Anwesenheit unangenehm. Er fuhr andauernd mit der Hand auf der Lehne herum, mit hastigen, nervösen Bewegungen. So, als ob er glaubt, er hat eine Ahle in der Hand und bohrt Löcher ins Leder, immer rein und raus, und näht dann, lässt die Nadel rein- und rausgleiten, wie wenn er Sättel oder Stiefel flickt.

Mein Vater hat ihn über den Brillenrand hinweg angesehen und gesagt: »Und, Bemish, was darf ich für Sie tun?«

»Nichts. Gar nichts. Ich komme nur mal vorbei und vertreibe mir die Zeit, wollte mal sehen, wie's euch so geht –« Ganz sachte verstummend.

Er kommt jeden Abend. Ich finde das sehr lästig. Ich muss mich ganz oft auf die Bank quetschen. Pritchett, der Küster der kongregationalistischen Kirche – beleibt, rotgesichtig, nach Whiskey riechend –, läutet um sieben zum Gottesdienst, und dann setzt er sich auch vorn in den Laden und sieht bis zum Geschäftsschluss der Kundschaft beim Kommen und Gehen zu. Anfangs hat er Mr. Bemish argwöhnisch beäugt und danach ignoriert. Wenn der Küster und Mr. Bemish auf der Bank saßen, blieb gerade noch so viel Platz, dass ich mich dazwischenquetschen konnte. Der Küster störte mich nicht besonders, der schlief meistens ein und döste bis Ladenschluss vor sich hin. Aber Mr. Bemish kann nicht stillsitzen – und seine Handbewegerei stört mich.

Irgendwann hat meine Mutter meinen Vater darauf angesprochen. Sie standen im hinteren Raum. »Warum sitzt Mr. Bemish eigentlich so oft im Laden?«, fragte sie.

»Hat sonst nichts zu tun.«

Sie schüttelte den Kopf. »Ich glaube, er hat Interesse an Sophronia. Er hält immer Ausschau nach jemandem.«

Mein Vater lachte laut auf. »Der vertrocknete alte Weiße?«

Sein Lachen klingt wunderbar – wenn man ein bisschen was von Musik versteht, weiß man sofort, dass mein Vater Tenor singt, und zwar auf italienische Art, aus offener Kehle, und man fängt an zu lächeln, und wenn er lange genug lacht, lacht man mit, man kann einfach nicht anders.

»Bemish?«, sagte er. Und lachte so heftig, dass er sich gegen den Türrahmen lehnen musste, um nicht das Gleichgewicht zu verlieren.

Jeden Abend sitzt Mr. Bemish gleich nach dem Essen im Laden und bearbeitet die Armlehne mit diesen raschen, ruckenden Handbewegungen, nickt Leuten zu, die hereinkommen, und spricht sie manchmal auch an, aber meistens sitzt er nur da.

Zwei Wochen später ging ich an seiner Werkstatt vorbei. Er kam zur Tür und rief mich: »Mädelchen.« Winkend.

»Ja, Mr. Bemish?«

»Ist deine Tante mit dem eigenartigen Namen noch da – also in der Stadt, bei euch?«

»Ja, Mr. Bemish, ist sie.«

»Kommt sie denn nie in die Apotheke?«

»Nach fünf nicht, Mr. Bemish. Mein Vater schätzt abends arbeitende Damen nicht. Abends tun wir, was andere Familien auch tun. Wir sitzen am Esszimmertisch und unterhalten uns und spielen Schach und lesen und –«

»Ja, ja«, sagte er ungeduldig. »Aber geht deine Tante denn abends nie irgendwohin?«

»Das glaub ich nicht. Ich gehe früh ins Bett.«

»Und glaubst du –« Er schüttelte den Kopf. »Ach, egal, Mädelchen, ist egal.« Er seufzte. »Hier – ich habe gerade ein Blech mit den großen Keksen gebacken, die du so gern magst.«

Auf dem Weg die Petticoat Lane entlang zur Apotheke aß ich einen von Mr. Bemishs dicken Sirupkeksen. Eigentlich hätte ich ihm gern noch erzählt, wie gemütlich unser Wohnzimmer im Winter ist. Wir haben auch truthahnrote Vorhänge an den Fenstern, und wir lassen die Jalousien herunter und ziehen die Vorhänge zu, und auf dem Boden liegt ein richtig dicker Teppich, und weil das Zimmer klein ist, bedeckt er den ganzen Boden. Hier steht auch das Klavier, und es gibt ein altmodisches Sofa mit einem geschnitzten Mahagoni-Rahmen und einen sehr hübschen runden Ofen, und im Winter ist es warm; im Sommer, wenn die Fenster offen sind, kann man direkt nach hinten in den Garten sehen und die Blumen riechen und die kühle Luft spüren, die vom Garten hereinkommt.

Am nächsten Tag kam Mr. Bemish schon um Viertel nach drei in die Apotheke. Es war ein kalter, windiger Nachmittag. Ich war gerade aus der Schule zurück, und auf mich wartete ein großer Becher Kakao im Hinterzimmer. Aunt Sophronia hatte ihn gemacht. Ich hatte gerade einen Löffel Kakao geschlürft. Er war noch viel zu heiß für große Schlucke, ich beugte mich über den Becher und pustete sanft hinein und sog den vollen Schokoladenduft ein. Da hörte ich meine Tante: »Oh, Mr. Bemish, was machen Sie um diese Zeit draußen?«

»Ich dachte, ich hätte gern ein Ice Cream Soda.« Mr. Bemish klang atemlos, seine Stimme war dünner und tiefer als gewöhnlich.

Ich spähte in den Laden. Er saß neben dem Limonadenspender auf einem der Eisdielenstühle. Er sah sehr steif und förmlich aus und gepflegter als üblich. Er hatte sich die Haare anscheinend extra flach nach hinten gestriegelt. Der ganze Kopf wirkte kleiner dadurch. Er hielt ihn leicht zu einer Seite geneigt. Er sah aus wie ein Vogel, aber ich weiß nicht genau, was für einer – eine Meise vielleicht. Er trank fein und zierlich seine Limonade. Er sah unentwegt zu Aunt Sophronia.

Jetzt kommt er immer mitten am Nachmittag. Eigentlich müsste er in seiner Werkstatt sein und eifrig Schuhe reparieren und Stiefel machen, oder Eintopf kochen und Kekse backen. Stattdessen sitzt er bei uns im Laden, und sein hellgraues Auge, das gesunde, wandert eifrig an Aunt Sophronia hoch und runter. Wenn er ihre Stimme hört, scheint er mit den Ohren zu wackeln, und neuerdings kichert er auf eine sehr alberne Art.

Er kommt jeden Tag ungefähr um dieselbe Zeit. Manchmal setze ich mich auch auf einen Eisdielenstuhl und unterhalte mich mit ihm. Er riecht ganz schwach nach Leder und nach Schuhcreme und nach Wachs und nach toten Blumen. Es hat eine Weile gedauert, bis ich diesen anderen Geruch einordnen konnte – tote Blumen. Er bleibt jeden Tag ein bisschen länger als am Tag davor.

Mir ist aufgefallen, dass mein Vater Mr. Bemish immer mit leicht zusammengekniffenen Augen ansieht. Ich habe gehört, wie er zu meiner Mutter gesagt hat: »Mir gefällt das nicht. Ich möchte ihm nicht sagen, er soll nicht mehr herkommen. Aber mir gefällt das nicht – jeden Nachmittag sitzt hier, ein alter weißer Mann, und starrt Sophronia an und leckt sich die Lippen – also, das gefällt mir einfach nicht.«

Aunt Sophronia zeigte plötzlich großes Interesse am Garten. Ich half ihr nachmittags nach der Schule beim Pflanzensetzen und Aussäen. Im Sommer ist unser Garten voller Blumen; wir haben auch einen Gemüsegarten, der irgendwie genauso schön ist wie die Blumenbeete – sehr gepflegt und akkurat. Wir halten Hühner, damit wir frische Eier haben. Und wir mästen ein Schwein und lassen es im Herbst schlachten.

Bei schlechtem Wetter, wenn wir nicht im Garten arbeiten können, machen Aunt Sophronia und ich Hausputz. Ich putze nicht gern, aber ich sortiere gern, was andere Leute in ihren Schreibtischschubladen haben. Wir fingen mit Aunt Sophronias Schreibtisch an. Sie zeigte mir ein Foto von ihrer Abschlussklasse im Pharmazie-College. Sie war das einzige Mädchen unter lauter Jungs. Sie war schwarz, die Jungs waren weiß. Zum Farbunterschied habe ich nichts gesagt, und sie auch nicht. Aber ich habe versucht rauszukriegen, wie das war, so als einzige Vertreterin des weiblichen Geschlechts in einer sonst rein männlichen Klasse.

»Hast du dich nicht komisch gefühlt mit den ganzen Jungs?«

»Das waren sehr nette Jungs.«

»Ja, klar, ganz bestimmt. Aber hast du dich nicht komisch gefühlt als einziges Mädchen unter so vielen jungen Männern?«

»Nein. Ich habe nie allzu viel Vertrautheit zugelassen, und wir sind sehr gut miteinander ausgekommen.«

Ich habe das Foto angesehen und dann sie und gesagt: »Du bist wunderschön.«

Aunt Sophronia hat das Foto zurück in die oberste Schublade gelegt. Darin bewahrt sie ihre Schätze auf. Sie besitzt einen Kragen aus echter Spitze und ein Paar ganz lange, weiße Glacéhandschuhe und eine Kette mit Goldklümpchen aus Colorado, die ihr eine Freundin meiner Mutter vererbt hat. Die Handschuhe und der Kragen duften wie unser Garten im August, wenn die Blumen in voller Blüte stehen und die Sonne draufscheint.

Ich vergesse manchmal, dass Aunt Sophronia erwachsen ist und damit zum feindlichen Lager gehört, und sage aus Versehen laut, was ich gerade gedacht habe.

Ich lehnte mich an den Schreibtisch und sah in die Schublade, auf das Foto, und sagte: »Du, das Bild erinnert mich an einen Abend im letzten Sommer, da war so ein weiblicher Falter, so ein riesiger Nachtfalter, innen an der Fliegengittertür, und draußen kamen die männlichen Falter von kilometerweit her und klammerten sich ans Fliegengitter und flatterten mit den Flügeln und, du, die haben überhaupt kein Geräusch gemacht, und das war irgendwie gruselig. Warst du nicht –«

Aunt Sophronia schob die Schublade mit Wucht zu. »Du holst dir jetzt Besen und Kehrblech und fegst den Flur.«

Samstagmorgen, als ich das Frühstücksgeschirr gespült und den Küchenboden gewischt hatte, ging ich Mr. Bemish einen Besuch abstatten. Er war auch gerade beim Hausputz. Er hatte die roten Vorhänge, die den Winter über vor den Fenstern hängen, und den roten Vorhang vor seinem Bett, der seine Schlafnische von der Werkstatt trennt, abgenommen und wusch sie in einem großen Zuber neben dem Haus. Er planschte fürchterlich herum, und die Waschlauge war blassrosa. Er hatte die Ärmel hochgekrempelt. Seine Unterarme sind sehr weiß und sehen aus wie zähes Fleisch.

»Zu rot für die Sommerzeit, Mädelchen. Ich muss die grünen Sommervorhänge rausholen.«

Er hängte sie auf die Wäscheleine und schüttete das Waschwasser über den Boden. Es war rosarot.

»Ihre Vorhänge sind ausgelaufen, nicht?« Ich betrachtete eine kleine rosarote Pfütze auf einem Stein. »Wenn Sie die weiter waschen, sind sie bald rosa statt rot.«

Sein eigenes Auge, das echte, wanderte von mir weg, und in sein Gesicht trat ein heimlicher oder vielmehr hinterlistiger Ausdruck. Er sagte: »Ich habe deine Tante lange nicht mehr in der Apotheke gesehen. Wo ist sie?«

»Sie hat mit dem Garten und dem Hausputz zu tun. Hausputz machen anscheinend gerade alle.«

»Wenn ich meine grünen Vorhänge aufgehängt habe, lade ich deine Tante zum Tee ein.«

»Wo soll sie denn mit Ihnen Tee trinken?«

»In meiner Werkstatt.«

Ich schüttelte den Kopf. »Aunt Sophronia trinkt keinen Tee bei anderen Leuten im Schlafzimmer, und Ihre Werkstatt hat nur den einen Raum, und da steht ein Bett drin, und das wäre ja wohl –«

»Ich habe ein bisschen alten Schmuck, den ich ihr gern zeigen möchte, und ich dachte, sie kommt vielleicht mal zum Tee.«

»Mr. Bemish«, sagte ich, »mögen Sie Aunt Sophronia?«

»Also, Mädelchen«, er kicherte in sich hinein, »na ja, also, glaubst du, deine Tante mag mich?«

»Nicht besonders. Nicht mehr als sonst jemanden. Ich glaube, Sie sind zu alt für sie, und außerdem, na ja, Sie sind weiß, an einem alten weißen Mann hätte sie wohl kein großes Interesse, oder?«

Er runzelte die Stirn. »Geh nach Hause. Du bist ein sehr ungezogenes Mädchen.«

»Sie wollten doch wissen, was ich glaube, Mr. Bemish. Ich verstehe nicht, wieso Sie böse werden, wenn ich Ihnen sage, was ich glaube. Sie haben mich ja selbst gefragt, Mr. Bemish.«

Ich folgte ihm in die Werkstatt. Er setzte sich ans Fenster und machte sich an die Arbeit. Ein Männerstiefel musste neu besohlt werden, und er schnitt eine Ledersohle zurecht. Ich sah aus dem Fenster auf die Straße. Hier geht immer ein leichter Wind und bewegt das Ladenschild hin und her, es klingt wie Seufzen. Im Winter, wenn es richtig weht, klingt es, als würde das Schild ächzen, so schnell schlenkert es hin und her. Es hat einen aufgemalten Schnürstiefel. Der war bestimmt mal tief dunkelrot, inzwischen ist er verwittert und zartrosa.

Mr. Bemish ist mein Freund, und ich wollte ihm zu verstehen geben, dass ich ihn trotzdem gern mag, auch wenn ich sein Interesse an Aunt Sophronia missbillige. Ich suchte nach einem Thema, das ihm beweist, wie gern ich mich mit ihm unterhalte.

»Warum haben Sie keinen Männerstiefel auf Ihrem Schild?«

»Ich mag lieber Damenschuhe. Die sind zierlicher, anmutiger –«, er wedelte mit der Ahle und lächelte gekünstelt.

Ich ging nach Hause und erzählte Aunt Sophronia, dass Mr. Bemish sie zum Tee einladen will.

»Gehst du hin?«

»Natürlich nicht«, antwortete sie gereizt.

Aunt Sophronia ging nicht zum Tee zu Mr. Bemish. Und er sah sie so selten in der Apotheke, dass er sie schließlich suchen kam.

Jetzt ist Sommer, und das Wheeling Inn öffnet für die Saison. In die prächtigen Häuser am Wasser ziehen wieder die reichen Besitzer. Wir haben alle viel zu tun. Abends nach Ladenschluss sitzen wir hinten im Garten. An warmen Juniabenden schwärmen die Glühwürmchen aus, und über allem liegt so ein weiches Sommerlicht aus Mondschein und Sternen. Das Gras unter den Füßen ist dicht und die Luft ist lieblich. Fast jeden Abend sitzen meine Mutter und mein Vater und Aunt Sophronia und ich und manchmal auch Aunt Ellen und Uncle Johno in dieser Ruhe und dieser Lieblichkeit und diesem seltsamen weichen Licht.

Als wir gestern Abend dasaßen, kam Mr. Bemish ums Haus herum. Die Art, wie er sich näherte, hatte etwas Zaghaftes. Ich lag gerade im Gras und schoss hoch, gespannt, was die anderen wohl machen und was sie wohl sagen.

Er schlich über den Rasen. Er sagte kein Wort, bis er praktisch über uns stolperte. Meine Mutter schwang sachte in der Hängematte unterm Kirschbaum hin und her und bemerkte ihn erst, als er »Guten Abend« sagte. Es klang eher wie eine Frage.

Wir sahen ihn alle an. Ich hoffte, dass gleich jemand sagt: »Was machen Sie in unserem Garten, in unserem privaten Bereich, unserem besonders privaten Bereich? Sie sind ein Eindringling, gehen Sie wieder zu Ihren Wachsfäden und Ihrer Ahle, gehen Sie in Ihr Haus und zu Ihrer Katze.« Aber niemand sagte etwas.

Er stand eine Weile da, wartend, zögerlich, dann verbeugte er sich und setzte sich im Schneidersitz neben Aunt Sophronia ins Gras. Sie saß auf einer Bank. Und er setzte sich so dicht neben sie, dass sich ihr Rockzipfel auf sein eines Hosenbein legte. Ich behielt ihn im Auge. Er langte mit einer Hand nach dem Zipfel und befühlte zart den Stoff. Und entweder spürte sie das, oder die Handbewegung erregte ihre Aufmerksamkeit, jedenfalls rückte sie weg, raffte ihren Rock zusammen und stand auf: »Ich bin schläfrig von der Luft. Gute Nacht.«

Am nächsten Nachmittag brachte ich Mr. Bemish ein Paar Schuhe meines Vaters, sie brauchten neue Absätze.

Mein Vater trägt immer knöchelhohe schwarze Schnürschuhe. Ich stellte sie auf Mr. Bemishs Arbeitstisch.

»Kannst sie morgen abholen.«

Ich sah ihn nicht an. Ich beugte mich vor und tätschelte May-a-ling. »Sie hat so einen hübschen Namen, Mr. Bemish. Der Name scheint mir ausgesprochen passend für eine Katze.«

Mr. Bemish sah mich über den Rand der kleinen Brille mit der Stahlfassung an. »Ihr habt einen schönen Garten«, sagte er.

»Ich glaube, Sie hätten nicht reinkommen sollen.«

»Warum nicht?«, fragte er barsch. »Hat jemand gesagt, ich darf da nicht rein?«

»Nein. Aber für alle ist nur der vordere Teil vom Haus da, der Teil mit der Apotheke. Der hintere Teil und die obere Etage und der Garten sind für uns. Der Garten ist ein Privatbereich in unserem Leben. Da gehören Sie nicht rein. Sie sind nicht Teil unserer Familie.«

»Ich wäre aber gern Teil eurer Familie.«

»Man kann nicht einfach Teil von anderen Familien werden. In eine Familie muss man hineingeboren sein. Unser Familienbereich ist nur für uns. Sie scheinen auch überhaupt nicht zu verstehen, dass Sie die falsche Farbe haben, Mr. Bemish.«

Darauf gab er keine Antwort. Er stand auf, holte den Kekstopf und bot mir schweigend einen Keks an.

Als ich vom Schuhladen zurückkam, setzte ich mich auf die Holzstufen, die sich die ganze Vorderseite des Drugstores entlangziehen. Ich wollte mir darüber klarwerden, was ich wirklich von Mr. Bemish halte. Ich sitze immer ganz am Rand der Stufen und lehne mich an den festen

Bretterzaun. Der Platz ist sehr gut, von da aus habe ich die Straße, die Ladenfront und die Kirchenwiese im Blick. Die Leute gehen vorbei, ohne mich zu bemerken. Manchmal führen sie sehr seltsame Gespräche. Ich kann den Weg, der quer durch die Wiese führt, ziemlich weit einsehen. Er ist nicht gepflastert und nicht sehr gerade. Die einzigen geraden Wege in der Stadt sind die vor den Häusern von Leuten, die Gärtner haben.

Ich sah einen Mann von meinem Platz aus. Er kam den Weg durch die Kirchenwiese entlanggeschlendert. Dass in Wheeling im Sommer ein Mann so gemächlich geht, ist äußerst unüblich. Im Sommer müssen alle, die das ganze Jahr über hier wohnen, ihren Lebensunterhalt verdienen. Sie mähen Rasen und schneiden Hecken und jäten Unkraut und besorgen alles Mögliche für die Sommerleute. In Wheeling gehen im Sommer alle Männer schnell, die körperlich fit sind.

Dieser große breitschultrige Mann schlenderte den Weg entlang. Er trug einen weißen Anzug mit ziemlich engen Hosenbeinen und hatte die Hände in den Gesäßtaschen und einen steifen Strohhut hinten auf dem Kopf, eine Kreissäge.

Ich setzte mich aufrecht hin, als ich erkannte, dass dieser Mann sehr dunkelhäutig war. Ich hatte keine Ahnung, wo er hergekommen war. Butler oder Kellner konnte er auf keinen Fall sein, selbst wenn er gewollt und es sein Leben lang versucht hätte. Er würde nie einen anständigen Gang hinkriegen – er würde immer rumstolzieren. Und hat schon mal jemand von herumstolzierenden Butlern oder um Tische herumscharwenzelnden Kellnern gehört?

Als er näher kam, sah ich, dass er einen Bart hatte, einen ungepflegten, struppig wie ein Ziegenbart. Auch seine Haare waren lang und struppig und sahen wüst aus. Er war zwar hochgewachsen und hatte breite Schultern, aber durch die wüste Mähne und den Ziegenbart wirkten Kopf und Gesicht viel zu groß für den Körper.

Als er mich sah, kam er direkt auf mich zu. Er beugte sich über mich, lächelnd, und ich rückte weg und drückte mich gegen den Bretterzaun. Seine Augen machten mir Angst. Wenn mir seine Augen einfallen, mache ich meine immer zu und versuche, seine auszusperren. Sie sind rötlich braun und sehen heiß aus, und wenn ich da erst mal reinschaue, kann ich irgendwie nicht mehr wegschauen. Ich habe noch nie Augen in so einer Farbe gesehen oder mit so einem komischen Ausdruck, was immer das heißt. Ich hab sie »heiß« genannt, aber das geht ja nicht. Es muss daran liegen, dass sie dieselbe Farbe haben wie etwas, bei dem ich an Feuer oder Hitze denke. Was das ist, weiß ich nicht.

»Verloren gegangen?«, fragte er.

»Nein. Und Sie?«

»Klar. Wir Schwarzen sind alle verloren.« Seine Stimme klang heiser, unmusikalisch, und er drehte sich um und ging in den Laden.

Ich ging auch in den Laden. Ich wollte unbedingt hören, ob dieser auffällige Mann mit dem Ziegenbart und mein Vater in eine Diskussion über »Wir Schwarzen sind alle verloren« gerieten.

Mein Vater sagte: »Wie gehts, wie stehts?« Als ob ihn das wirklich interessierte.

Der bärtige Mann nickte und sagte: »Der Apotheker da?«

»Ich bin der Apotheker.«

»Is dein Laden hier?«

»Ganz recht.«

»Hübsches Plätzchen haste. Schon lange hier?«

Mein Vater brummte. Ich wartete darauf, dass er den nächsten Zug macht. Wir haben nämlich ein Familienspiel, wir nennen es Stanley und Livingstone. Livingstones sind alle fremden Schwarzen, die in den Laden kommen – und wir müssen herausfinden, welcher verloren gegangene Mr. Livingstone oder welche verloren gegangene Mrs. Livingstone sich in die durch und durch weiße Wildnis namens Wheeling verirrt hat. Wenn man in einer Stadt lebt, in der es keine anderen Schwarzen gibt, ist man natürlich neugierig, wenn andere Schwarze auftauchen.

Ich setzte mich vorn in den Laden und wartete ab, ob mein Vater herausfand, mit welchem Mr. David Livingstone er redete und was der in unserer Stadt machte. Aber mein Vater sah ihn nur an, ohne eine Miene zu verziehen, und sagte: »Und was hätten Sie gern?«

Der Mann mit dem Ziegenbart angelte in der Tasche seiner engen weißen Hose herum. Er musste extra ein Bein nach vorn schieben, damit der Stoff nicht so spannte, und das sah aus, als ob er am Boden scharrte. Er gab meinem Vater einen Zettel.

»Ich hab n Rezept für Lotion –«

»Das dauert ein paar Minuten«, sagte mein Vater und ging ins Hinterzimmer.

Der bärtige Mann setzte sich neben mich.

»Wohnen Sie hier in Wheeling?«, fragte ich.

»Ich arbeite im Inn. Ich bin der Klavierspieler.«

»Sie spielen Klavier?«

»Und singe. Ich bin das ganze Orchester. Ich spiele zum Dinner. Ich spiele, damit die ganzen netten reichen Leute abends tanzen können. Ich bleib den ganzen Sommer.«

»Tatsächlich?«

»Ganz recht. Und ich hab noch nie so ne tote Stadt gesehen.«

»Wie heißen Sie?«

»Chink.«

»Mr. Chink –«

»Nein«, er stand auf, »Chink ist der Vorname. Chink Johnson.«

Mr. Johnson ist ein rastloser Typ. Selbst wenn er nur dasitzt, ist ständig etwas an ihm in Bewegung, die Füße, die Hände, der Kopf. Er schlägt die Beine übereinander und wieder auseinander, faltet die Hände und nimmt sie wieder auseinander.

»Wofür brauchen Sie ein Rezept?«

»Handlotion. Brauch ich für meine Hände.«

Mein Vater kam aus dem Rezepturenzimmer, wickelte ein Fläschchen ein und sagte: »Fertig.«

Chink Johnson bezahlte, sagte mir Auf Wiedersehen, und ich sagte: »Auf Wiedersehen, Chink.«

»Wie heißt der?«

»Chink Johnson. Er spielt Klavier im Inn.«

Chink Johnson scheint ein sehr interessanter, ungewöhnlicher Mann zu sein. Mein Vater erwähnte unseren neuesten Mr. Livingstone erstaunlicherweise nicht gegenüber der Familie. Er verlor kein Wort über ihn. Und ich auch nicht.

Dabei kommt er ziemlich oft in den Laden. Er kauft Zigaretten und Halspastillen. Manchmal kommt er mit einer geliehenen Pferdekutsche vom Inn. Manchmal kommt er zu Fuß. Mein Vater wechselt kaum ein Wort mit ihm.

Er bleibt nie lange da, das Benehmen meines Vaters soll ihn davon abhalten, lange im Laden rumzuhängen. Aber er scheint nach irgendwas zu suchen. Er guckt durch die Tür ins Rezepturenzimmer hinten, da steht an heißen Sommertagen auch die Tür zum Garten offen und man hat einen Blick auf die schönen kleinen Blumenbeete, dann guckt er in den Garten, scheint ihn zu durchsuchen. Wenn er geht, guckt er prüfend das Haus an. Als ob er um die Ecke gucken will, durch die Wände gucken will, weil ihm sein sechster Sinn eingeflüstert hat, dass auf dem Grundstück irgendetwas ist, das ihn interessieren könnte, und er nur scharf genug hingucken muss, um es zu finden.

Meine Mutter sah ihn irgendwann kurz, als er aus dem Laden ging. Sie sah dasselbe wie ich – eine Silhouette aus Ziegenbart, vorgerecktem Kopf, dicken, struppigen Haaren –, denn wir standen beide im Rezepturenzimmer und schauten nach vorn zur Tür.

»Wer war das denn?«, fragte sie streng.

»Das ist der Klavierspieler aus dem Inn«, sagte mein Vater.

»Du hast ihn nie erwähnt. Wie heißt er?«

»Jones«, sagte mein Vater.

Ich wollte ihn schon verbessern, aber ich traute mich nicht, ihm ins Wort zu fallen, denn er redete plötzlich schnell und sehr laut. »Lightfoot Jones«, sagte er, »Shake Jones. Barrelhouse Jones.« Er fing an, auf der Vitrine herumzuklopfen. So was habe ich noch nie von ihm gehört. Er singt im kongregationalistischen Kirchenchor. Er hat einen reinen lyrischen Tenor und singt alle Tenorsoli – das

»Sanctus«, »The Heavens Are Telling«. Man hört auch seiner Sprechstimme an, dass er singt. Er ist ständig am Summen oder Singen oder Pfeifen. Und jetzt stand er mit dem Stift in der Hand vor einer Vitrine und klopfte in einem höchst eigenartigen Rhythmus auf dem Glas herum.

»Shake Jones«, sagte er noch einmal. »Rhythmus im Fuß. Rhythmus im Blut. Rhythmus im Fuß. Rhythmus im Blut. Haut sich das Leben raus, haut sich die Lunge raus, haut sich die Leber raus, am Klavier.« Und fiel in einen anderen, lauteren Rhythmus mit dem Fuß. »Am Kla-vi-ier. Am Kla-vi-ier. Am Kla–«

»Samuel, was ist denn mit dir los? Wovon redest du?«

»Ich rede von Tremblin' Shakefoot Jones. Dem Klavierspieler. Dem Klavierspieler, der nicht stillsitzen kann und hier reinkommt und rumgafft und rumgafft und mit den Hufen tänzelt und rumschwarwenzelt und rumschnüffelt. Wie ein Hengst, der eine Stute wittert – ein Hengst, der –«

»Samuel! Wie kannst du so vor dem Kind reden?«

Mein Vater schwieg.

Ich sagte: »Er heißt Chink Johnson.«

Mein Vater brüllte schnaubend vor Zorn. »Der heißt Duke. Der heißt Bubber. Der heißt Count, Maharadscha, König der Löwen. Ist mir verdammt egal, wie der sich selber nennt. Ich will den und seine rastlosen Füße hier nicht haben. Der soll mit seinen langen Füßen auf dem Boden von andern Leuten rumsteppen. Nicht auf meinem. Nicht hier –«

Er starrte mich an, starrte meine Mutter an, zornig. Seine Wut machte uns stumm. In diesem Moment waren seine Augen rotbraun, genau wie bei Chink Jones, nein, Johnson. Er ist kleiner, er hat keinen Bart, aber in diesem Moment sah er Chink sehr, sehr ähnlich.

Und ich machte ihn noch wütender. »Du siehst genauso aus wie Chink Johnson.«

Er sagte: »Ah!!! …« Er war so zornig, dass ich kein Wort mehr verstand. Ich ging nach draußen und über die Straße und setzte mich auf die Kirchenstufen und sah zu, wie die Welt vorbeizog, und lauschte dem schwachen Summen, mit dem sie sich drehte und drehte.

Mr. Bemish ging in die Apotheke. Er blieb lange drin. Ich sah es mit einem gewissen Vergnügen, ich wusste ja, er war gekommen, um sich mit einem unserer langen Ice-Cream-Soda-Löffel sein Ice Cream Soda in den Mund zu schaufeln und um Aunt Sophronia zu mustern, während er am Eis herumlutschte. Er musterte sie immer aus den Augenwinkeln, mit raschen verstohlenen Blicken. Ich wusste ja, er vergeudete seine Zeit, denn Aunt Sophronia kam erst viel später in den Laden. Mein Vater hatte Geburtstag, und Aunt Sophronia war in der Küche, einen großen Kuchen für ihn backen.

Wenn Mr. Bemish das auch gewusst hätte, wäre er womöglich in die Geburtstagsfeier geplatzt, obwohl er gar nicht eingeladen war. Er hatte sich schließlich auch ohne Einladung in unseren Garten geschlichen, und unser Garten ist komplett von einem festen Bretterzaun umgeben und hat ein Tor, das man erst aufmachen muss, wenn man reinwill, also, in unseren Garten zu kommen, das ist, wie wenn man in unser Wohnzimmer geht. Der Ort ist sehr privat. Mr. Bemish ist der einzige Mensch, den ich kenne, der ohne Einladung in unseren Garten gekommen ist, und er kommt auch weiterhin.

Als Mr. Bemish wieder weg war, ging ich über die Straße und setzte mich auf die Stufen vor dem Laden. Es war heiß.

Es war sehr still. Die alte Lady Chimble ging mit einem schwarzen Seidenschirm über die Kirchenwiese, spannte ihn auf und nutzte ihn als Sonnenschirm. Ein Junge fuhr auf einem Fahrrad vorbei. Frances Jackins (wir nennen sie Aunt Frank), die schwarze Köchin aus der Pension gegenüber, kam mit einem Korb voll Irgendwas. Sie ist immer knurrig und meistens betrunken. Sie trinkt Gin. Mutter sagt, deshalb sehen Aunt Franks Lippen aus, als wären sie von innen nach außen gestülpt, und das nennt man »gin lips«, sagt sie. Sie sind grellrot, fast wie eine rote Scharte quer über ihr dunkles Gesicht. Ich möchte Aunt Frank so gern danach fragen – wie sich das anfühlt, wie das passiert ist und so weiter –, und das mach ich irgendwann auch, ich hab nur noch nicht die passende Gelegenheit gefunden. Wenn sie betrunken ist, gibt sie nur unvernünftige Antworten auf vernünftige Fragen, und wenn sie nüchtern ist, oder teilweise nüchtern, regt sie sich schnell auf und meckert dauernd an mir rum. Sie ist überhaupt nicht mit uns verwandt; meine Mutter hat sich bloß vor vielen Jahren angewöhnt, sie Aunt Frank zu nennen, und deshalb nennen wir sie alle so. Sie will mich immer rumkommandieren und rumscheuchen, weil ich noch klein bin, und sagt immer Miss zu mir, auf so eine gemeine, sarkastische Art.

Sie kann sehr gut kochen, wenn sie nüchtern ist. Wenn sie betrunken ist, lässt sie alles anbrennen, sie kommt auch immer über die Straße getorkelt und unsere Hintertreppe hochgestolpert, mit Schüsseln voll Sauerteig, der nicht aufgeht, weil sie die Hefe vergessen hat, und mit verbrannten Kuchen und Pasteten und verbrannten Schinken und Rinderbraten. Und wenn sie was anbrennen lässt, ist das nicht bloß angebrannt, das ist schwarz und hart wie Holzkohle.

Sie kratzt fast jeden Abend an unserer Hintertür. Ich habe ein schärferes Gehör als alle anderen, ich höre Leute schon ums Haus kommen, bevor die irgendjemand sonst hört – jedenfalls höre ich Aunt Frank immer als Erste. Dann reiße ich ganz schnell und abrupt die Tür auf, und sie stürzt fast in die Küche und steht schwankend da und verpestet unsere Küche mit ihrer süßlichen Ginfahne und ihrem klammen, modrigen Kleidergeruch.

Sie hat immer ein Klümpchen Kautabak unter der Oberlippe, es klingt eigenartig, wenn sie um dieses Hindernis herum spricht. Sie redet schnell, damit der Priem nicht rausrutscht, und manchmal macht sie eine Pause und fuhrwerkt an der Oberlippe rum, wahrscheinlich um den Priem an eine bestimmte Stelle zu schieben. Wenn sie abends durch die Küchentür kommt, stellt sie den Korb mit dem missratenen Essen einfach hinter der Tür auf den Fußboden und sagt zu meiner Mutter: »Hier, Mar-tha, schmeiß das weg. Schmeiß das weg für mich. Gibs den Hüh-nern. Kipps vor die Schwei-ne –«

Sie verwandelt alle Wörter mit zwei Silben in Einsilber. Sie sagt nicht in einem Rutsch »Martha«. Sie zerhackt es zu »Mar-tha«; sie sagt nicht »Hühner«, sondern »Hüh-ner«. Eine sehr ruckartige Art zu reden.

Das Zeug im Garten zu beerdigen, ist dann immer meine Aufgabe. Ich grabe ein Loch und werfe den kohlschwarzen Mist rein und schütte Kalk drüber, damit er sich schneller zersetzt und um Hunde und Stinktiere zu vergraulen.

Manchmal verstecke ich mich hinterm Zaun, wenn sie wieder über die Straße geht, und schreie ihr nach:

Die olle Aunt Frankie
Schwarz wie Teer
Wollte in Himmel
Im 'lektrogefährt.
Gefährt verhakt sich innem Gleis
Schmeißt Aunt Frankie aufn Steiß

Wenn ich so hinter ihr her reime, will sie sofort über den Zaun klettern, eine wütende betrunkene Alte, die mir mit dem Herrenschirm in der Hand droht. Ich denke immer, sie müsste doch von ihren früheren Einlagen noch wissen, dass sie nicht an mich drankommt. Aber sie versucht es immer wieder. Nach ein paar vergeblichen Versuchen gibt sie auf und geht in die Pension auf der anderen Straßenseite. Da wohnen jede Menge alte Jungfern und Witwen. Keine Herren. Nur Damen. Die verbringen ihre Freizeit auf der Veranda schaukelnd und Whist spielend, den Drugstore gegenüber im Blick. Aunt Frank verbringt ihre Freizeit in der Küche der Pension, auch schaukelnd und eine Ginflasche nach der anderen leerend.

Am Geburtstag meines Vaters war sie allerdings nüchtern, jedenfalls ihrem Gang nach. Sie hatte einen Korb am Arm, den Inhalt mit einer weißen Serviette abgedeckt. Ich dachte, sie hat bestimmt meinem Vater etwas Besonderes zum Abendessen gemacht. Sie ging in den Laden, und als sie wieder rauskam, hatte sie den Korb nicht mehr dabei. Sie sah mich auf den Stufen sitzen, beachtete mich aber nicht.

Aunt Sophronia kam zum Schaufenster. Sie hatte die Glaskugeln gespült, die wir immer mit blauer, roter und gelber Flüssigkeit füllen. Sie trug einen dunklen Rock und eine weiße Bluse. Ihre Haare waren nicht mehr straff aus der Stirn gekämmt, sondern ringelten sich um die Stirn; vielleicht hatte sie im Garten gearbeitet und sich gebückt, und dabei hatten sich die Haarnadeln gelockert, mit denen sie sie sonst auf dem Kopf bändigte. Sie sah unwirklich aus. Die Sonne schien ins Fenster und warf den Schein der bunten Wassergläser über ihr Gesicht und ihre Gestalt, und sie selbst schien gülden und rosenrot und lavendelblau, es war, als ob sich im Schaufenster ein Regenbogen bewegte.

Chink Johnson kam in seiner Leihkutsche die Straße hoch. Er unterhielt sich kurz mit mir und wollte weiter in den Laden, als er Aunt Sophronia sah und stehen blieb. Er holte tief Luft. Ich konnte es hören. Er zog den steifen Strohhut vom Hinterkopf und verneigte sich vor ihr. Sie nickte, eigentlich ohne es zu wollen, dann wandte sie sich ab und tat, als hätte sie viel zu tun.

Er packte mich am Arm, das heißt, er kniff mich.

»Was machen Sie denn da?«, sagte ich zornig. »Was ist denn los mit Ihnen? Lassen Sie meinen Arm los.«

»Klappe«, sagte er ungehalten und kniff noch fester. Seine Finger fühlten sich an, als wären sie aus Eisen. »Wer ist das?«

Ich riss seine Finger weg und rieb mir den Arm. »Wo?«

»Im Fenster. Wer ist das Mädchen im Fenster?«

»Das ist meine Tante Sophronia.«

»Deine Tante? Deine Tante?«

»Ja.«

Er ging hinein. Gerade hatte er noch neben mir gestanden, im nächsten Moment war er mit einem Satz im Laden verschwunden.

Ich ging auch hinein. Er beugte sich ins Fenster und sagte: »Möchten Sie vielleicht Sonntag mit mir spazieren gehen?«

Sie schüttelte den Kopf.

»Na ja, könnten Sie nicht mit mir ausfahren? Ich hol Sie ab –«

Aunt Sophronia sagte: »Ich arbeite jeden Tag.«

»Jeden Tag?«, sagte er. »Geht doch gar nicht. Niemand arbeitet jeden Tag. Ich bin morgen wieder da –«

Und weg war er. Aunt Sophronia sah entgeistert drein. Nicht ärgerlich, nur irgendwie verblüfft.

Ich sagte: »Morgen und morgen und morgen –« Und dachte, tja, jetzt hat sie schon zwei Verehrer. Einmal diesen Shake Jones Livingstone, sonst bekannt als Chink Johnson, und dann Mr. Bemish. Ich würde, glaube ich, keinen von beiden nehmen. Mr. Bemish ist zwar mein Freund, aber zu alt. Chink Johnson halte ich auch für meinen Freund, aber der würde, glaube ich, keinen guten Ehemann abgeben. Ich überlegte, warum ich ihn als Ehemann für Aunt Sophronia ablehnte. Ich glaube, es liegt daran, dass Aunt Sophronia eine Lady ist, und Chink Johnson – na ja – er ist kein Gentleman.

Beim Abendessen feierten wir den Geburtstag meines Vaters. Um die Zeit kam kaum noch Kundschaft. Pritchett, der Küster, saß auf der Bank vor dem Laden; falls jemand nach meinem Vater verlangte, würde er hintenrum kommen und ihn rufen.

Eine weiße Tischdecke lag auf dem großen Eichentisch im Esszimmer, gedeckt war mit dem feinen Haviland-Porzellan meiner Mutter und dem Besteck aus Sterlingsilber mit dem Rosendekor, und neben dem Teller meines Vaters lag ein Stapel Päckchen, und auf der Torte steckten Kerzen und zum Nachtisch gab es Eis. Meine alte Feindin Aunt Frank hatte ihm zum Geburtstag Parker House Rolls gebracht und einen ganzen Topf Milchreis für ihn gekocht, mein Vater sagt nämlich immer, er hofft, wenn er mal stirbt, dann, weil er in ein Milchreismeer gefallen ist, denn Milchreis kann er morgens, mittags, abends essen. Offenbar war Aunt Frank beim Kochen nüchtern gewesen, denn der Milchreis war sahnig und köstlich, ich hab zwei Portionen gegessen, zusätzlich zum Eis.

Ich wartete darauf, dass Aunt Sophronia etwas über Chink Johnson sagt. Er fällt ja sehr auf, einen Kunden mit so einem Bart hatten wir noch nie, weder schwarz noch weiß. Aber sie hat ihn nicht erwähnt. Ich auch nicht. Mein Vater erwähnte ihn auch nie wieder – zumindest nicht bei Tisch. Ob mein Vater wohl hofft, dass er verschwindet? Vielleicht haben sie ja Angst, dass er irgendwann zur Familie gehört, wenn sie ihn erwähnen.

Inzwischen gehört Chink Johnson zum Kreis der Familie, er hat dieselbe Methode angewendet wie Mr. Bemish. Er ist einfach in den Garten und ins Haus spaziert. Ich war oben und sah zufällig aus dem Fenster, und Chink Johnson kam die Straße hoch spaziert. Er zog das Tor auf und ging ums Haus herum in unseren Garten. Ich lief nach hinten und sah da aus dem Fenster, und er zog einfach die Fliegengittertür auf und ging in die Küche. Er hat nicht mal angeklopft, er ist einfach reingegangen.

Endlos lange war kein Ton zu hören. Ich horchte und horchte. Ich habe mich bestimmt fünfzehn Minuten lang nicht gerührt. Dann hörte ich jemanden auf unserem Klavier spielen. Ich wusste, das musste Chink Johnson sein, denn so eine Musik würde bei uns zu Hause niemand spielen. Ich lief nach unten. Meine Mutter war im Keller gewesen und kam die Kellertreppe hoch, und mein Vater kam aus dem Laden angerannt. Wir standen alle da und guckten und guckten.

Chink saß an unserem Klavier. Von seiner Unterlippe baumelte eine Zigarette, der Rauch hing ihm wie eine Wolke – eine dunstige blaugraue Wolke – um Gesicht und Augen und Bart, man konnte sie nur ab und zu ganz kurz erkennen. Er spielte, schnell, disharmonisch, mit einem seiner langen Füße tappte er auf den Boden, mit seinen langen Fingern tappte er auf die Tasten.

Aunt Sophronia lehnte am Klavier und sah zu ihm runter. Er spielte ohne Noten, er sah kein einziges Mal auf die Tasten, er sah nur Aunt Sophronia in die Augen. Ich dachte, gleich sagt mein Vater, Chink soll mit seinen langen Füßen auf dem Boden von anderen Leuten rumsteppen, aber meine Mutter warf ihm so einen »Sag jetzt bloß nichts«-Blick zu, und er starrte Chink nur böse an und ging wieder in den Laden.

Chink blieb lange; er spielte Klavier, er sang, das heißt, man könnte eher sagen, er redete zur Musik. Er hat eine ganz eigene Art, Musik zu machen. Er spielt ein paar Akkorde, reihenweise Akkorde, aber die spielt er in eigenartigen Variationen, und dazu spricht er einen Liedtext – das ist nicht wirklich Singen, aber seine Stimme variiert, passt sich sozusagen den Akkorden an, die er spielt, und er redet in einer Art Rhythmus, der auch zu den Akkorden passt. Ich habe mich neben ihn gesetzt und mir angesehen, was er macht, und mir angehört, was er sagt, und fand es sehr interessant, obwohl es überhaupt nicht die Musik war, die ich gewöhnt bin. Er hat mir erzählt, was er mit den Stücken macht, heißt »talkin‘ blues«. Er betonte »talkin‘« auf der ersten Silbe, und »blues« klang bei ihm, als wären es zwei Wörter, zwei einzelne Wörter, nicht einfach eins mit zwei Silben.

Ich hab versucht, so Klavier zu spielen wie er, aber bei mir kommt nur furchtbarer Krach raus. Ich tue, als wär ich blind, ich versuche, Akkorde zu erspüren, und hab die ganze Zeit die Augen zu. Er muss eine besondere Begabung dafür haben, was er da macht, ist nämlich extrem schwierig, ich weiß gar nicht, ob ich das je hinkriege. Er hat ein viel besseres musikalisches Gehör als ich.

Chink Johnson kommt Aunt Sophronia fast jeden Tag besuchen. Manchmal sehe ich auch Mr. Bemish im Garten. Er sitzt immer auf dem Boden, dabei könnte er sich doch Rheuma holen in seinem Alter. Er muss ein sehr tapferer kleiner Mann sein, oder seine Liebe zu Aunt Sophronia macht ihn sehr, sehr mutig. Ich sage das, weil Chink Johnson Mr. Bemish sehr rüde behandelt, er starrt ihn immer furchtbar gemein an. Wenn ich so klein und schmächtig und alt wie Mr. Bemish wäre, würde ich mich nicht zu einem viel größeren, viel jüngeren Mann in den Garten setzen, der mich offensichtlich nicht hier haben will.

Ich habe viel über Mr. Bemish nachgedacht. Ich mag ihn. Er ist ein echter Freund. Aber ich finde, er sollte sich nicht für Aunt Sophronia interessieren – jedenfalls nicht im Sinn von Liebe. Und eins treibt mich um, und zwar, dass mir ehrlich nicht klar ist, ob ich ihn als Verehrer ablehne, weil er weiß ist oder weil er alt ist. Manchmal glaube ich, wegen beidem. Ich bin ziemlich sicher, dass es nicht nur am Alter liegt. Das treibt mich um. Wenn meine Ablehnung nämlich daher kommt, dass er weiß ist (was ich ihm ja gesagt hatte, aber ich sage oft Dinge, die die Leute eigentlich nicht hören wollen, und schon gar nicht wollen sie die von jemand viel Jüngerem hören), dann bin ich in Sachen *race* genauso »trainiert« worden, wie ich »trainiert« worden bin, Christin zu sein. Wie ich als Christin trainiert worden bin, das weiß ich – Sonntagsschule, Beten und so weiter. Ich weiß bloß nicht genau, wie ich in Sachen *race* trainiert worden bin. Aber woher kommen dann meine Gefühle gegenüber Mr. Bemish?

Kurz nachdem ich das geschrieben hatte, ließ ich das Rätselraten über Mr. Bemish erst mal sein, denn jetzt war offiziell Sommer – zumindest für mich. Wir hatten zwar schon lange Schulferien und trugen unsere Sommersachen und im Garten blühten überall die Blumen – aber für mich geht der Sommer erst wirklich los, wenn Dottle Smith zu seinem alljährlichen Besuch kommt.

Dottle und Uncle Johno sind zusammen zur Schule gegangen. Sie sehen sich irgendwie ähnlich. Zwei große Männer mit so heller Haut, dass sie aussehen wie Weiße. Aber irgendwas an ihnen (Dottle sagt, es ist ein »kultivierter und ausgeprägter und sorgfältig gepflegter Hass auf weiße Männer«) verhindert, dass sie als weiß durchgehen. Dottle ist Lehrer für Englisch, Rhetorik und Theater an einer Schule für Schwarze in Georgia und hält in den Sommerferien Vorträge und Lesungen, um sein Einkommen aufzubessern. Uncle Johno ist Chef-Spendensammler für eine schwarze Schule in Louisiana.

Ich glaube, meine Einstellung gegenüber Mr. Bemish stammt von Dottle Smith. Und Johno. Sie sind beide »rassenbewusst«, so nennt es mein Vater. Wenn sie im Süden mit der Eisenbahn fahren, sitzen sie so lange im Jim-Crow-Waggon, bis der Schaffner droht, wenn sie sich nicht in eins der für Weiße reservierten Abteile setzen, lässt er sie festnehmen. Im Wartesaal werden sie aus dem Bereich für Schwarze rausgeschmissen, vor Stadtvierteln von Schwarzen werden sie gewarnt, in Pensionen für Schwarze dürfen sie nicht wohnen, angeblich würde das Peinlichkeit erzeugen – weil sich ja kein Mensch vorstellen kann, dass ein Weißer mit Schwarzen zusammenwohnen will, man würde sie verdächtigen zu spionieren, für wen oder was, haben sie nie rausgekriegt.

Ich habe eben noch mal gelesen, was ich hier gerade geschrieben habe, und stelle fest, dass ich noch nicht erwähnt habe, warum ich so viel über Dottle schreibe. Als ich gestern Nachmittag von einer Besorgung zurückkam, stand neben der Bank, auf der die Kunden auf ihre Medikamente warten, eine große schwere Tasche – aus Leder, aber im Stil der Reisetaschen aus Stoff. Ich hab sie sofort erkannt. Ich sehe diese Tasche jeden Sommer, solange ich denken kann. Ich war gespannt, ob Dottle diesmal allein kam oder ob er einen Freund dabeihatte. Er bringt nämlich manchmal einen jungen Mann mit. Die jungen Männer sehen sich alle sehr ähnlich – sie sind alle schlank, eher schüchtern und haben große Augen und sehr glatte Haut, ungefähr bambusfarben.

Beim Anblick von Dottles alter abgewetzter großer Tasche auf dem Boden neben der Bank sah ich ihn fast selbst vor mir mit seinen langen Locken und hörte ihn Gedichte vortragen mit seiner vollen, butterweichen Stimme. Er kann alle großen Monologe von *Hamlet, Macbeth* und *Richard II* auswendig und ganze Sonette rezitieren.

Ich liebte ihn. Er war lebhaft und lustig und überraschend. Manchmal schnappte er sich meinen Zopf und rief in seiner besten Shakespearestimme: »Ergreift sie, Furien! Fort mit ihr zur Folter!«

Ich betrachtete Dottles abgewetzte Tasche und fragte meinen Vater: »Ist er allein hier? Oder hat er einen von seinen hübschen Jungs dabei?«

Mein Vater sah mich über den Brillenrand an: »Allein.«

»Warum hat er seine Tasche hier abgestellt?«

»Ach, bei Eccles war niemand zu Hause. Ellen ist in die Ferien gefahren –«

»Warum fährt Aunt Ellen immer in die Ferien, wenn Dottle kommt?«

Mein Vater überhörte es und redete weiter. »Johno ist nach Albany gefahren, Geld für die Schule sammeln.«

»Wo ist Dottle denn jetzt?«

»Ich bin hier, Liebes.« Dottle Smith zog die Fliegengittertür auf und kam herein. Er sah dicker aus als letzten Sommer. Er umarmte mich. Er duftete leicht nach Lavendel.

»Du bist aber gewachsen, Süße«, sagte er, zog den Hut und verbeugte sich. Es war ein Panamahut mit einer breiten Krempe, und dazu trug Dottle ein gestärktes weißes Hemd und eine schwarze Krawatte aus fließendem Stoff à la Byron. Ich betrachtete ihn mit dem größten Vergnügen. Er gab den Südstaaten-»Off'ssier«, und er war so ein toller Schauspieler – ich sah fast Spitzenmanschetten an ihm, hörte die Nachtigall singen, sah ein Herrenhaus mit weißen Säulen, hörte Hufgetrappel in der Ferne und hörte eine lange Reihe von Sklaven, korrekt als Fußsoldaten und Kutscher und Butler und Hausdiener kostümiert, murmeln: »Yes, Massah. Yes, Massah.« Das alles lag in seiner Stimme.

»Tja, noch ein paar Jahre, dann trag ich dir Lyrik vor. Wie gehts deiner Mama? Diesen Sommer muss ich dir richtiges Sprechen beibringen. Eure Yankeelehrer hier sprechen alle durch die Nase. Dich haben sie auch schon so weit gekriegt –«

Zwei volle Tage lang vergaß ich Chink Johnson und Mr. Bemish und Aunt Sophronia. Dottle ging gern angeln und Krebse fangen, er spielte gern Whist, und er konnte die herrlichsten Geschichten erzählen und aufführen.

Gleich am nächsten Tag gingen Dottle und Uncle Johno und ich Krebse fischen. Wir brachen frühmorgens auf mitsamt Netzen und Angelschnüren und dem Gammelfleisch, das wir als Köder nahmen, und unserem Mittagsbrot und Thermosflaschen voll Limonade. Es waren drei Kilometer Fußmarsch von da, wo wir wohnen, bis zu dem Bach, wo wir Krebse fingen.

Über den Bach führte eine Brücke, eine alte Holzbrücke. Ein paar Bohlen fehlten. Wir stellten oder setzten uns auf die Brücke und warfen unsere Schnüre ins Wasser. Ab und zu fuhr ein Pferdefuhrwerk darüber und ließ die Bohlen erzittern. Johno und Dottle hüpften dann immer von der Brücke. Ich blieb stehen und hielt mich am Geländer fest. Die Brücke bebte unter meinen Füßen, das Pferdefuhrwerk donnerte vorbei, und meistens winkte der Kutscher und brüllte: »Ich muss schnell drüber, sonst fallen wir alle rein.«

Das Wasser in dem Bach war klar, ich konnte ganz unten am Grund große Krebse rumwuseln sehen; ich konnte kleine weiße Muschelstücke und wunderschöne Steine sehen. Beim Krebsefangen sprachen wir kaum. Ich legte mich manchmal bäuchlings auf die Brücke und beobachtete die kleinen Wirbel und Strudel, die im Wasser entstanden, wenn ich meine Angelschnur hineinwarf.

Vor dem Essen wateten wir noch durch den Bach. Johno und Dottle krempelten sich die Hosenbeine hoch, und ihre Beine waren so weiß, dass ich überlegte, ob sie überall so weiß waren und, wenn ja, wie man sie dann schwarz nennen konnte. Dann setzten wir uns ans Ufer und aßen unser Mittagbrot. Hinterher erzählten Dottle und Johno Geschichten, wunderbare Geschichten mit sprechenden Tieren und Spukhäusern und Gespenstern und Dämonen und alten schwarzen Predigern, die an Himmel und Hölle glauben.

Es ging immer auf dieselbe Art los. Dottle sagte zu Johno: »Mr. Bones, nehmen Sie Platz.«

Ich hab die Geschichten ganz, ganz oft gehört, aber Dottle und Johno erzählen sie nie identisch. Sie gestikulieren jedes Mal anders, sie variieren Mimik und Stimmlage.

Dottle erzählt fast immer die Geschichte mit dem Schwarzen, der in einer kleinen Stadt im Süden in einen Laden geht und Muriel-Zigarren verlangt. Der weiße Ladenbesitzer sagt (hier wird Johno zum aufgebrachten weißen Südstaatler): »Nigger, was‘n mit dir los? Da is‘n Bild mit ner schönen weißen Frau vorn an der Vitrine, nich? Wenn du die Zigarren willst, dann sagst du gefälligst *Miss* Muriel-Zigarren!«

Uncle Johno kann auch gut Geschichten erzählen, aber nicht so gut, nicht so komisch oder so dramatisch wie Dottle. Wenn ich Dottle höre, kann ich den alten schwarzen Prediger sehen, der in einem Spukhaus übernachtet. Ich kann sehen, wie er auf das Haus zugeht, wie ihm der Wind unter die Rockschöße fährt und wie er schließlich da drin Zuflucht vor dem gewaltigen Sturm findet. Er macht Feuer im Kamin und setzt sich davor und rubbelt sich die Hände warm. Während er dasitzt, hört er schwere Schritte die Treppe herunterkommen (Dottle haut stampf-stampf-stampf mit der Hand auf den Boden), und der größte Kater, den der Alte je gesehen hat, kommt und setzt sich hin und sieht den alten Prediger an, sieht sich im Raum um und sagt: »Ist Martin schon hier?« Der Alte ist zu erschrocken und zu nervös zum Antworten. Er hört wieder schwere Schritte – stampf-stampf-stampf. Und ein zweiter Kater, noch größer als der erste, kommt rein und setzt sich neben den alten Prediger. Beide Kater starren ihn an, dann sagt der zweite zum ersten: »Ist Martin schon hier?« Der erste schüttelt den Kopf. Beide gucken so sinnend, dass dem Alten immer mulmiger wird. Er fragt sich, ob sie gerade darüber nachdenken, ihn zu fressen. Der Wind heult durch den Kamin, Rauchstöße fegen zurück in den Raum. Dann kommt ein noch größerer Kater die Treppe heruntergestampft. Schließlich sitzen sechs gigantische Kater bei ihm, an jeder Seite drei. Jeder hat den anderen dieselbe Frage gestellt: »Ist Martin schon hier?« Oben auf der Treppe gehen Schritte los und bringen die Stufen zum Schwanken, alle Kater sehen sich an, und der Alte nimmt seinen Hut und erklärt der Katerversammlung: »Sagt Martin, ich war hier, bin aber wieder weg.«

Ich klatschte, als Dottle mit der Geschichte fertig war. Ich sah mich um und dachte, ich bin so froh, dass er hier ist, der Platz hier ist wunderbar, um sich Geschichten erzählen zu lassen. Die Sonne ist warm, aber es weht eine kleine Brise durch den Sumpfreis am Bachufer. Die Halme bewegen sich, scheinen zu winken. Hoch oben fliegen Möwen. Zu hören sind nur hin und wieder ein Möwenschrei und das Plätschern des Wassers an den Brückenpfeilern.

Johno erzählt die nächste Geschichte. Sie handelt von einem alten schwarzen Prediger und einem Kaninchen. Der Alte versucht sich an einem Wettlauf mit einem übertrieben freundlichen und äußerst schwatzhaften Kaninchen. Das Kaninchen wird größer und größer. Der Alte läuft ihm davon, aber das Kaninchen holt ihn ein. Und jedes Mal sagt das Kaninchen: »Wir hatten ja 'n ziemlichen Lauf, was, Bruder?« Irgendwann rennt der Alte, bis er das Gefühl hat, dass ihm die Lunge birst und seine Beine aus Gummi sind, und er guckt sich um und kann das Kaninchen nirgends sehen. Er setzt sich auf einen Stein, um sich auszuruhen und zu Atem zu kommen. Als er gerade sitzt, sieht er das Kaninchen, es sitzt neben ihm und lächelt. Jetzt ist es genauso groß wie der Prediger. Es rollt die Augen und lispelt: »Wir hatten ja 'n thiemlichen Lauf, wath?« Da steht der Alte auf, bereit, wieder loszulaufen, und sagt: »Ja, wir hatten n ziemlichen Lauf, Bruder, aber –«, er holt tief Luft, »du hast überhaupt noch nicht gesehen, was n Lauf ist.«

Irgendwann hatten sie genug Geschichten erzählt, und wir machten alle ein Nickerchen. Dottle und Johno hatten alte Strohhüte auf, Panamahüte mit verknautschten, schlabbrigen breiten Krempen. An dem von Dottle war ein Stück Moskitonetz befestigt, das reichte ihm bis auf die Schultern. Von hinten sah er aus wie eine Frau mit Schleier.

Als wir aufwachten, war es später Nachmittag, Zeit zum Nachhausegehen. Ich bin ein Stück vorgelaufen. Dann habe ich mich am Straßenrand in den Schatten gesetzt und gewartet, dass sie mich einholen.

Dottle sagte: »Warum hast du's denn so eilig, Liebes?«

Ich sagte lachend: »Miss Muriel, sag Martin, ich war hier und bin wieder weg, und er hat überhaupt noch nicht gesehen, was n Lauf ist.«

Ich war als Erste zu Hause. Chink Jonson war im Laden. Als Dottle und Johno ankamen, machte ich Chink mit meinen Onkeln Johno und Dottle bekannt. Sie schienen nicht besonders beeindruckt voneinander zu sein. Johno nickte, Dottle lächelte und ging zum Hinterzimmer. Chink sah hinter ihm her. Dottle hat einen fetten Hintern und schwenkt den beim Gehen hin und her.

Chink sagte: »Hat irgendwie was Damenhaftes. Verwandter mütterlicherseits?«

»Gar kein Verwandter. Ist ein alter Freund von Uncle Johno. Die waren zusammen in der Schule. In Atlanta, Georgia.« Ich klang sehr herablassend. »Du weißt, wo das ist?«

»Yeah. ›Nigger, lies mal. Nigger, lass dich hier nicht nach Sonnenuntergang erwischen. Nigger, wenn du das nicht lesen kannst, lauf weg. Wenn du nicht laufen kannst – dann verschwinde. Hau einfach hier ab.‹ Ich kenn die Gegend. Ich bin von da.«

Mein Vater stand auf dem Bürgersteig und unterhielt sich mit Aunt Frank, also ergriff ich die Chance, frei heraus zu reden: »Nigger, was redst du da von wegen Muriel-Zigarren. Kuck mal das Bild von der schönen weißen Frau mit dem roten Schopf da an, Nigger, du sagst gefälligst *Miss* Muriel.«

Chink stand auf und sagte barsch und mit finsterem Blick: »Kleines Mädchen, so redet man nicht. Ich red so, wenn mir danach is, aber du hast so nicht zu reden.«

Ich fühlte mich betrogen. Gerade noch ist er mein Freund und wir sprechen von gleich zu gleich, im nächsten Moment ist er ein Erwachsener, ohne Vorwarnung, und kanzelt mich laut und barsch ab. Ich war wütend und spürte, wie mir die Tränen in die Augen stiegen. Das machte mich noch zorniger. Ich hatte meine Tränen einfach nicht unter Kontrolle. Neuerdings, ich weiß auch nicht, wieso, fange ich immer an zu weinen, wenn ich zornwütig bin.

Chink kam näher, nahm mein Kinn in die Hand, hob mein Gesicht an, sah die Tränen und küsste mich auf die Wange. Sein Bart war grob und kratzig. Er roch nach Kiefern, ich sah Kiefernnadeln in seinen Haaren und seinem Bart und überlegte, ob er und Aunt Sophronia im Wald gewesen waren.

»Liebes«, sagte er sanft, »diese Miss-Muriel-Geschichte gefällt mir nicht. Die gehört andersrum erzählt. Ein Schwarzer müsste zu einem Weißen sagen: ›Weißer Mann, siehst du das Bild von der schönen schwarzen Frau? Weißer Mann, du sagst gefälligst *Miss* Muriel!‹«

Er ging durchs Hinterzimmer in den Garten, als gehörte er zur Familie. Lange hatte er für diesen Aufstieg nicht gebraucht. Er geht jetzt fast jeden Nachmittag mit Aunt Sophronia spazieren. Ich sehe ihnen vom Laden aus nach. Er geht ganz dicht neben ihr, es sieht aus, als ob er sie einrahmt, und er neigt den Kopf so tief, dass sein Gesicht dicht an ihrem ist. Einmal hab ich sie die Petticoat Lane heraufschlendern sehen, und sein dunkles Gesicht war so dicht an ihrem, dass der Ziegenbart ihre glatte braune Wange berührte.

Auch meine Mutter sah ihnen immer hinterher, wenn sie Seit an Seit den Feldweg entlanggingen, der in den Wald führt – den kilometerlangen Wald. Manchmal sagte er wohl etwas, das Aunt Sophronia nicht gefiel, denn dann drehte sie abrupt den Kopf weg.

Ich beschloss, wenn man sich mal an den Bart und die eigenartige Farbe und die schräg stehenden Augen gewöhnt hat, kann man sein Gesicht sogar interessant finden. Ich weiß nicht, warum mir bei seinen Augen immer Hitze einfällt. Aber ihre Farbe kenne ich. Es ist die Farbe, die versteinertes Holz vom Polieren kriegt, rotbraun. So sind seine Augen auch.

Ich mag Chinks Art, Klavier zu spielen, aber seine Stimme mag ich nicht. Aus meiner Mutter kriege ich kein Wort über ihn heraus. Mein Vater knurrt nur, wenn ich bloß seinen Namen erwähne, und guckt finster, womit klar ist, dass er ihn nicht leiden kann.

Ich wollte unbedingt wissen, was Aunt Sophronia von ihm hielt. Als sie später an dem Tag allein in der Apotheke war, fragte ich sie: »Magst du Chink Johnson?«

Sie sagte: »Lauf, na los, mach den Abwasch vom Abendessen.«

»Aber magst du ihn?«

»Bitte keine persönlichen Fragen«, sagte sie und lief bis über den Hals rot an.

Sie musste ihn aber mögen. Sie ging nicht nur nachmittags mit ihm spazieren, er ging sonntagmorgens mit ihr in die Kirche. Im weißen Leinenanzug und mit seinem üblichen steifen Strohhut weit hinten auf dem Kopf. Er machte ihr Geschenke – eine große Flasche Veilchen-Eau-de-Cologne, einen Strauß Parmaveilchen aus Seide, die aussahen wie echt. Die Veilchen trug Aunt Sophronia sonntags an der Taille, damit sah sie elegant aus, wie ein Bild in einem Buch.

Ich sagte: »Oh, du siehst wunderschön aus.«

Meine Mutter sagte trocken: »Sehr stilvoll.«

Sonntagmorgens gingen wir alle zusammen über die Straße. Sie in die Kirche, ich zur Sonntagsschule. Die Sonntagsschule war zuerst aus, und ich wartete vor der Kirche auf die anderen. Aunt Sophronia kam die Stufen herunter, und er war so dicht hinter ihr, als ob er mit ihr tanzt und seine Beine im Gleichklang mit ihren bewegt. Dann war er plötzlich vor ihr und schon unten auf dem Fußweg, drehte sich um und streckte die Hand aus. Nicht mal auf dem Bürgersteig konnte er stillstehen. Als ob Füße und Hände bei ihm direkter mit dem Herzen und dem zentralen Nervensystem verbunden sind als bei anderen Leuten, weshalb er in jedem wachen Moment in Bewegung ist, mit den Füßen auf den Boden tappt, mit den Fingern auf einem Geländer, dem Arm von jemandem, einer Tischplatte herumtrommelt. Ich hätte gern gewusst, ob er das im Schlaf auch macht, mit einem Fuß Viertelnoten tappen, mit der rechten Hand die Achtel und mit der linken die Halben spielen. Wenn er auf einem Klavier spielte, fiel er darüber her, nahm es mit Gewalt – ein Klavier mit Gewalt nehmen? Mir fiel ein: Aunt Sophronia mit Gewalt nehmen?

Er stand auf dem Weg, hielt Aunt Sophronia die Hand entgegen und geleitete sie lächelnd die Stufen herunter.

»Hast alle Gebete aufgesagt, Liebes?«, fragte er mich.

»Ja. Eins für Sie und eins für die Familie. Aunt Sophronia, du duftest köstlich. Wie Veilchen –«

»Tut sie wirklich, was?«

Wir gingen Hand in Hand über die Straße zum Drugstore. Chink ging in der Mitte und hielt eine Hand von mir und eine von Aunt Sophronia. Sonntags bleibt er immer zum Abendessen. Und sonntags machen wir den Laden abends immer früh zu und setzen uns in den Garten, da ist es kühl. Mr. Bemish setzt sich auch dazu. In der Dämmerung kommen die Glühwürmchen heraus, und wenn es noch dunkler wird, schwirren Fledermäuse um uns herum. Aunt Sophronia sagt dann immer: »Ooooh!«, und greift sich an den Kopf, aus Angst, dass sich eine in ihren Haaren verfängt.

Dottle zog eins seiner großen weißen Taschentücher hervor, band es sich um den Kopf und verkündete mit seiner vollsten, butterweichsten Stimme: »Eines jener nacht- oder dämmerungsaktiven fliegenden Säugetiere der Gattung Chiroptera.«

Dann fläzte er sich auf einen Stuhl und rezitierte Gedichte oder erzählte lange Geschichten über den Süden – Geschichten, die manchmal so viel Angst und Schrecken und Grusel enthielten, dass uns schauderte, obwohl die Luft warm war. Chink blieb nie den ganzen Abend. Er saß erst auf einem Gartenstuhl und tappte mit seinen biegsamen langen Fingern auf der Lehne herum, dann ging er. Mr. Bemish bleibt immer, bis wir alle zum Schlafen hineingehen. Er nimmt nicht am Gespräch teil, er sitzt auf dem Boden, an Aunt Sophronias Röcke gekuschelt. Einmal kam eine Fledermaus sehr dicht herangeflattert, da hat Aunt Sophronia seinen Arm gepackt.

Manchmal rezitiert Dottle ganze Szenen aus *Macbeth* oder *Hamlet* oder das komplette Hohelied, manchmal rezitiert er die besonders lieblichen Shakespearesonette. Und wir vergessen die Fledermäuse, die uns um die Köpfe schwirren, und ignorieren die Mücken, die uns Beine und Knöchel zerstechen, und sitzen gebannt da, während er deklamiert: »Soll ich vergleichen einem Sommertage dich?«

Der Sommer geht immer schneller dahin – vielleicht wegen der Anwesenheit von Aunt Sophronias Verehrern. Ich nehme nicht an, dass Dottle wirklich ein Verehrer ist, aber er zieht alle Register. Er pflückt ihr Blumensträußchen – Kornblumen und Schleifenblumen – und legt sie auf den Küchentisch. Er nennt sie immer Miss Sophronia. Wenn wir draußen im Garten sitzen und sie dazukommt, springt er auf, verbeugt sich und sagt: »Warte, warte. Lass mich die Bank rasch abwischen, bevor du dich setzt«, und holt ein riesengroßes Leinentaschentuch heraus und wischt die Bank sauber. Und immerzu verbeugt er sich und küsst ihr die Hand.

Mitte August war es sehr heiß. Mein Vater hat den Laden streichen lassen, und der Maler fand beim Abnehmen der Jalousien aneinandergeklammerte Fledermausfamilien dahinter. Offensichtlich lebten sie da. Ich schaffte es nicht, auch nur eine zu erwischen. Sie waren höchst seltsame Geschöpfe. Sie sahen aus wie Leute, die immer eine Brille aufhaben und plötzlich mal nicht, sie haben so was Spähendes im Blick.

Chink Johnson ist ständig bei uns im Haus oder im Laden oder im Garten oder geht mit Aunt Sophronia spazieren. Wenn er nicht gerade das Klavier im Inn mit Gewalt nimmt, ist er bei Aunt Sophronia –

Er hat ihr Tanzen beigebracht – im Garten, ganz ohne Musik, nur mit Zählen und Händeklatschen. Auf unserem dichten Rasen machten seine Füße keinerlei Geräusch. Zwei Nachmittage lang hat er ihr Tanzstunden gegeben und am dritten Nachmittag konnte sie tanzen. Sie lachte und sah ganz lebendig aus und ganz jung. Er überredete sie, die Schuhe auszuziehen, und sie tanzte barfuß. Zum Glück weiß das niemand außer mir.

Er ging mit ihr angeln. Als sie zurückkamen, hatte sie einen Sonnenbrand, aber ihre Augen strahlten, als ob sie im Wasser spiegelndes Sonnenlicht aufbewahrten.

In diesem einen kurzen Sommer schien Chink alle möglichen Gestalten anzunehmen – Angler, Tänzer, Sänger, Kirchgänger, sogar Lieferbursche.

Eines Morgens klopfte es hinten an der Tür, und da stand Chink Johnson mit den Lebensmitteln, die wir bestellt hatten, und sagte zu Aunt Sophronia: »Hier kommt Ihr Fleisch, Ma'am, und Ihr Gemüse«, tippte an den Hut, verbeugte sich, packte die Kiste mit den Esssachen aus und setzte sich an den Küchentisch, als ob er ihm gehörte, trank eine Tasse Kaffee, die ihm niemand angeboten hatte, er bediente sich einfach aus dem Emailletopf auf dem Herd, fand Sahne und Zucker selber und saß da, die Beine weit nach vorn ausgestreckt, in diesen fürchterlich engen Hosenbeinen, die aussehen wie auf die Schenkel aufgemalt.

Manchmal sitzt er in der Küche und lacht. Das ist aber kein fröhliches Lachen. Wenn mein Vater lacht, muss man mitlachen, allein wegen des Klangs, selbst wenn man nicht weiß, worüber er lacht.

Wenn Chink Johnson lacht, gucke ich weg. Der Klang tut mir in den Ohren weh. Er ist hässlich wie das Gekrächze von einem großen Vogel, den man im Wald aufgestört hat und der einem ins Gesicht fliegt und die Augen aushacken will.

Es war ein sehr interessanter Sommer. Ich schreibe das schon in der Vergangenheitsform, denn Mitte August ist ja vom Sommer nicht mehr viel übrig. Eines Donnerstagnachmittags konnten Aunt Sophronia und ich mitansehen, dass auch andere Ladies Chink Johnson mochten.

Donnerstags haben die Dienstmädchen traditionell ab nachmittags frei, und die vom Inn kutschierte Chink Johnson später am Tag in die Stadt. Er hielt vor dem Laden, die Kutsche voller kichernder, an ihn geschmiegter Mädchen in langen Röcken, die ganze Kutsche ein einziges erregtes Keuchen, um ihn herum lauter Arme; sie tuschelten mit ihm, brachen in Lachkoller und kreischendes Gelächter aus.

Dann kamen sie in den Laden und kauften Haarnetze und Haarnadeln und Shampoo und Vaseline und Haarwasser und Hustensaft und Pflaster und jede Menge Zeug, das sie gar nicht brauchten, einfach weil es Spaß macht, Geld auszugeben und mal den Dienstmädchenpflichten zu entrinnen – sagte jedenfalls meine Mutter –, manche jung und attraktiv, manche nicht ganz so jung, insgesamt ungefähr zehn.

Aunt Sophronia war im Laden, bediente und musterte sie genau. Ab und zu lief eine zur Tür und rief nach draußen: »Sind in einer Minute da, Chink. Nur noch'n Augenblick!« Winkend und Küsschen werfend.

Dann waren sie weg, alle auf einmal, und zwängten sich mit verwurschtelten langen weiten Röcken wieder in die Kutsche. Eine setzte sich auf Chinks Schoß, sah lachend zu ihm hoch und sagte: »Lass uns in den Wald fahren. Chink, fahr in den Wald mit uns. Ich helf dir lenken.«

Aunt Sophronia und ich standen in der Tür und sahen sie davonfahren, Richtung Kiefernwald. Die Kutsche war voller weiter Röcke und Rüschenunterröcke, und alle kippten plötzlich um, weil Chink sagte: »Na los da!«, und dem Pferd die Peitsche gab, sie über dessen Ohren knallen ließ, und es losraste, als wäre es ein Rennpferd.

Es war schon spät, als sie auf dem Nachhauseweg wieder am Laden vorbeikamen. Wir saßen hinten im Garten und hörten das Pferd galoppieren und die Mädchen quieken und lachen, und Chink sang ein unanständiges Lied über »Strollin' and Strollin'«.

Dottle brach ein Gedicht mittendrin ab, Mr. Bemish richtete sich auf und war nicht mehr ganz so nah an Aunt Sophronias Röcken. Es war, als wäre Chink Johnson bei uns im Garten – die raue, atonale Stimme, die rotbraunen Augen, die so heiß aussehen, buchstäblich heiß, als ob man sofort die Finger wegreißen muss, wenn man da drankommt, sonst versengt oder verbrennt man sie sich, der ausladende Bart, die rastlosen Hände und Füße.

Wir saßen vollkommen still da. Wir hörten das Rattern der Kutsche, das Klappklapp der Pferdehufe, darüber das Gelächter der Mädchen und über allem Chinks Stimme, der ein Lied schmetterte. Die Klänge schienen weiter in der Luft zu hängen, auch als sie so weit entfernt waren, dass wir sie eigentlich nicht mehr hören konnten, schwach, weit weg.

Es war ein warmer Abend, schimmernd im Mondlicht. Ich malte mir aus, wie die Mädchen auf Chink sitzen, rings um ihn herum, auf seinen Armen, auf seinem Schoß, auf seinen Schultern, und dachte, dass die Hübscheste bestimmt auf seinem Kopf hockte.

Dottle zündete sich eine Zigarre an, stieß bläuliche Rauchwölkchen aus und sagte: »Ich hab noch an keinem Sommerabend so deutlich den Balzruf des Männchens gehört.« Er prustete vor Lachen und musste eins seiner Riesentaschentücher zücken und sich die Augen abtupfen.

Aunt Sophronia schoss so schnell von der Bank, dass sie Mr. Bemish streifte und fast umriss. Er verlor das Gleichgewicht und fand es erst wieder, als er sich mit der Hand am Boden abstützte. Sie musste mitgekriegt haben, dass sie ihn um ein Haar umgeworfen hatte, aber sie marschierte auf das Haus zu, mit sehr durchgedrücktem Rücken, erhobenen Hauptes, ohne sich nur ein Mal umzusehen.

Dottle sagte: »Hab ich sie gekränkt?«

Meine Mutter sagte: »Es ist spät. Wird Zeit, dass wir ins Haus gehen.«

Mr. Bemish ist bestimmt wieder zu sich gegangen, als wir hineingingen, aber am nächsten Morgen war er so früh wieder da, dass er glatt die Nacht im Garten verbracht haben konnte. Dottle und ich standen in der Küche und sahen nach draußen. Er trank Kaffee, ich aß eine Scheibe Brot mit Butter. Im Sommer ist unser Garten morgens so ein hübscher Anblick. Überall blühen Blumen, und die Vögel singen und die Luft ist noch kühl; und es gibt so einen bestimmten Duft, einen Sommerduft aus Gras und Tau auf dem Gras und den Blumen, und so eine Ahnung von der Hitze, die später am Tag kommen wird.

Wir schauten aus der Tür, und Mr. Bemish kniete vor Aunt Sophronia im Gras. Sie saß auf der Bank und sah erschrocken aus, anscheinend war sie gerade dabei, ihn zu bremsen, mit einer Handbewegung zu verscheuchen. Ich dachte: Der hat bald eine nasse Hose, da liegt doch noch Tau auf dem Gras, und wieso ist er überhaupt so früh hier, weiß der, dass sie immer noch fast vor Sonnenaufgang auf der Bank sitzt?

»Ach, Mädelchen, Mädelchen!«, sagte er, auf Knien im dichten weichen Gras in unserem Garten. »Heiratest du mich?«

»Nein!«

»Weil ich«, fragte er, »alt bin?« Dann ging seine Stimme die Tonleiter hoch. »Ich bin nicht alt. Ich bin nicht alt. Hier, ich kann immer noch Hochsprung mit dreimal Hackenzusammenschlagen!«

Er machte es vor. Er stand auf und sprang hoch, steil hoch, und schlug die Hacken zusammen, dreimal, und landete mit einem dumpfen Plumps im Gras.

Aunt Sophronia sagte: »Mr. Bemish, Mr. Bemish, lassen Sie das – lassen Sie das – gehen Sie, gehen Sie nach Hause –«, und lief zum Haus und er hinterher, aber dann sah er uns in der Tür stehen und zuschauen und bremste sich. Er rief hinter ihr her: »Ich ziehe meinen besten Anzug an und setze meinen besten Hut auf, du wirst mich nicht wiedererkennen – ich komme wieder – und du wirst mich nicht wiedererkennen –«

Dottle starrte ihn durch die Fliegengittertür an und sagte: »Du alter Narr – du alter Narr –«

Mr. Bemish eilte ums Haus und tat, als hätte er es nicht gehört.

Ich wusste nicht, wann Mr. Bemish in seinem besten Anzug und seinem besten Hut wieder da sein würde, aber ich wollte ihn unbedingt sehen und wenn möglich seine nächste Vorstellung miterleben. Ich beschloss, immer im Laden zu sein, wenn Aunt Sophronia im Laden war.

Als mein Vater um halb eins zum Mittagessen ging, übernahm Aunt Sophronia den Laden. Um die Zeit kamen nicht viele Leute; es war Essenszeit, und Aunt Sophronia saß bei offener Tür im Rezepturenzimmer und las die Morgenzeitung. Am Fenster stand ein alter Holzstuhl. Auf der Rückenlehne war ein verblichenes Bild, Sitz und Armlehnen waren aus Holz. Wenn man aufrecht saß, war der Stuhl sehr bequem, und Aunt Sophronia saß sehr aufrecht. So konnte sie aus dem Fenster sehen, die Kirchenwiese sehen, den Weg sehen, der hinter der Petticoat Lane zum Kiefernwald führt, und gleichzeitig das Ladeninnere im Blick behalten.

Ich glaube, sie hat Mr. Bemish nicht hereinkommen sehen. Sonst wäre sie sofort aufgestanden, um ihn zu bedienen. Aber sie las Zeitung, und er kam sehr leise herein. Er trug einen Cut, der ihm zu lang war, und eine gestreifte Hose und hatte einen Seidenhut in der Hand, einen eingedellten Seidenhut. Er blieb an der Tür stehen, klopfte den Hut in Form und setzte ihn akkurat auf. Er sah aus wie ein Zirkusclown, der einen Zirkusdirektor parodiert und sich mit dem Kostüm über ihn lustig macht.

Mr. Bemish ging schnurstracks durch den Laden, blieb vor Aunt Sophronia stehen, sprang hoch wie ein Tänzer und schlug dreimal die Hacken zusammen. In den Regalen wackelten die Flaschen, das ganze Rezepturenzimmer klirrte.

»Du meine Güte«, sagte Aunt Sophronia stirnrunzelnd. »Du meine Güte, springen Sie doch nicht so rum.« Sie stand auf.

Mein Vater kam herein und sagte: »Was geht hier vor? Was geht hier vor?«

Mr. Bemish sagte: »Ich wollte Miss Sophronia nur schnell zeigen, dass ich noch Hochsprung mit dreimal die Hacken zusammenschlagen und wieder auf den Füßen landen kann.«

Mein Vater gab einen Laut von sich, der nicht ganz, aber fast wie »Buuuuh!« klang, und Mr. Bemish zog sich hastig redend zurück. »Ich hatte Miss Sophronia gefragt, ob sie mich heiratet, und sie hat Nein gesagt und ich dachte vielleicht denkt sie, ich bin zu alt und nicht elegant genug, deshalb hab ich mich schick angezogen und wollte ihr zeigen, dass ich noch immer –«

»Raus hier! Raus hier! Raus hier!«

Die Stimme meines Vaters wurde immer schriller und lauter, er sah aus, als ob er gleich platzt. Sein Gesicht schien sich zu verdunkeln und anzuschwellen, immer größer zu werden.

Aunt Sophronia sagte: »Ach, du darfst nicht so mit ihm reden –«

Mein Vater bewegte sich auf Mr. Bemish zu, und Mr. Bemish wich Stück für Stück zurück und drehte sich schließlich um und rannte aus dem Laden und rannte die Petticoat Lane hoch und die langen Rockschöße flatterten ihm um die Beine.

Mein Vater sagte: »Ich hätte nicht zulassen dürfen, dass er monatelang hier herumlungert. Ich kann keine fünf Minuten aus dem Laden gehen, ohne dass einer von diesen Tunichtguten hier herumlungert, wenn ich wiederkomme. Nicht einer von denen ist das Pulver und die Kugel wert, sie zum Teufel zu jagen. Dieser auf dem Boden rumscharrende Klaviermann, dieser in die Luft springende alte Weiße und dieser Freund von Johno, dieser Dichter oder was der sonst ist, der braucht bloß einen gestärkten Unterrock und ein Häubchen, dann geht der als Frau durch – ist ja praktisch so schon eine – mit seinem Rumgezirpe, selbst wenn man die alle zusammenpackt, wird kein ganzer

Mann draus.« Mein Vater schwang die Faust durch die Luft und starrte Aunt Sophronia an.

»Das ist wohl alles meine Schuld –« Aunt Sophronia klang so bedauernd wie belustigt.

Mein Vater sagte: »Nein, nein, nein, so hab ich das nicht gemeint«, und tätschelte ihren Arm. »Das ist alles ganz und gar natürlich. Nur, wir sind die einzigen Schwarzen in diesem Städtchen, hier gibt's keine guten jungen schwarzen Männer, nur diesen klavierspielenden Rumtreiber, jedes Mal wenn ich den angucke, hör ich ihn diese Rags spielen und seh reihenweise vollbusige Frauen aufgetakelt in Paillettenkleidern über ihm hängen und stöhnen, jemand soll ihnen den Brand löschen, seh ich Pokerrunden und Würfelrunden und –«

Meine Mutter kam aus dem Rezepturenzimmer. »Samuel, was redest du da von Glücksspielen?«

»Ich versuche gerade, Sophy zu erklären, was ich von diesem Klavierspieler halte.«

Zu meiner Überraschung sagte meine Mutter: »Hat Sophronia dich gefragt, was du von Mr. Johnson hältst?«

Als er den Kopf schüttelte, sagte sie: »Dann gibt es, glaube ich, keinen Grund, über ihn zu reden. Ich brauche dich im Garten. Ich möchte, dass du mir eine Pfingstrose umsetzt.«

Ich wüsste gern, was meine Mutter sagen würde, wenn sie mitgekriegt hätte, wie mein Vater den kleinen Mr. Bemish aus dem Laden gejagt hat. Ich wüsste gern, ob Mr. Bemish je wiederkommt.

Mr. Bemish kam wieder. Er kam schon am nächsten Sonntag wieder. Wir waren alle im Laden – Aunt Sophronia und Dottle und Chink und ich.

Mr. Bemish schlich sich durch die Tür. Er sah aus, als ob er damit rechnete, dass ihn gleich jemand anspringt und ankeift: »Geh nach Hause!« Er kam trotzdem herein und setzte sich neben mich auf die Bank vorn im Laden.

Chink hing über der Zigarrenvitrine und unterhielt sich mit Aunt Sophronia, sein Gesicht war sehr nah an ihrem. Ich konnte nicht hören, was er sagte, aber er schien sie zu etwas überreden zu wollen, zum Spazierengehen oder so, und sie lehnte natürlich ab, höflich, aber bestimmt. Dottle stand hinten im Laden und beobachtete Chink.

Aunt Frank zog die Ladentür auf, blieb auf der Schwelle stehen und hielt die Fliegengittertür auf. Sie hat eine knurrige, schroffe Art zu reden, sehr schnell und sehr lästig. Sie sah mich und sagte: »Wo's Mar-tha?«

Mit Aunt Frank hatte ich um diese Zeit nicht gerechnet, ich war so verblüfft, dass ich keine Antwort gab.

»Was'n mit dir los? Zun-ge ver-schluckt? Kannst nich hörn? Wo's dei-ne Mut-ter?«

»Sie ist hinten, in der Küche. Sie trinkt mit meinem Vater Kaffee.«

Sie warf Chink einen finsteren Blick zu. »Wie lang quatscht der Bart-mann hier schon mit So-phy?«

Chink drehte sich um und sah zu Aunt Frank. Aunt Sophronia kam schnell hinter der Zigarrenvitrine hervor und ging auf sie zu: »Was darf's denn sein?«

Während Aunt Frank im Eingang stand und die Tür aufhielt, schoss ein ganzer Schwarm Fledermäuse in den Laden. Ich sage »Schwarm«, weil ich nicht weiß, wie man eine Riesengruppe Fledermäuse sonst nennt. Sie schwirrten in rasendem Blindflug durch die Gegend.

Aunt Frank kreischte auf: »Äääh! Mein Haar, passt auf

eu-er Haar auf! Äääähhh!« Sie stieg auf die Bank, raffte die muffigen schwarzen Röcke fest um sich, dann zog sie sie sich über den Kopf. Meiner Meinung nach hatte sie Fledermäuse mit Mäusen verwechselt, auf einen Stuhl steigen und die Röcke fest um sich zerren, das ist ja die Methode gegen Mäuse, also jedenfalls für Damen, die so tun, als hätten sie Angst vor Mäusen. Nebenbei erfuhr ich, dass Aunt Frank dunkelgraue Filzlatschen und schwarze Baumwollstrümpfe anhat und unter der äußeren Schicht Röcke noch jede Menge Schichten schwarze Unterröcke sind.

Dottle rannte ins Rezepturenzimmer und hielt die Tür zu. Die Tür ist teilweise verglast, er hatte uns und unsere Ausweichmanöver genau im Blick. Ich konnte sein breites blasses Gesicht sehen, auch die langen Haare, ich dachte, der hat bestimmt genauso viel Angst wie Aunt Sophronia, dass sich die Fledermäuse da drin verfangen, so hat er rumgekreischt, da war nichts Volles, Butterweiches mehr in seiner Stimme, nur noch hohes Gekreisch.

Aunt Frank nahm vorsichtig den äußeren Rock vom Kopf, nestelte in einer Tasche und zog eine Flasche hervor – nicht groß, etwa Hustensaftformat –, nahm zwei, drei Schlucke, schraubte sie zu und deckte sich den Kopf wieder ab.

Chink schnappte sich eine Zeitung und patschte nach den herumkreisenden Fledermäusen. »Erwischt. Ha-ha-hab dich – ha-ha-hab dich – erwischt!« Dann rollte er die Zeitung zusammen und schlug auf alles ein, was an ihm vorbeiwitschte.

Mr. Bemish glotzte nur. Meiner Meinung nach hatte er bestimmt mit Fledermäusen und Spinnen und Mäusen gelebt, gut, vielleicht nicht gelebt, aber er war so daran gewöhnt, dass er nicht begriff, wieso die so viel Krach und Durcheinander und Angst verursachten. Er scherte sich kein bisschen um die Fledermäuse, sondern schritt zur Rettung seiner Angebeteten. Er zog Aunt Sophronia fest an seine Brust, deckte ihren Kopf mit Händen und Armen ab und murmelte tröstende Worte. »Aber, aber, ich lass doch nicht zu, dass dir jemand was tut. Dir kann kein Leid geschehen.« Er holte tief Luft und sagte deutlich hörbar: »Ich liebe dich, mein Liebling. Ich liebe dich, liebe dich –«

Aunt Sophronia schien sich in seine Arme zu schmiegen, sich an ihn zu kuscheln, ganz eng und noch etwas enger, jedes Mal, wenn eine Fledermaus vorbeischwirrte.

Vater kam aus dem Rezepturenzimmer – nachdem er Dottle niedergerungen hatte – und war so klug, die Fliegergittertür aufzuhalten, und die Federmäuse schwirrten, in Schwung gebracht von Chinks Zeitungsrolle, nach draußen.

Es war wirklich sehr aufregend mit all dem Gekreisch und dem rasanten Fledermausgeschwirr. Das Erste, was mir auffiel, als alles vorbei war und ich mich richtig umsah, war Aunt Sophronia, die sich noch immer in Mr. Bemishs schützende Arme kuschelte. Dottle kam mit geschürzten Lippen und geblähten Backen aus dem Rezepturenzimmer, es hätte mich nicht gewundert, wenn er Mr. Bemish angezischt hätte. Er und Chink gingen schnurstracks auf Mr. Bemish zu. Sie sind ja beide sehr groß, und Mr. Bemish ist klein und schmächtig, und als sie auf ihn zukamen, der eine von hinten, der andere von der Seite, sah er noch kleiner und älter aus als sonst.

Aunt Sophronia löste sich von Mr. Bemish. Sie ging auf Chink zu. Ihr Gesicht war rot auf der Seite, die an Mr. Bemishs wollenen Cut gedrückt gewesen war.

Urplötzlich lag eine Hand meines Vaters auf einer von Chinks Schultern. Mein Vater hat große, schwere Hände, und eine war anscheinend jäh und mit ziemlicher Wucht niedergegangen. Er sagte: »Sie fangen in meinem Laden keinen Ärger an.«

Aunt Frank sagte: »Ääh! Ääh!« Sie winkte meinem Vater, ihr von der Bank zu helfen. Sie hielt sich an ihm fest und kletterte umständlich hinunter. »Die sind auch Ääh«, sagte sie, mit einer allumfassenden Handbewegung, die Chink und Dottle und Mr. Bemish einschloss. »Wo ist Mar-tha?«, fragte sie. »Noch in-ner Kü-che?«

Mein Vater nickte. Dann hielt er Mr. Bemish die Tür auf, und Mr. Bemish trippelte hinaus. Dottle und Chink folgten.

Ich sah eine tote Fledermaus auf dem Boden und setzte mich auf die Bank vorn im Laden, um sie zu untersuchen. Sie roch widerlich. Aber sie war eine hochinteressante Kreatur, weshalb ich den Geruch ignorierte. Sie hatte ziemlich große spitze Ohren, die ich ganz entzückend fand. Sie hatte sehr scharfe kleine Krallen. Ich verstand, warum die Damen geschrien und sich den Kopf abgedeckt hatten, denn wenn sich solche Krallen in langen Haaren verheddern, müssten die ja abgeschnitten werden, um die Fledermaus da wieder rauszukriegen. Aunt Frank hat keine langen Haare, eher so Schaffell, stramme Löckchen dicht auf der Kopfhaut. Ich nehme aber an, wenn sich die scharfen Krällchen und die komischen Flügel da drin verheddern, wär das noch problematischer, als wenn sie sich in längeren, nicht so strammen Locken verhaken.

Die Fledermausflügel hatten Schwimmhäute wie Entenfüße, ein feines membranartiges Gewebe, das von den Vorderbeinen oder Armen bis zu den Hinterbeinen reichte und seitlich am Körper angewachsen war. Im Verhältnis zur Spannweite der komischen Flügel war der Körper winzig. Ich hab sie auseinandergezogen, und das sah aus wie ein aufgespannter Schirm von innen, ich konnte sie einfach nur bewundern. Mir fiel alles Mögliche ein, was ich über Fledermäuse gehört hatte: »blind wie eine Fledermaus« oder »verhuscht wie eine Fledermaus«, also verrückt, und überlegte, warum »verhuscht«. Wahrscheinlich bloß, weil Menschen das Verhalten von Fledermäusen nicht verstehen – sie halten das schnelle Herumgeschwirre für unvernünftig.

Dann drang Aunt Franks Stimme an mein Ohr und ihr schrecklicher Mundgeruch in meine Nase, der roch schlimmer als die Fledermaus. Sie sagte: »Schmeiß das Viech weg. Schmeiß das Viech weg.«

Ich schwenkte die tote Fledermaus vor ihrem faltigen schwarzen Gesicht herum. »Da, guck«, schrie ich, »die saugt dir das Blut aus. Die lebt noch. Da, guck!«

Sie sprang wutentbrannt weg. »Du kleins Biest.« Sie quiekte wie ein Schwein. Dann sah sie meine Mutter in der Tür zum Hinterzimmer. »Mar-tha«, herrschte sie sie an, »du kommst jetzt her und sagst ihr, sie soll das Viech weg-tun. Sie soll das weg-tun. Die sitzt hier rum und spielt mit dem to-ten Viech.«

Meine Mutter sagte: »Wenn du dir die Fledermaus ansehen willst, geh damit nach draußen oder nach hinten. In einer Apotheke darf keine tote Fledermaus sein.«

»Die tut ihr doch nichts. Die ist tot.«

Sie unterbrach mich. »Viele Menschen haben Angst vor Fledermäusen. Ganz egal, ob die Fledermäuse tot oder lebendig sind – sie haben einfach Angst davor.«

Ich ging nach draußen, setzte mich auf die Treppe und wartete. Der Vollmond schien, und in dem Licht sahen die Straße und die Häuser aus wie weiß getüncht. Ich legte die Fledermaus neben mich auf die Stufe. Ich wollte auf Aunt Frank warten, ich wollte ihr, wenn sie aus dem Laden die Treppe runterkam, die stinkende tote Fledermaus in eine ihrer großen Rocktaschen stecken – in die, wo sie immer ihr Ginfläschchen drinhat. Ich hoffte, wenn sie dann zu Hause nach ihrem Gin langte, würde sie die Leiche »eines jener nacht- oder dämmerungsaktiven fliegenden Säugetiere der Gattung Chiroptera« entdecken, erkennen und mit ihren knochigen Fingern anfassen, ein Zeichen meiner Zuneigung.

Ich wartete bestimmt zwei Stunden auf der Treppe. Mein Vater fing schon an, die Ladenbeleuchtung auszumachen. Ich blieb einfach draußen sitzen und freute mich auf den Augenblick, in dem meine Erzfeindin Aunt Frank angetorkelt kommen würde.

Und dann – eben saß ich noch auf den splitterigen Stufen, und im nächsten Moment rannte ich schon die Petticoat Lane hoch, so schnell ich konnte, weil mir plötzlich einfiel, dass Chink Johnson und Dottle Smith gleich nach Mr. Bemish aus dem Laden gegangen und nicht wiedergekommen waren.

Ich kam keuchend bei Mr. Bemish an. Ich bekam kaum noch Luft.

Mr. Bemishs Pferdekarren stand direkt neben seiner Werkstatt. Das Pferd war angeschirrt. Mr. Bemish lud gerade das Kopfteil seines schönen Messingbetts auf. Er zog offensichtlich weg – raus aus der Stadt – noch am selben Abend. Er ging irgendwie merkwürdig, als wäre er lahm. Er keuchte auch und gab Schluckaufgeräusche von sich, wie jemand, der ganz lange geweint hat, so lange, dass kein richtiger Ton mehr kommt, nur noch eine Art Schluckauf, bedingt durch die Kontraktionen der Kehlkopfmuskeln und die Hebungen des Brustkorbs.

Während ich da stand, hievte er das Kopfteil hinauf, dann kämpfte er mit der Matratze und danach mit dem Lattenrost, und schließlich schleppte er seine Schusterbank heraus.

Dottle und Chink standen dabei und bewachten ihn wie zwei Wärter oder zwei Sheriffs. Niemand von uns sagte ein Wort.

Irgendwann habe ich mich auf den riesigen Mühlstein gesetzt, den Mr. Bemish als Vordertreppe benutzte. Ich saß ganz am Rand, um ihm beim Hin- und Herlaufen nicht in die Quere zu kommen.

May-a-ling, seine Katze, rieb sich kurz an mir und nahm dann auf meinem Schoß Platz, mit dem Rücken zu mir und dem Blick zu Mr. Bemish.

Er brauchte nicht lange zum Ausräumen seiner Habseligkeiten. Ich dachte nur, falls wir mal auszögen, würde es bestimmt Tage dauern, all die Bücher und Bilder und das Porzellan und unsere ganzen Kleider und Möbel zu packen. Wir waren alle Sammler. Aunt Sophronia konnte wunderschön sticken, sie sammelte bestickte Stoffe, und Mutter sammelte altes Geschirr und alte Möbel und mein Vater alte Glasflaschen und alte Mörser, und alle drei sammelten Bücher und alle Zimmer waren möbliert und es gab Kochtöpfe aller Art. Niemand von uns würde alle seine Sachen auf ein Fuhrwerk kriegen.

Mr. Bemish kam aus der Werkstatt und ging mit seinem merkwürdig steifen Gang einmal um das kleine Haus herum.

Die Gartenbank war das Einzige, was er anscheinend übersehen hatte. Er bekam sie kaum auf das Fuhrwerk, und ich setzte May-a-ling auf den Boden und ging ihm helfen.

Eine von Dottles Wursthänden packte meinen Zopf. »Der schafft das schon.«

Ich drehte mich weg. »Das ist ein kleiner alter Mann und er ist mein Freund und ich helfe ihm.«

Chink sagte: »Lass sie in Ruhe.«

Dottle ließ meine Haare los. Ich half Mr. Bemish mit der Bank, ging mit ihm zurück in die Werkstatt und half ihm, die paar Sachen rauszubringen, die noch übrig waren. Beim Reingehen stellte ich ihm Fragen. Wir flüsterten beide.

»Wo ziehen Sie hin, Mr. Bemish?«

»Massachusetts.«

»Warum denn?«

Er antwortete nicht. Sein Schluckauf wurde wieder schlimmer.

Wir nahmen die grünen Sommervorhänge ab, falteten sie ordentlich zusammen, legten sie zu ein paar Kleidungsstücken in die kleine Truhe und luden den Besen und das Kehrblech und den hohen Küchenhocker auf, bevor ich die Frage noch einmal stellte. Der Schluckauf hatte sich beruhigt.

»Warum ziehen Sie weg, Mr. Bemish?«, flüsterte ich.

»Die haben gedroht, sie verpassen mir ne Naht. Vernähen mich.«

»Vernähen Sie? Haben Sie gesagt – vernähen?«

»Ja.«

»Wo?« Ich starrte ihn an und überlegte: Vernähen? Was denn vernähen – die Augen, Nasenlöcher, Mund, Ohren,

Rektum? »Die wollten Ihnen nur Angst machen, Mr. Bemish. Niemand vernäht einen Menschen, es sei denn als Chirurg – nach einer Operation –«

Er schüttelte den Kopf. »Nein«, flüsterte er, »das hab ich auch gedacht, aber – nein, die meinten das wörtlich – mit meinem eigenen gewachsten Faden –«

»Haben die –«

»Sch! Sch!«

Wir wickelten seine Waschschüssel und den Krug in den kleinen geblümten Teppich und hievten das sperrige Paket aufs Fuhrwerk. Dann gingen wir noch mal rein und sahen nach, ob wir auch nichts vergessen hatten. Mr. Bemishs Werkstatt wirkte jetzt ganz klein und schäbig und verlassen. Außer dem Herd war nichts mehr da, aber den konnte er natürlich nicht mitnehmen. Er war massiv, ein schöner Herd, Mr. Bemish hatte ihn immer geputzt und gewienert.

»Kannst du ein Geheimnis bewahren?«, flüsterte er. Er stand dicht neben mir. Er roch alt und verstaubt und verwelkt wie Trockenblumen.

Ich nickte.

Er gab mir einen kleinen Samtbeutel. »Versteck ihn, Mädelchen«, flüsterte er. »Das ist ein bisschen alter Schmuck, er hat meiner Mutter gehört. Gib ihn Miss Sophronia, als mein Weihnachtsgeschenk.« Er tätschelte meinen Arm.

Wir gingen nach draußen, er schraubte das Schild mit dem aufgemalten Damenstiefelchen ab und legte es auf den Kutschbock. Dann stieg er auf und nahm die Zügel in die Hand.

»May-a-ling, May-a-ling«, rief er. So musikalisch habe ich noch nie jemanden nach einer Katze rufen gehört. Sie antwortete sofort. Sie miaute und sprang neben ihn auf den Kutschbock. Er schnalzte dem Pferd zu, und weg waren sie.

Ich wartete nicht nur, bis sie außer Sicht waren, sondern bis ich die Räder nicht mehr knarzen und die Pferdehufe nicht mehr klapp-klappern hören konnte. Dann drehte ich mich um und rannte los.

Chink sagte: »Moment mal –«

Dottle sagte: »Du verstehst das nicht –«

Ich hörte genau so lange auf zu rennen, dass ich ihnen entgegenbrüllen konnte: »Ihr stinkt alle beide. Ihr stinkt wie tote Fledermäuse. Ihr und eure gottverdammte Miss Muriel –«

Der neue Spiegel

Meine Mutter sagte: »Wo ist dein Vater?« Sie stand vor der Tür des Badezimmers im Erdgeschoss. Ich hätte die Frage verstanden, selbst wenn sie weiter weg gewesen wäre, ihre Stimme hat nämlich einen ganz eigenen Ton, so ganz kurz vor barsch, weshalb sie über eine größere Entfernung trägt als die von andern Leuten.

Ich antwortete von drinnen: »Er ist hinten im Garten und hört den Bienen zu.«

»Bitte sag ihm, das Frühstück ist fertig.«

»Sofort«, sagte ich. Ich tat es aber nicht sofort. Ich rührte mich nicht. Der Frühling war spät gekommen und kalt, bis Ende April lag Schnee. Dann im Mai wurde es plötzlich warm, beinah über Nacht blühten im Garten die riesigen alten Kirschbäume auf. Alle drei standen in einer Reihe mitten im Garten. Sobald die Sonne aufging, schienen sämtliche Honigbienen in Wheeling, New York, in die Bäume auszuschwärmen. Mein Vater stellte sich an jedem sonnigen Morgen unter einen der blütenprallen Kirschbäume und hörte den summenden Bienen zu. Meine Mutter wusste das so gut wie ich, trotzdem schickte sie die Badezimmertrödlerin mit einer Nachricht zum Kirschbaumtrödler, bloß damit wir endlich beide gleichzeitig zum Frühstück im Esszimmer erschienen.

Ich stand erst noch zehn Minuten vor dem neuen Glasspiegel, der einen Tag vorher über dem Waschbecken angebracht worden war, und betrachtete mich. Über dem Spiegel war eine neue Lampe installiert. Meine Mutter hatte alles so umbauen lassen, damit sich mein Vater im Erdgeschoss rasieren konnte. Sie sagte, das sei bequemer für ihn, denn so konnte er sich dichter beim Drugstore rasieren. Unser Drugstore lag vorn in dem Haus, in dem wir auch wohnten.

Die Badezimmerwände waren weiß, unter dem strahlenden, alles enthüllenden Licht der neuen Lampe sah ich aus, wie auf eine weiße Fläche gespießte dunkle Geschöpfe eben aussehen: zu groß, zu dunkel. Meine Haut war matschbraun, nicht klar dunkelbraun, wie ich immer angenommen hatte. Ich drehte den Kopf, und mein Zopf, der mir über den halben Rücken reichte, sah aus wie eine dicke schwarze Schlange. Sie schlängelte sich sogar leicht, wenn ich mich bewegte. Ich packte den Zopf dicht am Kopf und sah mich nach einer Schere um, ich wollte ihn abschneiden, denn für eine Fünfzehnjährige war ein Zopf eine absolut ekelhafte Frisur. Aber nirgends war eine Schere, also ließ ich den Zopf wieder los und musterte mich andersrum – jetzt frontal im glitzernden Spiegel. Mir war klar, so, wie ich in diesem Badezimmer mit lauter weißen Wänden aussah, so sah meine Familie in Wheeling, New York, aus. Wir waren die einzige eindeutig schwarze Familie in einer komplett weißen Stadt, und wir fielen auf; wir sahen komisch aus, fremd. Es gab noch eine andere schwarze Familie – die Granites –, aber die behaupteten, sie wären Mohawks. Wenn mein Vater auf sie zu sprechen kam, lachte er immer, bis ihm die Tränen kamen. »Mohawks? Hahaha. Tja, da haben wohl fünf, sechs Generationen Männchen vom Stamm der Fanti fünf, sechs Generationen Mohawk-Weibchen namens Granite unter irgendeinem Busch erwischt. Hahaha.«

Im Drugstore sagte er so etwas nie. Mein Vater, meine Mutter und meine Tanten bewahrten ihr Privatleben und ihre Ansichten über andere im Kreis der Familie und hielten das Familienleben bewusst getrennt vom Geschäftsleben. Umgekehrt galt das allerdings nicht, denn praktisch alles, was wir taten, wurde danach entschieden, ob es gut oder schlecht fürs Geschäft war. Ich mochte den Drugstore, ich arbeitete samstags und nach der Schule auch gern dort, aber oft kam er mir vor wie eine monströse, stumpfsinnige, blinde Macht, die unser Leben nach irgendwelchen Mustern formte, und die Muster waren beliebig.

Ich schaltete das Licht aus und ging meinem Vater Bescheid sagen, dass das Frühstück fertig war. Er stand reglos unter dem ersten großen Kirschbaum. Er stand mit dem Rücken zu mir, aber ich sah an seiner Kopfhaltung, dass er aufmerksam lauschte. Er war klein, und sein Rumpf sah von hinten aus wie eigentlich für einen größeren Mann gedacht.

»Juhuu!«, rief ich, als wäre er mindestens sechzig Meter weit weg. »Früh-stück. Früh-stück.« Im Geist sagte ich: »Sam-u-el. Sam-u-el.« Aber laut hab ich das nicht gesagt.

Er drehte sich nicht um. Er hob nur die Hand, wie um meiner Stimme Einhalt zu gebieten, und das bedeutete, dass er mich gehört hatte und ich nicht noch mal rufen sollte.

Ich setzte mich auf die Stufen und wartete. Die Sonne schien schon, aber im Garten war es noch kühl. Die Luft war erfüllt vom zarten Duft all der blühenden Büsche, der Kirsch- und Birnenblüten und der kleinen Pflanzen – Veilchen und Osterglöckchen. Eine Ammer sang irgendwo in der Nähe. Ich beschloss, wenn ich Parfümmacher wäre, würde ich eins machen und »Frühling« nennen, und es würde duften wie diese kühle, süße Morgenluft, und nur schöne braune junge Mädchen dürften es benutzen, und wenn ich singen könnte, würde ich singen wie die Ammer, und nur schöne braune Jungs dürften mich hören.

Als wir endlich ins Haus gingen und uns an den Frühstückstisch setzten, sagte mein Vater (wie in jedem Frühjahr), dass die Bienen einen einzigen Ton summten, nämlich das Es kurz unter dem eingestrichenen C, allerdings mit einem kleinen Unterschied. Er sagte, der musikalische Teil seines Hirns habe den nie definieren können, deshalb habe er beschlossen, genau das sei der wesentliche Unterschied zwischen dem Klang, den das Summen einer Biene erzeugt, und dem Klang, den die Stimme eines Menschen beim Singen erzeugt. Er sagte auch, er würde nirgendwo sonst auf der Welt leben wollen, nur hier in Wheeling, New York, in dem Haus, in dem vorn unser Drugstore liegt und hinten der große Garten mit diesen Kirschbäumen, unter denen er im Frühling, zur vollen Blütezeit der Bäume, stehen und die süße Kirschblütenluft schnuppern und den Bienen lauschen kann, die nur einen einzigen Ton halten – das Es kurz vorm eingestrichenen C. Dann sagte er: »Als ich eben draußen stand, war der erste Kirschbaum so prallvoll mit Leben, da sind so viele Bienen herumgeschwirrt und in die Blüten getaumelt mit diesem Brummen und Summen …« Er hielt sich die große Hand an die Stirn, als wollte er sein Denken stimulieren. »Also, ich könnte schwören, der Baum hat mit mir gesprochen.«

Ich beugte mich zu ihm, gespannt, was er noch sagen würde. Ich glaubte nicht, dass der Baum ihm irgendetwas erzählt hatte, aber ich wollte wissen, was der Baum seiner Meinung nach gesagt hatte. Ich fand den Augenblick ideal für solche Offenbarungen. Wir waren gerade fertig mit einem Riesenfrühstück, mit Pampelmusen und Haferbrei und Rührei und Würstchen und warmen Grießmuffins. Die leckeren Sachen und das sonnige Zimmer, in dem wir sie gegessen hatten, waren erfreuliche Teile unseres privaten Lebensbereichs, völlig getrennt vom Drugstore, dem öffentlichen Teil. Ich schwelgte in dem Gedanken daran, dass die stetig kommende und gehende weiße Kundschaft unseres Ladens keine Ahnung hatte, wie unser Esszimmer aussah, ja, nicht mal, dass wir eins hatten. Es war wie eine verborgene Waffe, die man gegen seine Feinde nutzen kann.

Das Esszimmer war ein quadratischer Raum mit weißen Wänden auf der Ostseite des Hauses. Die Wände reflektierten die Strahlen der Morgensonne, sodass der ganze Raum zu leuchten schien und die Wände nicht mehr weiß, sondern blassgelb wirkten. Ich fand, in diesem Raum sah mein Vater ziemlich gut aus. Er hatte rötlich dunkelbraune Haut und war frisch rasiert. Er hatte ein Aftershave aufgelegt, von dem sein Gesicht leicht glänzte. Er hatte eine Glatze, und hier im sonnenhellen Zimmer sah die Haut in seinem Gesicht und auf seinem Kopf aus, als hätte er sie blank poliert.

Der Esstisch war aus Eiche. Und auch quadratisch, passend zum quadratischen Raum. Die Stühle hatten hohe Rückenlehnen mit einem Muster oben drauf. Es sah aus wie irgendwie maschinell ins Holz gestanzt.

Meine Mutter saß an einem Tischende, mein Vater am anderen, auf Stühlen mit Armlehnen. Ich saß an einer Seite und Aunt Sophronia an der anderen. Sie war die jüngste Schwester meiner Mutter. Die beiden sahen sich sehr ähnlich, nur dass Sophronia eine hellere Haut hatte als meine Mutter. Beide waren klein und eher zierlich. Ihre Augen sahen schwarz aus, waren aber sehr dunkelbraun. Sie trugen beide die Haare auf dem Kopf aufgetürmt. Die meiner Mutter wurden schon grau, die von Aunt Sophronia waren schwarz. Sie hatten völlig verschiedene Stimmen. Aunt Sophronias Stimme war tief, melodisch – ganz sanft.

Meine Tante und meine Mutter und mein Vater waren gerade bei der zweiten Tasse Kaffee, ich beim zweiten Glas Milch, als mein Vater sagte, dass er dachte, der Baum habe zu ihm gesprochen. Die beiden Frauen sahen ihn erstaunt an.

Ich fragte: »Und was hat der Baum gesagt?«

»Er hat sich zu mir heruntergebeugt und gesagt …« Mein Vater hielt inne und winkte mich noch etwas näher heran. Er senkte die Stimme. »Der Baum hat gesagt: ›Kind der Sonne –‹« Er brach ab und sah mir ins Gesicht. Jetzt, im sonnendurchfluteten Zimmer, waren seine Augen rötlich braun, fast genau wie seine Haut, und ich hatte so ein komisches Gefühl, dass ich ihn noch nie richtig angeguckt hatte und dass er glaubte, der Baum habe etwas zu ihm gesagt, und war schockiert. Er flüsterte weiter: »Der Baum hat gesagt: ›Es wird bald Zeit, die Apotheke aufzumachen!‹«

Ich sah ihn finster an, und er warf den Kopf zurück und lachte los, mit diesem explosiven Röhren. Es war, als hätte er gesagt: »Erwischt, du Trottel – du – hahaha.« Er riss den Mund weit auf, ich konnte das Zahnfleisch sehen, feucht und rot, konnte die drei noch übrigen Zähne sehen, einen im Oberkiefer, die zwei im Unterkiefer, konnte sogar die Mandeln sehen. Im Geist knurrte ich ihn an: »Wie kaust du eigentlich, du zahnloser Alter mit deiner rotbraunen Haut und deiner Glatze. Geh mir doch los, du Glatzkopf. Geh mir los, du schwarzer Glatzkopf.«

Gleich nach dem Frühstück half ich meinem Vater, den Drugstore aufzumachen. Ich ärgerte mich immer noch, dass er geschafft hatte, mich mit seiner Behauptung, ein Kirschbaum habe zu ihm gesprochen, reinzulegen, aber ich arbeitete so gern im Drugstore, und das Vergnügen würde ich mir nicht entgehen lassen, bloß weil er absichtlich Blödsinn erzählt hatte und ich so blöd war, ihm zu glauben.

Er fegte den Boden mit einem großen weichen Besen. Dann ging er nach draußen und fegte die langen Holzstufen an der Vorderseite des Hauses. Er ließ die Tür offen, und die kühle, süß duftende Morgenluft vertrieb den starken Geruch der Zigarren, das klebrige Vanillearoma aus dem Getränkespender und die Medizindünste aus dem Rezepturenzimmer – teils Alkohol, teils Würziges, teils Desinfektionsmittel.

Ich füllte beide Kassen mit Wechselgeld auf – die eine im Laden und die andere hinter dem Getränkespender. Der Spender stand in einem Extraraum, eher einer Art Veranda mit vielen Fenstern. Ihn habe ich mit Konzentraten aufgefüllt – Schoko, Coca-Cola, Root Beer, Zitrone, Kirsch, Vanille. Bei Schoko läuft einem das Wasser im Mund zusammen, Kirsch und Zitrone duften wie ein Obststand an einem heißen Sommertag, Root Beer und Coca-Cola riechen metallisch.

Unser schwarz-weißer Kater saß im Eingang und beobachtete meinen Vater. Er gähnte mit weit offenem Maul, ich sah die wunderbare, flexible rosa Zunge und die Zähne – wie Tigerzähne, nur kleiner natürlich. Ich überlegte, ob Katzen je die Zähne verlieren konnten wie mein Vater. Er hat Löcher nie füllen lassen, er hat immer gesagt, von dem ganzen Silber oder Amalgam oder Gold oder sonst was, von der ganzen Röntgenbestrahlung, die tollpatschige Zahnärzte veranstalten, von dem ganzen Novocain kriegen die Leute Krebs im Kiefer. Wenn er Zahnschmerzen hatte und der Zahnarzt sagte, das liege an einem Riesenloch im Zahn, ließ er sich den Zahn ziehen, ohne Betäubung. Ich habe ihn einmal gefragt, ob es wehtut, einen Zahn ohne Novocain oder Lachgas gezogen zu kriegen. Er hat gesagt: »Natürlich tut das weh. Aber der Schmerz geht vorüber. Meine Zahnwurzeln gehen gerade nach unten, die Zähne sind ganz einfach zu ziehen. Ein paar hab ich mir selbst gezogen.«

Ich sortierte die Zeitungen, sah die Schlagzeilen durch und überflog die Innenseiten der *News* aus Buffalo. Ich fand ein Foto von einem Mann mit Strohhut, offensichtlich Schauspieler. Das Bild wollte ich haben, weil der so zähnebleckend grinste, ich beschloss, es später auszuschneiden. Nicht verkaufte Zeitungen gehen nämlich zurück und werden gutgeschrieben. Ich hab oft Sachen ausgeschnitten, die mich interessierten. Ich suchte nach Artikeln zur Bedeutung des gründlichen Kauens beim Essen und nach Bildern von Männern ohne Zähne und Bildern von gut aussehenden Männern mit ganz vielen gebleckten Zähnen. Ich hatte vor, dieses Foto auf den Apothekentresen zu legen, wo mein Vater es garantiert sehen würde.

Als Aunt Sophronia um neun zur Arbeit kam, war der Laden sauber und duftete gut. Sie war Apothekerin wie mein Vater, und wenn er mal nicht im Laden war, war sie da. Sie trug bei der Arbeit dunkle Röcke zu weißen Blusen und darüber einen grauen Baumwollkittel, damit die Leute wussten, dass sie keine Kundin war, sondern hier arbeitete.

Noch jemand arbeitete im Drugstore – Pedro, ein zwölfjähriger portugiesischer Junge. Er war für samstags und sonntags ab neun eingeteilt. Er kam immer pünktlich, die Stadtuhr hatte den ersten Schlag noch nicht getan, da eilte er schon in den Laden. Er war sehr stämmig und hatte große dunkle Augen. Seine Haare waren ein enormer schwarzer Wust. Einen Friseur konnte er sich nicht leisten, deshalb übernahm mein Vater das Schneiden. Als ich das erste Mal sah, wie er Pedro im Rezepturenzimmer die Haare schnitt, fragte ich ihn, ob er weiß, wie man Haare schneidet.

Er sagte: »Nein.«

Ich sagte: »Und woher weißt du dann, wie das geht?«

»Ich weiß es nicht«, sagte er und schnippelte weiter. »Aber ich kann sie ein bisschen kürzer machen. Damit er nicht aussieht wie ein Mädchen.«

Pedro mochte uns alle gern, aber für meinen Vater empfand er etwas Besonderes. Er erzählte ihm, er würde gern immer im Laden sein – er könne doch im Rezepturenzimmer schlafen, er brauche nur eine Decke und eine Matratze, und die könne er von zu Hause mitbringen, und was zu essen und zum Anziehen würde er auch mitbringen. In seiner Familie gab es elf Kinder, ich kann mir vorstellen, dass er lieber zu einer Familie mit weniger Leuten gehören und deshalb Mitglied unserer Familie werden wollte.

Mein Vater ließ ihn nicht im Rezepturenzimmer schlafen, aber Pedro schaffte es immerhin, alle wachen Stunden (außer wenn er in der Schule war, natürlich) im Laden zu sein. Er brachte sein Essen mit. Er aß Apfelsinen, indem er Saft und Fruchtfleisch rauslutschte. Er hängte eine große Räucherwurst an einen Balken im Rezepturenzimmer und schnitt immer ein paar Scheiben fürs Mittagbrot davon ab. Er liebte frische Ananas, er sagte immer, das Einzige auf der Welt, was er klauen würde, wenn er anders nicht drankäme, wäre eine reife Ananas.

Um eine Minute nach neun ging mein Vater zur Post. Er hatte ein paar Briefe in der Hand, die er abschicken wollte. Ich empfand seine Hand um die vielen weißen Briefumschläge herum als groß und sehr dunkel. Ich ging zur Tür und sah ihm nach, wie er die Straße hochging, vorbei an den Ulmen, vorbei an dem eisernen Pflanzkübel auf dem Dorfanger, vorbei an den Rotkehlchen und dem zarten neuen grünen Gras zu beiden Seiten des Kieswegs. Er trug den steifen Strohhut fast hinten am Kopf. Auf dem Weg die Straße hoch pfiff er vor sich hin: »Ain't goin' to study war no more, no more, no more.«

An dem Morgen hatten wir so viel im Laden zu tun, dass ich gar nicht gemerkt hatte, wie spät es war, als meine Mutter anrief, ob wir wüssten, warum mein Vater nicht zum Mittagessen erschien. Die Demarkationslinie zwischen Zuhause und Geschäft war so scharf, dass meine Mutter immer im Laden anrief, wenn sie meinem Vater etwas mitteilen wollte.

Aunt Sophronia nahm ab. Ich hörte, wie sie sagte: »Im Laden ist er gerade nicht – vermutlich ist er im Keller. Wir schicken ihn sofort rauf.« Sie hängte ein. »Guck mal nach, ob dein Vater im Keller Waren auspackt oder hinten im Garten Abfälle verbrennt.«

Er war nicht im Keller und er war nicht im Garten. Der Brenner war randvoll mit Sachen aus dem Mülleimer im Zubereitungszimmer (Reklamepost, leere Pillenschachteln, alte Etiketten) und aus dem Abfallkasten beim Getränkespender (Strohhalme, Papierservietten, Eis-am-Stiel-Hüllen).

Alle drei Kirschbäume waren voller Bienen, und sie summten in ihrem einen Ton. Ich ging von einem Baum zum nächsten, blieb stehen und lauschte, sah hoch in die weißen Blüten, und durch das Kommen und Gehen der Bienen schienen die Bäume auf seltsame Weise zu leben. Ich stand da und fand es plötzlich ganz leicht zu glauben, dass diese Bäume zu mir sprechen könnten.

Ich ging wieder in den Laden. Aunt Sophronia sagte: »Du hast ihn nicht gesehen?«

»Nein. Ich glaube, er ist überhaupt noch nicht von der Post zurück. Wenn jemand nach ihm fragte, hab ich jedes Mal gedacht, er ist bestimmt im Hinterzimmer oder im Keller oder draußen im Garten. Und der, der nach ihm gefragt hatte, hat jedes Mal gesagt, er kommt später wieder. Ich hab ihn nicht ein Mal holen sollen.«

»Ich rufe im Postamt an und frage, ob er unsere Pakete abgeholt hat, dann kriege ich raus, ob er überhaupt da war, und muss nicht sagen, dass wir ihn suchen.«

Ich konnte Aunt Sophronias Gespräch mithören, bei der Post war er offenbar den ganzen Morgen nicht gewesen. Sie hängte ein. Dann rief sie im Bahnhof an und fragte, ob Mr. Layen da gewesen war und ein Expresspaket abgeholt hatte. Der Bahnhofsvorsteher sprach laut und dröhnend, sein »Nein« konnte ich direkt hören. Aunt Sophronia sagte:

»Sie hätten ihn gesehen, wenn er am Bahnhof gewesen wäre?« Er sagte: »Mit Sicherheit.«

Pedro und ich wollten ihn suchen gehen. Aunt Sophronia blaffte uns an: »Seid nicht albern. Wo wollt ihr denn suchen? Im Fluss? In den Kneipen? Dein Vater würde sich nicht umbringen, und trinken tut er auch nicht …«

Sie machte mir Angst. Pedro hatte sie auch Angst gemacht; er war bleich und hatte noch größere Augen. Ich dachte eigentlich, mein Vater käme zu spät zum Essen, weil er unterwegs jemanden zum Reden getroffen und sich in ein ausgedehntes Gespräch verwickelt hätte, und wenn Pedro und ich die Straße hoch- oder runtergingen, fänden wir ihn und könnten ihm sagen, dass das Essen fertig ist. Aunt Sophronia dagegen dachte offenbar, dass ihm etwas ganz Schlimmes zugestoßen war. Und das dachten wir jetzt auch.

Wir bedienten weiter Kunden, als gäbe es keine Familienkrise. Ich hatte dauernd im Kopf: »Dein Vater stirbt, deine Mutter stirbt, du brichst dir ein Bein oder den Rücken, du stehst in einer Lache aus kaltem Schweiß vom Fieber, du stehst in einer Lache aus warmem Blut von einer Wunde, aber du stehst weiter im Laden und lächelst und sagst: ›Gut, wirklich gut, geht uns alle gut, wir faaaabche Leute ham nie'n Problem.‹«

Immer wenn der Laden mal leer war, sagte Aunt Sophronia nervös: »Was könnte ihm zugestoßen sein?« Und räusperte sich zwei-, dreimal kurz nacheinander – ein sicheres Zeichen, dass sie durcheinander und verängstigt war. Später am Nachmittag sagte sie, mit so einem komischen Unterton, so, als wäre er aus unserem Leben verschwunden und sie erinnerte sich an ihn: »Er hat jeden

Tag alles exakt zur selben Zeit gemacht. Er hat immer gesagt, das ist die einzige Art, ein Geschäft zu führen – man hat für alles eine bestimmte Zeit und hält sich daran.«

Das stimmte. Er machte pünktlich um acht den Drugstore auf, er ging pünktlich um neun die Post holen, er aß um zwölf zu Mittag. Um vier trank er eine Flasche Moxie – die einzige Limonade, die seiner Ansicht nach geeignet für Verzehr durch den Menschen war. (Er sagte, wenn die je vom Markt genommen würde, müsste er Tee trinken, und den vertrage sein Magen nicht, das sei ein Getränk, das zu den emotionalen Bedürfnissen von Chinesen, East Indians, Engländern, Iren und nervösen amerikanischen Frauen passe und folglich wertlos für ihn sei, denn er repräsentiere einen Ausschnitt einer verschollenen Bevölkerungsgruppe, die erst seit wenigen Generationen jenseits von Afrika lebte, wo seine Vorfahren selbstverständlich Medizinmänner gewesen waren.)

Sonntags ging er zur Kirche. Er ging immer ungefähr zwei Minuten nach Gottesdienstbeginn durch den Seiteneingang direkt auf die Chorempore. Es gab leichte Unruhe, weil die Chordamen und der andere Sänger (ein großer dünner Mann, der Bass sang) hin und her rücken mussten, um Platz für ihn zu schaffen. Er sang fast jeden Sonntag ein Solo, er hatte ja eine großartige, wunderschöne Tenorstimme. Sonntags duftete er stark nach Aftershave, werktags duftete er nur schwach nach Aftershave.

Meine Tante sagte immer wieder: »Wo könnte er hin sein? Wo könnte er hin sein?«

Ich sagte: »Vielleicht nach Buffalo.« Das glaubte ich zwar nicht, aber wenn sie widersprechen wollte, müsste sie das Räuspern lange genug sein lassen.

»Was soll er denn da wollen? Warum sagt er das nicht? Wie kommt er da überhaupt hin?«

»Mit dem Bus«, sagte ich. »Vielleicht wollte er da hin, um eine neue Brille zu kaufen. Er kauft seine Brillen immer in dem Billigladen da. Er mag Billigläden.«

»Aber er hasst Busse. Er sagt, die stinken und schaukeln.«

Ich lachte. »Er sagt immer, die stinken und die schaukeln so, dass es einem den Mageninhalt umrührt.« Aunt Sophronia ließ das unkommentiert, also sagte ich noch einmal: »Er kauft seine Brillen in dem Billigladen in Buffalo und –«

»Was?«, sagte sie. »Das glaube ich nicht.«

»Stimmt aber. Frag Mutter. Sie hat gesagt, als sie das letzte Mal in Buffalo waren ...« Ich versuchte mich zu erinnern, wie lange das her war.

»Ja, und?«

»Na ja, Mutter hatte gesagt, sie guckt mal nach einem neuen Hut, und er sagt, er geht solange in den Billigladen, und da war er dann, zusammen mit einem alten Schwarzen, und der und Samuel hingen praktisch mit der Nase auf dem Tresen. Sie hat mir erzählt: Dein Vater hatte eine Zeitungsseite in der Hand und eine Brille auf der Nase, er guckt die Zeitung an, sagt: ›Nein, nicht stark genug‹, und nimmt eine andere Brille und setzt die auf und sagt: ›Mal gucken. Ah! Prima!‹ Dann dreht er sich zu dem alten Schwarzen, der sah schrecklich aus, alt und ungepflegt und schmutzig und unrasiert, und stank nach Whiskey, und sagt zu dem: ›Auch eine gefunden?‹ Mutter fragt: ›Samuel, was treibst du denn da?‹ Sie klang noch beim Erzählen entsetzt. Erst sagt er: ›Ich hol mir eine Brille.‹

Dann fragt er den Alten, ob er eine für sich gefunden hat, und der Alte nickt und guckt Mutter an und schlägt sich in die Büsche. Sie hatte wahrscheinlich einen von ihren Blumenhüten auf und weiße Handschuhe an. Mutter hat erzählt, dass sie auf den Tresen gekuckt hat, und da lagen reihenweise Brillen und alle kosteten fünfzig Cent das Stück. Die trägt Samuel – die hat er immer getragen. Er braucht keine Spezialgläser, sagt er, er hat nichts Besonderes an den Augen. Er braucht nur ein Vergrößerungsglas, damit er so klein gedruckte Sachen lesen kann, deshalb kauft er seine Brillen im Billigladen.« Ich schwieg.

Meine Tante sagte auch nichts. Sie sah mich nur skeptisch an.

Also redete ich weiter. »Er kauft immer zwei auf einmal. Manchmal verliert er eine. Manchmal geht eine kaputt. Er schiebt sie ja gern über die Stirn, aus dem Weg, wenn er sie nicht braucht, und seine Glatze ist immer fettig oder schwitzig, dann rutscht die Brille runter auf den Boden und geht ganz oft kaputt. Wusstest du das nicht?«

Sie sagte: »Nein. Und ich möchte nicht, dass du deinen Vater Samuel nennst.« Sie ging einen Kunden bedienen.

Ich setzte mich auf den hohen Hocker vor dem Arzneitresen. Ich glaubte nicht, dass mein Vater nach Buffalo gefahren war. Er würde nicht weggehen, ohne eine Nachricht zu hinterlassen. Ich überlegte, ob er vielleicht entführt worden war, fand den Gedanken aber lächerlich. Bestimmt war ihm etwas zugestoßen.

Meine Mutter rief wieder im Laden an, und Aunt Sophronia sagte gleich danach zu Pedro, er solle ums Haus herum in die Küche gehen, Kaffee und Sandwiches holen, die Mrs. Layen gemacht hatte, und sie in den Laden bringen. Wir aßen abwechselnd im Rezepturenzimmer. Wir aßen nicht viel. Ich mochte den Kaffeegeruch nicht. Ich hatte immer den Verdacht, dass eine Menschenleber keinen Kaffee mag, dass der ein Leberverkleber ist. Aber in meiner Familie tranken alle Kaffee, Pedro auch, und sie hörten nicht gern, was ich davon hielt.

Ich saß im Hinterzimmer mit Leberverklebergeruch in der Nase und sah in den Garten. Ein angenehmer Platz zum Sitzen und Essen. Das Zimmer war groß und hatte freiliegende Balken an der Decke. Klar, da war ein Haufen Krempel – Töpfe und Tiegel und Mopps und Besen und große Kupferkessel standen in den Ecken oder hingen von den Deckenbalken, Zeitungen und Illustrierte lagen in Stapeln auf leeren Kartons. An den Wänden waren Regale voller Kästchen mit Kräutern. Irgendein Großhändler hatte sie aus dem Sortiment geworfen, und mein Vater hatte sie genommen, denn getrocknete Kräuter seien noch in hundert Jahren gut; richtig getrocknet behielten sie ihre jeweilige Heilkraft. Im Hinterzimmer roch es immer leicht nach aromatischen Substanzen – eine Art Niesreizduft. Die Tür nach hinten stand offen, ich konnte in den Garten sehen, auf die Kirschbäume und die Forsythien und die blühenden Büsche und das zarte neue Gras.

Den Nachmittag über hatten wir viel zu tun im Drugstore. Um fünf kam meine Mutter von hinten und setzte sich in den Arzneiraum. Sie sah aus dem Fenster ins Grüne. Sie trug einen Hut – einen dunkelblauen Strohhut mit kleinen weißen Blumen vorn – und hatte ihr bestes schwarzes Sommerkostüm und weiße Handschuhe an. Sie war offensichtlich für einen Notfall gerüstet, eine Katastrophe, darauf gefasst, Samuel Layen im Krankenhaus oder im Leichenschauhaus oder bei der Polizei zu identifizieren.

Die Kundschaft strömte weiter herein. Kaufte Nachmittagszeitungen, Zigaretten, Tabak. Männer auf dem Heimweg von der Arbeit holten Eis für den Nachtisch. Der Nachmittag zog sich hin, die Schatten der Ulmen wurden länger und irgendwann so lang, wie die Kirchenwiese breit war. Der Eisenkübel in der Mitte sah kalkweiß aus. Ganz langsam nahm das Tageslicht ab, und die Stämme – die ulmentypischen astlosen dicken Stämme – wurden scheinbar dunkler und dunkler.

Ich schaltete die Ladenbeleuchtung und die Schreibtischlampe auf dem Arzneitresen an. Eigentlich war es noch nicht so dunkel, dass man Licht machen musste, und ich dachte, das sagt meine Tante auch gleich. Hat sie nicht. Sie hat meine Mutter gefragt, ob sie ein Glas Ginger Ale möchte.

»Das wäre sehr lieb, danke dir«, sagte meine Mutter. Ihre Stimme war tiefer und barscher und klang noch tragender.

»Pedro, bring Mrs. Layen ein Glas Ginger Ale.«

Als Pedro damit kam, nippte meine Mutter kurz und stellte das Glas auf die Fensterbank. Da blieb es – und Bläschen bildeten sich, zerplatzten, zerplatzten, bildeten sich, zerplatzten, bis schließlich nur noch ein vergessenes Glas mit einer gelblichen Flüssigkeit auf der Fensterbank stand.

Wenn keine Kundschaft im Laden war, setzten wir uns alle in den Rezepturenraum zu meiner Mutter und warteten. Wir schwiegen alle – Pedro und Aunt Sophronia und meine Mutter und ich. Ich überlegte immer wieder, dass uns mein Vater doch nicht freiwillig verlassen würde. Er hatte doch erst heute Morgen beim Frühstück gesagt, er möchte nirgendwo sonst auf der Welt leben als hier, wo wir leben. Vielleicht war es Selbstmord oder vielleicht war er ermordet worden. Bestimmt nicht entführt wegen eines Lösegelds. Was besitzen wir denn schon? Wir besitzen nicht mal einen Wagen. Da ist das alte Haus, in dem wir wohnen, und der Drugstore mit antiken mahagonibraunen Einbaumöbeln und Vitrinen und einer Nische mit einem Getränkespender. Selbst zusammen mit unserer Kleidung und unserem Hausrat – Töpfen und Pfannen und Stühlen und Tischen und Sofas und Betten und Spiegeln – kommt keine Summe raus, wegen der man einen Menschen entführt.

Dann dachte ich, vielleicht hat er meine Mutter wegen einer anderen Frau verlassen. Absurd. Er sagte immer, als er sie zum ersten Mal sah, war sie sechzehn, und er beschloss auf Anhieb, sie zu heiraten; sie hatte große schwarze kecke Augen und ganz braune und wunderschöne Haut. Seine Freunde sagten, das wäre aber eine Kinderehe, er sei ja schon vierundzwanzig. Er heiratete sie trotzdem, sowie sie achtzehn war. Er sagte, wenn er sie ansieht, fällt ihm immer »Black is the color of my love's hair« ein.

Aunt Sophronia sagte: »Vielleicht sollten wir etwas in die Zeitung setzen – irgendetwas …«

Meine Mutter sagte barsch: »Nein. Dann kommen sofort die Layens angeschwärmt wie die Heuschrecken und schreien ›Samuel! Samuel! Samuel!‹. Nein. Die lesen allen den *Recorder*, die wären aus Buffalo hier, bevor wir uns zweimal umdrehen. Ich glaube manchmal, die kreisen irgendwie auf einer astralen Umlaufbahn. Nein. Wir setzen überhaupt nichts in die Zeitung, nicht mal wenn …«

Ich wusste, was sie sagen wollte oder sich verkniffen hatte: »Nicht mal, wenn er tot ist.« Obwohl mir nicht klar war, wie sie eine Meldung über seinen Tod aus den Zeitungen raushalten wollte.

Meine Mutter sagte, die Familie meines Vaters sei ein eigener kriegerischer Stamm – arrogant, argwöhnisch, feindselig. Ihrer Meinung nach stammten sie vermutlich von den Watussi ab. In Buffalo gingen sie nur zu dritt oder viert auf die Straße. Ihrem Eindruck nach stellten sie immer irgendjemandem nach. Sie hatten sehr tiefe, fast gutturale Stimmen, und wenn man nicht genau hinhörte, kam es einem vor, als ob sie gar nicht Englisch sprachen, sondern bloß so ein moduliertes Geräusch von sich gaben – ah-ah-ah-*ah* –, das nur sie verstanden.

Mein Urgroßvater, der bärtige Familienpatriarch, ging immer in Begleitung eines Enkels durch Buffalo, der Junge war ungefähr vierzehn, groß und schnell. Er bekam stets dieselbe Anweisung: »Passiert dei'm Großvater irgendwas, irgendwer sagt dem irgendwas, kommt ihr sofort wieder her, sofort wieder her.« Mit »irgendwer sagt dem irgendwas« war gemeint, dass ihn jemand anders anredete als mit »seinem Namen«. Wenn das passierte, sagte meine Mutter, ging der Junge sofort mit dem Alten nach Hause und kam dann wieder zurück, in Begleitung von Uncle Joe, Uncle Bill, Uncle Bobby, Uncle John, Uncle George, meinem Vater, Aunt Kate und Aunt Hal – allesamt rachelüstern.

Sie hatten in New Jersey gelebt – für sie einfach »Jersey« –, am Fuß eines Bergs, den sie Sour Mountain nannten. Im Staat New York lebten sie zuerst in Albany. Der ganze Clan – Uroma, Uropa, Oma und Opa und alle acht Kinder, darunter mein Vater Samuel und ein Baby – kam per Schiff den Hudson River hoch nach Albany. Mitsamt sechs Enten in Holzkäfigen, die über das Deck patschten, einem wuscheligen schwarzen Riesenhund – Herkunft unbekannt, Temperament bösartig – und sechs bemalten Wohnzimmerstühlen, die Uroma unbedingt mitnehmen wollte. Die Männer und die Jungs trugen schwarze Filzhüte, und ihre Gesichter und Hände waren fast so dunkel wie der Filz. Sie trugen schwere schwarze Anzüge, die Uroma genäht hatte. Und wenn sich auf dem Schiff jemand näherte, ergriffen sie flankierende Maßnahmen, das heißt, sie bildeten sofort einen Kreis, die Männer nach außen gewandt, die Frauen innen.

Meine Mutter hat mal erzählt, dass sie die Geschichte der Ankunft dieser fremden Schwarzen in Albany in allen Einzelheiten kannte, weil ihre Familie einen Schwarzen, der auf den Hudson-River-Schiffen arbeitete, gekannt und der ihrem Vater davon erzählt hatte. Als sich das Schiff dem Kai näherte und zum Anlanden manövrieren musste, setzte es erst ein Stück flussabwärts zurück. Nicht sehr weit, aber die Lücke zwischen Boot und Kai wurde allmählich breiter. Die Sonne schien, die Messingreling glänzte im Sonnenlicht, der weiße Anstrich glitzerte, während sich das Schiff vom Kai entfernte. Die dunkelhäutigen, grimmig aussehenden Männer hielten Rat. Der bärtige Alte, das heißt mein Urgroßvater, stieß einen Schrei aus – einen trompetenartigen Schrei –, nahm Anlauf und machte einen Riesensatz vom Schiff, landete auf dem Kai, der Stock schlug auch auf, und er grölte: »Ihr bring uns nich wieder zurück, ’standen! Wirf mir das Baby runter! Wirf mir das Baby runter!« Empörte Aufschreie von Leuten an Deck. Einer der Layens warf das Baby nach unten, und der Alte fing es auf. Er schoss den stirnrunzelnden Bootsleuten und den glotzenden Passagieren böse Blicke zu und schrie: »Ihr bring uns nich wieder zurück, 'standen! Wir ham bis hier bezahlt. Ihr bring uns nich wieder zurück jetz. Spring!«, röhrte er. »Alle spring, los!«

Meine Mutter sagte, dass der Schwarze ihrem Vater die Geschichte so erzählt hatte, und das Ende war: »Also, diese Leute sind alle von dem Schiff runtergesprungen – sogar die Frauen. Die haben ihren Krempel gegriffen, sogar die verdammten Enten und diesen bösen Hund und diese Stühle, dann haben die Anlauf genommen und sind auf den Kai gesprungen. Ich hab so was noch nie gesehn. Und der bärtige Alte spaziert andauernd den Kai rauf und runter, klopft mit seinem Stock rum, lässt das Baby an einem Fuß baumeln und brüllt und brüllt: ›Wir ham bis hier bezahlt! Ihr bring uns nich wieder zurück jetz, 'standen!‹«

Ich saß im Rezepturenzimmer, betrachtete meine Mutter und dachte wieder, wenn mein Vater tot wäre, würde sie das seiner Familie nicht erzählen? Nicht mal, dass er tot ist? Sie würde sich nicht trauen, es ihnen zu sagen, vor lauter Angst, dass sie dann nach Wheeling kommen und über die Einwohner herfallen – sie wären verheerend wie eine Bande Berufswürger. Mein Urgroßvater war jetzt alt, der würde mit keinem Auto fahren und mochte keine Züge, also würde er vermutlich zu Fuß von Buffalo bis nach Wheeling gehen und vor sich hin meckern, widerspenstig, gefährlich, mit vor Wut zitterndem Bart und vor Kampflust funkelnden kleinen Augen.

Es kam weiter Kundschaft. Pedro und ich bedienten sie. Einmal standen wir beide hinter dem Tabaktresen, und er sagte: »Ich könnte einfach in der Stadt herumlaufen und ihn suchen. Ich muss ja nicht sagen, dass er verloren gegangen ist.«

Ich schüttelte den Kopf. »Aunt Sophronia fände das nicht gut.«

Wenn das Telefon klingelte, nahm immer ich ab. Ich ließ die Tür zur Telefonkabine offen, damit alle hören können, was ich sage, falls es etwas Neues über meinen Vater gab. Gab es aber nie. Es war immer nur jemand, der sein Schoko-Konzentrat wollte oder seine Spezial-Kühlcreme oder seine Akne-Lotion. Ich sagte immer wieder dasselbe: »Er ist gerade nicht da. Wir erwarten ihn, wir erwarten ihn. Wann? Später. Wir erwarten ihn später.«

Die Fliegengittertür hatte einen Schließmechanismus, der verhinderte, dass sie zuknallte. Beim Öffnen machte sie immer ein zischendes Geräusch. Wenn wir das Geräusch hörten, sahen wir jedes Mal alle erwartungsvoll zur Tür und dachten, vielleicht ist es diesmal Samuel. Irgendwann stellte Aunt Sophronia das kleine Radio auf dem Arzneitresen an. Heraus kam jede Menge atmosphärisches Rauschen, dazu schwache Stimmen und ein dünnes Fädchen Musik im Hintergrund – ein Gewirr aus Klängen. Ich hatte nie erlebt, dass meine Tante im Laden das Radio anstellt. Mein Vater sagte immer, Radios plärren nur in gewissen abgetakelten Drugstores, und die Inhaber stellen die an, um die Kundschaft abzulenken von den undichten Stellen im Dach, den Löchern im Boden, den madenverklebten Verpackungen und dem Katzengestank.

Aunt Sophronia saß leicht vornübergebeugt auf dem Hocker vor dem Arzneitresen und horchte. Wir horchten alle. Meine Mutter betrachtete ihre Hände, Pedro betrachtete den Fußboden, Aunt Sophronia betrachtete das schwarzweiße Linoleum auf dem Tresen. Ich dachte: Wir warten darauf, dass so ein Sprecher mit Schmelz in der Stimme sagt, dass ein dicklicher kleiner Schwarzer auf einem Bahngleis aufgefunden wurde, vom Zug überfahren, oder erhängt oder erschossen oder ertrunken aufgefunden wurde. Warum ertrunken? Na ja, der Fluss ist nicht weit weg.

Ich habe verschiedene Versionen durchgespielt. »Junge Frau findet unidentifizierten dicklichen kleinen Schwarzen.« – »Farbiger Drogist von Schulkindern im Fluss entdeckt.« – »Negro-Apotheker im Gebirge verloren gegangen.« – »Schwarzer Mann von weißem Mann bei Liebesduell erschossen.« Farbiger Drogist. Negro-Apotheker. Schwarzer Mann. Mein Vater? Ich blieb an der Türschwelle stehen und horchte auf das Radio – Weltnachrichten im Überblick, Wetter, scheußliche Musik. Nichts über unidentifizierte schwarze Männer.

Aunt Sophronia drehte sich zu meiner Mutter und sagte leise etwas zu ihr.

»Polizei?«, sagte meine Mutter ganz laut, und gleich noch mal: »Polizei?«

»Er ist seit heute Morgen um neun weg. Was können wir denn sonst tun, als die Polizei rufen?«

»Nein!« Die Stimme meiner Mutter war lauter und barscher, als ich je gehört hatte. »Wir müssen überhaupt nicht zur Polizei. Wir wissen zwar nicht, wo Samuel ist, aber wenn wir geduldig warten, kriegen wir es schon raus.« Ihre Augen waren weit aufgerissen und funkelten. Mir kam der Gedanke, dass sie vielleicht auch im Dunkeln leuchten, wie Katzenaugen.

»Vielleicht hat er einen Unfall gehabt.«

»Dann hätten wir Bescheid bekommen«, sagte meine Mutter bestimmt. »Sein Name ist innen auf seine Uhr graviert. Sein Name steht in seinem Hemd und seiner Unterwäsche und auf seinen Taschentüchern. Ich beschrifte alles mit waschfester Tinte.«

»Aber wenn es in Buffalo passiert ist –«

»Wenn was passiert ist? Was redest du denn?«

Aunt Sophronia fing an zu weinen. Hier hinten im Rezepturenzimmer. Sie weinte so laut, dass man es im ganzen Laden hören konnte. Ich war entsetzt. Der private Teil unseres Lebens drang plötzlich und geräuschvoll in den öffentlichen Teil ein – vielleicht war es auch andersrum. Wenn man weint und gleichzeitig redet, kommen die Wörter ruckartig, man kann sie nur zwischen schweren, konvulsivischen Atemzügen aussprechen, deshalb hat man die Lautstärke nicht unter Kontrolle und schreit, und genau das tat die sonst immer leise sprechende Aunt Sophronia jetzt. Sie schrie bis nach vorn in den Laden. Ein Kunde kam herein und fuhr sofort herum, neugierig, was dahinten los ist. Pedro lief nach vorn und bediente ihn.

»Ich hab ihn einfach genauso gern wie du!«, rief Aunt Sophronia zwischen Schluchzen und Japsen und gequältem Weinen. »Bin genauso besorgt wie du! Du kannst doch nicht einfach dasitzen und ihn weg sein lassen! Und nichts unternehmen!«

Meine Mutter stand auf, guckte mich an und sagte: »Ruf ein Taxi.« Dann, zu meiner Tante: »Wir fahren in die Teneck-Kaserne zur State Police und besprechen uns mit denen.« Ihre Stimme war jetzt so tief und laut, dass sie klang wie eine Männerstimme.

Als das Taxi kam, stand ich im Eingang und sah zu, wie sie die Stufen hinuntergingen. Es war unübersehbar, dass meine Tante geweint hatte, ihre Lider waren rot und geschwollen. Meine Mutter sah schlecht aus. Beide schienen geschrumpft zu sein. Sie gingen gebeugt und wirkten kleiner und schmaler, als sie waren. Unten auf dem Bürgersteig drehten sie sich um und sahen zu mir hoch. Ich hätte am liebsten auch geweint. Meiner Mutter war der Blumenhut so nach hinten gerutscht, dass sie aussah wie kahlköpfig. In Aunt Sophronias Haaren steckte ein gelber Stift, und sie hatte einen alten schwarzen Mantel übergezogen, der im Hinterzimmer hing. Er war ihr zu groß, die Ärmel waren zu lang, er reichte ihr fast bis an die Knöchel. Darunter trug sie immer noch den grauen Baumwollkittel. Die beiden kamen mir vor wie kleine alte Frauen – demütig, suchend, mit langsamen Bewegungen. Als sie sich zu mir drehten, sah ich das Weiße in ihren Augen und musste wegschauen.

Aunt Sophronia sagte: »Wenn jemand mit einem Rezept kommt, dann erledige ich das später.« Dann fasste sie meine Mutter am Arm, und zusammen gingen sie zum Taxi. Der Fahrer stieg aus, hielt ihnen die Tür auf und schloss sie hinter ihnen.

Ich überlegte, was meine Mutter der State Police wohl sagen würde. »Mein Mann wird vermisst. Er ist ein kleiner schwarzer Mann, breitschultrig, kahlköpfig, achtundvierzig Jahre alt.« Und ob die Polizisten dann wohl feixten: »Ja, wir hätten auch kaum erwartet, dass Sie mit Ihrer braunen Haut einen weißen Ehemann haben. Was hatte er an, als er zuletzt gesehen wurde?« – »Einen hellgrauen Sommeranzug, eine Fliege mit Pünktchen, blank polierte schwarze

Schuhe.« Der Kiesweg, der die Kirchenwiese teilt, war heute Morgen trocken – kein Matsch. Also müssten seine Schuhe noch glänzen. Aber nicht, wenn er ertrunken wäre. Aber wer sollte ihn ertränken und warum? Vielleicht selbst ertränkt. Er und sich selbst ertränkt? Bestimmt erzählt sie, dass er nur drei Zähne hat, nur drei Zähne – einen im Oberkiefer und zwei im Unterkiefer.

Dann dachte ich, warum mussten sie überhaupt zur Polizei fahren? Warum konnten sie nicht einfach anrufen? Weil jemand das Gespräch womöglich mitangehört hätte. Aber was hätte das denn gemacht? Glaubten sie etwa, die Polizei schickt einen unsichtbaren stummen Bluthund raus und lässt den nach dem schwarzen Drogisten aus Wheeling fahnden? Glaubten sie, die Polizei schickt unsichtbare Männer raus und lässt die die Leichenschauhäuser in Buffalo absuchen oder in Flüssen und Buchten und Bächen in und um Wheeling herum nach einer neuen schwarzen Leiche angeln?

Wir selber suchten auch nicht nach ihm, wie Weiße nach ihrem Vater suchen würden. Immer nur indirekt. War er im Postamt? … »Oh, oh, oh.« War er am Bahnhof, ein Expresspaket abholen? … »Ah so, ah so, ah so.«

Ich bediente weiter Kunden und dachte zwischendurch: Wir haben Pedro auch schon angesteckt mit dieser Krankheit, was immer das ist, und der ist Portugiese. Warum müssen wir so nach meinem Vater fahnden? Weil es etwas Skandalöses hat, wenn jemand verschwindet, erst recht, wenn der Verschwundene ein schwarzer Mann ist. Der Grund könnten ja mangelnde Geldmittel sein (Was für Geldmittel? Seine?), mangelnde Betäubungsmittel, offene Rechnungen, ein Fehler bei einer Rezeptur – Skandal,

Skandal, Skandal. Schwarzer Drogist. Ärger mit der Polizei, verschwindet. Ärger mit der Polizei.

Erst als mir Miss Rena Randolph ein leeres Arzneifläschchen zum Auffüllen gab, wurde mir klar, was meine Tante alles zu tun hatte. Ich hielt das klebrige Fläschchen in der Hand, das Etikett soßenverkleckert, wie mein Vater zu sagen pflegte, und dachte: Wie, ich soll einen Drugstore führen, ich bin doch erst fünfzehn. Sonst arbeitet hier nur noch Pedro, und der ist erst zwölf. Ich hatte mein Leben lang Geschichten über »ungesicherte« Drugstores gehört – Drugstores ohne einen anwesenden Apotheker. Zum ersten Mal war unser Drugstore »ungesichert«. Wenn jetzt was passiert …

Miss Randolph lehnte sich an den Tresen und hustete und hustete und hustete und hustete. »Ich brauche es erst morgen früh«, sagte sie und zeigte auf das Fläschchen in meiner Hand. »Ich habe noch welchen zu Hause. Ich habe immer zwei Fläschchen auf Vorrat.«

Mein Vater hatte mir mal erzählt, dass sie ihm vorkommt wie gerade aus dem Grab gebuddelt. Sie sah sehr ungesund aus. Sie war alt und groß und sehr dünn. Die Haut war grau, die Kleider waren grau, die Haare waren grau. Bloß die Zähne waren gelb. Sie trug eine randlose Brille. Mein Vater hatte erst letzte Woche das Fläschchen wieder aufgefüllt und gesagt: »Ich weiß nicht, was für ein Doktor ihr immer wieder dieses Zeug verschreibt. Ist doch sonnenklar, was mit ihr los ist, und davon geht das nicht weg.«

»Was ist denn mit ihr los?«, hatte ich gefragt.

Er hatte die Schultern gezuckt und war ausgewichen. »Ich kann auch nur raten, wie du – und der Doktor.«

»Ich kann es morgen früh abholen«, sagte sie noch einmal.

»Ja, Ma'am. Morgen früh ist es fertig.«

»So ruhig hier, heut Abend. Wo ist denn deine Tante?«

»Draußen«, sagte ich, aber es klang, als hätte ich »verschleppt« oder »flussabwärts verkauft« gemeint.

Sie sah sich im Laden um, als wäre sie hier fremd und sähe ihn zum ersten Mal. »Es ist ein schöner Abend«, sagte sie. »Sie arbeitet bestimmt im Garten.«

Als Miss Randolph weg war, sah ich mich auch im Laden um. Was hatte sie gesehen, weshalb hatte sie gesagt, dass der Abend schön ist und meine Tante bestimmt im Garten arbeitet? Was in den Regalen stand, war nicht zu erkennen, man sah nur den Glanz von Fläschchen und Tiegeln hinter Glas in den dunklen Mahagonivitrinen. Die Ecken lagen total im Schatten. Es hätte ein Laden für Zauberbedarf sein können, bis auf die Zigaretten und Süßigkeiten und den Getränkespender natürlich. In den Flaschen, die dunkel an den Wänden glänzten, hätte Flaum vom Kauz und Nas vom Türk, Alraunenwurz und Krötenstaub sein können. Ich ging ins Hinterzimmer und sah in den Garten. Er schien ewig weiter zu gehen, hinein in eine unermessliche geheimnisvolle Ferne, unerforscht, still – nicht mal ein zwitschernder Vogel. Es war pechschwarz. Ich sah die Blüten an den Kirschbäumen nicht mehr, ich hätte die Umrisse des Gartens nicht beschreiben können. Aber ich wusste jetzt, was mit Miss Rena Randolph los war. Sie war verrückt.

Je später es wurde, desto weniger Kunden kamen. Sie kauften Zigaretten und Zigarren, Süßigkeiten, Illustrierte.

Nur ganz wenige Autos fuhren vorbei. Die Stadtuhr schlug neun, zu meiner Überraschung, ich hatte nicht gemerkt, dass es schon so spät war. Mein Vater schloss den Laden immer um halb zehn ab. Ich hatte noch nie abgeschlossen – aufgeschlossen übrigens auch nicht. Ich wusste gar nicht, wo die Schlüssel zur Vordertür waren. Ich sah ständig auf die Uhr und überlegte, was ich um halb zehn machen sollte.

Um Viertel nach neun war nur noch eine Kundin im Laden – sie kaufte eine Schachtel Pralinen. Ich packte sie gerade ein, als die Fliegengittertür mit einem heftigen Ruck aufflog und Pedro sagte: »Ah –«

Ich sah hoch, und in der Tür stand mein Vater, hin- und herschwankend, mit ausgestreckten Armen. Er tastete um sich und stützte sich am Türpfosten ab. Es war ein so seltsamer Auftritt, er sah so schwach aus, so gar nicht nach meinem Vater, dass ich dachte: Er ist verletzt. Ich sah genauer hin, suchte sein Gesicht und die Hände nach Blutergüssen ab. Als er in den Laden trat, sah er sich überall um, blinzelnd. Er trug seinen hellgrauen Anzug, seinen neuesten Strohhut und die Fliege, so, wie ich es in Erinnerung hatte. Aber die Fliege war zur Seite gedreht und halb aufgeknotet, der Anzug sah zerknittert aus, das Hemd auch.

Ich geleitete die Kundin zur Tür und hielt sie ihr auf, dann ging ich zu meinem Vater. »Wir – wir wussten nicht, wo du bist. Geht's dir gut?«

Er tätschelte meine Hand. »Schau«, sagte er und lächelte und zeigte eine Reihe funkelnder, grässlicher, wolfsartiger falscher Zähne. Im Mundwinkel klebte etwas getrocknetes Blut. »Ich habe jetzt Zähne.«

Ich verstand kaum, was er sagte. Es klang, als ob er beim Sprechen erst durch eine gewaltige Sperre oder an ihr vorbei müsste, die Zunge und Lippen am normalen Funktionieren hinderte. Die Zähne gleißten wie die weißen Porzellaninstallationen im Badezimmer unten.

Ich sagte, schwach: »Oh.«

Pedro tätschelte meinem Vater den Arm und sagte: »Ich hab mir Sorgen gemacht –«

»Klinge ich jetzt etwa immer so?«

»Glaub ich nicht«, sagte ich.

Er ging ins Rezepturenzimmer und setzte sich auf den Stuhl am Fenster. Pedro stellte sich daneben. Ich setzte mich auf den hohen Hocker vor dem Tresen.

»Wo ist denn Sophy?«

Ich sprang vom Hocker. »Sie sind zur Polizei. Ich muss da anrufen –«

»Polizei? Polizei?« Er sagte das mit Pfeifgeräuschen. »Jessas! Wozu denn das?«

»Sie dachten, du wärst verloren gegangen. Ich muss in der Kaserne anrufen –«

»Walohn?«, sagte er wütend. »Walloan?«, röhrte er. »Walloarn? Wietho tholl ich falloarn gehn?« Er schwieg, griff in den Mund, nahm das Kunstgebiss heraus und wickelte es in sein Taschentuch. Dann redete er wieder wie er. »Ich hatte gelesen, dass sie einem in Norwich alle Zähne auf einmal ziehen und gleich ein neues Gebiss einsetzen – maßgefertigt und alles am selben Tag. Da war ich. In Norwich. Ein Gebiss kriegen. Wieso soll ich verloren gehen?«

»Oh!« Ich legte mir die Hand über den Mund, um den Schmerz wegzuhalten. »Hat das nicht wehgetan? Tun die Zähne nicht weh?«

»Weh?«, schrie er. »Natürlich tun die weh!«

»Aber warum hast du Mutter nichts davon erzählt?«

»Ich dachte, ich bin höchstens zwei Stunden weg. Ich bin an der Ecke in den Bus gestiegen und war ziemlich schnell da. Sie haben die Zähne gezogen. Dann haben sie Abdrücke gemacht. Sie wollten mir aber das Gebiss nicht gleich einsetzen, es hieß, sie müssen erst abwarten, bis der Kiefer nicht mehr blutet, deshalb hat die ganze Prozedur länger gedauert, als ich gedacht hatte.«

»Warum wolltest du denn überhaupt falsche Zähne?« Ich glaubte nicht, dass es an den Bildern von den Valentino-Typen mit den perfekten weißen Zähnen lag, die ich überall für ihn sichtbar hatte rumliegen lassen, ich glaubte auch nicht, dass es am Anblick von Gramps Fender lag, dem Alten, der sich um das Haus nebenan kümmerte und dem die falschen Zähne im Mund herumwackelten, oder daran, dass Aunt Sophronia und meine Mutter dauernd darüber redeten, wie wichtig Essenkauen für die Verdauung ist. Also wenn es an all dem nicht lag, an was dann?

Er seufzte und erzählte, dass er morgens beim Rasieren das Solo geprobt hatte, das er Sonntag in der Kirche singen sollte. Er hatte vor dem neuen Spiegel unten im Badezimmer gestanden, in dem ganzen strahlend weißen Licht, er hatte den Mund weit aufgemacht, und dabei hatte er sich im Spiegel gesehen – der Mund offen und innen rot und feucht, das nackte Zahnfleisch mit einem Zahn hier und da, und es war der Mund eines Shakespeare'schen Idioten, es war der Mund der Krankenschwester in *Romeo und Julia*, der Mund des Totengräbers in *Hamlet,* doch am schockierendsten von allem: Es war der Mund von Samuel Layen. Und den und in den hinein sah sonntagmorgens die ganze Gemeinde. Er sagte, den Gedanken, dass all die Weißen das sahen, wenn er ein Solo sang, konnte er nicht ertragen. Hätte er seinen Mund nicht so weit offen in dem neuen Spiegel und in dem neuen Licht gesehen …

Ich dachte, die Gemeinde kann ihm doch gar nicht in den Mund gucken – er steht beim Singen auf der Chorempore, da ist er viel zu weit weg. Aber das habe ich nicht gesagt.

Er hatte, sagte er, als er unter dem ersten Kirschbaum stand, in den Himmel sah und dem Summen der Bienen lauschte, beschlossen, noch am selben Tag mit dem Bus nach Norwich zu fahren und sich falsche Zähne machen zu lassen und niemandem davon zu erzählen. Dann steckte er das Gebiss wieder in den Mund, drehte sich zu Pedro und fragte ihn murmelnd-kieselknirschend: »Wie theh ich auth?« Und lächelte.

Pedro sagte: »Sie sehen sehr schön aus, Mr. Layen«, und legte ihm sacht die Hand auf die Schulter.

Ich ging in die Telefonkabine und zog die Tür zu. Ich wählte die Nummer der State Police. Sie stand auf einer Karte über dem Apparat, zusammen mit den Telefonnummern der Ärzte im Ort und der Feuerwehr. Ich zögerte. Die Kabine roch nach allen vorigen Benutzern – nach Zigarrenqualm, Parfüm, Schweiß. Ich fühlte mich eingezwängt, als wären all die Leute auch mit hier drin: Politiker, Müßiggängerinnen, Arbeiter. Ich konnte mir nicht vorstellen zu sagen: »Wir dachten, mein Vater ist verloren gegangen. Er war den ganzen Tag weg, und meine Mutter und meine Tante haben ihn gerade als vermisst gemeldet, aber er ist wieder da.« Warum konnte ich das nicht einfach sagen? Waren die Leute, die vorher hier telefoniert hatten, noch zu gegenwärtig und fragten vielleicht: »Wo kann er denn sein?« – »Hat er das schon mal gemacht?« – »Hat er eine Freundin?« Ich wählte die Nummer, und jemand sagte barsch: »State Police. Tenyeck-Kaserne. Officer O'Toole am Apparat.«

Ich wusste nicht, was ich sagen sollte, und sagte nichts.

Die Stimme tönte mir ungeduldig ins Ohr: »Haaallo! Hallooo? Bitte sprechen! Bitte sprechen!«

Wenn ich jetzt sage, wir dachten, mein Vater wäre verloren gegangen, ist er aber nicht, er ist hier, er ist wieder da, dann will dieser Officer O'Toole bestimmt wissen, wo er gewesen ist. Ich sagte: »Also –«

Die Stimme sagte: »Hallo? Hallo?« und »Ja?« und »Was ist denn?« Sie klang sehr grob, eher wie Gebell.

Ich schüttelte den Kopf. Zu einem Polizisten mit so einer groben Stimme konnte ich nicht einfach offen sein. Ich dachte, also, na ja, vielleicht wollte mein Vater seine Zähne ja früher nicht ersetzen lassen, weil weiße Zähne in einem grinsenden schwarzen Gesicht für den weißen Mann zu einem Klischeebild vom schwarzen Mann gehören. Und eben dieses Bild wollte mein zahnloser Vater zerstören. Andererseits ist da der zahnlose alte Uncle Tom, und meine alte schwarze Mammy mit dem Kopftuch ist auch zahnlos, und ohne Zähne hat mein Vater doch genau zum anderen Bild vom schwarzen Mann gepasst, oder?

So oder so, er saß in der Tinte. Etwa nicht? Und ich auch. Und ich auch.

Dann dachte ich, was kümmert mich das? Ich kann mich doch einfach benehmen wie andere Leute, nur dieses eine Mal, einfach wie weiße Leute – klipp und klar sagen: war weg, ist wieder da. Auf irgendeinen Befehl meines

Unterbewussten hin hatte meine Hand, meine eigene Hand, nach dem Stift an der langen roten Schnur gegriffen, die hängt an einem Nagel in der Kabine, und an der hängt ein Stift, gleich neben einem weißen Notizblock. Darauf notieren wir telefonische Bestellungen. Auf diesem großen weißen Block kritzelte ich herum. Meine Haut wirkte so dunkel durch den Kontrast, dass ich hinstarren musste, es war schon das zweite Mal an diesem Tag, dass ich meine Hautfarbe vor etwas Grellweißem betrachtete. Ich sah meine dunkelbraune Hand an und dachte: Wirf mir das Baby runter, ihr bring uns nich wieder zurück jetz, 'standen; wir alle mit dieser dunklen Haut müssen dafür sorgen, dass die schwarze Insel nicht angetastet wird. Ich sagte: »Hier ist Mr. Layens Tochter vom Drugstore Layen in Wheeling. Mrs. Layen und ihre Schwester Miss Bart sind auf dem Weg zu Ihnen. Würden Sie ihnen sagen, dass Mr. Layen seine Uhr gefunden hat –«

»Seine Uhr gefunden? Hat er verloren, ja? Wertvolle Uhr, nehm ich an. Einen Moment. Sie kommen gerade die Treppe hoch, sind in der Tür. Einen Moment. Ich gebe Ihnen Mrs. Layen, dann können Sie selbst mit ihr sprechen.«

Wir waren über die Stadtgrenzen hinaus bekannt. Wir waren ihre Exoten, diese Schwarzen, die den Drugstore im weißen Wheeling, New York, betreiben, die einzige schwarze Familie in der Stadt, abgesehen von den Granites, die, hahaha –

»Einen Moment«, bellte die grobe Stimme noch einmal.

Ich schloss die Augen und sah meine Mutter und meine Tante – zwei gebeugte kleine Frauen, die die Treppe in der Polizeikaserne in Tenyeck hochkommen, demütig, zaudernd, das Weiße in den Augen sichtbar.

Die Stimme meiner Mutter drang an mein Ohr: »Ja?« Barsch, laut.

Ich sagte: »Vater ist überglücklich. Er hat seine Uhr wieder. Er dachte, er hätte sie in Norwich liegen lassen, da war er hingefahren, um sein Gebiss abzuholen.« Es klang, als hätte er immer schon falsche Zähne gehabt – zumindest würde Office O'Toole, der zweifellos mithörte, das glauben.

Has Anybody Seen Miss Dora Dean?

Als eines Nachmittags im letzten Winter das Telefon bei mir zu Hause in Wheeling, New York, klingelte, wollte ich eigentlich nicht drangehen; es schneite, ich las gerade ein Buch, auf das ich wochenlang gewartet hatte, und wollte nicht gestört werden. Aber ich hatte das Gefühl, dass die Klingeltöne länger und nachdrücklicher waren als üblich, und nahm ab. »Hallo?«

Es war Peter Forbes – und weder dieser noch irgendein anderer Name ist der wirkliche –, er rief aus Bridgeport an. Er platzte heraus, keuchend, er ist Asthmatiker: »Ma ist furchtbar krank. Wirklich schrecklich krank.«

Er hielt inne, und ich sagte, dass mir das leidtue. Seine Mutter Sarah Forbes und meine Mutter waren zusammen in einem schwarzen Bezirk von Bridgeport aufgewachsen.

Peter fuhr fort: »Sie hat Geschirr, das sie dir schenken will. Kannst du kommen, so schnell wie möglich? Sie ist wirklich sehr krank.«

Ich hatte gehört, dass es Sarah nicht gut ging, sie war über siebzig, aber dass sie »furchtbar krank« war, »wirklich sehr krank«, schreckte mich auf. Ich sagte: »Ich komme morgen. Ist das in Ordnung?«

»Nein, nein«, sagte er. »Bitte komm noch heute. Ma ist ständig in Sorge wegen des Geschirrs. Kannst du bitte – na ja, sofort kommen? Sie ist wirklich furchtbar, furchtbar krank.«

Ich kannte Sarah gut, ich verstand, wieso er so hartnäckig war. Sarah hatte eine unangenehme Stimme, eine quengelige, nörgelige Stimme. Wenn sie verärgert oder gereizt war oder etwas von einem wollte, was man nicht wollte, redete und redete und redete sie so lange auf einen ein, bis man das Gefühl hatte, von der Stimme verfolgt zu werden. Es war eine leibhaftige Verfolgungsjagd, bei der es kein Entrinnen gab.

Ich sagte: »Ich fahre sofort los«, und legte auf.

Ich brauchte drei Stunden, obwohl es von Wheeling nach Bridgeport nur gut siebzig Kilometer sind. Aber es sind gut siebzig kurvenreiche Kilometer – lauter Hügel mit scharfen Kurven. Der Schneematsch auf der Straße fing an zu gefrieren, die Scheibenwischer stockten immer wieder; ich musste andauernd anhalten, aussteigen und den Schnee wegschieben, damit sie sich wieder bewegen konnten.

Während der mühsamen langen Fahrt dachte ich über Sarah nach, und mir fiel einiges wieder ein. Gesehen hatte ich sie seit mindestens zwei Jahren nicht. Davor sahen wir uns fast jeden Sommer, zwanzig Jahre lang, weil Peter zum Angeln nach Wheeling fuhr und seine Mutter mitkam. Sie war fast immer dabei, wenn er irgendwohin fuhr. Er setzte sie bei mir ab, und so konnte sie mich besuchen, während er mit seinen beiden Jungs angeln ging.

Ich fand diese Besuche immer sehr schön, Sarah konnte ausgesprochen entzückend sein, wenn ihr danach war. Sie war groß und hatte ziemlich buschige schwarze Haare mit einer grauen Strähne vorn. Ihre Haut war wunderbar rötlich braun und trotz ihres Alters ziemlich faltenlos. Sie wäre eine äußerst attraktive Frau, wenn sie nicht so fett geworden wäre. Das ganze Fett hatte sich an Bauch und

Hintern abgelagert. Ihre Beine waren dünn geblieben, die Füße lang und schmal, Kopf, Hals und Schultern waren auch schmal, massig war sie nur zwischen Taille und Knien. Ihre Silhouette sah aus wie die einer umgedrehten Kropftaube. Ihre Beine waren nicht kräftig genug, um so viel Gewicht zu tragen, sie musste sich immer abstützen, an Türen oder anderen Leuten. Deshalb machte sie einen hilflosen Eindruck, der aber komplett täuschte. Sie hatte einen ätzenden Humor, und selbst als alte Frau brach sie, wenn sie etwas komisch fand, in Kicheranfälle aus, als wäre sie ein sehr junges, albernes Mädchen.

Ich wusste eine Menge über Sarah Forbes. Das Wissen stammte aus einem Ferngespräch, das sie vor dreiunddreißig Jahren mit meiner Mutter geführt hatte. Da war ich neun. Ich konnte nur hören, was meine Mutter sagte. Ich kann ihren Teil des Gesprächs noch Wort für Wort wiederholen, mitsamt ihrem Tonfall und ihren Betonungen.

Wir lebten damals in dem Haus in Wheeling, in dem auch der Drugstore meines Vaters war. Unsere Küche lag im Erdgeschoss hinter dem Laden, die Schlafzimmer waren oben. Was für andere Kinder das Wohnzimmer war, war für mich der Laden – bei kaltem Wetter saß ich auf einer Bank vorn am Fenster und bei warmem Wetter draußen auf den Holzstufen entlang der ganzen Front. Wenn ich draußen auf den splitterigen Stufen saß, konnte ich alles hören, was drinnen vor sich ging. Die große Ladentür stand im Sommer den ganzen Tag offen, es gab auch eine Fliegengittertür mit einem raffiniert verzierten Holzrahmen. Zu beiden Seiten des Eingangs waren Schaufenster. Auf jedes Fenster hatte mein Vater seinen Namen gemalt, in weißen Buchstaben mit fantastischen Schwüngen und Schnörkeln, und darunter »Apotheker«. Auf einem Fenster stand »Kalte Limonaden«, auf dem anderen »Eis« und über der Tür »Drugstore«.

Ob ich im Laden saß oder draußen, ich hatte die volle Aussicht auf die Kirche gegenüber, die Grünfläche davor und die Straße. Die Straße war eine ausgewogene Komposition, wie ein Gemälde: hohe Ulmen, weiße Zäune, Häuser im Federal Style.

Niemand nahm Notiz von mir, wenn ich draußen auf der Treppe mithörte, was im Laden vorging, aber wenn ich drinnen auf der Bank am Fenster saß, scheuchten mich meine Mutter oder mein Vater nach draußen, sobald ein Kunde bei seiner Geschichte an eine wirklich interessante Stelle kam. Ich wurde immer nach draußen gescheucht, bis ich entdeckte, dass mich niemand wahrnahm, wenn ich mit einem offenen Buch in den Händen auf der Bank saß und mich nicht rührte und nicht hochsah. Manchmal brach jemand eine haarsträubende Geschichte mittendrin ab, aber mein Vater sagte nur: »Ach, sie steckt mit der Nase im Buch. Sie ist praktisch taub, wenn sie mit der Nase im Buch steckt. Da kann man sagen, was man will, sie hört kein Wort.« Das war wie eine Dauerkarte für ein Theater, in dem es durchgängig Aufführungen gibt und kein Stück zweimal gespielt wird.

Mein besonderes Interesse an Sarah rührt von einem verregneten Nachmittag her, an dem ich im Laden saß. Es war ein öder Nachmittag – keine Kundschaft, nichts, nur der Regen tropfte geschäftig aus der Traufe und prasselte auf die Holzstufen. Das Wandtelefon klingelte, meine Mutter kam aus der Küche, die gleich hinter dem Rezepturenzimmer liegt, wischte sich die Hände an der Schürze ab und ging dran. Sie sagte, noch bevor sie den Hörer abnahm: »Das ist ein Ferngespräch. Ich hör's am Vermittlungsklingeln. Das ist ein Ferngespräch.«

Ich setzte mich aufrecht, nahm mein Buch und hörte das Klicken, wenn am anderen Ende Münzen nachgeworfen wurden. Und dann meine Mutter: »Ach, Sarah, wie geht's dir? … Was? Was hast du gesagt? … Ihn gefunden? Wo denn?« Sie hörte zu. »Oh, nein!« Sie hörte wieder zu. »Oh, meine Liebe! Nein, wie schrecklich! Bestimmt ein Unfall. Du meinst –!« Sie hörte lange zu. »Oh, nein. Das ist doch nicht möglich. Niemand würde doch mit Absicht –« Sie sprach den Satz nicht zu Ende, sondern hörte wieder zu. »Ein Brief? Forbes hat einen Brief hinterlassen? Zerreiß ihn! Das darf niemand erfahren, dass –« Es gab eine lange Pause. »Aber du musst an Peter denken. So was hat doch Folgen für – entschuldige mal.«

Sie drehte sich zu mir um. Ich hatte das Buch auf die Bank gelegt und sah ihr direkt in die Augen, hastig atmend und so aufs Zuhören konzentriert, dass mir der Mund offen stand.

Sie sagte: »Geh nach draußen, spielen.«

Ich starrte sie weiter an und rührte mich nicht, ich wollte ja rauskriegen, über was in aller Welt sie und Sarah Forbes redeten. Was war passiert, das niemand erfahren durfte?

Sie sagte noch einmal, diesmal etwas lauter: »Geh nach draußen, spielen.«

Ich ging durch den Laden und das Rezepturenzimmer und die Küche nach hinten und knallte die Hintertür zu. Dann schlich ich mich ganz leise wieder ins Rezepturenzimmer. Meine Mutter sagte gerade: »Er hat bestimmt einen Herzanfall gehabt und ist auf die Gleise gestürzt, genau als der Zug kam. Das ist die einzig mögliche Erklärung. Und, Sarah, verbrenn diesen Brief. Verbrenn ihn!« Sie hängte ein und sagte laut zu sich: »Wie schrecklich. Wie ganz und gar schrecklich!«

Ob Sarah den Rat meiner Mutter befolgt und den Brief verbrannt hat, weiß ich nicht, aber dass ihr Mann Suizid begangen hatte, war bald allgemein bekannt, so meldeten es auch die Bridgeporter Zeitungen. Sein Leichnam war auf den Eisenbahngleisen bei Shacktown gefunden worden, einem von Armut geplagten Randbezirk von Bridgeport, in dem der weiße Abschaum lebte und die miesesten Bordelle lagen. Mein Vater und meine Mutter und meine Tante kannten niemanden sonst, der sich umgebracht hatte, und redeten ohne Ende über ihn – aber nicht über seinen Suizid, sondern über sein Leben, wie sie es gekannt hatten. Sein Tod schien sie in eine Abwehrhaltung zu drängen. Sie klangen, als hätte er ihnen erklärt: »Das Leben von uns Schwarzen ist nichts wert, von uns allen zusammen; es ist widerlich, es ist billig, es ist verachtenswert, und ich werfe es weg, damit jeder genau weiß, was ich davon halte.« Sie sagten es nicht so, aber sie klangen immer fassungslos und beklommen, wenn sie über Forbes sprachen, und hatten anscheinend das Gefühl, wenn sie alles zusammentragen, was sie über ihn wissen, finden sie vielleicht irgendeine brauchbare Erklärung dafür, warum er sich umgebracht hatte. Forbes und Sarah wurden immer wieder durchgehechelt, all die Jahre, in denen ich aufwuchs.

Ich selbst bin Forbes nie begegnet. Die Wingates, eine unglaublich reiche weiße Familie, bei der er arbeitete, waren schon vor meiner Geburt nicht mehr nach Wheeling gekommen, und er kam dann auch nicht mehr. Aber ich hatte so oft Beschreibungen von ihm gehört, dass ich genau wusste, wie er aussah, wie er redete, was er trug. Er war ein großer, schlanker schwarzer Mann. Und Butler, Privatsekretär, persönlicher Diener. Als Mr. Wingate erkrankte, übernahm er die Rolle des Krankenpflegers. Nach dessen Tod führte er Mrs. Wingate das Haus. Er konnte kochen, er konnte nähen, er konnte bei Bedarf die Kutsche lenken; er erledigte alle Einkäufe und stellte das Personal ein.

Die Wingates waren Wheelinger Sommergäste. Im Winter residierten sie in Bridgeport. In Wheeling besaßen sie ein, wie sie es nannten, Cottage – es war die exakte Kopie eines Südstaaten-Herrenhauses, mit weißen Säulen, langen Kiesauffahrten, sorgfältig gepflegten Rasen, Ställen aus Backstein, alles nur hundertachtzig Meter weg vom Long Island Sound.

Im Sommer kam Forbes an jedem schönen Nachmittag mit dem Fahrrad zum Drugstore. Er brauche die Bewegung, erklärte er meinem Vater. Nach den Beschreibungen meiner Familie hielt ich ihn für fade und uninteressant. An ihm war nie etwas Überraschendes, nie etwas Unerklärliches. Er bewegte sich immer genau wie erwartet, wenn jemand die richtigen Fäden zog. Er war ernsthaft, sparsam, extrem konservativ – eine hochgewachsene, elegante Gestalt in sorgfältig gebügelten schwarzen Anzügen und blank polierten Schuhen. Seine Stimme war leicht effeminiert, er sprach sehr deutlich. Mrs. Wingate gehörte einer Episkopalkirche an, und er auch.

Aber eines Tages, ungefähr sechs Monate nach Forbes' Tod, warf mein Vater, als er mal wieder über ihn redete, den Kopf in den Nacken und lachte los. Er sagte: »Ich sehe ihn direkt vor mir, wie er die Straße entlangradelt, mit seinen langen Beinen in so einer kneifend engen Hose, mit diesen pumpenden Beinen, und dabei pfeift er: ›Has Anybody Seen Miss Dora Dean?‹, und die Rockschöße flattern im Wind. Ich sehe ihn direkt vor mir.« Wieder lachte er los.

Damals verstand ich nicht, was mein Vater daran komisch fand. Erst Jahre später erfuhr ich, dass die Melodie, die Forbes vor sich hin pfiff, von zwei unvergesslichen schwarzen Komödianten stammte, Bert Williams und George Walker. Die beiden hatten sie und den Cakewalk berühmt gemacht. Um 1896 herum besangen sie Dora Dean oft in New York. Diese Dora Dean war die Hauptfigur in einer Revue namens »The Creole Show«, und die war bekannt wegen der Tanzgruppe aus sechzehn wunderschönen braunen Mädchen. Ich nehme an, mein Vater fand die Vorstellung amüsant, dass Forbes, der nicht gutes rotes Blut, sondern Silberpolitur in den Adern zu haben schien, ausgerechnet eine Melodie pfiff, bei der man sofort an Cakewalk, wunderschöne braune Mädchen und Ragtime denkt.

Mrs. Wingates Name kam oft in den Gesprächen über Forbes vor, weil er bei ihr arbeitete. Meistens war es meine Mutter, die über Mrs. Wingate sprach, und sie sagte so oft dasselbe, dass ich es zitieren kann: »Mrs. Wingate hat immer gesagt, sie könnte ohne Forbes gar nicht leben. Er plant die Menüs, er prüft die Gästeliste, er überwacht den Weinkeller – er macht alles, hat sie gesagt. Wisst ihr noch, wie sie immer in den Laden kam und sagte, er wär ihr Hirn, ihr Herz und ihre Hände? War doch komisch, nicht?«

Kurze Pause, und danach sagte meine Mutter: »Ist es nicht schade, dass sie so fett geworden ist?«

Es war auch meine Mutter, durch die ich erfuhr, wie Mrs. Wingate aussah. Sie war klein und blond und hatte ein Gesicht wie eine fette Porzellanpuppe – rosa und weiß und rund. Den Effekt erzielte sie mit Reispuder und Rouge. Die kaufte sie bei uns. Reispuder kam in dünnes weißes Papier mit einem Klebestreifen gewickelt, Rouge in runden Pappschächtelchen, als harter runder Block aus rötlichem Puder mit einer winzigen Puderquaste dabei. Sie hat offenbar immer ziemlich viel Rouge aufgelegt, denn sie schickte Forbes mindestens einmal pro Sommersaison mit einem Karton leerer Rouge-Schächtelchen zum Drugstore. Er stellte sie auf den Tresen und sagte mit seiner hohen Stimme vorsichtig und deutlich: »Mrs. Wingate dachte, Sie könnten die vielleicht noch brauchen.« Mein Vater sagte, dass er sie immer hinten im Laden auf den Abfallhaufen zum Verbrennen geworfen und sich gefragt hatte, wie um alles in der Welt Mrs. Wingate auf die Idee kam, dass er sie für irgendetwas brauchen könnte. Sie rochen nach Parfüm und waren rötlich verfärbt von dem Puder, sogar außen.

Mrs. Wingate wurde immer fetter, und irgendwann kam sie ohne Forbes nicht mehr in die Kutsche und hinaus und später nicht ins Auto und hinaus – nicht einmal in die eigens für sie umgebauten.

Forbes war schlank, aber drahtig und ungemein stark. Er bekam Mrs. Wingate mühelos in die Kutsche oder ins Auto und auch wieder heraus; zumindest wirkte es völlig mühelos. Mein Vater sagte, japsen und finster gucken und mit schweißnasser Stirn am ganzen Leib beben, das tat nur Mrs. Wingate.

Mein Vater fragte am Ende seiner Schilderung dieser Szene immer: »Wisst ihr noch, wie er diese weiße Frau regelrecht auf dem Buckel hatte? Yessir, regelrecht auf dem Buckel.«

Seit dieser Beschreibung hatte ich ein kurioses Bild von Forbes im Kopf – ein schlanker, drahtiger schwarzer Mann mit einer unglaublich fetten rosa-weißen Frau huckepack. Er bog oder beugte sich nicht unter ihrem Gewicht, er hielt sich aufrecht, den Rücken gerade, deshalb rutschte sie andauernd runter, runter, runter, und während er die bebende, weichfleischige Mrs. Wingate schleppte, pfiff er vor sich hin: »Has Anybody Seen Miss Dora Dean?«

Ich weiß nicht, ob Forbes tatsächlich auf der Suche nach einer brauchbaren Nachbildung von Dora Dean war, aber er fand eine und verliebte sich in sie. Mit vierzig Jahren. Das war 1900. Er war so durch und durch der perfekte Diener ohne eigene emotionale Bindung, ohne Eigenleben, dass meine Familie beinah schockiert darüber war, dass er seine Aufmerksamkeit lange genug von der Arbeit abziehen konnte, um sich zu verlieben.

Aber es war wohl vom ersten Augenblick an unvermeidbar, in dem er Sarah Trumbull sah. Ich habe ein Ganzkörperfoto von ihr, aus der Zeit vor der Hochzeit. Sie hätte gut und gern eines der wunderschönen Mädchen aus der »Creole Show« sein können. Sie hat ein junges, unschuldiges Gesicht auf dem Foto – schöne Augen, ein spitzes Kinn und einen sehr hübschen Mund mit leicht hochgezogenen Mundwinkeln, was einen gewissen Sinn für Humor verrät. Ihre Haare sind leicht krisselig und zu einem bauschigen Pompadour-Look hochfrisiert, der wie ein Rahmen um das kleine feine Gesicht wirkt. Sie trägt eine Hemdbluse mit steifen weiten Ärmeln und einen Vatermörder aus Spitze um den Hals. Durch den Kleiderschnitt wirkt ihre Taille überaus schmal, ihr Hals lang und anmutig.

Meine Mutter ist in Bridgeport geboren und kannte Sarah ziemlich gut, die Ältere von beiden. Sarah war das einzige Kind eines baptistischen Pastors und laut meiner Mutter und ihren strengen Maßstäben ein albernes Mädchen, das ständig kicherte und nichts anbrennen ließ. Sie war frivol und flirtete gern. Sie mochte Kartenspiele und spielte Binokel um Geld. Sie spielte auch sehr gut Geige und trug am kleinen Finger einen Ring mit einem Diamanten, den sie kurz vor dem Spielen am Rock blank rieb, damit sich das Licht darin fing und ins Publikum funkelte. Sie hatte in der Kirchengemeinde ihres Vaters einen Skandal verursacht, weil sie bei Tanzvergnügen, Partys und Cakewalks Ragtime auf dem Klavier spielte. (Ich habe mal gehört, wie mein Vater sagte, er kenne für so was nur die Bezeichnung »Hurenhausmusik«, er verstehe überhaupt nicht, wieso das jetzt »Ragtime« heiße.)

Jedenfalls eines Abends im Jahr 1900 hatte Forbes frei und ging zu einem Tanzvergnügen in New Haven, und da saß Sarah Trumbull am Klavier und spielte Ragtime – in einem weißen Musselinkleid mit violetten Schleifen. Es gab an dem Abend auch einen Cakewalk, und den gewannen Forbes und Sarah. Ich habe einen vergilbten Zeitungsausschnitt in einem Sammelalbum meiner Mutter gefunden, deshalb weiß ich, was Sarah anhatte.

Ich habe nie selbst einen Cakewalk-Wettbewerb gesehen, aber ich kenne Schilderungen. Ungefähr vierzehn Paare treten an und schreiten im Takt zur Musik, aber nicht im Kreis, sondern im Viereck, die Männer innen. Alle sind schön angezogen und schreiten mit viel Anmut und Stil. In einer Art Stolzieren. Wie gut sie sind, zeigt sich daran, wie elegant sie um die Ecken kommen. Die Jury hält immer mal wieder die Musik an und sortiert jeweils drei Paare aus. Das anmutigste Paar bekommt eine wunderschön dekorierte Torte, es ist also buchstäblich ein *walk to win the cake*.

Damals war Sarah Trumbull groß, schlank und anmutig, und John Forbes war genauso groß, schlank und anmutig. Er ging beim Cakewalk bestimmt ganz ernst um die Ecken, sie bestimmt kichernd.

Ein Jahr danach heirateten sie in der Episkopalkirche (für Farbige) in Bridgeport. Sarah war ja eigentlich Baptistin, ihr Vater baptistischer Pastor, aber heiraten tat sie in einer Episkopalkirche. Ich würde sagen, falls das auch ein Wettbewerb war, hatte Mrs. Wingate die erste Runde nach Punkten gewonnen.

Wenn in meiner Familie über Forbes geredet wurde, wurden die Jahre nach der Trauung übersprungen, es ging von seiner Hochzeit mit Sarah in einer Episkopalkirche (für Farbige) direkt über zu seinem Tod vierundzwanzig Jahre später. Ich erfuhr so wenig über die Jahre dazwischen, dass ich mir Forbes immer alterslos vorstellte, stilisiert wie eine Figur aus dem Marionettentheater – schwarz, steif, elegant gekleidet, effeminiert und launisch wie eine Katze. Ich hatte mir bei unseren Katzen nie erklären können, warum sie etwas taten, und für Mr. Forbes' Suizid gab es anscheinend auch keine vernünftige Erklärung, also schrieb ich ihm die Unvernunft von Katzen zu.

Die Gespräche, bei denen meine Eltern spekulierten, warum sich Forbes umgebracht hatte, waren immer dieselben und kamen nie zu einem Ergebnis. Meine Mutter seufzte, sie war wirklich überzeugt, dass Forbes sich umgebracht hatte, weil Sarah den Haushalt so schlampig führte – er hatte den Dreck und das Durcheinander, in dem er leben musste, einfach nicht mehr ausgehalten, er war schließlich die Eleganz des Wingateschen Herrenhauses gewöhnt.

Mein Vater war nicht ganz ihrer Meinung. Er sagte: »Ja, gut, aber er war mit Sarah zwanzig Jahre oder so verheiratet. Warum sollte ihm nach der langen Zeit der Dreck plötzlich so zusetzen?«

Einmal nahm meine Mutter ihn deshalb in die Mangel, und er sagte: »Vielleicht war er sowieso nicht der Typ, der heiraten sollte.«

»Was meinst du denn damit?«

»Nun ja, er hat bei dieser Mrs. Wingate gearbeitet, er hat zu lange mit dem Heiraten gewartet und dann ein junges Mädchen geheiratet. Wie alt war Sarah – zwanzig, nicht? Er war da schon vierzig, und –«

»Ja, ja«, sagte meine Mutter ungeduldig. »Aber was hast du gemeint mit sowieso nicht der Typ, der heiraten sollte?«

»Na ja, wäre er ein anderer Typ Mann gewesen, würde ich sagen, da war mehr zwischen ihm und Mrs. Wingate als mit bloßem Auge erkennbar. Aber das konnte ja nicht sein, so damenhaft, wie er war. Mrs. Wingate hielt große Stücke auf ihn, und er hielt große Stücke auf Mrs. Wingate. Mehr war da nicht – es war einfach die Art Freundschaft fürs Leben zwischen zwei Damen.«

»Zwischen zwei Damen!« Meine Mutter war empört.

»Wie boshaft, das so zu sagen! Forbes war – also, ich kenne keinen Mann, weder weiß noch schwarz, der solche Manieren hat. Er war ein vollkommener Gentleman.«

»Zu vollkommen«, sagte mein Vater trocken. »Aus solchen Typen wird kein guter Ehemann.«

»Aber irgendetwas muss doch passiert sein, damit er sich umbringt. Er war sparsam und fleißig und intelligent und aufrichtig. Warum sollte der sich umbringen?«

Mein Vater wollte das Gespräch beenden. »Es ist nicht richtig, so über Tote zu reden und immer hin und her zu überlegen, warum sie was gemacht haben – das ist, als ob man an ihnen herumzerrt, versucht, sie zurückzuzerren. Was weiß man denn schon, und womöglich holt man sie wirklich zurück? Das Beste ist, sie in Ruhe zu lassen. Lass Forbes in Ruhe. Es heißt nicht umsonst, Tote soll man in Frieden ruhen lassen.«

Eine Weile herrschte Schweigen. Dann sagte meine Mutter leise: »Aber ich wüsste wirklich gern, warum er sich umgebracht hat.«

Mein Vater antwortete: »Sarah hat dir doch gesagt, dass in dem Brief stand, er war lebensmüde. Das glaube ich zwar nicht. Aber das müssen wir wohl akzeptieren. Ich möchte nur eins wissen.«

»Was denn?«

»Ich überlege immer, was er in Shacktown wollte. Die Gegend kommt mir komisch vor für einen anständigen verheirateten Mann wie Forbes. Da wohnen lauter barfüßige Ausländerinnen, und in praktisch jeder Apfelsinenkiste, in der die hausen, hängt eine rote Lampe im Fenster. Eine komische Gegend der Stadt, finde ich, für Besuche von anständigen verheirateten Männern wie Forbes.«

Als ich zehn war, hatte Forbes' Tod für mich eine eigene Wirklichkeit – eine Theaterwirklichkeit. Ich saß oft auf den Stufen vor dem Drugstore und hatte die Augen halb zu, um die Kirchenwiese und die Holzzäune und die Ulmen und die großen alten Häuser auszublenden, und tat, als wäre ich im Theater. Ich inszenierte ein Stück vor meinem geistigen Auge. Es spielt auf der falschen Seite der Bahngleise, wo alles aus Schlacke ist, in einer Ecke, wo üppige Ausländerinnen mit ausladenden Hüften barfuß herumlaufen, sich leuchtend rote und grüne Tücher um Kopf und Schultern wickeln und Bündel auf dem Kopf tragen – also, die, die arbeiten. Die, die nicht arbeiten, haben Hüte mit ganz vielen Federn auf und sehen aus, als hätten sie einen kompletten Truthahn auf dem Kopf. Die Häuser in dieser Gegend sind alle aus Verpackungskartons und Apfelsinenkisten. In der Ferne rattert ein Zug, und ein dünner, sorgfältig gekleideter schwarzer Mann in einem gepflegten schwarzen Anzug und blank polierten Schuhen geht eilig durch die Szenerie und einen kleinen Hang hoch zu den Bahngleisen – kein Weg hier, keine Straße. Ein Winterabend, kalt. Es ist Forbes, und er hat keinen Mantel an.

Ich war der Erzähler und sprach das imaginäre Publikum an: »Was will er in seinem gepflegten schwarzen Anzug und seinem gestärkten weißen Hemd in so einer Gegend? Er kann hier in Shacktown unmöglich jemanden kennen, an diesem Ort aus Schlacke und Pappkartons. Karg. Baumlos. Ohne Straßen. Was will er hier? Wo will er hin?«

Vom Zug kommt ein Pfiff, und Forbes geht die Böschung hoch und legt sich auf die Schienen. Der Zug kommt in Sicht, donnernd, und schneidet ihn entzwei – rasch, sauber.

Und dann fällt der Vorhang, denn in einem kilometerweit entfernten Drugstore klingelt ein Telefon.

Das Bild von Forbes blieb mir unverändert im Kopf; so sehe ich ihn immer noch. Sarah allerdings veränderte sich in der Zwischenzeit. In meiner ersten klaren Erinnerung war sie korpulent, mittelalt und hatte eine quengelige Stimme, die beim Jammern immer lauter wurde. Ihr Gejammer drehte sich immer um Geld – den Mangel an Geld, die Bedeutung von Geld. Aber selbst als Frau mittleren Alters hatte sie noch spärliche Reste von der jungen Frau in sich, die mit Hurenhausmusik auf dem Klavier einen Skandal unter den gläubigen Schwarzen von Bridgeport ausgelöst hatte und aussah wie geradewegs aus der Tanzgruppe der »Creole Show« gekommen: mit ihrer wunderbaren, glatten, rötlich braunen Haut, diesem Kichern, das sie anscheinend nicht bezähmen konnte, und der Flirtlust einer Schönheit aus den Gay Nineties. Auch das Neckische und das anfallsweise Kichern, das sie noch als alte Frau an sich hatte, gehörten zu ihren übrig gebliebenen Marotten.

Genau zur Dämmerung war ich in Bridgeport. Ich klingelte an dem einstöckigen Holzhaus, in dem Sarah lebte, und mir fiel etwas ein. Das Haus war ein Hochzeitsgeschenk von Mrs. Wingate. Forbes und Sarah hatten darin genau drei Wochen zusammen gelebt, dann war Forbes wieder ins Wingatesche Herrenhaus gezogen. Mrs. Wingate hatte ihn darum gebeten, denn vielleicht wollte sie ja mal abends aus dem Haus, und wie wäre sie dann ins Auto und wieder hinaus gekommen? Erst warten zu müssen, bis er den weiten Weg vom anderen Ende der Stadt kommen würde, wäre doch recht lästig. (Das Herrenhaus lag im Süden, das dunkelbraune einstöckige Arme-Leute-Häuschen im Norden der Stadt.) Mrs. Wingate hatte Sarah zugesagt, dass sie natürlich bleiben dürfe. Forbes gab sie eine Lohnerhöhung, und sie versprach, ihn in ihrem Testament großzügig zu bedenken.

»Das war komisch«, sagte meine Mutter einmal. »Als Forbes ihr den Hof machte und sie frisch verheiratet waren, hat Sarah ihn beim Vornamen genannt, John. Als er wieder zu Mrs. Wingate zog, nannte sie ihn nur noch Forbes. Sie hat ihn ab da sein Leben lang nur mit dem Nachnamen angeredet, so, als ob sie mit dem Butler von Mrs. Wingate spricht.«

Einer von Peter Forbes' schlaksigen Jungs – der jüngere von Sarahs Enkeln – öffnete die Tür, und ich dachte nicht mehr an die Vergangenheit. Der Junge war groß und dünn, er wirkte sanftmütig und hatte gute Manieren und ein ähnlich wie bei Sarah auf dem alten Foto geschnittenes Gesicht – klein und schmal. Seine Haut war genauso wunderbar rötlich braun. Ich war erstaunt, dass er nicht in der Schule war, und fragte nach dem Grund.

»Ich bin fertig damit«, sagte er. »Im letzten Juni abgeschlossen. Ich bin jetzt achtzehn und gehe bald zur Armee.«

Ich sagte, was die meisten Menschen sagen, wenn sie plötzlich merken, wie die Zeit vergangen ist. »Das ist doch nicht möglich.«

Er sagte: »Doch, es stimmt«, holte tief Luft und fuhr fort: »Nana ist im Schlafzimmer. Komm einfach schnell rein.«

Anscheinend war er vom selben Drang nach Eile befallen wie sein Vater, der mich sofort zu Sarah beordert hatte. Ich hatte nicht mal genug Zeit, den Mantel abzulegen; ich lief durch einen dunklen Flur hinter ihm her und versuchte mich zu erinnern, wie er richtig hieß. Peters Kinder waren bei Sarah aufgewachsen. Peter hatte ein sehr nettes Mädchen geheiratet und zwei Söhne mit ihr bekommen. Das sehr nette Mädchen hatte ihn nach der Geburt des zweiten Babys verlassen und war nie mehr wiedergekommen. Sarah hatte den Jungs Spitznamen gegeben, der ältere hieß Boodie und der jüngere Lud. Lud hatte mir aufgemacht. Aber ich wusste nur noch den Spitznamen.

Wir kamen in ein Schlafzimmer auf der Rückseite des Hauses. Ich begriff sofort, dass Sarah bald sterben würde. Sie saß nach vorn gekippt im Rollstuhl. In den zwei Jahren, die ich sie nicht gesehen hatte, war sie zu einer hageren alten Frau mit schlimmen blutunterlaufenen Schatten unter den Augen geworden, und sie war ganz dünn, sie sah aus wie ein Skelett. Über die einst schöne rötlich braune Haut hatte sich Grau gelegt.

Lud sagte: »Nana, hier ist sie. Sie ist gekommen, Nana.«

Sarah schlug die Augen auf und nickte. Ich hatte ihre Augen als schwarz und eindringlich in Erinnerung, jetzt waren sie trüb und hatten eine andere Farbe; sie waren hellbraun. Ich beugte mich hinunter und gab ihr einen Kuss.

»Ich bin heute nicht so klar im Kopf«, sagte sie. Die Worte kamen langsam, als ob sie erst überlegen müsste, was man mit den Muskeln in der Kehle, der Zunge, den Lippen macht – sogar vor dem Atmen erst überlegen musste. Als sie ausgeredet hatte, schloss sie die Augen und sah aus, als wäre sie schon tot.

»Sie schläft nicht«, sagte Lud. »Sag einfach was zu ihr. Sie antwortet bestimmt – nicht wahr, Nana?«

Sarah antwortete nicht. Ich zog den Mantel aus, es war

unerträglich warm im Zimmer, dann sah ich mich nach einem Platz zum Ablegen um und legte ihn auf einen Stuhl. Das Zimmer hat sich nicht verändert, dachte ich. Es war noch genau so, wie ich es in Erinnerung hatte, und ich war zwanzig Jahre nicht hier gewesen. Es war mit Möbeln vollgestellt, alle Fenster hatten schwere Vorhänge, auf dem Boden lag ein Teppich mit Ornamentmuster, und das Bett war ein sehr schönes Messingbett; an einer Wand hingen lauter Fotos in Rahmen.

Eine weiße Katze flitzte durchs Zimmer, ich fuhr erschrocken hoch, weil mir eine andere weiße Katze einfiel, die durch diese Zimmer geflitzt war – aber das war zwanzig Jahre her. »Das ist doch sicher nicht dieselbe Katze, Lud? Die, die ihr immer hattet?«

»Die hier haben wir seit ungefähr drei Jahren.«

»Oh. Aber die andere war auch weiß, nicht? Sie war taub und ging nie aus dem Haus – stimmt's? Und blaue Augen hatte sie.«

»Genau wie der Kater hier. Der geht nicht aus dem Haus. Der ist taub und hat blaue Augen.« Lud grinste und hatte plötzlich ganz lebhafte junge Gesichtszüge. »Und weiß ist er auch.« Dann lachte er lauthals. »Nana nennt ihn unser weißes Völkchen.«

»Und wie heißt er?«

»Willie.«

So hieß auch die andere Katze, die ich gekannt hatte. Und Willie, hatte Sarah Forbes behauptet (geprahlt vielleicht?) – Willie konnte Männer nicht leiden. Ich überlegte, wie das bei diesem Willie war.

»Ist er freundlich?«

»Nein«, sagte Lud.

»Kann Männer nicht leiden«, sagte Sarah Forbes. Ihre Stimme war klar und kräftig und hatte den altvertrauten Quengelton. Der Junge und ich sahen sie verwundert an. Sie schien noch mehr sagen zu wollen, und ich war neugierig, was das sein würde, denn ihre Miene hatte etwas Gehässiges.

Aber da kam Peter Forbes ins Zimmer, und sie sagte nichts mehr. Wir gaben uns die Hand und redeten über das Wetter, und mir fiel auf, wie wenig er sich verändert hatte in all den Jahren, die ich ihn kannte. Er ist groß und schlank, inzwischen mittelalt und hat einen Strubbelkopf und einen verdrießlichen Mund mit tiefen Falten um die Mundwinkel.

Bei Peters Anblick schien Sarah zu Kräften zu kommen. Sie setzte sich aufrecht. »Roll mich ins Esszimmer«, befahl sie.

»Ja, Ma«, sagte er gehorsam. Der Rollstuhl fuhr geräuschlos. »Du kommst auch mit«, sagte Peter zu mir.

»Da ist so Porzellan …«, Sarahs Stimme sackte weg, und sie kippte wieder vornüber, fast bis über die Armlehne, Arme, Kopf und Nacken vollkommen schlaff. Sie sah aus wie eine ausrangierte Stoffpuppe.

Wir standen im Esszimmer und sahen sie an, alle drei. Ich sagte: »Ich gehe lieber. Es geht ihr nicht gut genug für so was. Sie hat keine Kraft.«

»Du kannst nicht weg«, sagte Peter überraschend strikt. »Ma hat Geschirr, das du kriegen sollst. Davon spricht sie seit Tagen. Solange du das nicht hast, kriegen wir keine Minute Ruhe. Du musst so lange bleiben, bis sie dir die Sachen gibt.« Und dann, sehr höflich und sehr einnehmend: »Bitte, geh nicht.«

Und so blieb ich. Im Esszimmer war es genauso warm wie im Schlafzimmer. Es war auch vollgestellt mit Möbeln –

einer Esszimmergarnitur, drei Vitrinen voll mit Porzellan und Gläsern, einer Doppelbettcouch und einem großen Aquarium mit Fischen in einem Erker.

Willie, der weiße Kater, kam aus dem Flur hereingerannt, krallte sich an den Vorhängen des Erkerfensters hoch, kauerte sich auf dem Sims zusammen und glotzte ins Aquarium. Seine großen blauen Augen gingen hin und her, hin und her, mit jeder Bewegung der Fische.

»Versucht er nie, die Fische zu schnappen?«, fragte ich.

Lud sagte: »Das würde er gern. Aber er kommt nicht dran. Also beobachtet er sie einfach.«

»Das ist ja furchtbar«, sagte ich. »Kann man –«

Sarah hatte sich wieder aufgesetzt. »Mach die Türen da auf«, sagte sie.

»Ja, Ma.« Peter öffnete eine der Porzellanvitrinen.

»Hol mir meinen Stock.«

»Ja, Ma.« Er ging ins Schlafzimmer und kam mit einem schlanken Stock aus Malakka-Nussbaum zurück. Sie packte ihn mit Verve und war wie verwandelt, als sie ihn in der Hand hatte und auf Sachen zeigte. Sie war jetzt keine langsam sterbende grässliche Alte mehr, sondern eine arrogante, herrische Erscheinung.

»Das«, sagte sie, »und das«, und zeigte gebieterisch auf ein Regal im Porzellanschrank, auf dem unter einer dicken Staubschicht eine hohe Kakaokanne mit passenden Tassen und Untertassen stand.

»Hol einen Karton und ein paar Zeitungen.« Sie zeigte auf Lud und rammte ihm boshaft den Stock in den Bauch. Er machte einen Satz und sagte: »Ah, auaa!« Vor Schmerz und vor Empörung.

»Geh den Karton holen«, sagte Peter ungerührt.

Während wir auf Lud warteten, schien Sarah zu dösen. Peter setzte sich schließlich hin und bedeutete mir, dasselbe zu tun. Er nahm eine Zeitung und fing an zu lesen.

Irgendetwas an Sarahs Art, Peter herumzukommandieren, brachte mich auf die Frage, was für eine Kindheit Peter wohl gehabt hatte. Er muss ungefähr zwölf gewesen sein, als Mrs. Wingate starb und Forbes fünfunddreißigtausend Dollar hinterließ.

Forbes unternahm mit dem Geld einen, wie er es nannte, Ausflug ins Immobiliengeschäft; er erwarb Anteile an sechs Mietshäusern. Meine Mutter fand das gar nicht gut. Sie traute dem ganzen Hypotheken- und Kreditsystem nicht, sie empfand es als Zocken mit dem Erbe; wenn die Mieter das Geld nicht mehr aufbrächten, könnte Forbes seine Schuldzinsen nicht bedienen und würde alles verlieren.

Meine Mutter fuhr Sarah damals recht oft besuchen und kam jedes Mal ziemlich beunruhigt zurück. Sie erzählte, dass sich Sarah, die sich früher zu viel um ihr Aussehen gekümmert hatte, jetzt offenbar gar nicht mehr darum kümmerte. Das Haus war ein Graus – unaufgeräumt und eingestaubt. Sie erzählte, dass sich Forbes verändert hatte. Er war noch immer picobello, aber inzwischen viel zu dünn – knochig – und ruckhaft in seinen Bewegungen. Er hatte anscheinend den fast manischen, schrecklichen Drang, sich ständig zu bewegen, setzte sich hin, stand wieder auf, ging durchs Zimmer, setzte sich wieder hin, stand wieder auf, ging wieder los. Zuerst beschrieb sie ihn als unruhig, später verwarf sie die Beschreibung und verschärfte sie: Er sei außer sich, sagte sie.

Als Forbes Suizid beging, war Mrs. Wingate genau zwei Jahre tot. Sämtliche Freunde sagten Sarah sofort den finanziellen Untergang voraus. Forbes' Geld lag fest in hypothekenbelasteten Immobilien, und kurz nach seinem Tod kam die Große Depression und mit ihr die Räumungsklagen und Zwangsvollstreckungen.

Ich sah zu Sarah, die mit dem Kinn auf der Brust im Rollstuhl vor sich hin döste. Mit zwanzig war sie ein albernes, kicherndes Mädchen gewesen. Aber irgendwo unter der Oberfläche muss ein Talent zur gerissenen, kalten Grundbesitzerin geschlummert haben, zum drängelnden, tyrannischen Fischweib, das imstande ist, Betrunkene einzuschüchtern und Witwen und Waisen an die Luft zu setzen – zu einer Frau, die ihren Schirm oder ihre Hutnadel als Waffe benutzt. Sie kassierte die Mieten jede Woche selbst ein, sie hatte schnell gelernt, wenn sie ihren Rundgang nur einmal im Monat machte, war das Geld der Mieter schon für Schnaps oder Essen oder die Lotterie draufgegangen. Peter ging mit, wenn sie das Geld einsammelte. Er war groß und dünn, er hatte Asthma und trug Kniebundhosen aus Tweed und lange Strümpfe – ein lächerlicher Aufzug für einen Teenager.

In jenen Jahren perfektionierte Sarah die Methode, sich bei Leuten anzulehnen, und entwickelte ihre greinende Stimme. Sie wurde allmählich fett. Ihr Hintern schien anzuschwellen, die Beine blieben dagegen dünn wie Bleistifte, weshalb sie nur vorsichtig ging. Mein Vater nannte sie spindelbeinig.

Ich nehme an, dass sie greinen, drohen, schmeicheln und vielleicht sogar weinen musste, um den Mietern das Geld abzupressen; jedenfalls hatte sie Erfolg damit. Sie erzählte meiner Mutter Jahre später, dass sie keine einzige Immobilie eingebüßt hatte. Schließlich verkaufte sie alles bis auf das einstöckige Häuschen, in dem sie und Peter wohnten. Und die Bank, die auf den Hypotheken und Schuldscheinen saß, habe ihr gratuliert, erzählte sie, und gesagt, was sie geschafft hatte, habe kein Immobilienunternehmer in Bridgeport geschafft – sein gesamtes Vermögen unbeschadet durch die Depression zu bringen.

Sarah setzte sich im Rollstuhl auf und fuchtelte mit dem Stock. »Das«, sagte sie. Peter zögerte. »Das« waren offenbar weiße Tassen und Untertassen ohne irgendein Dekor. Sie schwang drohend den Stock, und Peter holte die Sachen aus der Vitrine und stellte sie auf den Tisch.

»Einwandfrei«, sagte sie zu mir. »Sechs Stück. Alle einwandfrei. Haben meiner Großmutter gehört. Erbstücke. Jetzt gehören sie dir. Du vererbst sie weiter.«

Ich schüttelte den Kopf. »Moment mal«, sagte ich, langsam und deutlich, damit sie mich auch wirklich verstand. »Was ist mit deinen Enkeln? Was ist mit Lud und Boodie? Dieses Service sollte Lud und Boodie gehören.«

»Die hauen mit Huren ab«, sagte sie kalt. »So wie Peter. So wie Forbes auch immer gewollt, aber nicht gekonnt hat. Dahinter war er her, damals in Shacktown, und als er gemerkt hat, er kann nicht – kriegt's einfach nicht hin –, da hat er sich auf die Schienen gelegt.« Sie hielt kurz inne. »Ich hab danach drei Tage lang geheult. Drei ganze Tage lang.« Wieder hielt sie inne. »Ich hab geheult, aber nicht wegen dem, was mit ihm passiert war. Ich hab geheult wegen dem, was mir passiert ist. Meinem Leben. Meinem ganzen Leben.«

Ich sah Peter nicht an. Ich hörte ihn nur tief Luft holen.

Sarah sagte: »Das Service da gehört dir. Ich schenke es dir, damit ich weiß, wo es ist. Damit ich weiß, wem es gehört. Wenn es hierbleiben würde …« Sie zuckte die Schultern.

Lud kam mit einem Karton und einem Packen Zeitungen zurück, aber Sarah sah nicht einmal in seine Richtung. Sie sagte: »Die Kakaotassen haben einem französischen König gehört, Mrs. Wingate hat sie mir zur Hochzeit geschenkt, als ich ihren Forbes geheiratet habe. Du sollst sie haben, damit ich weiß, wem sie gehören.«

Wir wickelten jedes Teil einzeln ein, legten alles in den Karton und stopften zusammengeknülltes Zeitungspapier dazwischen. Sarah sah genau zu. Manchmal fielen ihr die Augen halb zu, aber sie sah so lange zu, bis wir fertig waren. Danach sackte ihr Kopf nach unten und der Atem veränderte sich. Er war jetzt leicht, flach, mit Pausen dazwischen. Ich konnte ihren Herzschlag quer durchs Zimmer hören.

Ich sagte: »Auf Wiedersehen, Sarah«, und küsste sie auf den Nacken, aber sie antwortete nicht und rührte sich auch nicht.

Es schneite noch immer, als Lud den Karton zum Auto trug, mir die Tür aufhielt und hinter mir zuklappte. Er tat es, dachte ich, mit einer Anmut, die er unmöglich von Peter haben konnte; vielleicht hatte er sie von Forbes geerbt, seinem Großvater.

Lud sagte: »Haben die Tassen wirklich irgendeinem König von Frankreich gehört?«

»Vielleicht. Ich hab keine Ahnung. Mir wär's lieb, wenn du sie wieder ins Haus bringst. Dieser ganze Karton Porzellan ist eher deiner als meiner. Die Sachen haben deiner

Großmutter gehört, sie sollten in der Familie bleiben.«

»Oh, nein«, sagte er eilig und trat weg vom Auto. »Ich will die nicht. Was soll ich denn damit? Außerdem würde Nanas Geist immer wiederkommen und mich triezen.« Er lachte nervös. »Und wer von Nanas Geist getriezt wird, der dreht garantiert durch.«

Zu Hause wusch ich das Kakaoservice ab und kam, nachdem der Staub von fünfzig Jahren einmal weg war, zu dem Schluss, dass es durchaus irgendeinem König von Frankreich gehört haben könnte. Es war aus sehr altem Frittenporzellan. Es stammte aus der königlichen Manufaktur Sèvres und hatte ein erlesenes Dekor in der als Rose Pompadour bekannten schönen Farbe.

Ich bestaunte gerade die Tassenform, als das Telefon klingelte. Es war Peter. Er sagte: »Ma ist im Schlaf gestorben, nur ein paar Minuten, nachdem du weg warst.«

Die Leidarbeiter

Pedro Gonzales war so weit, zum Feierabend nach Hause zu fahren. Er saß in seinem Jeep, bei laufendem Motor, ließ seinen Blick träge über die Tankstelle schweifen und ging in Gedanken durch, dass er Mike, der bei ihm arbeitete, genug Wechselgeld dagelassen und den Hund draußen am Reifenschuppen angebunden hatte und es nichts mehr zu tun gab, bevor er losfuhr.

Er war ein massiger Mann, seine Haut im Gesicht und an den Händen dunkel von der Sonne und von eingezogenem Öl und Schmiere. Er wusste, er war zu fett – sein Arzt und seine Freunde sagten ihm das immer wieder –, aber er fühlte sich eigentlich wohl in seinem Leib, außer natürlich bei so einer Hitze wie heute um die Mittagszeit, da wäre er lieber ganz dünn, nur Haut und Knochen und kein Fleisch. Aber jetzt, wo die Sonne untergegangen war, fühlte er sich prima, einfach prima.

Er fand, die Tankstelle sah gut aus, insgesamt – von dem weißen einstöckigen Gebäude, das sein Büro, die Toiletten und den Verkaufsraum für Autozubehör beherbergte, bis zu dem großen Schuppen dahinter, wo er Lkw-Reifen lagerte und Mike sämtliche streunenden Katzen der Umgebung fütterte. Er und Mike hatten daraus im Laufe der Jahre den bekanntesten Fernfahrertreff zwischen New York und Buffalo gemacht; sie war gut gelegen, die Fahrer konnten auch mit Riesenlastern direkt von der Schnellstraße die Zufahrt hochfahren und Diesel nachtanken oder einen Reifen wechseln lassen oder gratis einen Kaffee trinken, und sie war rund um die Uhr geöffnet, dreihundertfünfundsechzig Tage im Jahr.

Während er noch im Jeep saß, kam ein Lkw in die Tankstelle gerumpelt – ein alter Lkw, der Motor hustete und spuckte, die Karosserie schepperte und der Auspuff rülpste bläulichen Qualm. Der Fahrer zog an den Zapfsäulen vorbei und blieb mit quietschenden Bremsen neben einer stehen. Pedro überlegte, was der Typ wohl transportierte, die Planen hinten waren zwar zu, aber hin und wieder beulten sie sich leicht nach außen, offensichtlich war da drin irgendetwas Lebendiges, das sich bewegte. Die Nummernschilder waren so schlammverspritzt und verbeult, dass er nicht erkennen konnte, in welchem Bundesstaat der Lkw zugelassen war. Er schüttelte unwirsch den Kopf, so Zigeunertypen konnten fast alles geladen haben. Die hatten nie genug Geld für eine neue Zugmaschine auf der Tasche, das ging alles für ein paar Tropfen Benzin und Öl oder kleine Reparaturen drauf, und eines Tages machte so ein Laster schlapp und sie durchforsteten Schrottplätze nach Ersatzteilen oder einem Reifen, einer alten Batterie zum Ausschlachten. Vielleicht war der deshalb hier reingerumpelt – der Fahrer suchte ein Ersatzteil oder einen Reifen, die sich erbeuten ließen.

Pedro schaltete den Motor aus. Erst mal abwarten, bis der Zigeuner wieder weg war; man wusste nie, was für Gaunereien so ein Typ vorhatte. Er hatte schon oft gesehen, wie so einer scheinbar beiläufig den Reifenschuppen beäugte, und wenn er oder Mike sagten: »Shag! Aufgepasst!«, und der Schäferhund daraufhin aus tiefster Kehle knurrte, schwupps, war der Zigeuner weg, ohne sich auch nur umzudrehen.

Mike kam aus dem Gebäude, der Fahrer stieg aus und ging auf ihn zu. Er war schwarz, mittelgroß, nicht fett, aber voll im Fleisch, und er schien Mike um irgendeinen Gefallen zu bitten, denn sein Kopf war zu einer Seite geneigt, als ob er sich entschuldigte. Mike runzelte die Stirn und zeigte auf den klapprigen Lkw, der Schwarze redete und redete und gestikulierte, und schließlich zuckte Mike die Schultern und zeigte zum Jeep, was so viel hieß wie, er müsse den Boss fragen. Der Fahrer lächelte und nickte mit leuchtenden Augen in Pedros Richtung, und Pedro, dem die Fettschicht unter dessen Haut auffiel – die Haut war so glatt, als wäre sie eingeölt –, dachte: Bastard, der reinste Bastard.

Mike kam zum Jeep. »Er will wissen, ist das in Ordnung, wenn er die Toilette benutzt.«

»Wer? Wer will die benutzen? Der?«

Bevor Mike antworten konnte, fuhr ein großer Sattelzug an die Dieselzapfsäulen, und Pedro sagte: »Geh den bedienen. Der Bastard kann warten. Tut dem nicht weh.«

Er sah Mike an der Zapfsäule hantieren und dachte: Wir machen den Rummel hier seit knapp dreißig Jahren mit, da darf man ja wohl erwarten, dass wir nicht mehr aussehen wie am Anfang. Mike war zwar nicht fett geworden, aber er hatte zugenommen; er hatte sich sozusagen in der Mitte verdickt und Fleischpolster um die Wangen. Von Nahem sah man auch Grauschimmer in den Haaren und Krähenfüße um die Augen.

Dann warf er wieder einen Blick zum Lkw und überlegte, was der Typ wohl geladen hatte. Die Jahre als Boss einer Tankstelle hatten ihn argwöhnisch gemacht. Er war mit Gammlern, Dieben, Rabauken, Schnüfflern und Gangstern aneinandergeraten, sogar mit einem Mörder; alles unterwegs auf Rädern kam in seine Tankstelle, sie war als einzige durchgängig offen – Tag und Nacht, auch an Feiertagen. Natürlich wollte er wissen, was dieser Schwarze in diesem schrottreifen Lkw transportierte. Womöglich waren da Kobras drin oder Boa constrictors oder Löwen.

Im Sommer wusste man nie, was so kam. Erst gestern war eine Blondine in einem Cabrio mit offenem Verdeck an die Säule gefahren, und als er hinging, um sie zu bedienen, sah er etwas auf dem Beifahrersitz liegen, anscheinend eine Pelzjacke. Aber die entpuppte sich als Ozelot mit einem schwarzen Samthalsband, und an dem baumelte etwas, das aussah wie ein Diamant. Das Biest schoss fauchend auf ihn zu, er machte einen Satz zurück, wollte das Feld räumen, stolperte über die eigenen Füße und flog fast hin. Die Frau sagte: »Ooo-oooh! Sie sahen richtig komisch aus!« Und lachte und lachte und lachte. Er griff einen Reifenheber, hob ihn drohend und brüllte: »Hauen Sie ab! Hauen Sie ab! Sie dürfen hier nicht mit einem Löwen rumkutschieren. Raus!« Sie fuhr davon, schimpfend und genauso fauchend wie das mitreisende Biest.

Etwa eine Stunde später erschien jemand von der örtlichen Polizei und fragte, was los gewesen sei – so erfuhr er, dass kein Löwe oder Tiger auf ihn zugeschossen war, sondern ein Ozelot. Diesem Cop – ein junger Streifenpolizist, nagelneue Uniform, die Mütze viel zu groß, die ging bis über die Ohren, hat das Gesicht ganz klein gemacht – hatte er erzählt, dass er, ja sicher hatte er der Frau mit dem Reifenheber gedroht, klar bei der Hitze und der Schwüle und dem ganzen Rattenpack, das ständig läutet, einen mit lautem Gehupe scheucht, mach mal voll, putz die Windschutzscheibe, prüf die Batterie, kann ich die aufladen, ich hab kein Kleingeld für die Brückenmaut, ich brauch mal n Zehner zum Telefonieren, kann ich mit Kreditkarte zahlen, und dies und das und auf der Haut klebriges Öl und Schmiere und in der Nase Dieselgestank und Abgasgestank von den dicken Trucks, also, bei all so was geht man an einen Wagen ran, und da sitzt so ne grinsende Frau, Rock hoch bis über die Knie, die blonde Zottelmähne bis auf die Schultern und halb übers Gesicht, und die lacht, weil der Tiger auf dem Beifahrersitz auf den Fettklops zuschießt, der zwölf Stunden am Tag arbeitet, und der Klops macht einen Satz zurück und fliegt fast hin, weil er vor Angst fast den Verstand verliert, also –

»Ganz recht«, hatte er zu dem Cop gesagt und immer schneller und immer lauter geredet, »ganz recht. Bei der Hitze und bei dem Geruch von diesem Tiger da neben ihr und dem Gesicht, wie die gelacht hat – also, wär die lange genug geblieben, ich hätt ihr das Gesicht mit dem Reifenheber zerkloppt. Und wenn Sie da was draus machen wollen, ich geb Ihnen das schriftlich, und zwar genau das, und ich schreibe auch rein, was ich von so reichen Bengeln halte, die hier barfuß reinkommen, alle mit dreckigen Füßen, und erzähle, was ich von so Frauen halte, die bloß kleine Stofffetzen am Leib haben und die ganzen Dreckhaare den Rücken runterhängen lassen und sich nicht mal mehr die Mühe machen, die zu kämmen, und ich sag Ihnen, was ich halte von –«

Der Cop hatte ihn unterbrochen. »Es war kein Tiger. Es war ein Ozelot, wir haben ihr einen Strafzettel verpasst, für Herumfahren mit einem Wildtier ohne Käfig. Alles in Ordnung – ich wollte nur Ihre Seite der Geschichte hören.«

Dann stand Mike wieder neben dem Jeep und klopfte an die Seite. Er fragte ungeduldig: »Was sag ich'n dem Mann? Der will wissen, ist das in Ordnung, wenn er die Toilette benutzt.«

»Die Toilette? Wozu will der die benutzen? Was hat der in dem Truck geladen?«

»Na ja, das sind diese Leidarbeiter.«

»Was heißt das denn?«

»Das heißt, diese Farbigen, die von Ort zu Ort ziehen, Bohnen pflücken und so was. Der Fahrer holt die jedes Jahr aus dem Süden und bringt sie hoch nach Upstate New York. Er sagt, normalerweise kommt er hier nicht lang, aber er ist irgendwo falsch abgebogen.«

»Sind die in dem Laster da?«

»Ja.«

»Sag ihm Ja.«

Mike nickte dem Schwarzen zu, dass sein Boss einverstanden war. Pedro stieg aus dem Jeep und ging zum Lkw. Er war so fett, dass er beim Gehen schaukelte. Die dunkelgrüne Hose war riesig und hing ihm auf den Hüften, bei seinem voluminösen dunkelgrünen Hemd stand »Pedro's Gas Station« in roten Stickbuchstaben auf einer Brusttasche. Beide Taschen waren ausgebeult von Papieren. Er trug Lederschuhe mit hohem Schaft, leuchtend gelb.

Der Schwarze öffnete die Lkw-Klappe. »Na, kommt«, sagte er. »Aussteing. Aussteing. So's gut. Los jetzt, raus da, aufreihn. Aufreihn jetzt!«

Aus dem Lkw kamen lauter schwarze Menschen – Männer, Frauen, Kinder und Säuglinge. Sie waren zerlumpt, verdreckt, hatten wunde Stellen auf der dunklen Haut und Stroh und Kletten in den verfilzten Haaren.

Pedro beäugte sie zuerst aus dem Augenwinkel, warf verstohlene Blicke hinüber, aber als er merkte, dass niemand zu ihm sah, dass alle auf den Boden sahen, den Kopf gesenkt hielten, den Blick abwandten, starrte er sie unverblümt an.

»So's gut. In Reihn.«

Immer mehr kamen aus dem Lkw, blinzelnd, stolpernd, leicht bibbernd, vielleicht wegen der kühlen frischen Luft. Pedro zuckte zurück, weil sie fürchterlich rochen und fürchterlich aussahen, aber die Neugier trieb ihn wieder näher.

»Wo seid ihr her?«, fragte er.

Sie sahen ihn nicht an; sie antworteten nicht.

»Was sprechen die für eine Sprache?«

»Selbe wie wir«, sagte der Fahrer.

Als Letzter kam ein alter Schwarzer heraus, bärtig, noch dreckiger als die anderen, die Arbeitshose löcherig und aufgerissen, sie sah aus wie ein Bündel Lumpen. Als die Klappe hinter ihm wieder hoch war, warf Pedro einen Blick in den Lkw. Nichts zum Sitzen außer auf dem Boden. Er musste husten von dem Gestank, darüber lag ein heftiger Geruch von irgendwelchem Fusel. Dann ging er weg, denn ganz hinten in einer Ecke lag jemand – eine sehr alte Frau, die ihn anstarrte und dann ängstlich zurückwich.

Der Lkw-Fahrer trieb die Leute zu den Toiletten. Pedro winkte ihn zu sich, weil er ihn etwas fragen wollte.

»Wieso gibts da nichts zum Sitzen?«

»Kein Platz dafür«, der Fahrer lächelte mit leuchtenden Augen, den Kopf zur Seite gekippt. »Ich mach Erntefuhrn, 'mit ich's Benzin bezahlen kann, und wenn da Sitze wärn, die müssen ja angeschraubt sein, dann geht nich mehr viel Ernte rein.«

Pedro sagte stirnrunzelnd: »So was hab ich im Leben noch nicht gesehen.«

»Na ja, meist sieht die ja keiner«, sagte der Fahrer entschuldigend, vollführte lauter kleine Diener mit dem Kopf und lächelte sein einnehmendes Lächeln. »Wir bring die nachts her und machn nirgends kein Halt; kein Mensch sieht die und kein Mensch regt sich wegen die auf. Aber diesmal war der Laster kaputt, ich hab den erst morgens wieder in Gang gekriegt, und dann verfahr ich mich noch und deshalb kommen wir bei Ihnen lang. Der reinste Zufall, Boss, der reinste Zufall.«

Yeah, dachte Pedro, und du bist der reinste Bastard.

»Haben die Hunger?«

Der Fahrer zuckte die Schultern. »Na ja, so wie wir, die könn immer was vertragen. Wenn Sie was haben, geben Sie's mir, ich seh zu, dass die das'n Stück weiter essen, wo's dunkel is. Dann regt sich keiner wegen die auf.«

»Die essen hier«, sagte Pedro. Wenn sie es erst mal im Magen hatten, kam der Fahrer nicht mehr dran, denn wenn der die Hand drauf hätte, würden die mit Sicherheit nie was zu essen kriegen. Pedro ging in den Kassenraum und wies Mike an, die Brote zu holen, die der Bäcker dagelassen hatte – Brot von gestern durfte er nicht mehr selbst verkaufen, das ließ die Herstellerfirma nicht zu. Im Kühlschrank waren sechs Liter Milch, eine Kiste Apfelsinen, die von einem der riesigen Überland-Transporter gefallen war, und eine Kiste mit Kondensmilch und Schinken in großen Büchsen, und einen Kasten mit Corned Beef gab es auch noch.

Jedenfalls bekamen sie alle satt. Sie schnitten den Schinken in Scheiben und verteilten ihn. Pedro öffnete eine Dose

Corned Beef nach der anderen – das Zeug kollerte andauernd von Lastern. Die Kinder bekamen frische Milch und jeweils eine Dose Corned Beef, das sie verschlangen, und sie aßen Apfelsinen. Dann öffneten er und Mike Dosen mit Kondensmilch, eine ganze Kiste Dosen, und verlängerten sie mit Wasser, der zerlumpte Alte füllte Pappbecher voll, und alle stürzten sie hinunter.

Pedro hatte noch nie Leute derart hastig essen sehen – sie stopften sich ganze Brotscheiben regelrecht in den Mund, und mit dem Fleisch machten sie es genauso. Die Pappbecher waren bald alle, und der Fahrer sagte: »Die könn die doch nochma nehm, weitergeben an den nächsten«, aber Pedro schickte Mike nach drinnen, mehr Becher holen.

Beim Essen sprachen sie nicht, und als sie auf dem Weg zurück zum Lkw an ihm vorbeikamen, senkten sie die Köpfe und verbeugten sich. Der Fahrer war sauer, und das zeigte er auch, er bedankte sich kurz und schroff, ganz ohne unterwürfig gesenkten Kopf, und scheuchte alle unter aggressiven Rufen zurück in den Lkw. Den Kindern verpasste er mal einen Schubs, mal einen derben Stoß, was die aber widerspruchlos übergingen. Pedro schloss daraus, dass sie einfach daran gewöhnt waren, herumgeschubst zu werden, und es als zum normalen Leben gehörig hinnahmen.

Er sah zu, wie der Lkw von der Tankstelle rumpelte, mit bläulichem Qualm aus dem Auspuff, und dachte darüber nach, dass der eine Fuhre Elend geladen hatte, das reinste Elend. Er konnte noch eine ganze Weile, nachdem der Lkw weg war, an nichts anderes denken. Er hatte das Gefühl, er hätte etwas gegessen, das ihm nicht bekam und einen sauren Geschmack in seinem Mund hinterließ.

Am nächsten Tag war alles prima, einfach prima. Die Sonne schien, es war heiß, aber nicht schwül. Lkws fuhren ran und wieder weg, die Fahrer tranken Kaffee, die Stammkunden kamen zum Tanken und Ölnachfüllen, und nirgendwo zerlumpte hungrige Menschen, die stehend in Klapperlastern durch die Gegend fuhren, oder Blondinen in Cabrios mit etwas auf dem Beifahrersitz, das aussah wie ein Königstiger.

Aber einen Tag später erzählte Mike, dass nachts irgendwas am Reifenschuppen rumgeschnüffelt und die Mülltonnen umgerissen hatte, und Shag war wie wild und bellend in die Luft gesprungen und hatte versucht, sich von der Kette zu reißen. Er war zum Schuppen gelaufen, sagte er, und hatte geguckt und gewartet und gehorcht, aber nichts gesehen; doch der Hund hörte oder roch irgendwas, und das machte ihn wütend und stellte ihm die Nackenhaare auf.

Das passierte drei Nächte hintereinander, und am vierten Abend sagte Mike beunruhigt: »Das gefällt mir nicht. Da ist nichts, gar nichts – kein Tier, keiner von den langhaarigen Drecksbengeln, die hier manchmal rumstreunen. Nichts. Aber Shag sieht was oder riecht was, das ihn kirre macht. Gespenstisch.«

»Dann lass den Hund von der Leine.«

»Nein«, sagte Mike. »Mach ich nicht. Is nicht richtig.«

»Dafür ist er da.« Bevor sie den Schäferhund hatten, waren immer wieder kleine Diebstähle vorgekommen. Das Problem hatten die meisten Tankstellen – ein, zwei fehlende Reifen, ein nicht bezahlter Batteriewechsel, der Cola-Automat aufgebrochen wegen des Wechselgelds. Als jemand den Münzbehälter aus der Telefonkabine gestemmt hatte, fand

Pedro, dass sie sich einen Wachhund zulegen sollten, denn sie hatten die ganze Nacht hindurch geöffnet und waren leichte Beute für bewaffnete Räuber. Also hatte er vor ein paar Jahren Shag gekauft. Er hatte fast so viel gekostet wie ein guter Gebrauchtwagen, aber er war es wert, seitdem gab es keinen Ärger mehr.

Er wies Mike an, die Mülltonnen direkt hinters Haus zu stellen, wo auch das Büro lag, das Licht hinten auszuschalten und den Hund rauszulassen, so könnte er, was immer sich an den Tonnen zu schaffen machte, erwischen.

Mike sagte: »Ich stell die Tonnen da hin, aber den Hund frei rumlaufen lassen möcht ich nicht.«

»Ist recht. Ist recht. Ich komme abends noch mal her, dann mache ich ihn los.«

Gegen Mitternacht fuhr er zur Tankstelle zurück, schaltete das Licht hinten aus und setzte sich in dem Raum, den sie als Küche nutzten, auf einen Holzstuhl nahe der Tür. Shag saß an ihn geschmiegt neben ihm. Durch die Fliegengittertür kam ein laues Lüftchen herein. Hinter der Tankstelle lag ein Sumpfgebiet, und dort wuchs Geißblatt, er konnte es riechen. Diese Nachtluft, dachte er, war wie der Löwenzahnwein, den er vor Jahren mal getrunken hatte. Er erinnerte sich noch an den Geschmack und daran, dass er beim Trinken an den alten Italiener gedacht hatte, der diesen Wein herstellte, wie der wohl geschafft hatte, die Farbe des Löwenzahns und die Wärme der Sonne einzufangen und in die Flasche zu bringen, denn als er sie zum Mund geführt hatte, war all das auf seinen Lippen, auf seiner Zunge und rann ihm die Kehle hinunter.

Er hörte den brummenden Verkehr auf der Schnellstraße und dachte stirnrunzelnd, das klingt ja wie die komische Musik, die im Radio immer von Mitternacht bis Morgengrauen läuft. Er seufzte und verlagerte das Gewicht auf dem harten Stuhl. Ein unbequemer Platz, er war zu massig für die Sitzfläche, aber er döste trotzdem ein, den Kopf halb auf der Brust.

Plötzlich sah er hoch, dann stand er auf, irgendwer oder irgendwas hatte den Deckel von einer der Mülltonnen gehoben. Das Geräusch war nicht laut, nur ein verräterisches leises Klicken von Metall auf Metall.

Shag knurrte, Pedro schob sachte die Fliegengittertür auf, und Shag sauste wie mit der Zwille geschossen durch die Luft. Dann Geschrei, eine Männerstimme: »Ääh, runter, geh runter, geh runter, geh weg« – eine Männerstimme, die leicht bebte.

Pedro schaltete das Außenlicht ein und sah vor der Tür einen Mann stehen, der Hund ganz dicht an ihm dran. Der Mann wollte sich davonstehlen, aber der Hund hatte sich seine Hose geschnappt, der Mann zerrte und versuchte wegzurennen, aber Shag warf sich mit seinem ganzen Gewicht auf ihn, der Mann ging zu Boden und blieb auf dem Rücken liegen. Shag stand wachsam über ihm, die Schnauze aufgerissen, sein riesiger, beutehungriger Kiefer nur Millimeter entfernt von der Gurgel des Mannes.

Pedro ging hin und sah, dass der Mann am Boden ein alter schwarzer Mann war. Vor lauter Angst schrie er nicht einmal; seine Gurgel zuckte, und beim Atmen kam ein Geräusch, wie wenn jemand Stoff zerreißt. Pedro beugte sich hinunter, bekam seinen Geruch in die Nase und fuhr zurück; der alte schwarze Mann war einer von diesen Leidarbeitern. Der mit dem Bart, der die Milch ausgeschenkt hatte.

Mike kam aus der Tankstelle gerannt. »Wer ist das?«

»Einer vom Lkw. Der ist aus dem kaputten Lkw. Gehört zu diesen Leidarbeitern. Lass ihn los, Shag. Lass ihn hoch.«

Mike half dem alten Mann auf die Beine und durchsuchte seine Taschen. Nichts zu finden – nicht ein Zettel, nicht ein Penny, nicht eine Zigarette oder auch nur ein Tabakkrümel. Nichts.

Sie starrten ihn eine Weile verwundert an, und schließlich sagte Pedro, vor allem um das Schweigen zu durchbrechen: »Wie heißt du?«

»Bei meine Leute Ben. Yes, Sir. Die sahng Ben.« Seine Sprache war unnachahmlich, aber Pedro bewegte die Lippen, versuchte vergeblich, sich an den Klang zu erinnern; er war weich, verschliffen, schwer verständlich.

»Wo bist du her?«, fragte Mike neugierig. »Wo bist du zu Hause?«

»Weiß nich. Weiß nich richtig, Boss.« Es klang entschuldigend.

»Wohin wollte der Lkw denn von hier aus?«

»Hab nie gehört, wo Fahrer uns hinbringt, Boss.«

Pedro sah ihn erstaunt an. Der Mann war alt, ausgemergelt, verdreckt, zerlumpt. Wovon wollte der in Gottes Namen leben? Der konnte sich doch nicht aus Mülltonnen ernähren. Wieso war der plötzlich aus dem Lkw gestiegen?

»Warst du schon mal hier oben?«, fragte er.

»Je's Jahr.«

»Wieso bist du raus aus dem Lkw?«

Der alte Mann sagte, dass er sich, als sie aus der Tankstelle raus waren, zum Heck geschlichen, die Klappe etwas aufgedrückt und abgewartet hatte, bis der Laster an einer Ampel oder einem Stoppschild hielt. Er wusste, er durfte nicht zu lange warten, sonst würde er sich verlaufen und die Stelle mit dem fetten weißen Mann nicht wiederfinden, und irgendwann war der Laster langsamer gefahren, er war abgesprungen und musste schnell vor einem heransausenden Auto wegkrabbeln.

Mike fragte: »Warum bist du hierhergekommen?«

Der Alte antwortete nicht. Er vermied es, die beiden anzusehen, sondern sah den Hund an, das sei ein mächtig guter Hund, sagte er, so ungefähr der beste, den er je gesehen habe.

Mike sagte: »Sitz, Shag, sei freundlich.«

Zur Freude des Alten nahm Shag Platz und streckte eine Riesenpfote vor. Der Alte gab ihm die Hand und redete mit ihm, in diesem weichen, genuschelten Klang.

Pedro ging wieder nach drinnen, die Polizei anrufen, die sollten den stinkigen Alten abholen kommen. Er hatte den Hörer in der Hand und wollte gerade wählen, als Mike ihn ansprach, fast direkt ins Ohr. Er war verdutzt, er hatte nicht gemerkt, dass Mike ihm gefolgt war.

Mike sagte: »Wen rufst du an?«

»Die Polizei.«

»Er hat doch nichts getan, der wollte sich bloß was zum Essen besorgen.«

»Und was soll ich dann mit ihm machen?«

»Er kann doch hierbleiben. Könnte im Reifenschuppen schlafen.«

»Bei den Katzen?«

»Klar.«

»Und wo bleibt er im Winter?«

»Da könnt er hier drin schlafen.«

Pedro schüttelte den Kopf und hob den Hörer wieder

hoch, aber Mike legte seine Hand auf Pedros Hand. »Mach das nicht.«

»Warum nicht? Die Cops kriegen raus, wo der hingehört, und schicken den zurück, wo immer der herkommt. Wie soll ich das sonst rauskriegen?«

»Er gehört nirgends hin. Das weißt du. Hast doch diese Leidarbeiter gesehen und diesen verstunkenen Laster und diesen schwarzen Bastard, der den fährt. Lass ihn hierbleiben.«

»Nein.« Pedro sah finster drein. »Hier kann der nicht bleiben. Ich hab genug damit zu tun, für mich und für dich zu sorgen. Ich kann nicht auch noch einen alten schwarzen Mann aufnehmen. Warum kommt der überhaupt hierher?«

»Das weißt du nicht?«

Pedro schüttelte den Kopf. »Natürlich nicht. Und du auch nicht.«

»O doch. Darum, weil du so fett bist. Der Alte weiß genau, bei uns gibt's immer jede Menge Essen, sonst wärst du nämlich nicht so fett geworden, und du hättest auch kein Essen verteilt, wenn's hier nicht jede Menge gäbe. Hast du nicht zugehört? Der hat gesagt, wenn er nicht rechtzeitig aus dem Lkw gesprungen wär, hätt er die Stelle mit dem *fetten* weißen Mann nicht wiedergefunden.« Mike redete hastig, fast ohne Luft zu holen, dann schwieg er, und als er wieder anfing, flüsterte er, als ob er einen schmutzigen Witz erzählte, den niemand hören sollte. »Bloß weil du so fett bist. Darum.«

»Ist mir völlig wurscht«, sagte Pedro kalt. Er hatte das Gefühl, von seinem eigenen weichen Fleisch betrogen worden zu sein, und das war ein komisches Gefühl. Aber er sagte nur: »Ist recht. Ist recht«, und ging vom Telefon weg.

Mother Africa

Der Frühling kam in diesem Jahr am 10. April nach New York City, ziemlich früh am Morgen. Sogar in Midtown Manhattan kündete die Luft, die zwischen den Wolkenkratzern nach unten trieb, davon, dass die Erde nach dem langen, harten schneereichen Winter allmählich wieder wärmer wurde, wieder auflebte. Die betonierten Bürgersteige und das Mauerwerk der Gebäude wirkten regelrecht belebt von der frühmorgendlichen Sonne. Ihr Licht fiel bis in die dunkelsten Gassen, die übelsten Nebenstraßen von der untersten Spitze von Manhattan bis an den oberen Rand von Harlem.

In Harlem schaffte es ein kleiner Fleck Aprilsonne durch die schmutzverkrusteten Fenster in Emanuel Turners Schlafzimmer. Er wurde, entweder von der Sonne oder von etwas in der Luft, das vom Frühling kündete, eher wach als sonst.

Er betrachtete den kleinen Sonnenfleck auf dem Fußboden. »Ich geh lieber früh los«, sagte er laut. »Die machen heute alle Hausputz.«

Im Frühjahr blühte sein Geschäft auf, dann machten die Frauen Hausputz und warfen allerlei Zeug weg, das er einsammelte und verkaufte. Er war der einzige Schwarze in der Gegend, der mit Trödel und gebrauchten Sachen handelte. Sein Geschäft lief gut. Bei den Nachbarn hieß er Rags, Ole Rags, Junk, Ole Junk, Bottles, Ole Bottles. Für seine Freunde war er Man oder Mannie.

Er brauchte keine großen Vorbereitungen für einen Geschäftstag. Er schlief immer im Oberhemd, einem einstmals blauen, jetzt verwaschen grauen, zerlumpten Etwas. Er langte ans Fußende des Betts, griff nach der Hose, stand auf, zog sie an und hielt sie mit einem Strick um die Taille fest.

Er genoss sein Frühstück: eine halbe Flasche Orangensaft, vier Würstchen, drei Eier, eine Kanne Kaffee, eine halbe Pfanne Maisbrot, das von gestern Abend übrig war. Er schlüpfte barfuß in die Schuhe – Kampfstiefel, die er aus einer Mülltonne gefischt hatte – und war bereit für die gründliche Inspektion aller Mülltonnen, die er schaffte, bevor die Lkw vom Department of Sanitation anrückten. Was für ein aufgeblasener Name für die Müllabfuhr.

Die Jungs, die die Müllwagen fuhren, machten ihm Spaß. Er musste immer lachen über den Höllenlärm, den sie frühmorgens veranstalteten – das Geschepper von Metall, kläng-bäng, extra laut, damit die Leute, deren stinkende Abfälle sie befördern mussten, wach wurden. Sie zogen ihn auf, aber sie hielten immer nach ihm Ausschau. Wenn er mal spät dran war, riefen sie: »Warst'n so lange, Mannie, Schönheitsschlaf halten? Wir sin' hier vom schnellsten und ha'm vom vielsten.« Und: »Willste hier was von?« Und halfen ihm, einen ausrangierten Sessel oder ein kleines Sofa auf seinen Karren zu laden.

Er ging meistens noch aus einem anderen Grund früh los: So geriet er später mit dem vollen Karren nicht in den dichten Verkehr – die sicherste Methode, ums Leben zu kommen. Die Autos kamen ziemlich dicht ran, manche fuhren extra so, und der Abgasgestank von den Bussen und Lkw konnte einen glatt in den Erstickungstod treiben.

Mannie blieb so lange im Hof, bis er flüchtig überprüft hatte, ob noch alles da war. Er ignorierte die flackernden Muster aus Licht und Schatten, die die Sonne immer neu über das Chaos und die Unordnung im Hof warf, und ging durch, was wo lag – die Stapel abgefahrener Reifen, die Schläuche und Autoteile, die kaputten Stühle und wackeligen Tische, die Kleiderhaufen und Halden von alten Flaschen, sein Warenlager. Er merkte sofort, wenn etwas fehlte. Er hatte trainiert, sich einzuprägen, wo jedes einzelne Teil im Verhältnis zu denen daneben lag. So wusste er, ob jemand in seinem Zeug rumgekramt hatte. Manchmal kürzten Leute den Weg zum nächsten Block durch seinen Hof ab, und manche bedienten sich an Sachen, die sie vielleicht brauchen könnten, aber es kam nicht oft vor, also machte er kein Aufhebens davon. Er hatte dann nur immer ein komisches Gefühl. Er wusste nicht, wann die Leute so was machten, es fühlte sich an, als ob sich, wenn er schlief, Stühle und Tische und Autoteile von selbst davonmachten.

Als er sich vergewissert hatte, dass nichts über Nacht verrückt worden war, holte er seinen Handkarren aus dem vor sich hin modernden Schuppen hinten im Hof und brach zu seiner Runde auf. Er mochte den Handkarren; die Griffe waren glatt und poliert, von seinen Händen. Sie waren fast wie verlängerte Hände und Arme. Und wie der Karren das Gleichgewicht hielt, war wunderschön. Seine Räder gaben ein leises Rumpeln von sich, das er trotz des Straßenlärms, des donnernden Verkehrs, der Autohupen hören konnte.

Gleich im ersten Block sammelte er etliche gut verkäufliche Sachen ein: sechs verbeulte Filzhüte; zehn Pullover –

die meisten in gutem Zustand, einer nicht ganz so; drei fast neue Steppdecken; einen ganzen Berg eingestaubte Vorhänge (die würde er durch die Waschmaschine jagen – die alte, die ihm jemand im Tausch gegen einen Trockner überlassen hatte, den er gratis bei einem Umzügler abgeholt hatte); ein paar nicht zusammengehörige Turnschuhe; ein Paar kaum getragene Überschuhe; einige brauchbare Lampen; eine alte Laterne; ein Dutzend ziemlich gute Teller; einen Kinderhochstuhl in ordentlichem Zustand.

Zum Dank für so viel gute Ware und auch zum Dank für den reinen, kühlen, leuchtenden Morgen fing er seinen Singsang an, seine Aufrufe in regelmäßigen Intervallen, mit einer Pause hier und da und einem Blick hoch zu den Fenstern der Häuser und Mietskasernen, an denen er vorbeikam.

Er hatte einen kräftigen Bariton und rief halb gesprochen, halb gesungen immer denselben Text: »Ich k-a-u-f, k-a-u-f, k-a-u-f! Alte Kleider, alte Flaschen, alte Nähmaschinen!« Die Stimme mal lauter, mal leiser, mal leiser, mal lauter. Sie durchdrang, überlagerte, unterlegte die anderen Geräusche auf der Straße – den monoton und gleichmäßig brummenden Verkehr; die tiefen und die hohen Stimmen der Passanten; die jäh aufkreischenden Bremsen vor der Ampel an der Ecke. Niemand hatte je eine alte Nähmaschine zu verkaufen oder zu verschenken, aber er liebte den Klang des Wortes, seine Stimme trödelte geradezu herum auf »-maschinen«, liebkosend, fast die ganze Tonleiter rauf und runter, während er ein altes Stück Metall auf den Karren legte.

Wenn er seinen Karren am Straßenrand entlangschob, dicht am Bordstein, drehten Männer und Frauen an Bushaltestellen und Fahrer in Lkw und Autos sich um und sahen noch einmal hin. Er war es so gewohnt, angeguckt zu werden, dass er die Blicke, das anhaltende, forschende Hinterherstarren, wenn er mit schnellen Schritten zum nächsten Block strebte, einfach ignorierte.

Er wusste, die Leute starrten ihn nicht an, weil sie seine melodiöse Stimme anziehend fanden. Sie drehten sich nach ihm um, weil er so unverschämt, geradezu anstößig ungewaschen, unrasiert, ungekämmt war. Unter dem enormen buschigen Bart verschwand fast das ganze Gesicht. Er hatte im Winter wie im Sommer eine alte Marinemütze auf dem Kopf, tief in die wohlgeformte Stirn gezogen. Seine Haut, soweit man sie sehen konnte, war dunkelbraun. Und so von Wind und Wetter geschmirgelt, dass das Braun einen zarten Stich ins Rötliche hatte. Sein Blick war klar, wach, der Ausdruck argwöhnisch. Was er anhatte, war so ungepflegt wie die Haare und der Bart. Die taillenhohe Jeans tat ihre Dienste seit gut und gern zwanzig Jahren, so dünn war der Stoff, und so vollgesogen mit Schmutz und Schmiere; auf Knien und Hosenboden saßen breite dunkelgraue Stoffflicken zur Verstärkung.

Noch schlimmer war der kräftige Ziegengeruch, den er verströmte. Passanten, die neben ihm auf dem Bürgersteig gingen, suchten das Weite und eilten auf die andere Straßenseite. Dort blieben sie meistens stehen und sahen zurück, verwundert, beklommen, ungläubig.

Als er mit seinem Karren in der 116th Street ankam, sah er gegenüber einen langen glänzenden Wagen mit Chauffeur, der erst langsamer fuhr und dann anhielt. Er erkannte seinen alten Kriegskumpel Joe und ging über die Straße, um mit ihm zu reden. Joe war Chauffeur bei irgendwelchen reichen Weißen auf Long Island, er kam ziemlich oft im Trödellager vorbei und sah sich um. Er war immer auf der Suche nach Frontscheinwerfern mit Messingfassung aus uralten Autos, hin und wieder fand er sogar einen.

Joe sagte: »Hör mal, Mannie, ich wollt grad rumkommen. Meine Madam will eine Statue loswerden. Sie sagt, ich soll einen Trödler finden, sie schickt die dann hin. Kostenlos. Der kann damit machen, was er will – in Einzelteilen als Antiquitäten verkaufen oder alles komplett als Altmetall. Ist das in Ordnung, die dir zu schicken, Mannie? Du kannst 'n Haufen Geld damit machen.«

»Eine Statue?«, fragte er erstaunt. »Na klar. Warum nicht?« Im Frühling waren ja alle Frauen beim Hausputz, ob schwarz oder weiß. Vielleicht schmissen die weißen Frauen auf Long Island beim Frühjahrsputz ja Statuen weg.

Er wollte schon weitergehen, sagte aber: »Warte mal, Joe«, und runzelte die Stirn. Wenn man es recht bedachte, war es seltsam, womöglich hatte die Sache einen Haken. Weißhäutige Leute lebten schließlich noch immer auf Kosten der schwarzhäutigen Leute dieser Welt. Die waren wie die Haie, wenn die einen endlosen Nachschub an gutem warmem Fleisch entdeckt hatten und drumrum schwärmten und sich vollfraßen. Sie hatten damit vor Jahrhunderten in Afrika angefangen – zuerst die grausamen Haie, die Sklavenhändler; danach die kleinen Haie, die Missionare mit ihren Kreuzen und ihren diebischen Christenmanieren; die waren wie Pilotfischchen für eine Brut wahrhaft grausamer Haie – die Plünderer, die hinter dem Elfenbein, dem Gold, dem Öl, den Diamanten her waren. Diebe, allesamt. Er hoffte immer, noch so lange zu leben, dass er die Rollen mal umgekehrt verteilt fände, aber bis dahin musste ein schwarzer Mann sich auf jede erdenkliche Art vor denen schützen.

»Was denkst du gerade, Mannie?«

»Sag mal – warum will diese weiße Frau die Statue loswerden?«

»Ihr Mann hat mal versucht, die umzustellen, der hat einen Herzinfarkt gekriegt und ist gestorben, und sie schiebt's auf die Statue. Sie will die nicht mehr um sich haben. Ist in Ordnung, die dir zu schicken, ja?«

»Klar. Schick sie. Nehm ich gern. Sag deiner Madam aber, die soll einen Beleg schreiben, dass das meine ist.«

»Ach, Mannie, du trödelst seit Jahren mit Altmetall. Du brauchst doch keinen Beleg –«

»Joe«, sagte er, »das Altmetall ist weiß, und ich bin schwarz. Sag ihr, sie soll'n Beleg mitschicken. Und danke.«

Der glänzende Wagen fuhr los, und er sah ihm nach. Dann wandte er sich wieder der Mülltonneninspektion zu. Er kaufte und verkaufte Trödelkram jetzt seit so vielen Jahren, dass er sich nicht mehr wunderte, was die einen alles weggaben oder wegwarfen und die anderen kauften. Er bezweifelte, dass ihm Joes Madam die Statue schicken würde, dass sie die loswerden wollte, war bestimmt eine Schnapsidee, die sich so schnell verflüchtigen würde, wie sie gekommen war.

Am späten Nachmittag durchsuchte er eine Tonne in der 120th Street. Er hatte schon ein paar kaputte Spielsachen gefunden und vorsichtig in seinen Handkarren gelegt. Als Nächstes zog er einen Lampenschirm heraus. Er prüfte ihn noch, als ein kleines Mädchen angelaufen kam und rief: »Mr. Junk, Mr. Junk, schnell, schnell, schnell! Die wollen wissen, wo sie das – die – das hinstellen sollen. Kommen Sie schnell –«

»Du bist ja schlimmer als ein Springteufel«, sagte er ärgerlich. »Hör auf mit dem Rumgehopse und sag das noch mal –«

Er hörte stirnrunzelnd zu, während das Mädchen denselben sinnlosen Wortschwall wiederholte und ein paar neue Brocken dazufügte: Die ist da – das ist da – schnell – wohin damit – mit ihr – damit – die Männer – der Lkw.

Nach fünf Minuten »die ist da, das ist da« legte er den Lampenschirm in den Karren und machte sich auf den Heimweg, nicht weil er die Nachricht verstanden hätte, sondern weil der Anlass für das zusammenhanglose Gerede und Gedrängel offensichtlich irgendwie mit ihm zu tun hatte.

Als er mit dem Karren in die 123rd Street einbog, sah er eine Menschenmenge vor seinem Haus. Er hörte Gesumme und Gebrumme von Stimmen und dazwischen überraschtes Aufschreien. Offenbar sah die Menge etwas oder wollte es sehen, denn immer wieder wölbten sich die Ränder, zogen sich nach innen und beulten woanders aus, wo immer jemand gerade versuchte, sich mit den Ellbogen in die Mitte zu kämpfen, und zurückgeschubst wurde.

Im Mietshaus gegenüber hingen Leute in den Fenstern und starrten auf die Straße, andere hockten auf Dächern und Feuerleitern, und alle zeigten nach unten und redeten.

Er ging schneller, trabte jetzt, auch die Karrenräder drehten sich immer schneller und rumpelten. Als er bei der Menge ankam, hörte er: »Da ist er.« – »Da ist Old Rubbish.« – »Heh, Bottles.« – »Da kommt Man.« – »Mr. Junk ist da, Mister.«

Hände schoben ihn vorwärts, schubsten ihn vorwärts, bis zu einem Sattelzug, einem unglaublich langen Sattelzug. Darauf lag eine Frauenstatue, in voller Länge, auf dem Rücken, mit dem Gesicht zum Himmel. Ein einziger schneller entgeisterter Blick, und Man Turner hatte die Statue erfasst, ihre dunkle Nacktheit, die Wölbung der Brüste, die Rundung der Schenkel.

Er schnappte nach Luft. Er hatte keine Ahnung, woher das Ding kam, warum es hier war, was es mit ihm zu tun hatte.

»Was'n das für'n blühender Unsinn?«, fragte er. »Wo kommt das Ding her?«

»Trail's End. Von Mrs. Treadway. Wo soll die hin?«

»Die ist nicht für mich«, sagte er abwehrend. »Ich mache nicht in Kunstkram. Das muss ein Fehler sein.«

Der Lkw-Fahrer blätterte durch ein Papierbündel. »Sind Sie Emanuel Turner?«

Mannie gab es widerstrebend zu.

»Dann ist das für Sie. Von Mrs. Charles Edward Treadway.« Der Fahrer sah Man Turner lange an. Er schien den Blick nicht von dessen Hose wegzukriegen. Schließlich sagte er noch mal: »Wo soll die hin?«

Man antwortete nicht gleich. Er starrte die Statue an. So was hatte er noch nie gesehen. Kein Wunder, dass die ganze Straße hier war. Das war die nackteste Frau, die er je gesehen oder erträumt oder von der er gehört hatte. Ein höchst merkwürdiges Ding, in der Tat, und der Fahrer hatte etwas von einer Mrs. Treadway gesagt.

»Mrs. Treadway«, sagte er in seiner Verwirrtheit, »kommt die auch?«

»Die Stattuwe ist von Mrs. Treadway«, sagte der Fahrer

langsam und bedächtig. Er sah wieder Mans Hose an und schüttelte den Kopf. »Wo soll die Stattuwe hin?«

»Aber –«, Man zog die Mütze ab, kratzte sich am Kopf, zupfte am Bart.

Das ist doch Unsinn, dachte er. Wo kommt das – die – her? Dann fiel es ihm wieder ein. Natürlich. Von Joes Madam. Joe hatte erzählt, dass sie die Statue weghaben wollte. Alles schön und gut, aber er hatte doch nicht mit so was gerechnet. Kein Wunder, dass die die weghaben wollte. Er hätte es besser wissen und Nein sagen müssen. Wieder mal ein Beweis dafür, dass eine weiße Frau einen schwarzen Mann noch jedes Mal übers Ohr haut – selbst wenn sie den nie gesehen hat. Er sah mürrisch drein bei dem Gedanken, dass Schwarze in den USA keine Schonzeit hatten, die Jagd auf sie war so oder so frei.

»Wo wolln Sie's hinhaben?«, fragte der Fahrer ungeduldig.

Man sagte: »Muss nachdenken.«

Aber er konnte nicht denken. In seinem Kopf brabbelte es unentwegt, während er auf die Statue starrte. Er war in Mississippi geboren, hatte in einer Einklassenschule beigebracht bekommen, wie man den Namen des Staates schreibt, im brüllenden Unisono mit lauter anderen halb verhungerten schwarzen Kids, und diese verdammte Sache krachte ihm in Stressmomenten ins Hirn, er hörte sich wieder und wieder sagen: »M-I-Krummbuchstabe-Krummbuchstabe-I-Krummbuchstabe-Krummbuchstabe-I-Buckelbuchstabe-Buckelbuchstabe-I.« Im Marschrhythmus, genau wie jetzt. Als er älter wurde, war Mississippi für ihn der krummbucklige Staat, in dem ganzjährig Jagdsaison für Schwarze herrschte, ohne Beuteobergrenze, ohne Regeln, alle Waffen erlaubt – Elefantentöter, Dynamit. Killdie. Killdie. Kill wen? Kill Schwarze. Killdie. Und oben im Norden? Hier in Harlem? Killdie. Hau die übers Ohr. Schick die Statuen von splitterfasernackten, großen schwarzen Frauen und –

»Heh«, sagte der Lastwagenfahrer, »ich hab noch die ganzen Lieferungen hier zu machen – los jetzt – los jetzt –«

Mannie überlegte: Und was soll ich damit? Verkaufen ging mit Sicherheit nicht. Für so Zeug gab's keinen Markt.

»Am besten bringen Sie das – die – da in den Hof.« Er zeigte auf den hinteren Teil seines Schrottlagers.

Vier Männer aus dem Sattelzug hoben die Statue auf eine Sackkarre. Mit vorsichtigen Schritten durch den Müll und Wendemanövern um antike Armaturen, Autoteile, kaputte Stühle und Tische und Stapel aus verrostetem Eisen herum schoben sie sie zu einer müllfreien Ecke ganz hinten im Hof.

Die gesamte nicht arbeitende Nachbarschaft – aufgeregte Hausfrauen und ihre ebenso aufgeregten, noch nicht schulpflichtigen Kinder, Männer mit leisen Stimmen und Frauen, die zum Arbeiten zu alt oder zu krank waren – ging als Geleitschutz mit, hinter, neben oder ein Stück vor der Statue. Sie schrien sich gegenseitig und die Kinder an: »Du, Söhnchen, mach ma Platz!« »Pass auf die kaputten Flaschen!« »Opa, das is jetz das zweite Mal, dass ich dein Stock zwischen die Füße krieg. Du gehs jetzt nach Hause!«

Hinten im Hof sagte der Fahrer: »Wir stellen sie lieber hochkant. Zum Hinlegen is gar kein Platz.«

Mannie quittierte den Erhalt, indem er seinen Namen auf ein Papier krakelte, das ihm der Fahrer hinhielt. Dann bekam er noch ein Papier. »Hier. Is der Beleg, dass die Ihnen gehört.«

Als die Lkw-Leute weg waren, zerstreuten sich die Nachbarn, und er war allein mit dieser entsetzlich nackten Statue. Er ging um sie herum, musterte sie. Jetzt fiel ihm ein, dass er die Annahme hätte verweigern können.

Er griff in die Hosentasche, kramte eine Maiskolbenpfeife hervor, stopfte sie mit dunklem Grobschnitt und zündete sie an. Er paffte ein paar Züge und stellte entsetzt fest, dass der Tabak keine beruhigende Wirkung entfaltete – vielleicht war er auch zu aufgebracht für irgendetwas Beruhigendes. Hätte er den Lkw-Männern bloß gesagt, sie sollen diese dunkle Nackte aus Metall in den Harlem River schmeißen. Das Ding konnte doch nicht mitten auf seinem Schrottplatz stehen. Gut, nicht genau mittendrin, eher so seitlich, am Zaun hinten, aber da könnte sie auch gleich auf der Straße stehen. Der reinste Affenzirkus an einem Firmensitz.

Er holte seinen Karren und machte sich wieder an die Musterung der Abfälle, diesmal eilig, denn es war schon spät. Er beschloss, die Statue nicht zu behalten. Wenn er sie nicht auf Anhieb verkaufen konnte, und das bezweifelte er, denn so was kaufte kein Mensch bei klarem Verstand, dann verkaufte er sie eben einer Alteisenfirma als Schrott, da konnten sie die einschmelzen, und er war sie los.

Nach dem Abendessen ging er in den Hof, eigentlich um die Tagessammlung Müll zu sortieren. Aber er stand nur untätig da und starrte die Statue an. Auch die Nachbarn starrten. Und unterhielten sich dabei.

»Heh, kuck mal, was da im Hof ist.«

»Ich zieh aus. Ich lass doch nich meine Kinder neben so'm Ding nich wohn.«

»Dieser alte Schmutzfink, der sollt sich was schämen. Das Ding is ne Schande für die Nachbarschaft.«

»Wetten, dass der sein Verstand verloren hat? Kinder, ihr haltet euch von dem fern, habt ihr gehört?«

»Kuck ma, wie Old Junk die anglotzt. Der's bestimmt betrunken.« Jemand anderes sagte: »Ja, genau. Der's betrunken und bekloppt. Betrunken und bekloppt.«

»Da muss man doch was machen!«

Man Turner hörte zu und dachte: Die führen sich auf, als ob ich taub bin. Sein erster Impuls war, auf der Stelle zur Alteisenfirma zu gehen und die Statue zu verkaufen, egal zu welchem Preis. Dann hängten sich im Mietshaus nebenan ein kleiner Junge und ein kleines Mädchen aus einem Fenster oben, zeigten auf ihn und skandierten gemeinsam:

Schande und Scham!
Jeder weiß dein schwarzn Drecksnam!
Schande und Scham!
Jeder weiß dein schwarzn Drecksnam!

Er sah finster drein. Er wär ja blöd, die Statue zu verkaufen. Er würde sie behalten. Einfach aus Jux. Er hatte all diesen Leuten, die ihn jetzt dreckig, bekloppt, betrunken nannten, schon Gefallen getan. Diesen gellenden Kindern, die sich Reime über ihn ausdachten, hatte er Spielsachen repariert. Natürlich nicht umsonst, aber er war preiswert und arbeitete sorgfältig. Er verkaufte auch nie kaputtes Zeug, er reparierte es immer erst. Was er gar nicht musste.

Aber als er wieder in seiner Wohnung war, dachte er ständig, dass er noch nie ein derart furchtbar lebendig aussehendes Stück Metall gesehen hatte – splitternackt und lebendig. Doch, er musste es loswerden. Er würde sie verkaufen, gleich morgen früh.

Das war das Letzte, woran er dachte, bevor er in den Schlaf sank, in den Schlaf gelullt wurde von der Ruhe. Für Großstadtohren war die Straße nämlich ruhig; das Haus auch. Alle Geräusche waren gedämpft, weit weg. Irgendwo in der Ferne fuhr ein Auto mit sachtem Motorbrummen vorbei. Im nächsten Block schnaubte ein Bus in den Stillstand und schnaubte dann wieder los, eine Polizeipfeife ertönte, und drei Straßen weiter röhrte ein Feuerwehrwagen vorbei. Man Turners Ohren waren solche Straßengeräusche so gewohnt, dass er sie nicht mehr wirklich hörte. Sie waren wie Klänge einer fernen Musik – er wusste, sie waren da, aber er hörte schon lange nicht mehr darauf.

Doch plötzlich wurde die normale, ruhige Großstadtnacht unnormal, unruhig. Man Turner wachte auf, setzte sich im Bett hoch. Er hörte Sirenengeheul von einem Polizeiwagen, erregte Stimmen und dann Schüsse. Er stand auf und sah aus dem Schlafzimmerfenster. Der Hof war hell ausgeleuchtet – strahlend weiße Lichtbündel fingen eine geduckte Gestalt ein, die hin und her flitzte, sich mal hinter den Trödelstapeln versteckte, mal auf offener Fläche von anderen, massigeren Gestalten verfolgt wurde, und verloren sie wieder.

Er zog die Hose an, band den Strick um die Taille und lief die Treppe hinunter in den Hof. Dort geriet er auf halber Strecke in eins der Lichtbündel.

»Stehen bleiben. Wer sind Sie?«

Weißer Cop, dachte er. Schießbereit. »Ich wohne hier«, sagte er kampflustig. »Das hier gehört mir. Was ist denn los?«

»Typ mit Waffe. Is wohl durchgeknallt. Schießt'n ganzen Block zusamm.«

Man fiel sofort die Statue ein, die Metallfrau. Er ging hin und musterte sie. Nichts passiert. Aber das war komisch. Wieso interessierte ihn, ob ihr was passiert war, wenn er sie sowieso am nächsten Morgen verkaufen wollte? Wer Metall nach Gewicht ankauft, drückt nicht bloß wegen ein paar Kratzern oder Schrammen oder Dellen von Kugeln den Preis.

Eine Kugel pfiff ihm am Kopf vorbei, er duckte sich.

»Der ist nach hinten«, rief jemand.

Dann Gerenne, ein Sprung gegen den Zaun hinten – derb, wütend, jäh. Der Zaun gab nach, das morsche Holz krachte splitternd zu Boden.

Einer der Cops blieb mitten im Hof stehen. Leuchtete die Statue mit der Taschenlampe aus. Der Lichtstrahl schwankte.

»Was –«, sagte er, »– was in Teufels Namen ist das?«

Mannie gab keine Antwort. Der Cop ging weiter und nahm zögernd wieder an der Jagd teil. Mannie sah ihm nach. Dann tat er etwas, das er sich später nicht erklären konnte, unbewusst, ohne nachzudenken. Er hatte im Licht der Taschenlampe gesehen, dass die Statue eingestaubt war, das Metall war hauchfein mit grauem Staub überzogen. Er nahm Hände und Arme als Staubtuch und wischte den grauen Film von ihren Füßen. Er war verblüfft vom Ergebnis. Die Füße glänzten, selbst im dunklen Hof. Er starrte sie an und fragte sich, wie die Metallfrau wohl aussähe, wenn sie rundum abgestaubt wäre.

Am nächsten Morgen stand er früher auf als sonst. Er ging mit einem Eimer warmer Seifenlauge und einer langstieligen Fensterbürste in den Hof. Er fegte den Staub von der Metallfrau und wusch sie und spülte sie ab. Als er fertig war, sah er an ihr hoch und war hingerissen. Die dunkle nackte Figur leuchtete. Das war das richtige Wort, fand er: Sie leuchtete. Etwas in seinem Inneren regte sich, ein Gefühl, für das er keinen Namen wusste. Es war, wie wenn man etwas Dunkles, unbeschreiblich Schönes zum ersten Mal sieht und gleich erkennt, weil man ganz tief drinnen immer gewusst hat, dass es eine solche leuchtende dunkle Schönheit wirklich gibt. Mother Africa, dachte er. Ja, das ist sie wirklich: Mother Africa. Er beschloss auf der Stelle, sie zu behalten.

Später am Tag bereute er, dass er sie geputzt hatte. Als er mit seinem Karren zurück im Hof war, kamen die ersten Kunden – Frauen mitsamt ihren Kindern. Das hatte er sonst immer gemocht, denn die Frauen erzählten ihm, während sie über den Preis der Spielsachen, des Geschirrs, der Töpfe und Pfannen und gebrauchten Kleider feilschten, die sie kaufen wollten, immer das Neueste aus der Nachbarschaft. Heute nicht.

Sie warfen einen Blick auf die Metallfrau und bekamen schlechte Laune oder Wutanfälle; manchen verschlug es vor Verlegenheit die Sprache, und sie gingen schnell wieder, ohne auch nur einen Blick auf Mans Gebrauchtwaren zu werfen. Die Kinder verkrochen sich hinter den Röcken der Mütter und schielten heimlich zur Statue, kicherten, duckten sich wieder weg, beäugten die Statue nochmal und brachen in verstohlenes, fast erwachsenes Gelächter aus.

Anscheinend waren viele der Frauen aufgebracht, weil die Metallfrau nackt war, weil sie eine perfekte Figur hatte. Und um emotionalen Dampf abzulassen, gingen sie auf die Kinder los, wurden handgreiflich. Es setzte Kopfnüsse und

Rückenhiebe, sie hauten ihnen auf die Beine und brüllten sie an: »Das' für dich, und das! Für weil du lachst über das nack'che Luder!« Oder: »Komm du mir nach Hause, ich werd dir lernen, von wehng rumstehn und auf so'n Ding zeigen!« Dann zerrten sie die Kinder weg, raus aus dem Hof, weg von der Statue, und die Kinder jaulten und jammerten so gequält, dass die Mütter stehen blieben und noch härter zuschlugen.

Man sah schweigend und bekümmert zu, zog an der Maiskolbenpfeife und zupfte sich am Bart. Einen derart chaotischen, unrentablen Nachmittag hatte er noch nie erlebt, dachte er. Er hatte kein einziges Stück verkauft.

Als die männliche Kundschaft kam, wurde es noch chaotischer. Die Männer kamen immer erst später am Tag; sie suchten nach Schrauben und Nägeln und Holz- oder Metallresten. Als sie die Metallfrau sahen, brüllten sie los vor Lachen und fanden sofort, den Anblick einer so ungewöhnlichen Statue müssten auch ihre Freunde genießen. Sie liefen immer wieder aus dem Hof und kamen mit anderen Männern zurück. Gegen fünf Uhr war die Metallfrau umstellt von den Thekenhockern, den Schleppern, den bösen Buben und den Verlorenen aus sämtlichen Bars und Billardsalons im Umkreis von mehreren Blocks. Diese unverschämten Fremden johlten die Metallfrau an, schrien ihr mit heiseren Stimmen Grüße zu. Und sie patschten ihr auf den bloßen Metallhintern, befingerten ihre Beine, kommentierten ihre Brüste.

Mannie warf ihnen finstere Blicke zu, er hasste den Anblick ihrer grabbelnden schmutzigen Hände und ihr dröhnendes Gelächter. Er lief erbost um sie herum, wollte sie zum Gehen bewegen; es war ja eindeutig klar, dass die alle nicht die Absicht hatten, etwas zu kaufen. Aber sie blieben so lange im Hof, bis die Kurven der Metallfrau in der Dunkelheit verschwammen.

In ein, zwei Tagen würde die Statue vergessen sein, und alles wäre wieder wie vorher, dachte er. Aber das war es nicht. Nachts behängte jemand, betrunken oder nüchtern, männlich oder weiblich, die Metallfrau mit einem rosaroten Büstenhalter, anzüglich über die Brüste drapiert. Er flatterte im Wind. Das grelle Rosa des Stoffs war Frevel an der dunklen Schönheit der Statue. Mannie empfand allein den Anblick als Belästigung.

Er wusste morgens nie, welches ausrangierte Kleidungsstück ihr wieder jemand nachts um die Taille gehängt oder um die Schultern drapiert hatte. Einmal saß ein alter Strohhut auf ihrem Kopf, ein verbeulter Damenhut aus rissigem, staubigem Stroh mit einer Krempe, die ihr Gesicht verdeckte, und über den Schultern hing lässig ein alter schwarzer Mantel. Er holte Hut und Mantel mit einer langen Stange herunter und dachte: Wer immer das gemacht hat, um da oben ranzukommen, muss drei Meter groß sein.

An dem Nachmittag zog einer seiner Mieter aus. Ein verzagter dünner Mann, der schon so lange da wohnte, dass er zum Haus zu gehören schien wie die kaputte Hintertreppe. Der packte jetzt seine schäbigen Habseligkeiten in einen ramponierten Koffer und zog aus. Er ließ es sich auch nicht nehmen, sich vorher noch zu beschweren. Er erklärte Man sehr laut und empört: »Kein Mensch will in Ihrem Haus wohnen, merken Sie sich das. Die ziehen alle aus. Die Metallfrau da geht nachts um. Ohne irgendwas an geht die um. Bis in mein Zimmer kommt die. Die geht durch die Fenster ein und aus.«

Die Nachbarn hörten mit, was der dünne Mann redete. Es machte keinen großen Eindruck auf sie, alle Welt wusste ja, dass der dünne Mann zum Trinken neigte, und wenn einer sich Abend für Abend allein betrinkt, dann wird er anfällig für so was, dann sieht der Statuen und so was im Zimmer umgehen.

Auf Man allerdings machte es Eindruck. Er verlor Geld wegen der Metallfrau. Er kam zu dem Schluss, dass sie weiter hinten im Hof vielleicht nicht so auffallen würde. Er versuchte sie umzusetzen. Aber sosehr er schwitzte und ackerte, schob und zog, sie ließ sich nicht bewegen. Er würde einen Kran brauchen, so schwer war sie. Dann überlegte er, wenn er vor ihr eine Art Barrikade aus Trödel hochziehen würde, könnten die Leute sie nicht mehr sehen. Nachmittags nach seiner Sammelrunde machte er sich daran, große Gegenstände aufzuschichten. Bei manchen wusste er gar nicht mehr, dass er sie besaß. Er merkte bald, dass der Stapel nie hoch genug würde, um sie zu verdecken. Die Männer klatschten ihr weiter mit lüsternen Händen auf den nackten Hintern, und die Frauen sahen finster drein und ohrfeigten die Kinder und zerrten sie weg.

Dann fiel ihm ein, dass er hinten im Hof einen neuen Zaun ziehen könnte, höher als der alte, niedergerissene. Der neue würde die Metallfrau zumindest vor den Bewohnern hinten im Hof schützen. Ein paar Nachmittage lang baute er an einem festen Lattenzaun. Er strich ihn weiß. Als er damit fertig war, stand er eine Weile davor und bestaunte ihn. Die Metallfrau sah gut aus vor dem Zaun. Nur dass sie sich jetzt deutlich davon abhob, noch mehr auffiel. Vielleicht hätte er ihn nicht streichen sollen.

Er schüttelte den Kopf und schwang stirnrunzelnd den Farbeimer hin und her. »Hätt ich. Hätt ich nicht«, brummte er ungeduldig. Er hatte seine Entscheidungen noch nie infrage gestellt. »Möchte mal wissen, was über mich gekommen ist.«

Er brütete darüber, während er sich in der Kellerküche Abendessen machte. Er aß langsam, er war jetzt seit Jahren ein freier Mann, dachte er, ohne Sorgen, ohne Zweifel. Ab und zu hörte er auf zu essen und starrte die schmierigen Küchenwände an, zupfte sich am Bart und dachte nach über seine Art zu leben. Sie war einfach, unkompliziert, ideal, denn er lebte auf die Art, bei der man nachts durchschläft; kein Wachliegen und Drehen und Wälzen und Grübeln: Hätte ich dies getan oder jenes nicht getan, wäre alles besser. Keine langen, mit Reue über falsche Entscheidungen verplemperten Stunden.

Er trank gerade die zweite Tasse starken heißen Kaffee, als er eine aufgebrachte laute Stimme hörte, eine Frauenstimme, anklagend und zornbebend. Er erkannte sie sofort. Es war Ginny the Baptist, eine schmuddelige, verlebte altjunge Frau, die seit zehn Jahren ein Zimmer im ersten Stock seines Hauses bewohnte. Sie hatte den Hang, tagelang zu verschwinden – manche Mieter sagten, sie sei im Knast, andere sagten, sie sei arbeiten. Solange sie pünktlich die Miete zahlte – und das tat sie –, war ihm vollkommen wurscht, wohin sie ging und wie lange sie wegblieb. Wenn sie wiederkam, war sie manchmal stocknüchtern und manchmal hackevoll. Aber ob betrunken oder nüchtern, sie roch immer nach Gin.

Er hörte die Stimme und dachte, diesmal ist sie betrunken und gemein.

»Ich besorgs dir«, schrie sie. Er hörte auch Schläge. Nachhallend. Wiederholt. »Ich besorgs dir. Da rumstehn und mich auslachen, von wehng, du Zicke! Das' für dich, und das auch!«

Er stand auf, sah aus der Tür zum Hof und rannte nach draußen. Ginny the Baptist schlug mit einem rostigen Kotflügel auf die Metallfrau ein, torkelnd, schwankend, fast strauchelnd, aber sie hieb immer weiter auf die Hüfte, den Schenkel und beschimpfte die Metallfrau mit Worten, bei denen es ihn schauderte.

Er riss ihr den Kotflügel aus der Hand. »Raus hier«, brüllte er wütend. Er wollte mit vollem Schwung auf Ginnys Kopf losgehen. Sie duckte sich weg und kreischte los.

»Raus aus meinem Hof«, sagte er. »Und raus aus meinem Haus, und setz ja nie wieder einen Fuß hier rein, du schwarzes Luder!«

Grimmig sah er zu, wie sie ihre kläglichen Habseligkeiten in zwei Papiertüten packte. Er hatte noch nie einen Mieter rausgeschmissen, und er hatte schon sonst was gehabt – betrunkene, nüchterne, ehrliche, unehrliche, saubere, dreckige, alles Mögliche. Solange sie die Miete zahlten und sich nicht in seine Angelegenheiten mischten, war er zufrieden. Er mochte einfach keine Veränderungen. Und jetzt stand er hier, nach all den Jahren, und schmiss eine Mieterin raus und beschimpfte sie und –

Ginny schlurfte zur Treppe und ergriff mit zitternder Hand das Geländer und ging nach unten. Er folgte ihr, ohne ihr Gemurmel zu beachten: »Du muss mich grad anschwärzen …«

Nein, dachte er, als sie torkelnd um die Ecke verschwand, er mochte keine Veränderungen. Aber – Er ging wieder in den Hof, musterte die Metallfrau und sah nach, ob Ginny sie beschädigt hatte. Sie war heil, kein Kratzer auf der glatten dunklen Oberfläche. Nur, wenn das auch so bleiben sollte, würde er sein Trödellager umräumen müssen. Es war die einzige Möglichkeit, Leute von der Metallfrau fernzuhalten – Trinkerinnen wie Ginny the Baptist, Männer mit dreckigen Händen, feixende Kinder und ihre schlecht gelaunten, wütenden Mütter.

Der Gedanke gefiel ihm nicht, aber er machte sich an den Abriss der Bruchbude an einer Seite seines Grundstücks. Auch das hieß, Geld zu verlieren, denn den morschen Schuppen vermietete er ebenfalls. Leute durften da ihre Autos unterstellen, gegen Bezahlung. Als er ihn abgerissen hatte, baute er die nächsten zwei Wochen lang an einem neuen. Dann räumte er den ganzen Trödel aus dem Hof, Autoteile, ausrangierte Badewannen und Waschbecken, Metallteile, haufenweise Flaschen, kaputte Tische und Stühle. Er packte alles in den Handkarren, machte eine mühsame Fuhre nach der anderen, schwitzend und fluchend, dass es sein musste.

Er verstaute das Zeug im neuen Schuppen. Und er baute noch einen Zaun, noch einen festen Lattenzaun, der den Ort, an dem er Trödel verkaufte, komplett gegen den Ort abschirmte, an dem die Metallfrau stand.

Einen Tag nachdem er den Zaun fertig hatte, entdeckte er im Fenster eines Heilsarmeeladens eine Gartenbank, eine altmodische Holzbank. Er ging hinein und fragte nach dem Preis. Die Frau im Laden musterte seinen Bart und die zerlumpte Kleidung und wich einen Schritt zurück. »Drei Dollar«, sagte sie zögernd.

»Gekauft«, sagte er.

Er brachte die Bank mit dem Handkarren nach Hause und stellte sie im Hof auf. Im Schuppen, der jetzt seine Trödelsammlung beherbergte, wartete bestimmt schon Kundschaft, er setzte sich trotzdem erst mal auf die Bank, paffte an der Maiskolbenpfeife und betrachtete die Metallfrau. Er war zufrieden. Die Nachbarn würden sie vergessen, sie mussten sie ja nicht mehr sehen. Die Kunden auch nicht. Die würden sie auch vergessen. Zu sehen war sie nur aus seinen Fenstern zum Hof.

Er saß da und betrachtete sie und suchte nach etwas, dem sie ähnelte. Sie war wie ein kleiner sauberer Fluss frühmorgens im Frühling, beschloss er. Bei dem Gedanken bekam er Lust zu singen, und er summte ganz leise vor sich hin, während er auf ihre fein geschwungene Taille und die runden Schenkel starrte.

Er hörte auf zu summen und überlegte: Wenn sie nur aus den hinteren Fenstern seines Hauses zu sehen war, dann – er drehte sich um und betrachtete das Haus. Es war, wenn man es mit ihren Augen betrachtete, also, es war nicht besonders ansehnlich. Von hinten war es anscheinend bloß eine Ziegelmauer mit Fensterlöchern in regelmäßigen Abständen, genauso schlierig und rußverschmiert wie bei diesem stillgelegten Speicher am Harlem River, man konnte nicht mehr durchsehen. Und die Tür zum Hof hing in den Angeln, die untere Stufe war kaputt …

Er drehte sich schulterzuckend wieder um. Wenn man erst mal anfing, irgendwo Mängel zu sehen, musste man zwangsläufig Geld dafür ausgeben, und wenn man damit erst mal anfing, lag man mit Sicherheit nächtelang wach und grübelte, wo das Geld herkommen sollte, und dann war man nicht mehr frei. Er sah auf den festgetretenen Boden unter seinen Füßen, scharrte mit den Füßen herum. Der Boden war hart, hart wie Beton. Die Statue in dem kleinen Park in der 124th Street fiel ihm ein – ein Reiterstandbild, nichts Besonderes, aber es sah gut aus mit dem Gras drumherum.

Er wandte seine Aufmerksamkeit wieder der Metallfrau zu. Mit Gras drumherum sähe sie aus wie der Frühling selbst. Es würde nicht viel kosten, hier im Hof einen Rasen anzulegen. Konnte es gar nicht, wenn die Stadt bei ihren Parks so freigebig mit Gras umging und alle Welt wusste, dass die Stadt geizig war, pfennigfuchsend geizig.

Er summte wieder leise vor sich hin und machte sich auf zu den Kunden. Beim Herumwuseln in seinem neuen Schuppen, beschäftigt mit An- und Verkauf und Gesprächen über seine Waren, gratulierte er sich selbst, dass er mit seinem Trödel umgezogen war. Plötzlich und wundersamerweise lief das Geschäft wieder normal. Im Schuppen waren jede Menge kauflustige Frauen, und die waren jetzt, wo der Anblick einer nackten schönen Metallfrau sie nicht mehr störte und ärgerte, auch wieder freundlich. Sie tauschten Klatsch aus, inspizierten sorgfältig seine Bestände, sprachen liebevoll mit ihren Kindern und kauften ihnen Spielsachen.

Während er dem regen Soprangeschnatter zuhörte und es genoss, drängte sich immer wieder ein Bild der Metallfrau in seine Gedanken, und darin stand sie nicht wie jetzt auf dem harten nackten Boden, sondern im dichten grünen Gras – wie sie da wohl aussähe. Das Bild war lebhaft, es kam immer wieder und setzte sich in seinem Kopf fest. Es war so reizvoll und mächtig, dass es über seine Aversion gegens Geldausgeben siegte. Seinetwegen besorgte er nicht nur Grassamen, sondern kaufte auch Lehm- und Humuserde. Er hackte den harten Boden auf – eine langwierige Schwerarbeit –, mischte Lehm- und Humuserde drunter und harkte alles glatt. Als er das Gras ausgesät hatte, bewachte er die Saat, wild entschlossen, alles zu schützen, verjagte die Katzen und Hunde, die in dem neuerdings weichen Boden herumbuddelten, verscheuchte die Spatzen, die die Samenkörner herauspickten.

Seine Wachsamkeit wurde belohnt. Ende Mai war der Hof mit blassgrünem Flaum überzogen, und der war für sein Empfinden den ganzen Aufwand an Zeit, Mühe und Geld wert. Der blassgrüne Flaum wurde langsam dunkler grün und dichter, und schließlich, Ende Juni, war er ein richtiger Rasen – samtig und weich wie ein teurer Teppich.

Das Wetter schlug plötzlich um auf Hitze. Und kein Regen fiel. Also sprengte Mannie Abend für Abend den Rasen. Er genoss das allabendliche Rasensprengen. Zu sehen, wie das Wasser aus dem Schlauch herausschoss, den Strahl langsam vor und zurück über die Hitze und Durst verströmende Grasfläche zu führen, kühlte ihn ab. Tagsüber, wenn er seinen Karren durch die Straßen schob, gefangen in der undurchdringlichen, grausamen Hitze, freute er sich auf den Augenblick, in dem er den Wasserschlauch auf den Rasen richten würde. Aber er wusste auch, dass er die Freude vor allem der Metallfrau verdankte, denn sie wirkte noch an den heißesten Nachmittagen kühl, immun gegen Hitze.

Die plötzliche Hitzewelle versetzte die ganze Stadt in Unruhe. Und eines Abends bei Vollmond nahm die Unruhe zu. Niemand konnte schlafen. Die Menschen waren irgendwie unzufrieden, sie stritten sich oder sie liebten sich und konnten nicht erklären, warum sie das eine oder das andere taten. Babys, die eigentlich durchschliefen, wurden nachts wach und weinten oder lachten vollkommen grundlos. Weit oben in der Bronx sah ein Straßenräuber einen Mann kommen, ein brauchbares Opfer, und er ließ ihn unbehelligt vorbeigehen.

Auch in Man Turners Nachbarschaft entfaltete der Mond seine magischen Kräfte. Ein schwarzer Cop, ein großer, junger Kerl, starrte eine gute halbe Stunde lang hoch zum Mond und dachte an ein Mädchen und beschloss, ihr einen Heiratsantrag zu machen, dabei hatte er doch bis zu diesem Augenblick immer gespottet über die Ehe und alles, wofür sie stand.

Um Mitternacht fing der Affe im Hof nebenan, von seinem Besitzer an einer Kette gehalten, an zu keckern und zu sabbeln; und der Klang machte die Nacht noch heißer und seltsamerweise stiller. Ein dürrer Kater, der normalerweise auf Mans Zaun hinten jaulend Wache hielt, saß unerklärlich ruhig und geduckt obendrauf und starrte anscheinend auf das Mondlicht, das auf den Blättern des Götterbaums am Zaun schimmerte.

Das strahlend weiße Licht des Mondes strich über die Stadt, störte die Stadt auf, kroch in Mannies chaotisches Schlafzimmer. Er wurde wach.

Eigentlich war er gewöhnt an die Geräusche des Primaten, wie er den Affen nannte, aber nachts hatte er ihn noch nie keckern gehört. Er wusste nicht, ob es an der Hitze oder am Vollmond oder an diesem Primatengesabbel lag, aber er schlief einfach nicht wieder ein. Er zog seine schäbige Hose an, band sie mit dem Strick, der ihm als Gürtel diente, um die Taille und ging barfuß in den Hof.

Und da sah er die Metallfrau zum ersten Mal im Mondlicht. Er starrte sie an und bewegte sich auf sie zu, langsam wie ein Schlafwandler. Seine bloßen Füße sanken tief ins weiche Gras, wurden kühl im weichen Gras. Er streckte die Hand aus, zaghaft, und berührte sie. Sie fühlte sich gar nicht an wie aus Metall. Kühl, ja. Aber sie schien zu reagieren, lebendig zu werden, sich zu regen unter der Berührung seiner Hand, springlebendig zu werden.

Wieder bekam er Lust zu singen. Aber er hatte kein Lied, hatte auch noch nie von einem Lied gehört, das für so einen Augenblick geeignet war, keine Melodie, die irgendwie zu dem zärtlichen Gefühl passen würde, das ihn überfiel, als ihm plötzlich der Gedanke kam, dass diese große schwarze Frau ihm gehörte. Er hatte Mother Africa hier bei sich im Hof.

Er sang: »Ich kauf – kauf – kauf – alte Kleider – alte Flaschen – alte Nähmaschinen!« Und es wurde ein Lobgesang im Mondlicht, süß und leise. Bei »alte Nähmaschinen« sang er fünfmal die Tonleiter rauf und runter.

Dann tappte er leise zurück ins Haus.

Am nächsten Morgen sah er als Erstes über den rasenbedeckten Hof zur Metallfrau. Flimmernde Sonnenstrahlen sprenkelten ihre wohlgestalten Beine, die ausgestreckten Arme, die schmale Taille. Vor seinem geistigen Auge erschien sie ihm wieder wie gestern im sanften Mondlicht – so lebendig, dass er eine lebende, atmende schwarze Frau in ihr sah, so schön, dass es nur zwei Wörter gab, sie zu beschreiben: Mother Africa.

Er fing an zu pfeifen. Er pfiff eine Melodie, die ihm gerade einfiel, aus dem Moment heraus. Er pfiff sie wieder und wieder und fand, dass sie zur Metallfrau passte und ihr gut stand. Eine junge Melodie mit Schwung und Auftrieb.

Gebannt von dieser Melodie ging er zur Schlafzimmertür mit dem langen, trüben Spiegel und musterte sich. Irgendwie, er wusste nicht, warum, hatte er erwartet, in seinem Spiegelbild etwas von der Schönheit der Melodie, etwas von der Schönheit der Metallfrau zu finden. Aber nein – was er sah, war einfach abstoßend. Nichts an seinem verdreckten, zerlumpten, verwilderten Äußeren deutete darauf hin, dass er Schönheit erschaffen könnte, und schon gar nichts deutete darauf hin, dass er jemals die Schönheit in etwas erkennen würde. Er sah aus wie ein Geschöpf, das lediglich zum Schöpfer von Hässlichkeit geboren war.

Plötzlich wollte er dringend sauber sein.

Er nahm ein Bad. Er brauchte drei heiße Bäder und viel Seife, bis er endlich sauber war, und jeweils Nachspülen mit klarem Wasser. Er schrubbte sich von Kopf bis Fuß. Dann nahm er eine Schere und fuhrwerkte in seinen Haaren und seinem Bart herum. Das Ergebnis war grauenhaft. Schließlich zog er sich an, schlüpfte hastig in ein sauberes Hemd und schnürte die schäbige Hose mit dem Strick um die Taille fest. Dann ging er zum Friseur an der Ecke.

Sam der Barbier sah Man Turner über die Morgenzeitung hinweg an.

»Hab nichts zu verkaufen heut, Junk«, sagte er sofort, »zu verschenken auch nicht.« Er redete schnell, in der Hoffnung, dass Junk gleich wieder ging, damit er lüften konnte, bevor Kunden kamen, denn wenn Junk erst mal fünf Minuten drin war, ließ der Laden sich nur mit Mühe durchlüften.

Mannie setzte sich in den Frisierstuhl direkt am Fenster. »Rasieren und Haare schneiden«, sagte er.

Sam der Barbier stöhnte auf. »Hab immer geahnt, dass mir so was mal passiert«, sagte er. »Wie ich angefangen hab als Barbier, hat mein Daddy oft gesagt: ›Sam, irgendwann kommt mal'n Kunde, was im Leben noch keine Rasur und kein Haarschnitt nich gekriegt hat, und dann bereust du, deine Brötchen mit Männerfrisieren zu verdienen. Gibt leichtere Arten, an Essen zu kommen.‹« Er ging vorsichtig schnuppernd zu Man. Er schnupperte noch mal und konnte es nicht glauben. Aus irgendeinem Grund roch Junk nicht mehr schlecht; nur noch ein bisschen.

»Liegt an die Hose«, sagte Sam der Barbier kaum hörbar.

Und machte sich ans Werk. Mit Mannies Kopf fing er an. Er schnitt und schnippelte, er kämmte und bürstete. Ganz langsam schnippelte und schnitt er sich durch das verfilzte Gestrüpp auf Man Turners Kopf, und noch mal und noch mal.

Bissig sagte er: »Kannste mir vielleicht mal sagen, wie lang der letzte Haarschnitt und die letzte Rasur her sind?«

Mannie lächelte. Er fühlte sich leicht wie Luft, wie eine Wolke am Himmel, wie ein roter Luftballon, der beim leisesten Windhauch eine Straße entlangschwebt. Luftleicht und blitzsauber.

»Paar Jahre«, sagte er fröhlich. Er könnte einfach zur Tür von Sams Laden hinausschweben, einfach zur Tür hinaus, die Straße entlang, durch Steinwände und Ziegelmauern, wetten? Wieder lächelte er. Er hatte sehr gute

Zähne, gesund, ebenmäßig, weiß. »Hab den Überblick verloren, ist so viele Jahre her –«

Fünfundzwanzig, dachte er, mindestens. Könnten auch mehr sein. Die Zeit hatte so eine Art, einen reinzulegen. Vermutlich eher sechsundzwanzig Jahre. Im Zweiten Weltkrieg hatte er monatelang blitzblank putzen und exakte, unveränderbare Dienstpläne befolgen müssen – symbolisiert, zumindest für ihn, durch den höhnischen Spruch: »Du bist hier in der Armee, du Hurensohn – du bist hier in der Armee –« Jedenfalls war in seinem Kopf daraus ein Refrain geworden, wiederholt und auch nie verändert: Wenn ich hier je lebend rauskomm, wenn ich hier je lebend rauskomm, wenn ich hier je lebend rauskomm, ich werd mich, so wahr mir Gott helfe, nie wieder rasieren oder kämmen oder –

Jetzt tat er es.

Und hier im Laden, milde gestimmt vom Schnippschnapp von Sams Schere, dachte Man über die Vergangenheit nach. Sam redete vor sich hin, während er Mannies Kopf bearbeitete. Manches, was er sagte, hörte Mannie, vieles, was er sagte, verpasste er. Einmal war er drauf und dran, aus dem Stuhl hochzuspringen, plötzlich kam ihm das Ganze vor wie ein furchtbarer Fehler, er würde seinen Bart und seine Haare verlieren, alles auf einmal.

Warum ließ er sich die Haare schneiden und den Bart scheren? Er wusste es wirklich nicht. Damals vor langer Zeit, als er aus der Armee entlassen wurde, da war der Krieg vorbei und der Frieden gleichzeitig auch schon halb, aber da hatte er nicht aufgehört, sich zu rasieren. Oh, nein. Er hatte nämlich Mary Lou Brown kennengelernt, in Harlem, auf der Straße. Ecke 125th Street und Seventh Avenue, genau gesagt. Er war in sie reingerannt. Und er wusste gleich, ohne Mary Lou Brown konnte er nicht leben.

Er überzeugte Mary Lou Brown, dass sie ohne ihn auch nicht leben konnte. Als sie geheiratet hatten, stellte er fest, dass bei ihr Sauberkeit gleich nach Gottesfurcht kam. Sie sagte das nicht, und wenn man sie so sah, hätte man es auch nicht unbedingt erkannt – dabei hätte er darauf kommen müssen, denn sie sah immer aus wie gerade eben aus einer Badewanne mit warmem Seifenwasser gestiegen und roch auch danach. Ihre Kleider ebenso. Und ihre Haare. Schrubben und Waschen und Staubwischen und Fegen waren ihre Passion.

In den ersten Monaten der Ehe fand er noch etwas heraus. Mary Lou Brown glaubte fest daran, dass Kleinvieh auch Mist machte. Das sagte sie ebenfalls nicht. Aber sie drängte ihn in einen Job. Er arbeitete in einer Fabrik mit Stechuhr und übergab Mary freitagabends die Lohntüte, ungeöffnet. Er aß auch nach der Stechuhr, zumindest kam es ihm so vor, denn Frühstück gab es um Punkt halb acht, Mittagessen um halb eins und Abendbrot um halb sieben. Die Uhrzeiten änderten sich nie. Genau wie in der Armee wusste er vorher, was es gab: freitags Fisch, samstags Bohnen, sonntags Huhn, montags und dienstags Resteessen, mittwochs Leber, donnerstags Schweinskotelett und wieder von vorn, Fisch am Freitag. Und er liebte es, er liebte sein Leben mit Mary Lou.

Sam der Barbier machte sich an Mannies Gesicht – schnippeln, scheren, bürsten. Er murmelte kaum hörbar vor sich hin.

Mannie ignorierte ihn und ging in Gedanken zurück zu Mary Lou. Sie achtete darauf, dass er nicht mehr mit den

Jungs rumhing. Er hatte keine Zeit dafür. Er ging zur Abendschule, jeden Abend nach dem Essen, er wollte mehr lernen, um mehr zu verdienen. Was bei genauerem Nachdenken eigentlich merkwürdig war. Aber er war zu glücklich, um gegen den rigiden Zeitplan aufzubegehren, er hielt sich dran, denn Mary Lou Turner geb. Brown hatte so ein Lächeln, so ein Gesicht, so einen Körper, dafür würde jeder Mann mit ihr um die halbe Welt ziehen, immer hinter ihr her, an der Leine.

Sam der Barbier spähte aus dem Fenster und sagte: »Da geht Fishmouth Taylor mit seine neue Freundin. Auch so ne Spindelbeinige, genau wie die letzte. Der mach die wohl so –«

Mannie lächelte, so gut es ging, denn Sam schnippelte ihm immer noch im Gesicht herum. Wenn Fishmouth Taylor eine neue Freundin hatte, dann könnte sich ja die erste Spindelbeinige der materiellen Beweise seiner Zuneigung entledigen wollen. Er notierte in Gedanken, gleich morgen früh in der 129th Street vorbeizugehen, bestimmt fand sich da ein hübsches Sortiment aus Erinnerungskissen und Modeschmuck und sonstigen Sachen im Müll.

Seine Gedanken kehrten zurück zu Mary Lou. Und dann – bald darauf erwarteten sie ein Baby, und das Leben war ein einziges Staunen über das Wunder. Aber Mary Lou starb bei der Entbindung, und das Baby starb auch. Er war zutiefst überzeugt, wenn sie nicht schwarz und aus Harlem gewesen wären, könnten Mary Lou und das Baby noch leben.

Er fühlte sich buchstäblich, wie wenn man ihm etwas herausgerissen hätte. Eine ganze Weile hockte er nur in der Wohnung, unfähig, etwas zu tun, unfähig zu denken, nicht mal fähig, das Schicksal oder was immer sein Leben zerstört hatte zu verfluchen. Sein Freund Joe kümmerte sich um ihn. Er und Joe waren seit Jahren Freunde, sie waren zusammen in der Armee und vorher auch schon, sie waren beide in diesem krummbuckligen Staat geboren, und Joe hatte sich auf dieselbe Weise gemerkt, wie man Mississippi buchstabiert: M-I-Krummbuchstabe-I und so weiter und so fort.

Nach Mary Lous Tod konnte er tagelang weder essen noch denken noch Pläne fassen. Er schmiss seinen Job und die Abendschule nicht absichtlich. Er blieb einfach nur in der Wohnung, teilnahmslos wie eine kranke Katze. Es tat weh, daran zu denken, selbst jetzt noch, trotz des Polsters der fünfundzwanzig Jahre dazwischen.

Schließlich zog er weg aus der Wohnung, verkaufte die Möbel. Zu seiner Überraschung bekam er mehr dafür, als sie gekostet hatten. Mary Lous sorgfältige Polierpflege hatte offenbar den Wert gesteigert. Sein Freund Joe besorgte ihm ein Zimmer in einem Wohnheim in der 123rd Street. Das war ein großes altes Haus mit hohen Decken und hohen Fenstern – und total heruntergekommen. Dahinter lag ein großer Hof. Sein Zimmer kostete nicht viel, und an Dreck und Schmutz hatte er sich rasch gewöhnt. Er brütete darüber, ein Geschäft aufzuziehen, eins, für das er wenig Kapital brauchte, und ohne feste Zeiten. Er erinnerte sich an die Möbel, die er verkauft hatte. Sachen für den Haushalt wurden immer gebraucht und gekauft. Er beschloss, gebrauchte Möbel zu verkaufen. Oder, noch besser, Trödler zu werden. Dafür brauchte er nur einen Handkarren. Der große Hof war auch praktisch, hier konnte er Krempel lagern, Krempel verkaufen.

Nach einem Monat Schwerarbeit sah er sich zufällig im Spiegel. Er hatte sich so ins Zeug gelegt, dass er keine Zeit für einen Friseur gehabt hatte. Die Haare mussten geschnitten werden. Rasiert hatte er sich auch nicht. Sein Hemd war verdreckt, seine Hände und sein Gesicht auch; seine Haut schien den Ruß und den Dreck des ganzen Ramschs, mit dem er handelte, absorbiert zu haben.

Aber er machte sich nicht die Mühe, sich zu rasieren oder die Haare schneiden zu lassen. Bart und Haare wurden immer länger, was er für einen Vorteil hielt. Er sah nicht aus, als ob er für ausrangierte Möbel, Kleider, Krimskrams viel zahlen könnte. Oft bekam er Sachen umsonst.

»Heh, Junkman«, sagten die Leute, »komm rum nach hinten. Wir haben was für dich. Kannst du haben.«

Und genau solche ausrangierten Sachen kauften andere Leute mit einem Eifer, der ihn erstaunte. Die Welt ist doch komisch, dachte er oft, die eine Hälfte zahlt bereitwillig gutes Geld für das, was die andere wegschmeißt.

Er selbst gab sehr wenig aus. Wenn ein Hosenboden endgültig durchgewetzt war, holte er sich aus seinen Beständen im Keller einfach eine andere Hose und trug die, bis auch bei der die Knie und der Hosenboden durchgewetzt waren. Unterwäsche und Socken trug er nicht. Er hätte auch die Schuhe weggelassen, wenn die Bürgersteige nicht aus Beton gewesen wären. So machte er sein Geld, und nicht nur das, er sparte es auch. So konnte er das heruntergekommene alte Wohnheim kaufen. Und er fing selbst an, Zimmer zu vermieten.

Allmählich, während die Jahre dahinglitten, betrachtete er sich als einen der wenigen wirklich freien Männer, weißen wie schwarzen, auf der ganzen Welt. Andere Männer waren Sklaven ihrer Jobs oder Autos oder Häuser oder Frauen. Die Zeit ließ die Peitsche über ihren Köpfen knallen, erbarmungslos, trieb sie an, sobald sie wankten, zog die Ketten an ihren Hand- und Fußgelenken straffer. Egal wie schnell sie trotteten, es war nie schnell genug, brachte nie genug Geld ein, um frei zu sein. Er dagegen war frei. Sein Leben kostete wenig oder gar nichts, er konnte kommen und gehen, wie es ihm gefiel, er musste nur arbeiten, wenn ihm danach war.

Sam der Barbier schäumte Mannie ein und fing an zu rasieren. Er musste ihn ganze drei Mal einschäumen und rasieren, bevor er, wie er es nannte, bis auf den Grund vordrang – das heißt, bis zu Man Turners Haut.

Langsam fiel Man auf, dass Sam ihn ständig anstarrte, mit offenem Mund, dann einen Schritt zurücktrat, genauer hinsah, wieder näher kam.

»Du, Junk«, sagte er, »du bist ja gar nich alt.« Er klang überrascht. Dann sagte er: »Dich erkennt ja kein Mensch wieder. Nicht eine lebende Seele erkennt dich wieder.« Pause. »Mensch, du könn'st verschwinden und keiner würd dich finden. Die könnten auf der Straße an dir vorbeigehen, und die wüssten nich, dass du das bist.« Er gab Mannie einen Spiegel und murmelte weiter: »Kein Mensch würd dich wiedererkennen. Kuck dich ma an, Junk!«

Mannie nahm stirnrunzelnd den Spiegel. Eigentlich wollte er sich nicht angucken. Kein Mann guckt sich gern ins Gesicht, wenn er es seit fünfundzwanzig Jahren nicht gesehen hat. Er warf einen Blick in den Spiegel, und die Runzeln auf der Stirn wurden tiefer. Gerade hatte er sich noch gefühlt wie ein über die Straße schwebender roter Luftballon, jetzt drehte sich ihm der Magen um, und er fühlte sich schwer, fleisch-blut-und-knochen-schwer – im Boden verankert.

Das war sein Gesicht? Er schauderte. Ihm war, als sähe er sein eigenes Gespenst. Dieses Gesicht, das Sam der Barbier freigelegt hatte, war das Gesicht von Mary Lous Mann, das Gesicht, das Schock und Kummer durchlitten hatte. Um die Wangen herum war es etwas fülliger; es war auch – na ja, es war kein übles Gesicht, kein böses Gesicht. Die Haut war erstaunlich glatt. Er hatte ganz vergessen, wie die Haut in seinem Gesicht aussah. Da, wo der Bart gesessen hatte, war sie unnatürlich ausgeblichen, aber darum würde sich die Sonne kümmern.

Wieder bekam er Zweifel. Vielleicht hätte er den Bart lieber nur ein bisschen stutzen und nicht ganz abnehmen lassen sollen. Jetzt, wo er ganz weg war, fühlte es sich an, als hätte er sich ein Gesicht zurückgeholt, hätte einfach fünfundzwanzig Jahre hinter sich gegriffen, in die Zeit, in der er mit Mary Lou verheiratet war, und sich dieses Gesicht verschafft – und dieses frisch rasierte Gesicht jetzt hatte Ketten. Aber diesmal gab es keine Mary Lou, deretwegen man Ketten begehrenswert fand.

»Hätt ich. Hätt ich nicht«, brummte er gereizt. Nun, er hatte. Sein Gesicht war jetzt blank wie der Kopf eines Mannes mit Glatze – billardkugelblank. Und das war's.

»Jedenfalls sauber«, sagte er und gab Sam den Spiegel zurück.

Sam fegte Man ab, knöpfte den Umhang um den Hals auf. »Hör ma, Junk«, fing er an, »soll ich fleicht nich sagen. Aber – äh – wo du jetzt so schön sauber geputzt bis und fast der ganze Geruch weg is, du muss ma die Hose wegtun.«

»Meine Hose wegtun?«, sagte Man. Er hatte genau gehört, was Sam der Barbier gesagt hatte, aber er war in seine eigenen Gedanken versunken, und, traurig, aber wahr, zwischen dem, was im eigenen Kopf vorgeht, und dem, was zur selben Zeit im Kopf eines anderen Mannes vorgeht, besteht verdammt wenig Zusammenhang; und wenn der andere seine Gedanken ausspricht wie Sam gerade, ist man unweigerlich entgeistert wegen der totalen Zusammenhanglosigkeit.

»Ja«, sagte Sam. »Die Hose da riecht nich gut. Nich übelnehmen, aber –«

»Oh – ach, so – nehm ich nicht übel. Ich dachte nur gerade –«

Nach dem Friseur ging Man direkt nach Hause. Er holte sich eine neue Hose aus seinen Beständen im Keller. Eine Cordhose, sauber, nie getragen. Sie passte auch ziemlich gut. Er kramte weiter, bis er einen Gürtel fand.

Dann ging er nach oben, zog die neue Hose an und besah sich im Spiegel, dem langen, trüben Spiegel an der Schlafzimmertür. Er musste sich erst an sich gewöhnen, bevor er den Handkarren holen konnte. Er gestikulierte, lächelte, zog die Brauen hoch. Und probierte halb gesprochen, halb gesungen seinen Ausruf: »Ich kauf-kauf-kauf alte Kleider, alte Flaschen, alte Nähmaschinen!«

Beim Anblick dieses sauberen Fremden mit dem nackten Gesicht, der er selbst war, kam er sich vor wie ein Idiot. Selbst sein so vertrauter Ausruf klang ihm fremd in den Ohren. Er konnte sich nicht erklären, wie er hierhergekommen war, und fühlte sich noch mieser. Wieso hatte er sich nach all den Jahren den Bart und die Haare abschneiden lassen? Es zog im Nacken. Und die Cordhose war steif, widerspenstig.

Die Metallfrau, fiel ihm plötzlich ein, war verantwortlich für seinen inneren Wandel. Aber wie? Durch ihr Aussehen, gestern Nacht, als der Mond sie beschienen hatte. Es fühlte sich an wie lange her, nicht erst gestern Nacht. Mit seinem Bart musste er auch das Gefühl für das Verrinnen der Zeit verloren haben.

Er ging in den Hof, er hoffte, wenn er vor sie trat, würde sie ihm helfen, sich besser zu fühlen. Das tat sie aber nicht. Er sah sie skeptisch an. Sie war nur eine Statue, aus irgendeinem dunklen Metall. Und trotzdem grollte er ihr, als wäre sie eine lebendige Frau, die ihn übers Ohr gehauen hatte, damit er sich den Bart abnehmen ließ.

Er wandte sich von ihr ab, holte seinen Handkarren und begann seine Mülltonnenrunde. Er war spät dran. Es gab kaum noch etwas zu holen und nur über große Entfernungen. Die Lkw von der Müllabfuhr waren vor ihm an den besten Stellen gewesen, den Rest hatten andere Müllsammler durchsucht.

Es fiel ihm schwer, den Karren zu schieben. Das Verrinnen der Zeit wurde ihm plötzlich schmerzhaft bewusst. Er grübelte, ob er das Bestmögliche aus seinem Leben gemacht hatte oder sein ursprünglich vorgesehenes Ziel womöglich verfehlt hatte. Vielleicht stand das irgendwo aufgeschrieben, und er hatte es übersehen, und jetzt würde er es nie mehr erreichen. Die Vorstellung war beunruhigend und brachte das nagende Schuldgefühl mit sich, dass er den Mann, dessen Gesicht er jetzt trug, verraten hatte.

Die Nachmittagskundschaft besserte seine Laune auch nicht auf. Sam der Barbier hatte recht gehabt. Kein Mensch erkannte ihn wieder. Die ältesten Kunden streiften auf Schnäppchenjagd durch den Schuppen, sahen ihn kurz an und ließen ihn links liegen. Als sie wussten, was sie kaufen wollten, kamen sie zu ihm und fragten: »Wo is'n Ole Bottles? Hast du den rausgekauft?«

Alles war durcheinander, er hatte offensichtlich einen furchtbaren Fehler gemacht. Kinder, die noch einen Tag vorher ihre warmen Körper an ihn geschmiegt und sich an ihn gedrückt und ihm beim Reparieren ihrer kaputten Spielsachen zugesehen hatten, beäugten ihn jetzt mit Argwohn, als hätten sie plötzlich einen Fremden vor sich, der sich noch nicht als Freund oder Feind erwiesen hatte. Noch irritierender war, dass viele hellhörige Kleine seine Stimme erkannten und unverwandt in sein Gesicht und auf seinen Mund starrten. Vermutlich glaubten sie, dass er Ole Bottles verschlungen hatte und deshalb jetzt mit Ole Bottles' Stimme sprach.

Er hatte nie ein Verbrechen begangen oder gegen das Gesetz verstoßen. Er hatte sich auch keine schweren sittlichen Verfehlungen zuschulden kommen lassen. Und plötzlich war er von Kindern umringt, die ihn mit Blicken fixierten. Er drehte sich weg und ließ hektisch und hibbelig sein Leben Revue passieren. Er war fast so weit zu glauben, dass er in ferner Vergangenheit mal einen dunklen Verrat begangen hatte und diese Kinder den erschnüffelten.

Er drehte sich wieder um und blaffte die Kinder an: »Geht nach Hause! Geht alle nach Hause!« Mit der Stimme von Ole Bottles. Und die Kinder wichen zurück, Richtung

Schuppentür, starrten aber weiter und flüsterten: »Das isser« – »isser nich« – »isser doch.«

Er sah ihnen nach, er schämte sich, dass er sie weggeschickt hatte, und war gleichzeitig froh, sie los zu sein. Er wollte allein sein, um seine Gedanken zu sortieren. Er ging nach hinten in den Hof, um sich die Metallfrau noch einmal anzusehen.

»Oh, gottverdammt«, sagte er laut.

Jemand hatte ihr, während er seine Müllrunde drehte, ein langes Kleid angezogen – knallbunt gemustert in Violett und Rot und Orange und Blau. Die Ärmel bedeckten die ausgestreckten Arme komplett, das Kleid war zugeknöpft vom Halsausschnitt bis zum Saum. Um ihren Kopf war eine grellrote Bandanna gewickelt und fest verknotet.

Er langte hoch und zerrte mit einem heftigen Ruck an dem Kleid, sodass es riss und er es herunterziehen konnte.

»Oh, gottverdammt«, sagte er noch einmal, diesmal ganz leise. Was er in Händen hielt, war ein billiges Baumwollkleid. Genau solche Kleider hatten weiße Missionare afrikanischen Frauen angezogen, sie wollten sie von Kopf bis Fuß bedeckt haben, sogar an den Armen, und das im tropischen Afrika. Sie zwangen sie, Bandannas und Kopftücher zu tragen, damit auch noch die Haare verborgen blieben. Sie brachten den Menschen in Afrika bei, sich für ihre guten, starken schwarzen Körper zu schämen. Die weißen Missionare kamen als Erste, sie brachten das ganze billige bunte Baumwollzeug mit. Die anderen Weißen kamen erst nach ihnen, die weißen Diebe, die das Gold und das Elfenbein und das Öl und die Diamanten raubten, die einen ganzen Kontinent ausraubten und genau diesen billigen bunten Stoff als Lockmittel benutzten. Er ärgerte sich immer über die vielen jungen Burschen, die hier in grellbunten weiten Baumwollhemden an den Straßenecken herumlungerten und sie Dashikis nannten und für afrikanisch hielten, denn das Zeug hatten in Wahrheit weiße Missionare nach Afrika gebracht, um den Schwarzen Moral beizubringen, um sie zu verhüllen.

Bis an die Bandanna kam er nicht. Wer die der Metallfrau um den Kopf gewickelt hatte, musste auf etwas gestanden haben. Er holte eine Trittleiter aus dem Keller, und endlich, auf der vierten Stufe, konnte er die festen Knoten lösen.

Er wollte sich wieder umdrehen, merkte aber plötzlich, dass er zum ersten Mal auf Augenhöhe mit der Metallfrau war, und sah ihr direkt ins Gesicht.

»Du lieber Gott!« Er machte einen Schritt rückwärts, hatte vergessen, dass er auf der Leiter stand, trat ins Leere und ging unsanft zu Boden.

Er lag da, zu geschockt, um sich zu rühren. Diese lebendig aussehende Statue war eine weiße Frau, und das war ihm völlig entgangen. Aber kein Zweifel – die Haare, die gerade spitze Nase, die schmalen Lippen sagten alles. Er war so mit der Betrachtung ihrer Brüste und ihrer Schenkel beschäftigt gewesen, dass er nie auf das Gesicht geachtet hatte. Aber Bronze dunkelt bekanntlich mit der Zeit nach, und nur weil das Metall so dunkel war, hatte er die Statue für eine wohlgestalte schwarze Frau gehalten. Für Mother Africa.

Seine Gedanken verschwammen. Mother Africa, murmelte er. Hab die für Mother Africa gehalten. Hab mir Bart und Haare schneiden lassen, Bart und Haare, ich aus dem krummbuckeligen Staat, ich hab die für Mother Africa gehalten.

Er stand langsam und unter Schmerzen auf. Er wollte zum Haus laufen, aber er konnte nur humpeln, mehr nicht. Ein Bein und der Rücken taten weh, und dem Gefühl nach hatte er sich die Schulter verrenkt.

Drinnen ging er sofort zum Telefon im Hausflur. Er rief die Harlem Metalworks an. Mit der Firma machte er seit Jahren Geschäfte. Er sagte, er habe eine große Bronzestatue. Ungefähr drei Meter hoch. Er verkaufe sie zum Verschrotten. Ja, er habe alle Papiere.

»Zum Abholen jetzt gleich«, brüllte er, »ganz schnell.«

Die Gebeine von Louella Brown

Bei Old Peabody und Young Whiffle, Partnern der Whiffle & Peabody Inc., stieß der erste Artikel über die Bedford Abbey in der Bostoner Presse auf laues Interesse. Danach erschienen allerdings täglich ein, zwei Beiträge über das sagenhafte Projekt in den Zeitungen. Und Old Peabody und Young Whiffle gerieten in ziemliche Aufregung, als sie mehr darüber erfuhren.

Die Bedford Abbey war nämlich eine Privatkapelle, ausschließlich vorgesehen als Kapelle für die Hochzeiten und Trauerfeiern der Familie Bedford – der feinsten Familie in ganz Massachusetts.

Außerdem, und das war noch wichtiger, sollte die Abbey zur letzten Ruhestätte für alle Bedfords werden, die zu höherem Ruhm gelangt waren und im Familiengrab auf dem Yew Tree Cemetery lagen. All die lange verstorbenen Bedfords sollten exhumiert und in der Krypta unter dem Marmorboden der Kapelle neu bestattet werden. Die Bedford Abbey würde also mit der teuersten und aufwendigsten Trauerzeremonie eingeweiht werden, die es in Boston je gegeben hatte.

Während der Bau voranschritt, durchsuchten Young Whiffle (er war fünfundsiebzig) und Old Peabody (er war neunundsiebzig) stirnrunzelnd und wutschäumend jeden Morgen die Zeitungen nach irgendeinem Hinweis auf das Datum.

Whiffle und Peabody waren Inhaber des ältesten und exklusivsten Bestattungsinstituts der Stadt und wussten das sehr genau; und da sie die meisten Bedfords beerdigt hatten, hielten sie es für logisch, dass auch diese grandiose Trauerzeremonie von ihrer Firma durchgeführt werden müsste. Aber sie waren unsicher. Governor Bedford (der immer noch so genannt wurde, obwohl er seit gut dreißig Jahren nicht mehr amtierte) war unberechenbar. Und bedauerlicherweise war ihm die Wahl des Bestattungsunternehmens vorbehalten, denn die Abbey war seines Geistes Kind.

So verging schleppend ein Monat, und Young Whiffle und Old Peabody stellten einen Allzeitrekord in nervöser Anspannung auf. Sie blafften sich an, knabberten Fingernägel und räusperten sich mit erschreckender Regelmäßigkeit.

Erst Mitte Juni rief endlich der Sekretär des Governors an. Er teilte dem freudebebenden Old Peabody mit, dass Governor Bedford Whiffle & Peabody als Bestattungsunternehmen auserkoren habe und die Feierlichkeiten am einundzwanzigsten Juni in der Abbey stattfinden sollten.

Als der Exhumierungsauftrag für die Bedfords einging, besorgte sich Old Peabody auch einen Exhumierungsauftrag für Louella Brown. Ihm war eingefallen, dass die Exhumierung der Bedfords eine ausgezeichnete Gelegenheit war, ohne große Mehrkosten auch Louella zu exhumieren. Und damit konnte er ein wahrhaft furchtbares Fehlurteil seines Vaters von vor Jahren korrigieren.

»Wir können die alle auf einmal holen«, sagte Old Peabody und gab Young Whiffle den Exhumierungsauftrag. »Ich möchte Louella Brown vom Yew Tree Cemetery weghaben.

Wir können sie auf einen nicht so bekannten Friedhof am Stadtrand bringen. Da hätte sie von Anfang an hingehört. Aber wir werden sie natürlich wie üblich begutachten.«

»Wer war denn Louella Brown?«, fragte Young Whiffle.

»Ach, sie war mal unsere Wäscherin. Niemand Bedeutendes«, sagte Old Peabody gleichgültig. Und überlegte, wieso er sich trotzdem so lebhaft an Louella erinnerte.

Im Laufe der Woche trafen die sterblichen Überreste von sämtlichen verstorbenen Bedfords und Louella Brown in ihrem schicken Etablissement ein. Denn auch wenn Young Whiffle und Old Peabody selbst recht betagt waren, ihre Untersuchungsmethoden waren vollkommen modern. Sie erkundeten, wann immer möglich, auch den Zustand ihrer ehemaligen Kunden und führten exakt Buch über die Befunde.

Dass so viele ehemalige Kunden auf einmal im Haus waren – jede Menge Bedfords plus Louella Brown –, machte es erforderlich, Stuart Reynolds einzuschalten. Er studierte Medizin in Harvard und erledigte umfangreiche Untersuchungen für die Firma, er machte seine Sache gut und legte eine höchst befriedigende Begeisterung für die Arbeit an den Tag.

Reynolds erschien kurz vor Feierabend im imposanten Backsteingebäude der Whiffle & Peabody Inc.

Old Peabody gab ihm einen Stapel Papiere und versuchte, ihn so taktvoll wie möglich über Louella Brown zu informieren.

»Sie war unsere Wäscherin«, erklärte er. »Meine Mutter war sehr von Louella angetan und bestand darauf, sie auf dem Yew Tree Cemetery zu beerdigen.« Sein Vater war einverstanden – gut, zähneknirschend, aber er hätte nie zustimmen dürfen. Generationen von Peabodys, allesamt Bestatter wie er, hatten dank einer sorgfältig auf Unterschiede achtenden Praxis den Yew Tree Cemetery zu dem gemacht, was er heute war – die letzte Heimstatt für die wohlhabendsten und aristokratischsten Familien von Boston. Louellas Grab hatte sich 1902 in der äußersten Ecke des Friedhofs befunden, an einer kaum begehrten Stelle. Aber Old Peabody hatte erst im letzten Monat entsetzt bemerkt, dass sie aufgrund der Friedhofserweiterung im Laufe der Jahre inzwischen an einem der allerfeinsten Plätze lag – genau in der Mitte.

Er konnte nicht gleich weiterreden, er war leicht verwirrt, weil er Louella Brown plötzlich verblüffend scharf vor Augen hatte. So, als wäre sie gerade in den Raum getreten – eine kleine Frau mit flinken Bewegungen, brauner Haut, schwarzen Haaren und einer sehr aufrechten Haltung.

Er zögerte einen Moment, dann sagte er: »Sie war – ähm – ähm – farbig. Aber wir machen nichtsdestotrotz die übliche Untersuchung.«

»Farbig?«, fragte Young Whiffle schroff. »Haben Sie ›farbig‹ gesagt? Sie meinen, sie war schwarz? Und liegt auf dem Yew Tree Cemetery?« Seine Stimme wurde höher.

»Ja«, sagte Old Peabody. Er zog die buschigen Augenbrauen hoch, um Young Whiffle zu bedeuten, dass er die Angelegenheit nicht weiter zu besprechen gedachte. »Also, Reynolds, vergessen Sie nicht abzuschließen, wenn Sie gehen.«

Reynolds nahm Old Peabody die Papiere ab. »Ja, Sir. Ich schließe dann ab.« Er hatte es so eilig, mit der Arbeit anzufangen, dass er beim Hinausgehen über seine eigenen

Füße stolperte und fast hingefallen wäre. Die Eile kam daher, dass er gerade an einer privaten Studie über den Knochenbau der weißen Frau im Vergleich zum Knochenbau der dunkler-rassigen Frau arbeitete, und Louella Brown bot eine unverhoffte Forschungschance.

Old Peabody zuckte zusammen, als die Tür zuschlug. »Dieser furchtbare jugendliche Enthusiasmus«, sagte er.

»Er ist billig«, antwortete Young Whiffle gewichtig. »Und einigermaßen höflich.«

Einen Moment lang dachten beide schweigend über Reynolds nach.

»Natürlich, ja«, sagte Peabody. »Sie haben völlig recht. Der junge Mann ist unersetzlich und sein Lohn angemessen für seine Dienste.« Er hoffte, dass Young Whiffle merkte, wie penibel er vermieden hatte, auch »er ist billig« zu sagen.

»Angemessen« murmelte Young Whiffle. »Ja, ja, ›angemessen‹. Mit Sicherheit. Und unersetzlich.« Er murmelte die beiden Wörter vor sich hin, während er mit Old Peabody zusammen aus dem Haus ging.

Zum Glück für ihren Seelenfrieden wussten weder Young Whiffle noch Old Peabody, was an jenem Abend in ihrem Untersuchungsraum vorging. Sie erfuhren es allerdings und zu ihrem tiefsten Bedauern am nächsten Morgen.

Es gab zufällig ein Mitglied der Familie Bedford, das dem Adelsstand ganz nahe gekommen war, und zwar die Gräfin Castro (geb. Elizabeth Bedford). Nur wussten weder Old Peabody noch Young Whiffle, dass die Gräfin und Louella einige Ähnlichkeiten aufwiesen. Beide hatten dichte glänzende schwarze Haare. Keine von beiden hatte Kinder. Beide waren 1902 gestorben, mit Anfang siebzig, und im

Abstand von zwei Wochen auf dem Yew Tree Cemetery beerdigt worden.

Stuart Reynolds wusste es auch nicht, sonst hätte er nicht so akkurat gearbeitet. Er hatte in dem großen unterirdischen Untersuchungsraum von Whiffle & Peabody zunächst den Zustand jedes einzelnen Bedford notiert und danach sorgfältig Old Peabodys Fragebogen ausgefüllt.

Nachdem er die weniger bedeutenden Bedfords erledigt hatte, wandte er seine Aufmerksamkeit der Gräfin zu.

Als er ihren Sarg öffnete, entfuhr ihm ein kurzes freudiges Raunen. »Ein sehr ordentliches Skelett«, sagte er. »Eine kleine Frau, etwa siebzig. Wie interessant! Hat noch alle Zähne, nichts ausgebessert.«

Als er die Gräfin untersucht hatte, machte er sich an Louella Brown. Er studierte gründlich ihre Knochen und sagte: »Das ist äußerst interessant!« Auch sie war klein, von zartem Knochenbau, etwa siebzig und hatte noch alle Zähne. Soweit er bei der ersten schnellen Untersuchung feststellen konnte, waren die Gräfin und Louella absolut nicht auseinanderzuhalten.

»Doch, die Haare! Wie dumm von mir. Ich kann sie ja anhand der Haare auseinanderhalten. Bei der farbigen Frau sind die –« Waren sie aber nicht. Die beiden Frauen hatten den gleichen Haartyp.

Er legte das Skelett der Gräfin Castro auf einen langen Tisch, zog noch einen langen Tisch heran und legte auf den das Skelett von Louella Brown. Dann vermaß er beide.

»Also, das ist eine Sensation!«, sagte er laut. Seine Selbstgespräche wurden immer aufgeregter. »Das ist eine Geschichte für die Titelseite. Möchte wetten, dass die nichts voneinander wussten, und trotzdem hatten sie dieselbe

Größe, denselben Knochenbau. Die eine weiß, die andere schwarz, und die treffen nach so vielen Jahren hier bei Whiffle & Peabody aufeinander – die Gräfin und die Wäscherin. Das ist nicht bloß eine Titelgeschichte, das ist die größte Geschichte des Jahres –«

Ohne eine Sekunde zu überlegen, rannte er hoch in Old Peabodys Büro und rief den *Boston Record* an. Er sprach mit dem Lokalredakteur der Nachtschicht. Der Mann klang gelangweilt, hörte aber zu. Schließlich sagte er: »Also, Sie haben diese beiden Ladies auf dem Tisch, und Sie sagen, die sind total gleich. Gut, ich bin gleich da –«

Und dann platzten zwei Fotografen und der Nachtredakteur des *Boston Record* in die heiligen Hallen der Whiffle & Peabody Inc. Der Nachtredakteur war groß und hager und äußerst anspruchsvoll. Kaum hatte er Reynolds gebeten, sich irgendwo hinzustellen, dirigierte er ihn wieder um, mal vor, mal hinter die Tische, mal ans Fuß-, mal ans Kopfende. Dann wollte er die Tische umgestellt haben. Die Fotografen fluchten vernehmlich, schoben die Tische aber hin und her oder drehten sie mal quer, mal längs. Der Nachtredakteur war immer noch nicht zufrieden.

Reynold wechselte so oft die Position, als säße er im Karussell. Alle reagierten mit Überraschung, Staunen, Freude. Nur der Nachtredakteur hatte jedes Mal etwas einzuwenden.

Erst gegen Mitternacht sagte der Zeitungsmann: »Gut, Jungs, das ist es.« Die Fotografen machten schnell ihre Bilder und klaubten ihre Ausrüstung zusammen.

Der Zeitungsmann sah ihnen einen Moment lang zu, dann schlenderte er zu Reynolds. »So – äh – Jungchen, welche der beiden Ladies ist die Gräfin?«

Reynolds wollte auf einen Tisch zeigen, erstarrte und stieß einen Schreckensschrei aus. »Nein –« Mit offenem Mund. »Wie – ich weiß nicht!« Er klang plötzlich hektisch. »Sie haben die durcheinandergebracht! Sie haben die so oft hin- und hergeschoben, ich kann nicht mehr sagen, wer wer ist – niemand könnte das –«

Der Lokalredakteur lächelte honigsüß und ging zur Tür.

Reynold lief ihm nach und packte ihn am Ärmel. »Sie müssen mir helfen. Sie können jetzt nicht gehen«, sagte er. »Wer hat die Tische zuerst verrückt? Wer von Ihnen –« Die Fotografen starrten ihn an und grinsten. Der Nachtredakteur lächelte wieder. Diesmal noch süßer als vorher.

»Wüsst ich auch nicht, Jungchen«, sagte er. Er schob Reynolds Hand sanft von seinem Ärmel. »Wüsst ich wirklich nicht –«

Natürlich kam die Geschichte auf die Titelseite. Aber nicht so, wie Reynolds es sich vorgestellt hatte. Es gab Fotos von der Bedford Abbey, dem marmornen Meisterwerk, und in einer Bildunterschrift stand eine Frage, die bald die Fantasie des ganzen Landes beherrschen sollte. »Wer wird am einundzwanzigsten Juni unter dem Marmorboden der Bedford Abbey bestattet – die weiße Gräfin oder die schwarze Wäscherin?«

Es gab auch Fotos von Reynolds, der neben den langen Tischen steht und auf die Knochen beider Ladies zeigt. Er wurde zitiert mit dem Satz: »Sie haben die so oft hin- und hergeschoben, ich kann nicht mehr sagen, wer wer ist – niemand könnte das –«

Governor Bedford rief, sowie er den *Boston Record* gelesen hatte, bei Whiffle & Peabody an und beschimpfte

Young Whiffle und Old Peabody derart wüst, dass beide allein vom Zuhören sichtbar ergrauten und alterten.

Kurz nach dem Anruf des Governors erschien Stuart Reynolds bei Whiffle & Peabody und wollte die Sache erklären. Old Peabody drehte sich weg und weigerte sich, mit Reynolds zu sprechen oder ihn auch nur anzusehen. Young Whiffle übernahm das Reden. Sein Blick war so eiskalt, sein Gesicht so eingefroren, dass beim Sprechen Gefrierdampf aus seinem Mund zu kommen schien.

Bei den letzten Worten atmete er schwer. »Die Firma«, sagte er, »die Ehre dieser Firma, jahrelange Arbeit, einen Ruf aufgebaut, alles zerstört. Wir sind ruiniert, ruiniert –«, er verschluckte sich fast. »Ähh«, er fuchtelte mit den Händen, »raus hier, raus hier, raus hier, bevor ich Sie umbringe –«

Associated Press griff die Geschichte des furchtbaren Durcheinanders einen Tag später auf und kabelte sie durchs ganze Land. Die Nachrichtenlage war gerade besonders öde, Zwischenkriegszeit sozusagen, also hob jede Zeitung in den USA die Geschichte auf die Titelseite.

Louella Brown und Gräfin Elizabeth Castro wurden in drei Tagen berühmt wie Filmstars. In Mengen liefen Leute vor dem Anwesen zusammen, in dem Governor Bedford wohnte, noch größere, noch lautere Mengen drängelten sich auf der Straße vor der Whiffle & Peabody Inc.

Der einundzwanzigste Juni rückte näher, und die Leute in New York und London und Paris und Moskau fragten sich gegenseitig: Wer wird wohl in der Bedford Abbey bestattet, die Gräfin oder die Wäscherin?

Unterdessen führten Young Whiffle und Old Peabody ständig Gespräche, verzweifelt auf der Suche nach etwas, irgendetwas, das den Ruf von Bostons ältestem und teuerstem Bestattungsinstitut retten könnte. Die Gespräche drehten sich im Kreis.

»Kein Mensch weiß, welcher Satz Knochen von Louella ist und welcher von der Gräfin. Warum behaupten Sie immer, dass in der Abbey Louella Brown bestattet wird?«, blaffte Old Peabody.

»Weil das dem Publikum gefällt«, blaffte Young Whiffle zurück. »Die Leute werden noch in hundert Jahren erzählen, in der Krypta der Bedford Abbey liegt die schwarze Wäscherin. Und dass wir die da hingebracht haben. Wir sind ruiniert – ruiniert – ruiniert –«, knurrte er. »Eine schwarze Waschfrau!« Er rang die Hände. »Wenn sie wenigstens weiß gewesen wäre –«

»Oder wenn sie Irin gewesen wäre«, sagte Old Peabody kühl. Es ärgerte ihn, dass er Louella so überdeutlich vor sich sah. Sie war mit jedem Tag klarer, spürbarer präsent. »Und katholisch. Das wäre genauso schlimm. Nein, das wäre noch schlimmer. Denn die Katholiken hätten nämlich auf einer Messe für sie bestanden. In der Bedford Abbey, ausgerechnet! Oder vielleicht Ausländerin – eine – eine – Russin. Oder, Gott bewahre – Jüdin!«

»Unsinn«, sagte Young Whiffle verdrießlich. »Eine schwarze Waschfrau ist unendlich viel schlimmer als alles, was Sie angeführt haben. Die Leute erzählen schon, das wäre bloß ein Trick, wir wollten beweisen, dass es keine Rassenunterschiede gibt. Oh, wir sind ruiniert – ruiniert – ruiniert –«, stöhnte Young Whiffle.

Stuart Reynolds schien der letzte Strohhalm zu sein. Old Peabody und Young Whiffle gingen zu ihm. Er lebte in einem heruntergekommenen Wohnheim.

»Sie haben uns das angetan«, erklärte ihm Old Peabody. »Jetzt finden Sie auch eine Möglichkeit, eine akzeptable Möglichkeit festzustellen, welche Frau welche ist, oder ich –«

»Denken Sie nach, wir warten so lange«, sagte Young Whiffle und sah aus dem Fenster.

»Das habe ich doch schon«, sagte Reynold erregt. »Ich habe so viel nachgedacht, dass ich fast verrückt geworden bin.«

»Dann denken Sie eben noch mehr nach«, blaffte Old Peabody und starrte ihn böse an.

Peabody und Whiffle nahmen an gegenüberliegenden Seiten des kleinen Zimmers Platz. Young Whiffle starrte weiter wütend aus dem Fenster, Old Peabody starrte weiter wütend auf Reynolds. Und Reynolds wusste nicht, was schlimmer war.

»Sie haben sie doch gekannt, ich meine, Louella gekannt«, sagte er. »Können Sie nicht einfach sagen, die da ist Louella Brown, nehmen Sie einfach eine von beiden, weil, der Leichnam, ich meine, Whiffle & Peabody, sie sind, die ist ja da einbalsamiert worden –«

»Seien Sie nicht albern!«, sagte Young Whiffle, mit Blick auf die Fensterbank, einem wütenden, vernichtenden Blick. »Whiffle & Peabody wären ruiniert mit so einer Aussage, noch ruinierter als jetzt schon.«

»Wieso?«, fragte Reynolds. Normalerweise hätte er nicht widersprochen, aber mit zwei knochenfingerigen alten Männern in diesem Zimmer festzusitzen, trieb ihn zur Verzweiflung. »Wieso denn? Wer sollte das denn anfechten? Sie könnten dafür sorgen, dass der Einbalsamierer Mr. Ludastone erklärt, er erinnert sich an einen Nackenknochen oder die Stellung eines Fußes –« Er redete immer lauter. »Wenn Sie zuerst die schwarze Frau identifizieren, stellt das bestimmt kein Mensch infrage –«

»Sprechen Sie leiser«, sagte Old Peabody.

Young Whiffle stand auf und schlug auf das verstaubte Fensterbrett. »Weil schwarze Leute, Leichen, ich meine schwarze Tote –« Er holte tief Luft.

Old Peabody sagte: »Jetzt beruhigen Sie sich, Mr. Whiffle, beruhigen Sie sich. Denken Sie an Ihren Blutdruck.«

»Es gibt so etwas wie Rassenschranken«, kreischte Young Whiffle. »Sie saublöder Idiot, Sie, in unserem Unternehmen dürfen farbige Leichen, farbige Tote, ich meine tote farbige Leute gar nicht bearbeitet werden. So eine Aussage würde uns immer wieder einholen. Zum Glück hat bisher noch niemand nachgefragt, wie der Leichnam von Louella Brown, einer farbigen Wäscherin, 1902 überhaupt zu uns gekommen ist. Louella war ein Sonderfall, aber es würde immer heißen, wir –«

»Aber sie ist doch längst da!«, schrie Reynolds. »Sie haben jetzt eine farbige Leiche, ich meine, Knochen. Sie ist schon mal einbalsamiert worden. Sie war auf dem Yew Tree Cemetery begraben. Und kein Mensch hat was gesagt.«

Old Peabody hob die Hand und bat um Ruhe. »Warten Sie mal«, sagte er. »Es gibt eine winzige Chance –« Er überlegte einen Moment. Seine Gedanken liefen durcheinander, er hatte das Gefühl, er müsste Reynolds' Vorschlag widersprechen, aber er kam nicht drauf, wie. Und dass er Louella Brown in ihrem schwarzen Kleid mit weißem Kragen und Manschetten so lebhaft vor sich sah, machte ihn noch konfuser.

Schließlich sagte er: »So machen wir's, Mr. Whiffle. Das ist die einzige Möglichkeit. Und wir werden es würdevoll erklären. Werden sprechen über Louellas lange Dienstzeit, ja, sie hat auch anderen Leuten die Wäsche gewaschen, aber das erwähnen wir nicht, wir erzählen von ihrer Fröhlichkeit und Hingabe, betonen die Hingabe, und dass ihre Bestattung auf dem Yew Tree Cemetery eine Art Vergütung für ihre Dienste war, die Bezahlung einer Dankesschuld, merken Sie sich das Wort ›Dankesschuld‹. Und laden Sie –«, er schluckte heftig, »die Presse ein. Vor allem dieses Viech vom *Boston Record*, der die Geschichte zuerst zusammengeschrieben hat. Wir könnten ein bisschen von unserem alten Brandy und Zigarren anbieten. Dann kann Mr. Ludastone seine Erklärung abgeben. Über die Stellung des Fußes, an die er sich erinnert –« Er hielt inne und starrte Reynolds zornig an. »Und was Sie angeht! Glauben Sie ja nicht, dass wir Sie je wieder in unsere Räume lassen, weder tot noch lebendig.«

Clarence Ludastone, der grauhaarige, grauhäutige Chefbalsamierer bei Whiffle & Peabody, identifizierte pflichtschuldig einen Satz Knochen als den der verstorbenen Louella Brown. Und damit war die Identität der Gräfin gesichert festgestellt. Bei diesem Termin war die Hälfte der Zeitungsmenschen des Landes anwesend. Sie bedienten sich großzügig an Old Peabodys bestem Brandy und rauchten begeistert seine feinsten Zigarren. Als Letzter ging der müde Gentleman, der den *Boston Record* vertrat.

Auf der Türschwelle blieb er stehen und sprach Old Peabody an. »Schöne Schnurre«, sagte er, »hab nie eine bessere gehört. Glückwunsch –« Dann entschwebte er durch die Eingangshalle.

Dank der vielen Geschichten über Louella Brown und die Gräfin Castro wollten die meisten Bostoner Bürger am einundzwanzigsten Juni den Bedfordschen Trauerzug miterleben. Die Trauerfeier in der Bedford Abbey wurde landesweit ausgestrahlt und von den Nachrichtenagenturen mitsamt Fotos in die ganze Welt gekabelt.

Young Whiffle und Old Peabody fanden beide, dass diese dem Anlass geschuldete Publicity eine Schmach war. Aber sie waren beide auch außerordentlich zufrieden, dass die ganze extrem peinliche Situation glücklich geendet hatte. Sie konnten die feierliche Miene, die der Trauergottesdienst ihnen abverlangte, nur mit größter Mühe bewahren.

Beide, Young Whiffle und Old Peabody, erlitten einen leichten Herzinfarkt, als sie am nächsten Morgen den *Boston Record* sahen. Auf der Titelseite prangte ein Foto von Mr. Ludastone, und darüber stand in schwarzem Fettdruck: »Als Kind schon Einbalsamierer«. Im Begleittext zum Foto stand unter anderem:

> Wer liegt in der Krypta der Bedford Abbey? Die Gräfin oder die Wäscherin Louella? Die Frage stellt sich, da Mr. Clarence Ludastone, der freundliche Gentleman und Chefbalsamierer bei Whiffle & Peabody, trotz seines anscheinend hohen Alters Louella Browns Knochen unmöglich identifizieren kann. Laut seiner Geburtsurkunde (auf dieser Seite abgebildet) war Mr. Ludastone zum Zeitpunkt von Louellas Tod gerade einmal zwei Jahre alt. Unser Reporter hat etliche der ältesten Bostoner befragt, aber bis dato niemanden ausfindig machen können, der sich daran erinnert, dass Whiffle & Peabody irgendwann einmal ein zweijähriges Kind als Einbalsamierer beschäftigt hätten …

Der achtzigjährige Governor Bedford geriet an den Rand eines Schlaganfalls, als er den *Boston Record* sah. Er berief eilends eine Pressekonferenz ein. Er werde, sagte er, höchstpersönlich öffentlich (vor der Presse) die Gräfin identifizieren, wenn es die Gräfin war. Er erinnere sich gut an sie, denn er war erst fünfunddreißig, als sie starb. Er werde auf Anhieb wissen, ob sie es war.

Zwei Tage später stolzierte er durch den Mittelgang des marmornen Juwels, der Bedford Abbey, gefolgt von einem veritablen Schwarm Zeitungsleute und Fotografen. Old Peabody und Young Whiffle erwarteten sie in der Krypta.

Der Governor warf einen Blick in den geöffneten Sarg und fuhr zurück. Er vergaß alle um ihn herum drängelnden neugierigen Nachrichtenleute. Als er schließlich etwas sagte, verfiel er in die schlichte Sprache seiner sehr frühen Vorfahren.

»Das is ja nichts wie Knochen hier!«, sagte er. »Nichts wie Knochen! Könnt ja kein Mensch sagen, wer das sein soll.«

Er wandte sich ab, unfähig, noch einmal hinzusehen. Er ja auch, eines Tages, in nicht allzu ferner Zukunft, wie kaufte man sich Unsterblichkeit, er wollte nicht sterben, als rasselnde Knochen in einem Sarg – oh, nein! Er langte in die Jacke nach einem Taschentuch, und Young Whiffle drückte ihm eins in die Hand, frisch gewaschen.

Governor Bedford wischte sich über Gesicht und Stirn. Ich doch nicht, dachte er. Ich bin am Leben. Ich kann nicht sterben. Mir passiert das nicht. Aber in seinem Kopf sagte eine Stimme wieder und wieder wie eine tickende Uhr: Doch, tut es. Kann es. Tut es. Kann es. Wird es.

»Was wollten Sie sagen, Governor«, drängte der große dünne Reporter vom *Boston Record*.

»Weiß ich nicht!«, schrie Governor Bedford zornig. »Weiß ich nicht! Kann doch kein Mensch beim bloßen Blick auf die Knochen sagen, wer die schwarze Wäscherin sein soll und wer die weiße Gräfin.«

»Governor, Governor«, protestierte Old Peabody. »Governor, ach – beruhigen Sie sich doch, diese Strapaze –« Er beugte sich vor und zischte dem Governor in das rot angelaufene Ohr. »Denken Sie an die Presse hier, sagen Sie das nicht, geben Sie keine Erklärung ab, legen Sie sich nicht fest –«

»Hören Sie auf, mir ins Ohr zu spucken!«, brüllte der Governor. »Gehen Sie weg! Und nehmen Sie Ihr verfluchtes Taschentuch mit.« Er schob Old Peabody das Taschentuch von Young Whiffles in den Mantel, fast auf Schulterhöhe. »Das stinkt, das stinkt nach Tod.« Dann schritt er leise vor sich hin murrend aus der Bedford Abbey.

Die Worte des Governors gingen als O-Ton um die Welt. Mitsamt den Fotos, auf denen er mit offenem Mund und starrem Blick in den Sarg späht. Auf weiteren Fotos stürmt er mit gesenktem Kopf und eingezogenen Schultern durch den Mittelgang der Bedford Abbey, selbst der Nacken ein Indiz für seine Wut. In Karikaturen von seinem Rückzug wachsen ihm Worte aus den Schulterblättern: »Könnt kein Mensch sagen, wer das sein soll – die schwarze Wäscherin oder die weiße Gräfin –«

Über die Worte des Governors wurden Predigten gehalten und Leitartikel geschrieben, im Radio ergingen sich Kongressabgeordnete in langatmigen Reden. Das Parlament von Mississippi drohte dem souveränen Bundesstaat

Massachusetts mit einer Kriegserklärung, denn Governor Bedfords Bemerkungen seien unentschuldbar und eine Beleidigung aller Anhänger der weißen Vorherrschaft.

Viele Radiohörer kamen völlig durcheinander und schickten, in der Annahme, beide Ladies seien noch am Leben, Geschenke, mal per Adresse Governor Bedford, mal per Adresse Whiffle & Peabody.

Bei Whiffle & Peabody blieben die Jalousien unten. Beide huschten morgens auf dem Weg zu ihren Büros mit bis über die Augen gezogenen Hüten durch die Straßen. Sie wären lieber zu Hause geblieben (bei heruntergelassenen Jalousien), fanden es aber beide besser, so zu tun, als wäre nichts passiert. Und so saßen sie nach alter Sitte zehn Stunden täglich in den Geschäftsräumen, obwohl absolut kein Geschäft zu machen war.

Young Whiffle lief manchmal stundenlang händeringend auf und ab und murrte vor sich hin: »Eine schwarze Waschfrau! Wir sind ruiniert – ruiniert – ruiniert –!«

Old Peabody wäre es lieber gewesen, wenn Young Whiffle nicht so verächtlich über Louella gesprochen hätte. Er träumte, ohne es zu wollen, immer noch von ihr. Im Traum kam sie ihm ziemlich nahe, eine kleine braune Frau mit fröhlichen Augen. Sie sah ihn kurz an, dann stemmte sie die Hände in die Hüften, warf den Kopf zurück und lachte und lachte.

Er war es nicht gewohnt, ausgelacht zu werden, nicht mal im Traum, und Louellas Lachen ging ihm nach dem Aufwachen stundenlang nicht aus dem Sinn. Er erinnerte sich selbst an kleinste Details ihres Aussehens: wie ihre Schultern beim Lachen gebebt hatten und dass ihre Zähne sehr weiß und ebenmäßig waren.

Er überlegte, ob er ihren ständigen Besuchen entgehen könnte, wenn er nachts wach blieb, heiße Milch trank und lauwarm badete. Dann versuchte er es mit dem genauen Gegenteil – er ging früh zu Bett, trank kalte Milch und badete kochend heiß. Vergeblich. Louella Brown erschien ihm weiter Nacht für Nacht.

So kam es, dass Old Peabody eines Morgens, als Young Whiffle wieder mit seinem rituellen Gemurre anfing: »Eine schwarze Waschfrau! Wir sind ruiniert – ruiniert – ruiniert –!«, zurückbrüllte: »Hören Sie mit diesem Gejaule auf! Man glaubt ja fast, in der Krypta der Bedford Abbey liegt das Ungeheuer von Loch Ness.« Und wieder sah er Louella Brown vor sich, lachend, lachend. Er sagte: »Louella Brown war eine gut gebaute kleine Frau, eine feine Frau, die gern lachte. Ich kann mich gut an sie erinnern. Sie war eine Gentlewoman. Ihre Gebeine werden der verdammten Trauerkapelle des Governors keinen Schaden zufügen.«

Es dauerte eine Woche, bis die ungeheuerlichen Worte zu Young Whiffle durchdrangen, obwohl Old Peabody sie andauernd wiederholte.

Als Young Whiffle sie endlich begriff, brach Streit aus, ein heftiger Streit, ausgelöst von den Gebeinen von Louella Brown – der fröhlichen kleinen Frau mit den flinken Bewegungen.

Am Ende dieses Tages wurde die Partnerschaft aufgelöst, und die altehrwürdige, exklusive Whiffle & Peabody Inc. gab ihr Geschäft auf.

Old Peabody ging in den Ruhestand, es gab nun mal keine Firma, bei der eine Teilhaberschaft infrage gekommen wäre. Auch Young Whiffle ging in den Ruhestand, zog jedoch weit weg nach Kalifornien und benannte sich um in Smith, in der Hoffnung, dass niemand je seine Zugehörigkeit zu einer farblich so unsauberen Firma wie der unkultivierten Whiffle & Peabody Inc. entdecken würde.

Louella spukte trotz des Ruhestands weiter in Old Peabodys Träumen herum. Schlimmer noch, neuerdings erschien sie ihm auch, wenn er wach war. Nach einem Monat ging er zu Governor Bedford. Er musste eine Stunde warten, bis der Governor nach unten kam, sehr langsam und auf einen Stock gestützt.

Old Peabody vergeudete keine Zeit mit Höflichkeiten. Er kam direkt zum Grund seines Besuchs. »Ich bin hier«, sagte er steif, »um Ihnen vorzuschlagen, die Namen beider Frauen auf die Marmortafel in der Bedford Abbey setzen zu lassen.«

»Niemals«, sagte der Governor. »Niemals, niemals, niemals!«

Er hat Angst vorm Sterben, dachte Old Peabody, und musterte den Governor. So etwas erkennt man immer am Gesichtsausdruck. Er zuckte mit den Schultern. »Jeder Mensch stirbt allein, Governor«, sagte er kaltblütig. »Und deshalb ist es immer am besten, mit dieser Welt und allen folgenden Welten im Frieden zu sein, wenn man stirbt.«

Er wartete einen Augenblick. Dem Governor zitterten die Hände. Angst oder Lähmung, überlegte er. Angst, beschloss er. Ohne jeden Zweifel Angst.

»Louella Brown sucht mich jede Nacht heim und oft auch tagsüber«, sagte er leise. »Ich bin sicher, wenn Sie meinen Vorschlag nicht annehmen, kommt sie auch zu Ihnen.« Im Gesicht des Governors zuckte ein Muskel. Peabody fuhr fort: »Ich bezweifle, dass Sie, wenn einst Ihre

Gebeine in der Krypta Ihrer Marmorkapelle liegen, Louellas Gelächter in den Ohren haben wollen – bis zum Jüngsten Tag.«

»Raus hier!«, sagte der Governor schaudernd. »Sie sind ein irrer Spinner.«

»Nein«, sagte Old Peabody entschlossen. »Louellas Geist herbeizurufen, das haben wir alle gemeinsam hingekriegt.« Und dann erzählte er dem Governor, dass Louella jede Nacht im Traum und manchmal auch tagsüber vor ihm erschien, zu ihm hochsah und lachte. Er konnte sehr gut erzählen, so gut, dass er selbst einen Augenblick lang Louella im Zimmer stehen zu sehen meinte, direkt neben Governor Bedfords linker Schulter.

Der Governor drehte sich um und sah über die Schulter. Dann sagte er, langsam, zögernd und mit dem unbehaglichen Gefühl, dass er Louellas Gelächter schon hören könne: »Na schön.« Er hielt inne und atmete japsend tief durch. »Was soll ich auf die Marmortafel in der Krypta setzen, was schlagen Sie vor?«

Nachdem viel hin und her diskutiert und viel geschrieben und viel Geschriebenes zerrissen worden war, hatten sie eine zufriedenstellende Inschrift. Falls Sie mal nach Boston kommen und die Bedford Abbey besuchen, können Sie sich ansehen, womit Old Peabody die Gebeine der verstorbenen Louella Brown gnädig gestimmt hat. Denn kaum waren die folgenden Worte in die Marmortafel graviert, hörte Louella auf, Old Peabody heimzusuchen:

Hier ruht

Elizabeth, Gräfin Castro

oder

Louella Brown, Gentlewoman
1830–1902

In die Bedford Abbey umgebettet
am 21. Juni 1947

»Beide angetan mit dem Panzer des Glaubens
und der Liebe und mit dem Helm der
Hoffnung auf das Heil.«

Olaf und seine Freundin

Dies ist Olafs Geschichte. Ich will nicht behaupten, sie ganz und gar zu kennen. Ich habe nur die Teile miterlebt, die sich gleich bei Kriegsbeginn auf dem Kai in Bridgetown, Barbados, zugetragen haben. Und ich habe das Ende der Geschichte in New York miterlebt. Den Rest musste ich aus dem, was mir Olafs Freunde erzählt haben, zusammensetzen. Insofern bin ich, glaube ich, tatsächlich der einzige Mensch, der weiß, warum eine wunderschöne junge Tänzerin plötzlich aus einem Nachtklub in New York verschwand, in dem sie Calypsos sang und Conga und Beguine tanzte. Sie war gerade dabei, den Klub berühmt zu machen. Dann war sie weg.

Man kann ihr Verschwinden nur verstehen, wenn man Olafs Geschichte kennt. Er war ein toller Typ, groß und schwarz, und arbeitete auf dem Kai in Bridgetown. Über einen Meter achtzig, rund ein Zentner Muskeln. Ich sah ihm gern zu. Wenn die Sonne schien, setzte sie auf seiner Haut Glanzlichter und er sah aus wie aus Ebenholz. Bald fiel mir auf, dass ein schlankes einheimisches Mädchen ihm noch interessierter zusah als ich. Ich wollte ihn nur malen, vor dem grünen Wasser der Carlisle Bay. Sie wollte ihn heiraten.

Sie hieß Belle Rose. Sie besaß diese geschmeidige Anmut, die die geborene Tänzerin verrät. Sie hatte einen leicht wiegenden Gang, als gehe sie im Takt einer Rumba, die irgendwo in ihrem Kopf spielte.

Sie kam meistens um die Mittagszeit, zwei-, dreimal die Woche. Sie setzte sich zu ihm, und sie plauderten und lachten, während er aß. Sein Lachen dröhnte über den ganzen langen Kai, und die anderen Hafenarbeiter konnten nicht anders, sie mussten grinsen.

»Olafs Mädchen ist da«, sagten sie.

Sie war höchstens siebzehn Jahre alt. Die Hafenjungs musterten sie aus den Augenwinkeln und zeigten ihre blitzend weißen Zähne, aber offenbar wurde allgemein akzeptiert, dass sie Olafs Mädchen war.

Eines Tages, etwa einen Monat, bevor die Dinge aus dem Ruder liefen, hörte ich Lärm vom anderen Ende des Kais. Ich war froh über die Unterbrechung, denn ich versuchte gerade, die Bay zu malen, und bekam dieses unglaubliche Grün einfach nicht auf die Leinwand. Ich ließ also meine Staffelei stehen und ging der Sache nach.

Olafs Mädchen sah irgendwie zusammengesunken aus. All ihr Lachen war verschwunden. Sie hielt ihr Gesicht fest, als ob es wehtäte. Etwas weiter weg stand eine kleine stämmige dunkelbraune Frau vor Olaf.

Sie war adrett gekleidet, mitsamt dem für die Oberschichtfrauen der Insel unvermeidlichen Schirm, und sie sah ganz und gar aus wie ein Bantam-Kampfhahn. Sie hatte eine Hand in die Hüfte gestützt, mit der anderen schwang sie den Schirm und schimpfte laut und schrill auf Olaf ein.

»Das sag ich dir, ich lass nicht zu, dass du sie triffst. Sie ist zu gut für einen wie dich. Belle Rose heiratet mal einen Lehrer.« Sie fuchtelte mit dem Schirm dicht vor seiner Nase herum.

Er sah aus wie ein geprügelter Hund, Typ Dänische Dogge. Aber er hielt die Stellung.

»Ich tu ihr doch nichts. Ich liebe sie. Ich möchte sie heiraten.«

Das brachte das alte Mädchen wieder in Harnisch. »Heiraten? Du?« Sie verschluckte sich fast. »Du glaubst, du kannst sie heiraten? Ich lass dich einsperren. Ich –« Sie wurde überwältigt von schierer Wut.

»Ich mein's ehrlich. Ich liebe sie. Ich finde sie wunderschön. Ich könnte ihr nie was tun«, flehte er.

Sie schüttelte heftig den Kopf und grummelte weiter, Belle Roses Vater sei Lehrer gewesen und Belle Rose werde nicht irgendeinen Hafenmalocher heiraten. Dann eilte sie davon, mit immer noch zitterndem Schirm, das Mädchen fest am Arm gepackt.

Auf halber Länge des Kais drehte sie sich um. »Und obendrein bist du ein Feigling. Du bist wasserscheu, das weiß jeder. Und einen Feigling heiratet Belle Rose nie und nimmer.«

Olaf ging hinterher. Ich weiß nicht, wie diese Begebenheit ausgegangen ist. Aber ich war neugierig geworden und fragte die Hafenarbeiter nach Olaf aus. Sie erzählten, sein Vater sei Seemann gewesen und davor auch sein Großvater. Olaf sollte auch Seemann werden, aber seine Mutter hatte ihm Angst vor Wasser eingeimpft. Sein Vater war wohl bei schwerem Sturm mit einem Schiff untergegangen.

Kurz nachdem ich von Olafs Angst vor dem Meer erfahren hatte, rutschte er auf dem Kai aus und stürzte kopfüber in die Bay. Er schaffte es, sich über Wasser zu halten, bis die Jungs ihn herausholten, aber er war eindeutig halbtot vor Angst. Er kam erst nach einer Woche wieder zur Arbeit.

»Alles gut, Mann?«, fragten die Jungs.

Olaf nickte und behielt seine Gefühle über das Erlebte für sich.

Er kam nur aus Liebe zu Belle Rose wieder zur Arbeit. Ich konnte hören, wie sie darüber redeten. Sie saßen auf der Kante des Kais. Ich hatte noch nie ein Paar gesehen, das so attraktiv zu malen war. Er saß mit nacktem Oberkörper da, er kam ja von der Arbeit. Sein breiter cremefarbener Strohhut und der ausgebleichte Blaumann waren der perfekte Kontrast zu ihrem gestärkten weißen Kleid und dem geschickt um den Kopf gewundenen leuchtend roten Turban.

»Und ein Haus werden wir haben, nicht allzu nahe am Meer«, sagte sie sehr sanft.

»Ja. Nicht allzu nahe am Meer«, war seine Antwort. »Einfach nur so nahe, dass man die Sonne über dem Wasser der Bay betrachten kann.«

»Olaf, du arbeitest hier nicht gern. Oder?«, fragte sie.

»Nur deinetwegen. Und deinetwegen gern. Dadurch können wir nämlich bald heiraten. Deshalb bin ich wieder zur Arbeit gekommen.«

Ich ging weiter und fragte die Hafenjungs, was mit der Tante von Olafs Freundin passiert war. Hatte sie etwa doch beschlossen, die beiden heiraten zu lassen? Die Jungs sahen betreten drein.

»Die machen 'ne Riesenhochzeit, Olaf geht Belle Rose jetzt jeden Sonntag besuchen. Aufgetakelt im Frack. Steifer Kragen. Olaf bringt die Tante jeden Sonntag Kochbananen mit. Glaub nich, dass die sich das anders überlegt hat. Aber Olaf is einfach zu groß. Sie find kein, der's mit ihm aufnehmen kann«, war die Antwort.

In einem hatten die Jungs recht. Das Aufgebot wurde ausgehängt. Aber eine große Hochzeit in der Kirche, auf die Belle Roses Tante sich kapriziert hatte, sollte es nicht werden. Olaf drohte mit Belle Rose durchzubrennen, wenn es keine kleine Hochzeit würde. Und Tantchen gab gnädig nach. Das fand ich verwunderlich. Dafür, einer kleinen Hochzeit zuzustimmen, wenn sie eine riesige wollte, schien sie mir zu sehr das dominante alte Mädchen zu sein. Je mehr ich darüber nachdachte, desto merkwürdiger fand ich, dass sie der Hochzeit überhaupt zugestimmt hatte.

In Bridgetown hat die Hafenbelegschaft gegen fünf Uhr Feierabend. Dass die Tante des Mädchens keinerlei Absicht hatte, die Heirat zu erlauben, fand ich eines Tages heraus, als ein großes amerikanisches Handelsschiff mit Obst beladen wurde. Es sollte um sieben ablegen. An genau diesem Tag schickte Belle Roses Tante Olaf über die halbe Insel, irgendeine Besorgung für sie erledigen.

Ich ging zum Hafen, um zuzusehen, wie die Passagiere an Bord einer Barkasse kletterten. Der Kai war voller Frauen. Sie nahmen Abschied von einigen Passagieren. Die Grüße und Botschaften waren in der halben Bucht zu hören.

Ich sah entgeistert hin. Auch Belle Rose und ihre Tante gingen an Bord. Die Tante gleichzeitig wichtig- und geheimnistuerisch. Trug Belle Rose dies und das auf, fragte, ob sie dies und das hatte und wo die kleine Tasche war. Sie platzte förmlich vor Bedeutung.

»Mein Junge in New York hat mir das Geld geschickt. Für die Passage für uns beide«, erläuterte sie so laut, dass es auch die Nachzügler mitbekamen.

»Belle Rose, glaubst du, es gefällt dir?«, fragte eine jüngere Frau.

Die Tante ließ ihr keine Zeit zum Antworten. »Natürlich gefällt es ihr«, sagte sie resolut. »Sie war ja noch nie weg von der Insel. Sie möchte ein bisschen was von der Welt sehen. Nicht wahr, Liebes?«

Belle Rose nickte. »Ja, das stimmt. Ich hätte nur gern Olaf auf Wiedersehen gesagt. Und ich wollte gern in seiner Nähe bleiben.« Sie klang wehmütig.

»Du kannst ihm schreiben. Du siehst ihn ja bald wieder. Außerdem kann er dich auch besuchen kommen.« Und damit scheuchte die Tante sie auf die Barkasse zum Dampfschiff. Dann beugte sie sich zu einer älteren Frau, flüsterte: »Ist nämlich nicht so, dass der für sie taugen täte«, und wandte sich wieder Belle Rose und dem Gepäck zu.

Ich stand am Kai und sah dem Schiff nach, bis es außer Sicht war, und dachte, dass die alte Frau das Mädchen reingelegt hatte. Sie wusste genau, dass New York sehr weit weg von Barbados war, aber sie hatte Belle Rose den Eindruck vermittelt, dass sie praktisch nur nach nebenan führen und Olaf ziemlich oft zu Besuch käme. Sie hatte gesagt: »Du siehst ihn ja bald wieder.«

Ich hätte das Schiff liebend gern gewendet und zurück in die Bay geholt. Denn wenn je ein Mann eine Frau geliebt hat, dann war dieser Mann Olaf und diese Frau Belle Rose. Als er entdeckt hatte, dass sie weg war, hörte er auf zu lachen. Er wurde sehr still. Nicht dass er vor sich hinbrütete oder düster gestimmt war. Er war nur still, und er arbeitete mit grimmiger Entschlossenheit.

Wenn er Briefe von ihr bekam, schien er wieder zum Leben zu erwachen. Ich sah es ihm jedes Mal an. Dann kamen keine Briefe mehr. Ich sprach ihn darauf an. »Hast du von deinem Mädchen gehört?«

»Nein. In letzter Zeit nicht. Ich verstehe es nicht«, sagte er.

Ein ganzes Jahr kroch dahin. Ein Jahr, das den Krieg etwas näher an uns heranrückte. Ein Jahr, in dem seine Briefe jedes Mal zurückkamen, mit dem Stempel »Verzogen. Neue Adresse unbekannt«. Ein Jahr, in dem die einheimischen Frauen zum Kai kamen und Olaf kokett ansahen. Sie spazierten an ihm vorbei und flirteten ihn an. Er ignorierte sie.

Ich fand später heraus, dass Belle Rose die Briefe, die Olaf ihr schrieb, nie bekommen hatte. Dafür sorgte Tantchen. Irgendwann fing sie auch die Briefe ab, die Belle Rose ihm schrieb. Und natürlich zogen sie tatsächlich um und Tantchen hinterließ keine Nachsendeadresse bei der Post.

Eines Tages heuerte Olaf auf einem Schiff an, aus heiterem Himmel. Olaf, der solche Angst vor dem Meer hatte, dass seine Augen beim Blick über die Bay tot und leer wurden. Olaf, der bei der Arbeit immer ein wachsames Auge auf den Himmel hatte, wenn plötzlich ein Sturm aufzog. Olaf heuerte auf einem Schiff an, einem von den grauen, abenteuerlich schäbigen Kähnen, die praktisch humpelnd einliefen und Mannschaften aus unrasierten, gebrochen wirkenden Männern in den Hafen spien. Olaf, der das Meer hasste, heuerte auf einem Handelsschiff an.

Erst viel später fand ich heraus, wie es dazu gekommen war. Anscheinend hatte er eine Nachricht gekriegt. Man redet ja heutzutage viel über den Kleine-Leute-Untergrund in den überfallenen Ländern Europas. Dabei gab es immer schon einen Untergrund, durch den Nachrichten um die halbe Welt gingen.

So war es auch in Olafs Fall. Die Nachricht reiste im Mund von Proviantmeistern und Messjungen. Sie brauchte gut sechs Monate, bis sie bei Olaf ankam.

Das erste Schiff mit dieser Nachricht verließ New York und fuhr nach Liverpool. Dann nach Nordafrika. Es gondelte um die halbe Welt – von Hafen zu Hafen, verstohlen, mit Waffen und Menschen und Gottweißwas an Bord. Und mit der Nachricht für Olaf. Und wo immer es anlegte, gelangte die Nachricht auf andere Schiffe und an andere Männer.

Der Proviantmeister auf einem Frachter, der kreuz und quer durch den Atlantik zockelte, half, sie weiterzuleiten – »Sag Olaf …« Sie reiste mit nach Indien, wo die Messjungen auf einem englischen Schiff von ihr erfuhren.

Und irgendwann kam sie bei Olaf am Kai an. Überbracht von einem aufgeregten kleinen Mann, der zwei Stunden Landgang hatte.

»Belle Rose tanzt in einem Laden in New York, kein guter Laden. Ganz'n gar nicht. Lassen dir Elmer und Franklin und Stoner ausrichten. Die arbeiten in dem Laden. Sie tanzt da, und was sie tanzt, ist gar nicht gut.«

Die Nachricht hatte eine so weite Strecke hinter sich und so lange gebraucht, um ans Ziel zu kommen, dass ihr schieres Gewicht dem kleinen Mann den Atem verschlug. Gehört hatte er sie von zwei Matrosen in einem verruchten Haus am Rande des Hafenviertels von Liverpool. Ihm zitterte förmlich der Bart vor lauter Aufregung.

»Hast du gehört, Olaf?«, fragte er scharf, als könnte er ihn mit der Stimme zum Antworten zwingen. »Was sie tanzt, ist gar nicht gut.«

Olaf starrte hinaus aufs Meer. Eine ganze Weile schwieg

er. »Habs gehört. Ja«, sagte er dann langsam. »Habs gehört. Ich kümmere mich drum.«

Und er verließ den Kai und heuerte auf dem Schiff an, das den kleinen Mann mit der Nachricht gebracht hatte. Einfach so. Der Mann, der Angst vor dem Meer hatte, heuerte auf einem Schiff an.

Später erfuhr ich, dass er in der Kombüse arbeitete – als Geschirrspüler und Küchenhilfe. Er war sehr still. Sein Schweigen hing in den stickigen Schlafräumen. Es machte die anderen Männer beklommen, selbst beim Würfeln oder Singen oder wenn sie sich einfach unterhielten.

Immer, wenn er nicht arbeitete, lag er in seiner Koje. Lag da und starrte unverwandt an die Decke.

»Isn mit dem Großn los?«, fragte der Maat nervös. »So Typn bring Unglück.«

»Is einfach n Stiller«, sagte dann der kleine Mann, dank dem Olaf überhaupt an Bord war, entschuldigend.

Olaf interessierte sich nicht einmal dafür, auf welchen Hafen sie Kurs nahmen. Als sie eines kalten, nassen Abends irgendwo anlegten, stellte er zum ersten Mal eine Frage: »New York?«

»Hier's England, Mann«, kam als Antwort. »Liverpool.«

Aber auf dem Rückweg ging es nach New York. Falls Olaf sich Gedanken über die Gefahren der verrückten, schrägen Reise machte, verbarg er sie. Schon Stunden vor dem Anlegen stand er an Deck und starrte ins Dunkel. Jetzt konnte seine Suche losgehen. Sofort. In ein paar Minuten.

Er fragte einen Schwarzen auf dem Kai. »Kennst du ein Mädchen namens Belle Rose?«

Der Mann schüttelte den Kopf. »Gibt ne Menge Frauen hier, Kumpel. Alle möglichen. So findste ne Frau nie.

Wie siehtn die aus?« Und setzte hinterher: »Wo wohntn die?«

»So – so –«, Olaf schluckte ein paarmal und rang nach Worten, »wie die Sonne. Geht mir bis hier.« Er zeigte auf eine Stelle auf seinem Brustkorb. »Sie ist warm wie die Sonne –«, die Stimme brach weg. »Ich weiß nicht, wo sie wohnt.«

Der Mann starrte ihn an. »Wie heißtn du? Wo bistn her?«

»Von den Inseln. Barbados. Im Süden. Ich heiße Olaf.« Und seine Stimme wurde weich, als er noch einmal sagte: »Sie heißt Belle Rose.« Als ob er sich auf dem Namen ausruhte.

»Nee«, der Mann wandte sich wieder seiner Arbeit zu, »die findste nich, Kumpel, bloß mit'n Name.«

Sie blieben nur zwei Stunden im Hafen, dann waren sie wieder weg. Aber der Untergrund hatte die Nachricht: »Olaf aus Barbados sucht nach Belle Rose.«

Der Hafenarbeiter erzählte einem Freund davon, und die Geschichte gelangte in die Küchen und die Lastenaufzüge der großen Hotels. Portiers hörten sie und Köche und Kellner. Sie reiste den ganzen Weg vom Hafenviertel bis nach Harlem. Bald wussten Leute, die nie von einer Belle Rose gehört hatten, dass ein Mann namens Olaf nach ihr suchte.

Der Koch eines Nachtklubs erzählte es drei westindischen Trommlern, die zur Bühnenshow gehörten. Als Elmer, Franklin und Stoner davon hörten, sahen sie sich an und gestikulierten verzweifelt. Und so ging eine Nachricht zurück an Olaf. Sie brauchte lange. Olaf war noch einmal am Rand von Afrika und in einem Hafen in Australien und in Liverpool gewesen, bevor sie bei ihm ankam.

Inzwischen hatte sein Schweigen etwas Ungutes, Unheilschwangeres. Niemand sprach ihn an. Die Männer ließen ihn in Ruhe – völlig allein. Sie erschauerten, wenn sie ihn ansahen.

In Liverpool schnappte einer von der Besatzung die Nachricht auf und gab sie ihm weiter. »Der Laden, wo Belle Rose tanzt, heißt Conga.«

Olaf ging zum Maat und fragte, wann sie wieder in New York anlegen würden. Der Maat starrte ihn an. »Keine Ahnung. Ich erfahre immer erst, wenn wir auf See sind, wo's hingeht. Gibts 'n Grund, wieso du nach New York willst?«

»Ja. Ich muss da ein Mädchen finden«, sagte Olaf und sah an ihm vorbei.

»Du? Ein Mädchen?« Der Maat konnte seine Verwunderung nicht verbergen. »Wusste gar nicht, dass du dich für Mädchen interessierst.«

Aber Olaf hatte sich schon weggedreht und sah beim Beladen des Schiffs zu. Noch am selben Abend legten sie in Liverpool ab. Die Fahrt war übel. Stürmisch und kalt. Bei hohem Seegang.

An einem bitterkalten Morgen legten sie in New York an. Alle bekamen die Heuer für die Atlantikfahrt und zwei Tage Landgang. Die Besatzung verschwand wie von Zauberhand. Nur Olaf blieb da.

Er fragte einen Polizisten auf dem Kai. »Wo wohnen Schwarze hier so?« Er deutete auf die Stadt.

»Nimm am besten ein Taxi, Boy. Sag dem Fahrer, du willst ins YMCA, 135th Street zwischen Lenox und Seventh Avenue. In Harlem.«

Er schrieb es ihm hinten auf einen Briefumschlag. Olaf sah den Umschlag immer wieder an, während das Taxi durch eine halbtot wirkende Stadt kroch. Alles war grau vernebelt. Es war kalt. In den Häusern war kein Licht und auf der Straße nur wenige Menschen. Sie schlängelten sich zwischen hohen Gebäuden hindurch, dann über Kopfsteinpflaster und kilometerlang über einen Highway, der eine Weile am Flussufer entlanglief. Es wurde heller, und er merkte, dass alle Menschen auf den Straßen, durch die sie kamen, dunkel waren.

Er wurde etwas ruhiger. Langsam kam er dem Ende seiner langen Reise näher. »Das alles hier – das alles hier ist New York?« Er zeigte auf den Bürgersteig.

Der Fahrer musterte ihn im Rückspiegel und nickte. »Ja. Ist alles New York. Wo sind Sie her?«

»Barbados«, sagte Olaf nur. Er überlegte, was Belle Rose an dem Ort hier passiert sein könnte. Und wo könnte er sie finden?

Es war die erste Frage, die er dem Mann hinter dem Fensterchen stellte, als er sein Zimmer im YMCA bezahlte.

»Ich kenn kein mit so'm Namen«, antwortete der Mann kühl.

»Wo ist denn dieses Conga?«

»Nie gehört.« Der Mann schob ihm die Quittung durch. »Fahrstuhl fünfter Stock. Zimmernummer ist fünfdreiundsechzig. Der Nächste, bitte.«

Der Fahrstuhlmann hatte vom Conga gehört. Er erklärte Olaf den Weg dahin. Sagte ihm auch, die beste Zeit für einen Besuch sei elf Uhr abends.

Olaf saß in seinem Zimmer und – wartete. Wie jemand, der ein Cross-Country-Rennen mitmacht und plötzlich merkt, dass die Ziellinie nur noch ein kleines bisschen entfernt ist, er kann sie schon sehen.

Um elf saß er in einem Taxi auf dem Weg ins Conga. Das Taxi fuhr zügig.

Es lag am Ausdruck in seinen Augen, dass ihn der Türsteher nicht reinlassen wollte. Er versuchte, ihm den Weg zu versperren, aber Olaf fegte ihn beiseite, ganz leicht, mühelos, wie eine Fliege.

Drinnen war er etwas irritiert. Es wurde geraucht, und das Licht war gedämpft. Die Leute lachten und redeten, schnapsbedingt laut und verzerrt. Er ging zu einem Tisch gleich am Rand der Fläche, auf der die Tänze stattfanden. Sofort kam ein Kellner, protestierte und zeigte auf das »Reserviert«-Schild auf dem Tisch. Olaf sah ihn kurz an und stellte das Schild auf den Boden. Der Kellner verzog sich und kam nicht wieder.

Ich erkannte Olaf, als er am Tisch saß. Er saß einfach da, die Arme verschränkt auf dem Tisch, vollkommen unbeeindruckt von den Blicken und dem Geflüster um ihn herum.

Ich ging ziemlich oft ins Conga. Barney, der Besitzer, war ein Freund von mir. Er hatte mir vor langer Zeit erzählt, dass alle Tanzliebhaber der Stadt in seinen Laden strömten, und zwar wegen einer jungen westindischen Frau, die ein paar außergewöhnliche Tänze zeigte. Barney wusste, dass ich auf den Inseln gelebt hatte, und dachte, das könnte mich interessieren.

Und wie mich das interessierte, denn die Frau war natürlich Belle Rose. Nach dem ersten Besuch ging ich jeden Abend ins Conga, ich war sicher, dass Olaf früher oder später hier auftauchen würde. Und wenn er kam, wollte ich dabei sein. Ich hatte Glück. Wie gesagt, ich sah ihn, sowie er hereinkam und sich setzte.

Von seiner ehemals freundlichen Erscheinung war nichts mehr übrig. Er war gefährlich. Das sagten seine Augen, seine Kopfhaltung. Das sagte der zugekniffene Mund. Sein Mund jetzt sah aus, als wäre das Lachen ein Fremdling, der immer einen Bogen um ihn gemacht hatte. Aller Humor war aus ihm gewichen. Olaf glich einem überdehnten Gummiband.

Das Licht ging aus, die drei westindischen Trommler kamen herein – Elmer und Franklin und Stoner. Sie schritten mitsamt ihren Trommeln im Gänsemarsch. Die Trommeln waren mit Tierhaut bespannte hohle Baumstämme. Sie setzten sich rittlings drauf.

Ich kann nicht beschwören, dass sie Olaf schon gesehen hatten. Ich könnte mir denken, wenn man lange in so einem Laden spielt, kennt man die Beleuchtungseffekte und sieht alle im Publikum. Ich weiß es aber nicht. Vielleicht hatten sie eine Art x-ten Sinn. Vielleicht spürten sie, dass etwas an der Atmosphäre anders war.

Als sie anfingen zu trommeln, war es – na ja, anders. Sie spielten schneller, und das Tempo hatte etwas unterschwellig Alarmierendes. Es erfasste das Publikum. Männer schnippten Asche von den Zigaretten – da war aber gar keine Asche. Frauen fröstelten wegen eines Luftzugs, den es gar nicht gab. Der Oberkellner zupfte ständig die Manschetten zurecht und fingerte am Kragenrand herum.

Belle Rose erschien wie aus dem Nichts. Eben war da keine Belle Rose, einen Augenblick später verbeugte sie sich vor dem Publikum. Wie kriege ich nur hin, dass Sie sie sehen können? Halb New York kam ständig in diesen kleinen Saftladen, nur um sie tanzen zu sehen. Sie war rötlich tiefbraun und sehr schlank. Die Augen waren hinreißend, schwarz und sehr groß, aber eigenartig ausdrucksarm. Es gibt in Barbados eine alte Schamanin, eine *obeah*, mit genau solchen merkwürdigen Augen.

Ich habe, glaube ich, schon gesagt, dass Barney Jones etwas von Shows verstand. Er hatte dafür gesorgt, dass sie aussah wie ein prächtiger tropischer Vogel – nichts als Leben und Farbe und Bewegung.

Sie war barfuß. Sie trug ein goldenes Fußkettchen und ein goldenes Halsband, das fast an die Ohrläppchen stieß. Ihr Kleid war aus Kaliko und hatte hinten eine Tournüre, die rote Baumwolle flirtete bei jeder Bewegung mit dem Publikum. Außerdem trug sie mehrere gerüschte Unterröcke. Sie waren so kräftig gestärkt, dass das Kleid abstand und die weißen Rüschen darunter zum Vorschein kamen. Ihre Haare steckten vollständig unter einem turmhohen Turban. Im Turban waren Blumen und Früchte und Weizenhalme befestigt.

Als Erstes sang sie einen Calypso. Irgendwas über die Ehe mit einer Frau, die hässlicher ist als man selbst. Es wurde sehr still im Nachtklub. Jemand stieß ein Glas um und kicherte hysterisch los. Danach wurde es auf merkwürdige Art still.

Ich sah zu Olaf. Er rührte sich nicht. Er starrte Belle Rose an. Seine Hände lagen flach auf dem Tisch. Er sah aus, als ob er jeden Moment zum Sprung ansetzen würde. Im Glanz der Scheinwerfer glitzerten Schweißperlen auf seiner Stirn.

Und ich dachte an die andere Zeit, an damals, als ich ihn lachend, im Sonnenschein, auf dem Kai in Bridgetown gesehen hatte. Jetzt war er in einem Nachtklub in einer kalten fremden Stadt und sah der jungen Frau zu, die er hatte heiraten wollen.

Es gab ungeheuren Applaus nach diesem ersten Stück. Sie verbeugte sich und sagte: »Un' jetz ich geb euch die Obeah.«

Olaf erstarrte. Kniff die Augen zusammen. Die Trommeln legten wieder los. Und ich sage Ihnen, diesmal redeten sie unverblümt, als wären sie lebendig. Menschen. Sie erzählten Gefahr. Sie erzählten Hass. Sie knurrten und jagten mir eisige Schauer über den Rücken. Mir wurde kalt im Nacken, und ich umklammerte mein Glas so fest, dass mir die Hand wehtat.

Belle Rose duckte sich zusammen, ging ein paar Schritte vor und fing an zu singen. Es war eine Beschwörung sehr ferner, böser Götter. Es gehörte nicht nach New York. Es gehörte in keinen Nachtklub, nirgendwo unter der Sonne.

»Ah, du kriegst deinen Mann«, darauf die Trommeln. Bumm. Bumm. »Ah, du willstn Liebhaber.« Bumm. Bumm. Bumm-di-di-Bumm. »Ah, ich seeh seine Gei-iist.« Und wieder Trommeln. Lauter.

Und sie ging auf Olaf zu. Sie stand jetzt direkt vor ihm. Hände ausgestreckt. Augen halb zu. Wiegte sich. Hörte plötzlich auf zu singen, und die Trommeln erzählten weiter – wiederholten ihre nervenaufreibende Nachricht. Die Gesichter der Trommler vollkommen ausdruckslos. Nur die Augen lebendig – funkelnd. Augen, die anscheinend ein Eigenleben führten, getrennt von den Gesichtern.

Belle Rose fing wieder an zu tanzen. Noch nie habe ich so einen Tanz in einem Nachtklub gesehen. Es war ein Teufelstanz – ein Tanz, mit dem man böse Geister austreibt. Ich weiß nicht genau, wie er auf Olaf wirkte. Ich konnte nur spekulieren. Ich wusste ja, dass er monatelang auf Booten und Schiffen unterwegs gewesen war, um nach New York zu kommen. Die Trommler hatten es mir erzählt.

Er hatte die salzige Meeresluft geschmeckt. Immer nur Wasser gesehen. Es abends beim Einschlafen ans Schiff klatschen gehört. Gelauscht, wie es bei hohem Seegang in Kaskaden übers Deck schwappte. Morgens, mittags und abends mit ihm gelebt. Es war immer da, selbst im Hafen drückte es gegen die Schiffseiten.

Und er hasste das Meer. Er hatte Angst vor ihm. Er musste monatelang durch die Hölle gegangen sein. Ständig die tückische nagende Angst in der Magengrube. Ständig umzingelt vom Meer, das ihm zuwider war.

Und dann sieht er Belle Rose. Sie ahnt nichts von ihm und ist schöner denn je. Mit künstlichem Rot auf den Lippen und einem Kastenzeichen zwischen den Augen.

Ich sagte ja, Barney verstand etwas von Shows. Ich nehme an, seiner Meinung nach war sie damit noch exotischer. Hatte ihr als i-Tüpfelchen ein Kastenzeichen auf die Stirn setzen lassen. Irgendetwas Glänzendes. Vielleicht war es nur ein Lamettaschnipsel – aber es fing das Licht ein und funkelte bei jeder Bewegung.

Als Olaf es sah, knurrte er tief unten in der Kehle. Bis dahin war er vollkommen still gewesen. Er stand auf. Ein Muskelpaket. Die schiere Körperkraft. Die schiere Stärke, bedrohlich, einsam, verzweifelt. Er stieg über das Geländer zwischen Gästebereich und Tanzfläche. Ging einfach drüber, als wäre es nicht da. Und stand vor ihr. Mit einem Messer in der Hand. Ich könnte schwören, bis heute, dass er vorhatte, sie zu töten.

Sie tanzte einfach weiter. Bewegte sich nahe an ihn heran. Ich sage es noch einmal, er hatte vor, sie zu töten. Und ich sage auch, dass sie das wusste. Und sie verband sich mit der uralten komplizierten afrikanischen Vergangenheit, die uns allen gehört, und beschwor alle Götter herauf, die sie kannte oder von denen sie je gehört hatte.

Die Trommeln hatten aufgehört. Alles hatte aufgehört. Es gab nicht mal mehr Gläserklirren oder das Geräusch von einem gezogenen Korken. Es kam mir vor, als hätte ich aufgehört zu atmen und als atmete im ganzen Raum niemand mehr. Sie fing an zu singen, hoch, schrill. Ich habe kein einziges Wort verstanden. Es war dieselbe Art Singsang wie bei den Medizinmännern, wenn sie ihre Zauberformeln sprechen, dieselbe Art wie bei den Voodoo-Zauberinnen und Obeah-Schamaninnen.

Plötzlich hörte ihr Gesang auf. Die beiden hatten sich bestimmt fünf Minuten lang in die Augen gestarrt. Das Messer glitt ihm aus der Hand. Klackerte zu Boden. Plötzlich streckte er die Arme aus und packte sie und schüttelte sie, wie ein Hund ein Kätzchen schüttelt. Sie sagte kein Wort. Er auch nicht. Und dann lag sie in seinen Armen und er küsste sie und legte sein ganzes Herz hinein.

Sie gingen Hand in Hand durch den ganzen Klub und zur Tür hinaus auf die Straße. Ein Seufzer lief um alle Tische.

Ich glaube, Barney, dem der Laden gehört, kam als Erster wieder zu sich. Er rannte hinter ihnen her. Und ich hinter ihm. Als ich auf die Straße trat, stand er am Bordstein, tobend, mit Schaum vorm Mund, und sah zu, wie sein größter Trumpf in einem Taxi davonfuhr. Ich konnte nur noch die roten Rücklichter um die Ecke verschwinden sehen.

»Dieser schwarze Pavian«, schäumte Barney. »Wo zum Teufel kommt der denn her?«

Ich fing an zu lachen, was ihn wohl noch wütender machte. Schließlich sagte ich: »Aus Barbados. Wo Belle Rose auch herkommt. Hat lange gedauert, bis er sie gefunden hat, aber New York wird garantiert nie wieder was von ihr sehen.«

Ich hatte recht. Sie verschwand. Mit Olaf. Ich machte mir Sorgen um Elmer und Franklin und Stoner, aber irgendwann erfuhr ich, dass sie auch wieder in Bridgetown waren.

Entscheiden Sie selbst, warum Olaf sie an jenem Abend im Conga nicht umgebracht hat. Mir gefällt die Vorstellung, ihm ist plötzlich so nahe an ihr dran wieder eingefallen, dass er sie liebte und dass er durch die Hölle gegangen war, um sie zu finden. Und dass er nichts anderes wollte, als sie ganz fest in den Armen zu halten. Und sie war wirklich wunderschön.

Andererseits – Belle Roses Vater mag ja Lehrer gewesen sein, aber ihre Großmutter war eine Obeah.

Wie ein Leichentuch

Er hatte fest vorgehabt, vor Mae aufzustehen und sie mit Frühstück zu überraschen. Aber er war wieder eingeschlafen, und sie war ganz leise aus dem Bett geschlüpft, er merkte erst, dass sie nicht neben ihm lag, als er aufwachte und Wasser leise das Waschbecken im Bad hinuntergurgeln hörte.

Eigentlich müsste er aufstehen, aber er legte die Arme auf die Stirn, um die Augen gegen die Nachmittagssonne abzuschirmen, und zog die Beine eng an den Körper, um zu prüfen, ob sie noch wehtaten.

Mae war fertig im Bad. Er wusste es, weil sie die Tür immer offen ließ, und jetzt wehte der süße Talkumduft den Flur entlang ins Schlafzimmer. Dann kam sie den Flur entlang.

»Hi, Babe«, sagte sie liebevoll.

»Hmhm«, knurrte er, nahm die Arme vom Kopf und schlug ein Auge auf.

»Es ist ein schöner Morgen.«

»Yeah.« Er rollte sich auf die Seite, und das Bettlaken wickelte sich um seine Schenkel, seinen Brustkorb und zeichnete die Umrisse nach. »Du meinst Nachmittag, oder?«

Mae sah das verdrehte Laken an und kicherte. »Sieht aus wie ein Leichentuch«, sagte sie. »Ein Totenhemd –« Ihr Lachen verhedderte sich mit den Worten, sie musste eine

Pause machen, bevor sie weiterreden konnte. »Du siehst aus wie eine Heidelbeere – im Leichentuch –«

»So was sagt man nicht. Nicht so früh am Morgen«, protestierte er.

Er besah seine Arme, Schattenrisse auf dem weißen Laken. Verglichen damit waren sie schwarz wie Tinte, und er musste unwillkürlich lächeln und lag da, lächelnd und dem süßen Klang von Maes Kichern nachschmeckend.

»Früh am Morgen?« Sie zeigte auf den Wecker auf dem Tisch neben dem Bett und kicherte wieder. »Es ist fast vier. Und wenn du da jetzt nicht rausspringst, kommst du wieder zu spät.«

»Was soll das heißen, ›wieder‹?«

»Letzte Woche zwei Mal. Die Woche davor drei Mal. Und ein Mal die davor und –«

»Ich kann mich nicht dran gewöhnen, tagsüber zu schlafen«, sagte er gereizt. Er schob die Beine versuchsweise unter der Decke hervor. Der Schmerz hatte etwas nachgelassen, aber wirklich ausgeruht waren sie nicht. »Es ist zu hell, um gut zu schlafen. Und die ewige Rumsteherei haut mir die Beine kaputt.«

»Nach zwei Jahren könntest du dich dran gewöhnt haben«, sagte Mae.

Er sah ihr zu, während sie sich kämmte, das Gesicht puderte und einen Blaumann überzog. Sie bewegte sich flink, dabei hatte sie es anscheinend gar nicht eilig.

»Du siehst aus, als wärst du prima ausgeschlafen«, sagte er träge. Er musste aufstehen, schob es aber immer wieder hinaus, er hatte keine Lust, sich zu bewegen, aber die Beine einfach schlaff liegen zu lassen, traute er sich auch nicht, weil er sofort wieder einschlafen würde. Es wurde immer später, aber bei der Vorstellung, sein Gewicht auf die Beine zu verlagern, blieb er einfach liegen.

Als er endlich aufgestanden war, musste er sich beeilen. Er schlang das Frühstück so hastig hinunter, dass er ins Grübeln kam, ob sein Magen mit so rasant hingeworfenem Essen überhaupt etwas anfangen konnte. Er grübelte noch im Flur, als er und Mae die Mäntel anzogen.

Mae blieb vor dem Kalender stehen. »Heute ist der Dreizehnte«, sagte sie. Dann, leicht aufgeregt: »Oje, Freitag der Dreizehnte.« Sie hatte schon eine Hand im Ärmel, ließ sie erst mal stecken und starrte auf den Kalender. »Ich bleib lieber hier«, sagte sie. »Ich geh lieber nicht aus dem Haus.«

»Ahh, sei nicht albern«, sagte er. »Heute ist Zahltag. Und Zahltag ist überall ein Glückstag, egal von wo du guckst.« Sie zögerte noch, aber er sagte: »Ahh, na los.«

Und wieder kam er zu spät zur Arbeit, sie hatten noch fünfzehn Minuten gestritten, bis er sie überredet hatte, trotzdem zur Arbeit zu gehen. Er hatte überzeugend klingen müssen, nur sanft drängend, das hatte Zeit gekostet. Aber er brachte es nicht fertig, sie anzufahren oder ihr Prügel anzudrohen, was viele Männer wohl getan hätten. Er war nicht so.

Also kam er zu spät in der Fabrik an und musste an der Stechuhr warten, weil die Arbeiter der Tagschicht in Gruppen und Trauben herausdrängten und er nicht vorwärtskam.

Schon jetzt zu Schichtbeginn taten ihm die Beine weh. Er musste sich zwingen, sich an den herauskommenden Arbeitern vorbeizukämpfen, die Stechuhr zu drücken und den Rollwagen zu holen, den er die ganze Nachtschicht lang herumschieben musste. Er spielte weiter mit dem Gedanken, nach Hause zu gehen und sich wieder ins Bett zu legen.

Er schob den Wagen nach draußen auf den Betonboden. Wenn das seine Fabrik wäre, dachte er, würde er einiges ändern. Es gab schon mal zu viele Jobs im Stehen. Er würde eine Methode finden, wie sich die meisten davon im Sitzen erledigen ließen, er würde auch überall viel mehr Bänke aufstellen. Und dieser Job – sein Job, der ihn zwang, Nacht für Nacht zehn Stunden herumzulaufen und diesen Wagen herumzuschieben, also, er würde daraus einen Sitzjob machen. Einer von diesen kleinen Wagen, die immer in Bahnhöfen herumkurvten, der wäre genau richtig für seinen Job. Die Jungs saßen auf einem Sitz, das Ding war leicht zu bewegen, nahm kaum Platz weg und hatte einen Wendekreis im 10-Cent-Format.

Er schob den Wagen auf den Vormann zu. Er vergaß immer wieder, dass es eine Vorfrau war. Es war ja auch komisch, in so einer Fabrik eine weiße Frau als Boss zu haben.

Sie war wegen irgendetwas sauer. Er sah es an ihrem roten Gesicht und den fast zu Schlitzen zusammengekniffenen Augen. Bestimmt lange aus gewesen und nicht genug Schlaf gekriegt. Er vermied es, sie anzusehen, und hastete mit gesenktem Kopf an ihr vorbei, aber einen verstohlenen Blick aus den Augenwinkeln konnte er sich nicht verkneifen. Er sah einen hellen Hosensaum und die Spitze eines riesigen lohbraunen Schuhs.

»Heh, Johnson!«, sagte die Frau.

Die Maschinen liefen jetzt auf vollen Touren. Die ganze Halle bebte vom Surren und Knirschen, es war unmöglich,

Gespräche zu verstehen. Die Männer und Frauen an den Maschinen unterhielten sich, aber schon aus kurzer Entfernung sah es aus, als ob sie nur die Lippen bewegten, weil man nicht hörte, was sie sagten. Die Stimme der Vorfrau dagegen schnitt mitten durch den Maschinenlärm – barsch, zornig.

Langsam drehte er den Kopf. »Guten Abend, Mrs. Scott«, sagte er und wartete ab.

»Schon wieder zu spät.«

»Das stimmt. Meine Beine haben Ärger gemacht.«

Die Frau lief noch röter an, zornrot. »Die halbe Schicht hier kommt zu spät«, sagte sie. »Und du bist der Schlimmste von allen. Du kommst dauernd zu spät. Was' los mit dir?«

»Es sind die Beine«, sagte er. »Irgendwie kommen die nicht zur Ruhe. Ich kann mich wohl nicht ans Schlafen am Tag gewöhnen. Und dann komm ich einfach nicht hoch.«

»Ausreden. Ihr Typen habt immer Ausreden.« Ihr Zorn schwoll an und strahlte ab. »Jeder Typ, wo hier zu spät kommt, hat immer eine Ausrede. Die Frau ist krank oder die Großmutter gestorben oder irgendwer aus der Familie musste ins Krankenhaus.« Sie hielt inne und holte tief Luft. »Und die Niggers sind die schlimmsten. Mir egal, was mit deinen Beinen ist. Du kommst gefälligst pünktlich. Ich hab euch Niggers so satt –«

»Sie haben das Recht, wütend zu sein«, unterbrach er sie leise. »Sie haben das Recht, mich sonst wohin zu wünschen, aber ich lass mich von niemand nich Nigger nennen.«

Er ging auf sie zu. Die Fäuste geballt. Die Lippen ein dünner Strich. Auf der Stirn eine hervortretende Ader, dick, geschwollen.

Und die Frau wich zurück, nicht eilig, ganz langsam – zwei, drei Schritte rückwärts.

»Ahh, vergiss es«, sagte sie. »Hat nichts zu bedeuten. Ist mir rausgerutscht. Aus Versehen.« Das Rot in ihrem Gesicht wurde dunkler, bis alle Äderchen auf den Wangen purpurn leuchteten. »Mach, dass du an die Arbeit kommst«, drängte sie. Und ging langsam noch drei Schritte rückwärts.

Einen Augenblick stand er regungslos da, dann drehte er sich weg, um den roten Lippenstift auf ihrem Mund nicht mehr zu sehen, denn der erinnerte ihn daran, dass sein Vormann eine Frau war. Und eine Frau zu schlagen, brachte er nicht fertig. Er spürte ein seltsames Jucken in den Fingern und sah auf seine Hände. Sie waren fest zusammengeballt, hart, bereit, ein paar der Purpuräderchen in ihrem Gesicht zu zerschmettern.

Er schob den Wagen langsam weiter. Als er sich umsah, wischte sie sich mit einem dunkelblauen Taschentuch über die Stirn und starrte in seine Richtung. Ihre Blicke kreuzten sich, dann sahen beide woandershin.

Er sah nicht wieder in ihre Richtung, sondern schritt die langen Werkbänke ab und sammelte sorgfältig fertige Teile ein, er ging langsam und stetig auf und ab, vor und wieder zurück, durch die ganze lange Halle, und zwang sich, den Zorn runterzuschlucken, loszuwerden.

Er schaffte es und konnte, ohne sich aufzuregen, darüber nachdenken, was gerade passiert war. So verging eine Stunde, aber die Spannung in den Händen blieb. Sie waren geballt, beinah festgeknotet an den Wagengriffen, als könnten sie jederzeit zuschlagen.

Und er dachte, er hätte ihr doch eine knallen sollen, mit voller Wucht mitten ins Gesicht, spüren, wie das weiche

Fleisch dieses Gesichts unter der Härte seiner Hände nachgab. Er versuchte, die Hände zu entspannen, indem er ihnen schilderte, wie es gewesen wäre, die Frau zu schlagen, denn er hatte das komische Gefühl, dass seine Hände nicht mehr richtig zu ihm gehörten – dass sie ein Eigenleben führten, über das er keine Kontrolle hatte. Also überließ er sich dem Lustgefühl, das seine Hände verspürt hätten, wenn sie auf die Frau gekracht wären – alle beide, erst die eine, dann die andere. Hätte er es getan, würden sich seine Hände jetzt wohlfühlen – entspannt, ausgeruht.

Und er fand, er hätte ihr eine verpassen sollen, selbst wenn ihn das den Job gekostet hätte, denn danach würde sie sehr lange, vielleicht ihr ganzes Leben lang, nicht mehr Nigger zu irgendwem sagen.

Das Problem war nur, er konnte eine Frau nicht schlagen. Eine Frau konnte nicht so zurückschlagen wie ein Mann. Aber es wäre zutiefst befriedigend gewesen, ihr die schmalen Lippen auseinanderzureißen, mit einem einzigen brillant gezielten Schlag und seinem vollen Gewicht dahinter. Dann wäre er sie jetzt los, die ganze Energie, die ganze Spannung, die der Zorn in ihm erzeugt hatte. Er wusste noch genau, wie hastig sein Herz Blut gepumpt hatte, er hatte das Jucken bis in die Fingerspitzen gespürt.

Als es Nacht wurde, nagte die Übermüdung an ihm. Seine Mundwinkel sackten nach unten, die Zornesfalte zwischen den Augen wurde tiefer, die Schultern hingen herab; aber die Hände blieben fest angespannt. Die Stunden zogen sich, irgendwann bemerkte er, dass die Arbeiterinnen sich öfter anblafften und anfauchten. Bei all dem Maschinenlärm konnte er nicht hören, was sie sagten, aber er konnte die raschen Lippenbewegungen sehen, mit denen das Gesagte aus den Mundwinkeln prasselte. Zu den Mundbewegungen gestikulierten sie aufgebracht und starrten finster drein.

Ihre wilden, ruckartigen Bewegungen besagten, dass bald Feierabend war, aber seinem Gefühl nach lag die ganze Nacht noch vor ihm, endlose Stunden mit ständigem Herumlaufen auf schmerzenden Beinen. Als irgendwann der Pfeifton zum Schichtende kam, schob er den Wagen einfach weiter, er wollte nicht glauben, dass er ihn gehört hatte. Erst als das Surren der Maschinen bis auf ein Murmeln erstarb, wusste er, es war wirklich der Feierabendpfiff gewesen. Er blieb einen Augenblick stehen und seufzte vor Erleichterung tief auf.

Dann wurden seine Bewegungen lebhaft, er stellte den Wagen im Lager ab und eilte zur Warteschlange vor dem Zahlmeister. Noch etwas, das er ändern würde, dachte er. Er würde allen Arbeitern die Lohntüten direkt an der Werkbank aushändigen, dann brauchten die nicht zehn, fünfzehn Minuten mit der Warterei auf den Lohn zu verlieren. Am Zahltag kam er immer ungefähr eine Viertelstunde später nach Hause. In dem Betrieb, wo Mae arbeitete, lief das besser, da wurde das Geld am Arbeitsplatz ausbezahlt.

Er steckte die Lohntüte in die Hosentasche und folgte der Schlange der Arbeiter, die sich in Zeitlupe zur U-Bahn bewegten. Er sah in den Himmel. Es war eine schöne Nacht, der Himmel schien fast überzuquellen von Sternen. Und er dachte, wenn Mae und er gleich nach der Arbeit ins Bett gingen, könnten sie ein paar Stunden Schlaf im Dunkeln abkriegen. Aber das taten sie nie. Sie trödelten herum – mit Kochen und Essen und Radiohören, und er saß immer in dem großen Sessel im Wohnzimmer und schlief da fast ein, und wenn sie endlich im Bett lagen, war es fünf oder sechs Uhr morgens und am Himmelsrand flimmerte schon das Tageslicht.

Er ging langsam, zögerte den Augenblick hinaus, in dem er in der Menge auf dem Weg zur U-Bahn aufgehen würde. Die Fahrt bis nach Harlem war lang, und heute Nacht ekelte ihn der Gedanke daran. Er blieb eine Weile vor einem Lokal stehen, das auch nachts offen hatte, um Zeit totzuschlagen, damit der erste Schub Arbeiter schon weg war, wenn er zur U-Bahn kam.

Das Licht im Lokal strahlte verlockend. Da drin war Leben und Bewegung. Er sah durchs Fenster und fand alles in seinem Blickfeld gleißend – den langen Tresen aus Marmorimitat, die hohen Hocker, die Tische mit der weißen Porzellanbeschichtung und besonders den großen metallenen Kaffeespender gleich am Fenster. Oben kam Dampf heraus und unten drunter flackerte eine Gasflamme – eine lebhaft tanzende, blaue Flamme.

Vor dem Kaffeespender standen viele aus seiner Schicht Schlange – Männer und Frauen. Er beobachtete, wie sie mit dampfenden Kaffeebechern zu den porzellanbeschichteten Tischen gingen und wie allein vom Kaffeeduft die Müdigkeitsfalten in den Gesichtern weniger wurden. Nach nur einem Schluck hatten sie weichere Gesichter, sie lächelten, sie redeten und lachten.

Einem plötzlichen Impuls folgend, drückte er die Tür auf und stellte sich auch in die Schlange am Kaffeespender. Es ging nur langsam vorwärts. Aber der Kaffeeduft, das Lachen und die Stimmen dämpften den schneidenden Schmerz in seinen Beinen.

Er achtete nicht auf die junge weiße Frau, die den Kaffee aus dem Spender zapfte. Er hatte nur Augen für die Becher in den Händen der Männer, die vor ihm dran gewesen waren. Jedes Mal, wenn einer mit seinem dicken weißen Becher aus der Schlange trat, zog ihm duftender Dampf in die Nase. Alle Männer bewegten sich vorsichtig, um ja keinen Tropfen zu verschütten. Obenauf lag eine Schicht Luftbläschenschaum, und er stellte sich vor, wie die Luftbläschen an seinen Lippen zerplatzen würden, bevor er einen großen Schluck trank.

Dann war er selbst dran. »Eine Tasse Kaffee«, sagte er, so wie er es bei den anderen gehört hatte.

Die junge weiße Frau sah an ihm vorbei, hob die Hände, raffte sanft die Haare im Nacken hoch und warf dabei den Kopf leicht nach hinten. »Gibt 'ne Weile keinen Kaffee«, sagte sie.

Er war nicht sicher, ob er richtig gehört hatte, und fragte verdutzt: »Was?«

»Gibt 'ne Weile keinen Kaffee«, wiederholte sie.

Hinter ihm war Stille, dann kam unruhige Bewegung auf. Er dachte, dass jemand etwas sagen würde, nach dem Grund fragen oder protestieren, aber da war nur Stille und dann leises Schlurfen, als ob die Männer hinter ihm alle gleichzeitig ihr Gewicht von einem Fuß auf den anderen verlagerten.

Er sah die junge Frau an und sagte nichts. Seine Hände fingen wieder an zu jucken, und das Jucken lief bis in die Fingerspitzen. Er sah hinunter. Seine Hände waren zu harten Fäusten geballt. Dann sah er wieder zu der jungen Frau. Er hatte Lust, sie zu schlagen, so hart, dass der scharlachrote Lippenstift verschmierte und sich über die

Nase, das Kinn, die Wangen verteilte, so hart, dass sie nie wieder den Kopf in den Nacken werfen und einem Mann keinen Kaffee ausschenken würde, weil er schwarz war.

Er schätzte ab, wie breit die Theke war, pendelte sein Gewicht auf den Ballen aus und reckte sich vor, bereit loszuschlagen. Aber dann sanken seine Arme auf beiden Seiten hinab, weil er sich zwang, sie zu senken, die Fäuste zu lockern und die Hände baumeln zu lassen. Die Anstrengung war atemberaubend, weil seine Hände gegen ihn ankämpften. Aber er konnte die Frau nicht schlagen. Nicht mal jetzt brachte er es fertig, eine Frau zu schlagen, nicht mal diese, die ihm keinen Kaffee ausschenken wollte und dabei den Kopf zurückgeworfen hatte. Die Art, wie sie die langen blonden Haare im Nacken gerafft hatte, war und blieb der Ausdruck ihrer Verachtung für ihn.

Er ging hinaus, ohne sich umzudrehen. Hätte er zurückgeschaut, hätte er die flackernde blaue Flamme unter dem Kaffeespender erlöschen sehen können. Die Männer, die nach ihm gewartet hatten, blieben noch eine Weile stehen und sahen den Leuten an den Tischen beim Kaffeetrinken zu, dann gingen auch sie, genau wie er, ohne den ersehnten Kaffee. Die junge Frau hinterm Tresen goss Wasser in den Spender, schrubbte ihn aus, wartete, bis es wieder rausgelaufen war, raffte dabei wieder sanft die Haare im Nacken hoch und warf den Kopf zurück, bevor sie neuen Kaffee machte.

Aber er war ohne einen Blick zurück gegangen, den Kopf gesenkt, die Hände in den Taschen, im Hader mit sich selbst und allem in ihm, das ihn gezwungen hatte, still und ruhig dazustehen, als er so gern zugeschlagen hätte.

Die U-Bahn war voll, er musste stehen. Er langte über den Kopf nach einer Halteschlinge, aber seine verspannten Hände bekamen sie nicht zu fassen. Also stellte er sich an die Tür und schwang vorwärts und rückwärts mit dem Schaukeln des Zuges. Das Rattern des Zuges hämmerte in seinem Kopf, schneidend und pochend, und der Schmerz in seinen Beinen hangelte sich aufwärts bis in die Leiste, er hatte das Gefühl, vor Schmerz zu bersten, und redete sich ein, dass es an der ganzen zorngeladenen Energie lag, die sich in ihm aufgetürmt hatte und nicht verbraucht worden war und sich als Gift in ihm verteilt hatte – von den Füßen und Beinen bis hoch in den Kopf.

Mae war vor ihm zu Hause. Er wusste es, bevor er den Schlüssel in die Wohnungstür steckte. Das Radio lief. Sie hatte es laut gestellt und sang mit.

»Hallo Babe«, rief sie, als er die Tür öffnete.

Er wollte auch »Hallo« sagen, aber es kam nur als Gemisch aus Knurren und Seufzen heraus.

»Klingst ja echt fröhlich«, sagte sie.

Sie war im Schlafzimmer, er ging hin und lehnte sich an den Türrahmen. Ihr Blaumann hing ordentlich über der Rückenlehne des Stuhls neben dem Bett. Sie stand vor der Kommode, band den Gurt eines gelben Hauskleids um die Taille und kaute energisch auf einem Kaugummi herum, während sie sich im Spiegel über der Kommode bewunderte.

»Was'n los?«, sagte sie. »Hat der Boss dich niedergemacht oder so was?«

»Bin bloß müde«, sagte er gedehnt. »Um Himmels willen, musst du so laut schmatzen mit dem Kaugummi?«

»Brauchst ja nicht hinhören«, sagte sie, zufrieden mit

sich. Sie zupfte eine seitliche Locke zurecht, dann raffte sie die Haare im Nacken hoch, beugte kurz den Kopf nach vorn und warf ihn dann nach hinten.

Bei der Geste zuckte er zurück. »Wozu machst du denn dauernd mit deinen Haaren rum?«, protestierte er.

»Sag mal, was ist eigentlich los mit dir?« Sie drehte sich vom Spiegel zu ihm und stemmte die Hände in die Hüften. »Du bist keine zwei Minuten zu Hause und hackst schon auf mir rum.«

Er antwortete nicht, denn ihr Blick war zornig und er wollte keinen Streit mit ihr. Dafür waren sie zu lange verheiratet und kamen zu gut miteinander aus. Er ging ins Schlafzimmer und setzte sich auf den Stuhl neben dem Bett, streckte die Beine aus, lud sein Gewicht auf den Schuhabsätzen ab, lehnte sich zurück und schwieg.

»Hör mal«, sagte sie spitz, »ich muss den Blaumann morgen wieder anziehen. Du verknautschst mir den, wenn du dich da so randrückst.«

Er rührte sich nicht. Er war zu müde, und jetzt, wo er saß, pochte es in seinen Beinen. Außerdem war der Blaumann schon verknautscht und schmutzig, dachte er. Ging doch gar nicht anders, sie hatte ihn die ganze Woche über angehabt. Er lehnte sich noch weiter zurück.

»Los komm, steh auf«, befahl sie.

»Ach, zum Teufel«, sagte er matt und stand auf. »Ich kann ja demnächst in die U-Bahn ziehen. Da wär genauso viel Platz zum Sitzen.«

Er sah, dass ihr Sinn für Humor im Kampf mit ihrem Zorn lag. Der Humor siegte, denn sie kicherte.

»Ahh, komm mit, was essen«, sagte sie. Mit einem einschmeichelnden Unterton. »Bist doch bloß ’n hungriger oller Nigger, der auf starker Mann macht und –«, sie kicherte wieder, dann fuhr sie fort, »du –«

Eigentlich fand er ihr Kichern immer sehr schön, er sagte sogar absichtlich Dinge, über die sie sich amüsierte, und wartete auf den Wohlklang aus ihrer Kehle. Diesmal hörte er das Kichern nicht. Er ließ sie nicht mal ausreden. Sie stand ganz nah, und in seinen Fingerspitzen ging das komische Jucken los, raste die Arme hoch und schickte seine Faust mitten in ihr Gesicht.

Es gab ein schmatzendes Geräusch, wie wenn ein harter Gegenstand auf weiches Fleisch knallt, und er begriff erst, als sie aufschrie, dass er ihr auf den Mund geschlagen hatte – so hart, dass die dunkelrote Farbe auf ihren vollen Lippen verwischt war und sich bis zur Nasenspitze, zum Kinn, zu den Wangen verteilt hatte.

Die Erkenntnis, dass er sie geschlagen hatte, sickerte langsam durch ihn hindurch und widerte ihn an, aber er bekam seine Hände nicht von ihrem Gesicht weg. Er schlug weiter zu, merkte mit Grausen, dass etwas in ihm ihn festhielt, ihn an die Tat fesselte, sich um ihn herum schlang und wand und er einfach weitermachen musste. Er hatte jede Kontrolle über seine Hände verloren. Er suchte nach einem Satz, einem Wort, nach etwas, das beschreiben konnte, wie das war, was gerade mit ihm passierte, und er dachte, das ist wie in ein Leichentuch gewickelt zu sein – ja, genau – ein Leichentuch. Und selbst als der Gedanke in seinem Kopf Gestalt annahm, langten seine Hände noch mal nach ihrem Gesicht und dann noch mal.

Der Zeuge

Es hatte vierundzwanzig Stunden lang geschneit, und sowie es aufhörte, machten sich die städtischen Schneepflüge daran, die Straßen zu räumen und ein Sand-Salz-Gemisch zu streuen. Bei Einbruch der Dunkelheit waren die Hauptstraßen das, was die Straßenmeisterei als pieksauber bezeichnete. Aber die gewundenen kleinen Seitenstraßen und die Ladenparkplätze und die Privatwege lagen weiter unter einer dicken Schneedecke.

Deshalb stellte Charles Woodruff seinen teuren, nagelneuen Kombi lieber auf der Straße vor der kongregationalistischen Kirche ab, er wollte nicht auf dem Parkplatz dahinter stecken bleiben. Er war zu früh dran für den Religionsunterricht, also blieb er im Kombi sitzen und schnupperte genießerisch den Neuwagengeruch. Als ihm auffiel, dass er hörbar schnupperte und das Schnuppern etwas gierig klang, stieg er aus, stellte sich auf den verschneiten Bürgersteig und betrachtete die Kirche. Der Vollmond hing tief über dem Horizont. Er brachte den Schnee und die Kirche und die Äste der prächtigen Ulmen, die sich dunkel vom Himmel abhoben, zu einem wundervollen Leuchten.

Er hatte den Kopf eingezogen, denn der Wind kam in Böen direkt aus Norden und fegte den Schnee hoch, sodass er um ihn herumwirbelte und ihm ins Gesicht stach. Es war sehr kalt, er hatte das Gefühl, dass ihm die Füße abfroren, und fing an, auf der Stelle zu trampeln. Zum Glück war sein Körper durch den Mantel gegen die Kälte abgeschirmt. Er hatte gar nicht vorgehabt, einen neuen Mantel zu kaufen, aber er war in den Weihnachtsferien in New York gewesen und in einen der Herrenbekleidungsläden mit den dicken Teppichen, dem leichten Hauch Parfüm und den Kristallkronleuchtern gegangen, und an einem Ständer hatte dieser Mantel gehangen – aus dunkelgrauem Kaschmir, mit Nutriafutter und einem schwarzen Persianerkragen. Ein langer, dünner, nach Maiglöckchen duftender Verkäufer sah, dass er den Mantel betrachtete, und sagte: »Probieren Sie ihn an, Sir – er ist warm wie Toast und leicht wie eine Wolke, Sie werden sich darin fühlen wie ein Fürst – ziehen Sie ihn mal über, ich halte solange Ihren Mantel, Sir.« Die Stimme klang wie Schnurren, und der Mann strich immer wieder wie eine Katze um Woodruff herum. Am Ende hatte er ihm den Mantel, einen schmalkrempigen Filzhut und ein Paar pelzgefütterte Handschuhe verkauft.

Wenn Addie noch leben würde und erfahren hätte, dass er fünfhundert Dollar für einen Mantel ausgegeben hatte, sie hätte einen wüsten Streit losgetreten, mit geblähten Nasenflügeln, die geschwungenen dünnen Brauen hochgezogen. Hier, allein vor der Kirche im Schnee, gönnte er sich eine kleine Ausschweifung. Er tat, als stände Addie neben ihm, und erklärte ihr laut: »Du hast ja immer gesagt, ich soll mich eleganter kleiden als meine Studenten, damit sie wenigstens meine Kleidung respektieren, wenn sie schon meinen Unterricht nicht respektieren. Du hast gesagt –«

Er brach abrupt ab, als ihm einfiel, dass er bestimmt aussah wie ein Geisteskranker, der im Schnee auf der Stelle trampelt und Selbstgespräche führt. Wenn er noch lange so weitermachte, würde irgendjemand die Polizei holen, und dann würde im ganzen Staat New York über die Fernschreiber tickern: »Achtung, an alle Autofahrer, Achtung, an alle Autofahrer, vor der kongregationalistischen Kirche in Wheeling steht ein schwarzer Mann, wiederhole, ein schwarzer Mann; Beschreibung wie folgt, Beschreibung wie folgt, eher groß und schmächtig, schwarz, gestutzter Schnauzer, teurer (extravagant teurer, unverschämt teurer, unverantwortlich teurer) Mantel, Filzhut Homburg-artig, im Mondlicht glitzernde Brille, im Mondlicht auf der Stelle trampelnde Füße, im Mondschein vor sich hinmurmelnder Mund. Light of the moon we danced. Glimpses of the moon revisited …«

Niemand war zu sehen, kein Auto fuhr vorbei. Es war so still, man könnte auf den Gedanken kommen, dass sämtliche Einwohner der Stadt gestorben waren und unterm Schnee begraben lagen und er als Einziger überlebt hatte, ironischerweise, denn eigentlich gehörte er gar nicht in diese vollkommen weiße Gemeinde.

Der Gedanke, hier ein Fremder zu sein, beschwor das Bild von Addie herauf – dunkelhäutig, leidenschaftlich, wunderschön. Als sie starb, war er fünfundsechzig. Er war Englischprofessor am Virginia College for Negroes gewesen und gerade emeritiert. Er hatte sein ganzes Berufsleben dort verbracht. Er hatte vor, eine englische Grammatik für Erstsemester zu verfassen, seinen Kräutergarten zu vervollkommnen, seine Bibliothek zu katalogisieren, die Ordner aufzuräumen und die Zeitungsausschnitte zu sortieren – in denen steckte reichhaltiges Material. Aber ohne Addie kamen ihm all die Projekte sinnlos vor – wie die Fleißaufgaben, die Grundschullehrer verteilen, um die

Kinder vom Unfugmachen abzuhalten. Als man ihm eine Stelle an einer Highschool in einer Kleinstadt im Staat New York angeboten hatte, hatte er sofort angenommen.

Alle machten jetzt in Integration, also auch diese verfrorene Kleinstadt im Norden. Vermutlich hatte jemand mal nachgefragt, wieso es dort keine schwarzen Lehrer gab, das Schulamt und der Schuldezernent hatten gesagt, sie suchten »einen« – und die Suche hatte einen frischgebackenen schwarzen Witwer erbracht, Charles Woodruff (*nigger in the woodpile*, dachte er und gleich darauf, warum dieses Wort, er verachtete dieses Wort und benutzte es nie, also wieso kreuzte es plötzlich einfach auf, hat Vollmond wirklich Einfluss auf das menschliche Hirn), und der hatte nur zu gern seiner alten Umgebung entfliehen wollen und also im letzten Jahr die Abschlussklasse der Wheeling High School in Englisch unterrichtet.

Keine Probleme. Keine Rowdys. Alle Schüler wurden Richtung College getrieben wie Vieh so oft zum Schlachthof. Er nannte sie (im Geist) die Willigen Werktätigen Amerikas. Er empfand das, was ihnen angetan wurde, als Verbrechen wider die Natur. Sie waren fleißig, artig, bedauernswert. Er führte ein neues Lehrbuch ein und entfernte eine dicke Anthologie voller verhunzter Gedichte, verhunzter Essays, verhunzter Kurzgeschichten. Seine Schüler mochten ihn und sagten ihm das auch. Andere Lehrer aus dem Kollegium sagten, er habe nur Glück gehabt, im nächsten Jahr werde er schon sehen, die nächsten Jahrgänge seien »eine Bande Rowdys« – »ein ganz anderes Kaliber« –

Weil sein Englischunterricht so erfolgreich war, fragte ihn der kongregationalistische Pfarrer Dr. Shipley, ob er ihm beim Unterricht von jugendlichen Straftätern assistieren würde (Shipley sagte lieber »assistieren« als »helfen«) – der Unterricht fand sonntagabends statt. Woodruff fand, er sollte einen kleinen Beitrag zum Leben dieser Kleinstadt leisten, die ihn wirklich freundlich behandelt hatte, und sagte zu.

Aber dann sah er die sieben Jungs im Pfarrzimmer und wusste sofort, dass er dem Pfarrer weder helfen noch assistieren konnte – sie waren unerreichbar für ihn, unerreichbar für den Pfarrer. Sie saßen schweigend und reglos da, mit eingezogenen Schultern, als ob ihnen die Luft in dem kleinen Raum voller Bücher irgendwie zu eisig war. Die Augenlider wie Jalousien heruntergezogen. Die langen Haare vorn bis über die Augenbrauen in die Stirn, hinten bis auf die Jackenkragen hängend. Die Beine ausgestreckt, die Hosen eng wie die Trikots von Balletttänzern.

Er sah sie lange forschend an. Plötzlich, wie auf ein Zeichen, sahen sie alle ihn an. Dieser kollektive Blick war so feindselig, dass er sich spürbar versteifte und ihm der Schweiß auf die Stirn trat. Er nahm an, dass es Dr. Shipley genauso erging, denn dessen Brille war ständig beschlagen, obwohl es in dem Raum nicht allzu warm war.

Shipley hatte eine Stunde lang geredet. Er wurde langsam heiser. Hin und wieder machte er eine Pause, stellte eine Frage und wartete hoffnungsvoll auf eine Antwort, aber es kam keine. Die Jungs saßen stumm und regungslos da.

Als sie gegangen waren, im Gänsemarsch, einer nach dem anderen, fragte Woodruff Shipley aus – wer sie waren und warum sie hierher zum Religionsunterricht kamen.

Shipley sagte: »Aufgrund einer Zwangsanweisung. Das Jugendgericht verlangt, dass sie daran teilnehmen.«

»Wie alt sind sie?«

»Ungefähr sechzehn. Sehr helle. Und noch in der Highschool. Alle in der vorletzten Klasse – deshalb kennen Sie sie nicht. Rambler, der lange dünne Anführer, hat einen IQ im Geniebereich. Wenn sie nicht so helle wären, säßen sie in einer Erziehungsanstalt. Der Unterricht hier ist Teil eines Projekts, das aus ihnen – na ja – gottesfürchtige junge Staatsbürger machen soll.«

»Kommen sie aus armen Familien?«

»Nein, gar nicht. Die Eltern dieser Jungs sind – also, das sind die Säulen der großartigen Mittelschicht dieser Stadt.«

Nach der dritten Stunde, in der dasselbe feindselige Schweigen geherrscht hatte, sagte Woodruff: »Dr. Shipley, glauben Sie, dass wir irgendetwas erreichen?« Er sagte »wir«, obwohl er sehr wohl wusste, dass diese jungen Halunken die Ausgeburt der weißen Mittelschicht waren, also gottlob Shipleys Problem – das Problem des weißen Mannes. Einen solchen Klotz am Bein hatte normalerweise der schwarze Mann. Er fand es ganz angenehm, dass es hier mal umgekehrt war.

Shipley fuhr sich durch die Haare. Sie waren sehr kurz und starr, ein Bürstenschnitt.

»Ich weiß es nicht«, sagte er stirnrunzelnd. »Ich weiß es wirklich nicht. Sie antworten nicht mal, wenn sie gegrüßt oder etwas gefragt werden. Es ist ein furchtbar frustrierendes Unterfangen, ein ermüdendes Unterfangen. Wenn der Unterricht vorbei ist, fühle ich mich, als hätte ich den ganzen Abend unter ihrem vollen Körpergewicht gelegen.«

Jetzt trampelte Woodruff also vor der Kirche auf der Stelle herum und zuckte plötzlich zusammen und machte einen Satz, weil er etwas wie einen Schuss gehört hatte. Der Wind trieb ihn mit sich, so dass er aus nächster Nähe zu kommen schien. Woodruff stand still und horchte. Dann ging er rasch zum Gebäude für den Religionsunterricht, in dem auch das Arbeitszimmer des Pfarrers lag.

Er erkannte das Geräusch – es kam vom Wagen der Jungs. Er hatte keinen Auspufftopf, und die Fehlzündungen des schlappen Motors klangen wie eine rotzende Schusssalve. Er wollte außer Sichtweite sein, wenn die Jungs mit der rostigen Karre ankamen. Die gelenkigen jungen Körper standen in einem schockierenden Kontrast zum misshandelten uralten Fahrzeug, in dem sie saßen. Das alte Auto und sein fürchterlicher Zustand waren wie eine wutschnaubende Botschaft an die Erwachsenenwelt: Wir kriegen bloß die Brosamen, die Reste, das, was die fetten Katzen nicht wollen und nicht mehr brauchen; die Mautstraßen und Schnellstraßen und Autobahnen, wo man über hundert fahren darf, sind voll mit langen, auf Tempo getrimmten Hochglanzkutschen, am Steuer lauter Scheißkerle mit Wanst und Glatze, aber wir kriegen den Schrott, verbeulte, abgetakelte Chassis, abgefahrene Reifen, ausgelatschte Bremsen, abgewrackte Getriebe. Er hatte sie den Wagen einmal vom Parkplatz hinter der Kirche schieben sehen. Der Rückwärtsgang war kaputt.

Woodruff ging, vornübergebeugt, mit festem Blick auf den hohen Schnee, um ja nicht zu stolpern und hinzufallen, so schnell er konnte, aber das grässliche Motorkrachen kam immer näher. Er sah sich selbst als schwarzen Käfer im Pelzkragenmantel, als Schattenriss im Schnee, beim

Versuch, aus der Gefahrenzone zu krabbeln. Gefahrenzone: Wie kam er darauf, in Gefahr zu sein? Vielleicht wollte irgendein sechster Sinn ihn warnen, und seine Käferantenne (haben Käfer Antennen, haben sie fünf Sinne und manche noch einen mehr, einen übersinnlichen –) hatte die Warnung aufgefangen – bei des Däumchens Juckerei, jemand Böses kommt vorbei.

Im Gebäude holte er erst mal tief Luft. Er begrüßte Dr. Shipley, hängte Hut und Mantel an den Messingständer und setzte sich neben Shipley hinter das alte Pult aus Räuchereiche. Er wappnete sich für das Eintreffen der Jungs.

Die Eingangstür ging geräuschvoll auf, danach war das Klickklack ihrer schweren Stiefel im Korridor zu hören. Plötzlich standen alle auf einmal im Pfarrzimmer. Mit ihnen kam kalte Luft herein. Sie setzten sich hin, in den Jacken – tolle dunkle Steppjacken, designt für europäische Skipisten. Dr. Shipley hatte sie beim ersten Mal gebeten, die Jacken auszuziehen, aber sie hatten einfach dagesessen und ihn so lange angestarrt, bis er nervös geworden war und verlegen weggeguckt hatte. Er äußerte nie wieder eine direkte persönliche Bitte.

Woodruff sah kurz zu den Jungen, dann wandte er den Blick ab und überlegte, wenn man ein paar Goldtressen und Samtstückchen auf die Jacken nähen würde, könnten sie als die sieben dunklen Bastardsöhne irgendeines bösen alten Königs aus dem zwölften Jahrhundert durchgehen. Natürlich waren sie nicht alle dunkel. Drei waren blond, zwei hatten braune, einer hatte rote und nur einer schwarze Haare. Alle waren weiß. Aber sie hatten eine Aura von etwas so Bösem, so Finsterem, so ans fernste Ende der Nacht, das schwarze Grauen von Albträumen Gemahnendem, dass es ihn jedes Mal, wenn er sie sah, tief im Inneren schauderte. Für ihn waren sie schwarz, aber er meinte nicht die Schwärze von warmem, weichem menschlichem Fleisch, sondern die Schwärze und Kälte des Spaltes, aus dem die Schlange im Gedicht von D. H. Lawrence hervorkriecht.

Die Stunde war fast um, als Rambler, der lange Junge, der das klapprige Auto gefahren hatte und den Shipley als Anführer der Gruppe bezeichnet hatte, zu Woodruffs Überraschung anfing, Fragen über Kannibalismus zu stellen. Seine Stimme war tief und heiser, er sprach fast flüsternd. Woodruff beugte sich vor, um genau zu hören, was der Junge sagte. Auch Dr. Shipley beugte sich vor.

Rambler fragte: »Ist Menschenfleisch essen ein Verbrechen?«

Dr. Shipley sagte überrascht: »Ja. Das ist Kannibalismus. Es ist eine Sünde und auch ein Verbrechen.« Er sprach leise, sanft, als wollte er ein scheues wildes Tier beruhigen, das sich aus dem Wald gewagt hatte und sofort kehrtmachen und zurückflitzen würde, wenn er normal laut spräche.

»Na ja, wenn Katzen auf so ein Stück Menschenfleisch scharf sind und das nicht für Sünde halten und wenn sie das fressen, weil sie sonst nichts zu fressen haben, dann ist das für die doch keine Sünde, oder?« Er redete schnell, ohne Pausen zum Luftholen zwischen den Wörtern.

»Es gibt viele für Nichtchristen akzeptable Bräuche und Handlungen, die aber sündig sind. Christen verurteilen so etwas, egal unter welchen Umständen.«

Warum muss Shipley so aufgeblasen daherreden, so rechthaberisch, so vom Olymp herunter?, dachte Woodruff mit Unbehagen. Alle Jungs starrten ihn an, mit wachem

Blick und leicht offenem Mund, die Stirn von Haaren verhängt. Dann sagte Rambler, wieder heiser und flüsternd: »Und Sie selbst, Doc?«

»Ich?«, sagte Dr. Shipley, und dann noch mal, aber nicht in seinem Beschwichtigungston, sondern höher und lauter: »Ich? Was soll das heißen?«

»Tja, Mann, Sie essen doch Menschenfleisch, oder?«

Woodruff hatte keinen Schimmer, was der Junge meinte. Aber Dr. Shipley starrte seltsam verlegen auf seine Hände, und Woodruff sah, dass die Fingernägel bis zum Nagelbett abgekaut waren.

Der Junge sagte: »Ist doch Selbst-Kannibalismus, oder, Doc?«

Shipley legte die Hände aufs Pult und machte sich bereit zum Aufstehen. Sein schmales knochiges Gesicht war rot angelaufen. Aber bevor er sich rühren oder etwas sagen konnte, standen die Jungs auf und gingen im Gänsemarsch aus dem Raum. Rambler lehnte sich über das Pult, fuhr dem Pfarrer durch die kurzen Stoppeln und sagte: »Nichts für ungut, Doc.«

Normalerweise blieb Woodruff nach dem Unterricht noch eine halbe Stunde oder länger da. Dr. Shipley unterhielt sich gern, und Woodruff hörte ihm geduldig zu, obwohl er fand, dass Shipley herumschwadronierte und einen zweitklassigen Verstand hatte. Aber diesmal saß Shipley mit gesenktem Kopf da, keine zum Gespräch einladende Haltung, und Woodruff ging fast sofort nach den Jungs, vor dem inneren Auge ein Bild von lauter schmalen geraden Rücken und fest wie Elastikbandagen um die Schenkel sitzenden Hosen und übergroßen klobigen Jacken und schludrigen langen Haaren. Er fand, dass sie aussahen wie

Papierfiguren, alle gleich, alle auf einmal von geübter Hand mit flinker Schere ausgeschnitten. Addie konnte so was – ein Blatt Papier ein paarmal falten, ein paarmal schnipp-schnapp mit der Schere, und schon hatte sie eine Girlande aus Papierfiguren, alle fett oder alle dünn oder alle vornübergebeugt oder alle mit Zylindern auf dem Kopf oder lauter bärtige Weihnachtsmänner oder lauter Grinsekatzen. Sie hatte am Virginia College Grundschullehrer in Mal- und Handarbeitskursen ausgebildet und war geübt im Umgang mit Buntstift und Schere.

Er ging zu seinem Wagen, Blick nach unten, fixiert auf den Weg durch den Schnee, und blieb plötzlich überrascht stehen. Die Jungs standen auf der Straße. Um ein Mädchen herum. Wohl keine von der Highschool, dachte er, obwohl sie jung war. Sie hatte lange blonde Haare, die über ihre schwarze Steppjacke wogten. Er konnte nicht gleich erkennen, was die Jungs taten, erst als er näher heranging, sah er, dass sie sich auf ihr altes Auto zubewegten und das Mädchen gegen ihren Widerstand zum Mitgehen zwangen. Sie redeten miteinander und mit ihr, kumpelhaft, halb spielerisch.

»Dann schieben wir alle 'n Braten inne Röhre.«

»Und wenn's alle machen, ist das ja in Ordnung.«

Das Mädchen sagte: »Nein.«

»Ach, komm, Nellie, jetzt mach los.«

»Is' arschkalt hier, Nellie. Los!«

Sie drängten sie weiter Richtung Auto, aber sie drehte sich um und sagte: »Lasst das.«

»Ahh, steig ein.«

Einer schubste sie heftig vorwärts, und sie schrie, und Rambler schlug ihr auf den Mund, und sie hatte ihm wohl in die Hand gebissen, denn er riss sie weg, und dann schrie sie wieder, weil er noch mal zuschlug, und dann wurde sie von zwei Jungs gepackt und auf den Vordersitz geschmissen, und einer blieb da und hielt sie fest.

Woodruff dachte: Sie sind zu siebt, jung, stark, teuflisch. Er sollte nach Hause fahren, wo es warm und ruhig war, sollte sich um seine eigenen Angelegenheiten kümmern – die des schwarzen Mannes; sollte dieses Weiße-Männer-Problem einem weißen Mann überlassen, Finger weg, nicht seins, nicht einmischen, nach Hause fahren in den gemieteten Bungalow – lächerliche Art von Architektur für das kalte Klima hier, entworfen für Indien, für heißes Klima, und dann diese offene Veranda –

Er sagte: »Was macht ihr da?« Er sprach als Autorität, mit Lehrerstimme, und dachte: Halt, mal langsam, ganz ruhig, du bist ein schwarzer Mann und sprichst mit einer Weiße-Männer-Stimme.

Sie drehten sich um und starrten ihn an, und im Umdrehen nahmen alle diese Pose des neuen Junghalunken an, wie er sie nannte: Schultern hoch, Hände in den Taschen. Im Mondlicht, dachte er, sahen sie aus wie Figuren in einem Fries an einem Gebäude – alle in derselben Schultern-hoch-Pose, immer und immer wieder, in Stein gemeißelt. Klassisch.

»Was macht ihr da?«, sagte er noch einmal, die Stimme lauter, tiefer.

»Wir stehn hier.«

»Das sehen Sie doch!«

»Warum habt ihr das Mädchen ins Auto gezwungen?«

»Sie träumen wohl.«

»Ich habe es gesehen. Und der Junge da hält sie fest.«

»Sie lesen zu viel.«

Sie kamen auf ihn zu, immer näher. Er konnte sie riechen, sogar an diesem kalten, windigen Abend, und der Geruch ekelte ihn an – Zigaretten, die Kleidung mit Waschpulver gewaschen, aber nicht ordentlich gespült und in der Trommel getrocknet. Heutzutage rochen die alle so, selbst die bedauernswerten auf College gedrillten Arbeitstiere, die Willigen Werktätigen Amerikas, stanken so, dass er ständig das Klassenzimmer durchlüftete. Fast nie erlebte er den frischen, sauberen Geruch von Kleidung, die mit Wasser und Seife gewaschen, mit heißem Wasser gespült und in der Sonne getrocknet war – diesen Geruch, den er mit frisch gemähtem Heu und Blumengärten verband. Und mit Addie.

Der Nächste, der redete, hatte einen leicht veränderten Tonfall. Herablassender und lauter.

»Was'n für'n Mädchen, Ho-daddy, du Klugscheißer, was'n für'n Mädchen?«

Plötzlich holte einer der Jungs aus und schlug ihm den Hut vom Kopf, ein anderer riss ihm die Brille weg und schmiss sie auf die Straße, das Glas splitterte. Ihn schauderte. Ohne Brille war er halb blind, er spähte umher, konnte Umrisse nicht richtig erkennen – wie die Frau in dem Cartoon von Thurber, ja, natürlich, drei Ballons und ein H oder drei Katzen und ein Hund – bei der ging es allerdings um die Buchstabentafel beim Optiker.

Sie knöpften ihm den Mantel auf und langten in Jacken- und Hosentaschen. Einer nahm ihm die Brieftasche ab, ein anderer schnappte sich die Autoschlüssel und seinen Hut, und schon saß der hinterm Steuer seines Kombis und raste davon.

Er rief: »Mein Auto. Verdammt, du stiehlst mein Auto –«, seinen nagelneuen Kombi. Den makellos gepflegten, er ging jeden Morgen mit dem Handfeger durch und putzte die Scheiben. Er wollte ausbrechen aus dem geschlossenen Ring, aber die Jungs schubsten ihn einfach zurück zu ihrem Auto.

»Nichts für ungut, Mann. Du fährst mit uns und der kleinen Taube hier.«

»Du bist unser Schutz, Klugscheißer. Du bist unser Schutz.«

Sie zogen ihm den Mantel aus, hängten ihn um seine Schultern, aber ohne die Arme durchzustecken, und knöpften ihn zu. Der teure Mantel war zur Zwangsjacke geworden – sie fesselte ihm die Arme an den Seiten. Er versuchte sich rauszuarbeiten, spannte die Muskeln an, in der Hoffnung, so würden die Knöpfe abspringen oder eine Naht aufreißen, und dachte erbost: Die haben den gottverdammten Mantel bestimmt so genäht, dass er tausend Jahre hält, und die gottverdammten Knöpfe genauso. Der Pelzkragen drückte am Hals und würgte ihn.

Woodruff wurde auf den Rücksitz gezwängt, zwischen zwei Jungs. Sie saßen halb auf ihm und halb aufeinander. Der mit der Brieftasche untersuchte den Inhalt. »Heh!«, sagte er. »Der Klugscheißer hat hundertvierundvierzig Dollar. Wir ham uns ’n reichen Ho-Daddy geschnappt –«

Rambler hielt die Hand auf, und der Junge übergab das Geld ohne Widerworte, er seufzte nicht mal. Dann setzte sich Rambler ans Steuer. Das Mädchen schwieg, aber nur weil der Junge neben ihr die Hand um ihren Hals hatte, und an der Art, wie er den Arm hielt, erkannte Woodruff, dass er einen gewissen Druck ausübte.

»Gib dem Mann ’n Hut«, sagte Rambler.

Einer der Jungs tastete herum und fand schließlich eine Mütze. Sie saßen hinten so eng aufeinander, dass seine Bewegungen beinah die Sitzordnung durcheinanderbrachten. Immer wenn der Junge sein Gewicht verlagerte, mussten die anderen ihrs mitverlagern.

»Da hast du einen«, sagte der Junge. Er zog Woodruff eine schwarze Wollmütze auf, bis über die Augen, über die Nase.

Er sah nichts mehr. Er bekam keine Luft durch die Nase. Er konnte nur durch den Mund atmen oder ersticken. Die eiskalte Luft tat im Mund weh. Der Mantel machte ihn bewegungslos, und der andauernde Druck des Pelzkragens auf die Luftröhre brachte seine normale Atmung aus dem Rhythmus. Er wusste, nach und nach würde sein Kreislauf ins Stocken geraten. Was für eine simple, leicht anwendbare Methode, um jemanden hilflos zu machen, dachte er finster – einfach ein Mantel und eine Strickmütze. Dann kam ein alarmierender Gedanke: Wenn die mich so im Wald aussetzen, bin ich morgen früh tot. Was wollen die überhaupt von mir?

Er räusperte sich, weil er sie fragen wollte, aber Rambler ließ den Motor an, und bei dem Krach war Woodruff nicht mehr zu hören. Er dachte, ihm würde das Trommelfell reißen, und wunderte sich, wie diese Jungs das aushielten – den furchtbaren Kanonendonner des Motors und das Geschepper der Türen und Fenster. Dann ging es los, es war wie Fahren im Jeep – nur schlimmer, denn die Rückbank war kaputt und sie wurden erst nach oben katapultiert und dann alle übereinander wieder runter in die hohlen Stellen. Er versuchte die Kurven zu zählen, die der Wagen nahm, aber es waren zu viele, er schaffte es nicht.

Er nahm an, wenn sie mal hielten, war da wohl eine Ampel oder ein Stoppschild.

Seinem Eindruck nach waren sie kilometerweit gefahren, dann wurde der Wagen noch brutaler durchgerüttelt, offenbar waren sie jetzt auf einem zerfurchten Holperweg. Plötzlich hielten sie an. Die Türen wurden aufgestoßen, die Jungs schubsten ihn aus dem Wagen. Er verlor das Gleichgewicht, er stolperte und fiel kopfüber in den Schnee, und alle lachten. Sie mussten ihn auf die Füße hieven, er war durch den Mantel so bewegungsunfähig, dass er ohne Hilfe nicht hochkam.

Die Mütze hatte sich etwas hochgearbeitet, er konnte freier atmen und sehen, was in unmittelbarer Nähe war. Sie hatten entweder nicht mitgekriegt, dass die Mütze verrutscht war, oder es war ihnen egal. Sie führten ihn zu etwas, das er als Friedhof mit vielen alten Grabsteinen erkannte. Sie gingen zu einem kleinen Haus, neben dem sein Kombi stand. Der Junge, der ihn gefahren hatte, machte auf, und Woodruff sah, dass das Licht im Innern von einer von der Decke baumelnden großen Glühbirne kam. Im Raum waren Schaufeln und Harken, auch ein fahrbarer Rasenmäher mit Schmierkrusten, Beutel mit Grassamen und ein Bündel, das aussah wie der Kunstrasen um neue Gräber.

Rambler sagte: »Der Zeuge kommt da hin.«

Sie stellten ihn an die hintere Wand, mit dem Gesicht zur Wand.

»Er ist da und doch nicht da.«

»Ho-Daddy is da – und doch – nich da.«

»Er ist unser Zeuge.«

Dann wieder Ramblers Stimme: »Wenn er sich rührt, mach'n mit der Schaufel platt.«

Das Mädchen schrie laut und dann nur noch gedämpft, es klang wie ein fernes Stöhnen durch etwas hindurch. Sie hatten sie wohl geknebelt. Alle Geräusche waren gedämpft – es war, wie wenn man versucht, im Nebel etwas zu erkennen oder etwas Bestimmtes zu hören, wenn genau das von anderen Geräuschen überlagert wird. Wozu hatten sie ihn hierhergebracht? Womöglich würden sie wegfahren und ihn mit dem Mädchen zurücklassen, aber sie würde ja wissen, dass er nicht –

Woher sollte sie das wissen? Sie hatten ihr doch bestimmt die Augen verbunden. Was machten sie da? Er konnte Schatten an der Wand sehen. Manchmal bewegten sie sich, manchmal verharrten sie, und dann kam wieder Bewegung in die Schatten und es gab Gelächter. Danach Stille und dann wieder Gerumse und Gebumse und Stille. Furchtbare Geräusche hinter ihm. Er wollte sich umdrehen, aber jemand stach ihm in den Rücken, heftig, mit dem Stiel einer Schaufel oder einer Harke. Ihm brach trotz der furchtbaren Kälte der Schweiß aus.

Er versuchte sich mit tiefen Atemzügen zu entspannen, er hatte das Gefühl, gleich ohnmächtig zu werden. Seine Hände und Füße waren taub. Sein Kopf tat weh. Er hatte so angestrengt gehorcht, was hinter ihm vorging, dass er fürchtete, sein Gehör ruiniert zu haben.

Als Rambler sagte: »Los, komm, Ho-Daddy, du bist dran«, schwand alles Gefühl aus seinen Armen und Beinen.

Jemand knöpfte ihm den Mantel auf, zog ihm die Mütze vom Kopf. Er atmete aus, mit einem langen gedehnten Seufzer. Er bezweifelte, dass er den Druck auf der Kehle noch lange überlebt hätte. Die Jungs musterten ihn neugierig. Sie warfen seinen Mantel auf den festgetretenen

Boden und schmissen die Mütze hinterher. So eine schwarze Strickmütze, die Art Rollmütze von Matrosen, war die effektivste Augenbinde, die es gab, dachte er – natürlich vorausgesetzt, dass derjenige die Hände nicht frei hatte und sie nicht abziehen konnte.

Das Mädchen lag auf dem Boden, halb nackt. Sie hatten ihr ein paar Jutesäcke untergelegt. Sie sah aus wie tot.

Sie schubsten ihn zu ihr. »Du bist dran.«

Er sträubte sich, wollte sich nicht rühren.

»Willste nich auch mal?«

Sie lachten. »Ho-Daddy will nich auch mal.«

Sie schubsten ihn dicht an sie heran, jemand packte seine Hand und legte sie auf die Schenkel, die Brüste des Mädchens, und dann lachten sie wieder. Sie gaben ihm seinen Mantel, zogen ihm die Mütze über den Kopf.

»Dann weg hier, Ho-Daddy. Weg hier.«

Sie stießen ihn nach draußen, bevor er den Mantel anhatte. Einer warf mit der leeren Brieftasche nach ihm, ein anderer zielte mit den Autoschlüsseln genau auf seinen Kopf. Das Metall stach ihm in die Wange. Bevor er sie zu fassen bekam, waren die Schlüssel im Schnee verschwunden. Die Jungs gingen zurück ins Haus und schleppten das Mädchen heraus, halb nackt, ihr Kopf hing schlaff nach unten wie bei einem Leichnam.

»Das Mädchen –«, sagte Woodruff.

»Du bist unser Zeuge, Ho-Daddy. Du bist unser dicker fetter Zeuge.«

Sie klemmten das Mädchen auf den Rücksitz ihres Wagens. »Du bist unser einziger Zeuge«, wiederholten sie, lachend. »Pass schön auf dich auf.«

»Sie erfriert doch so«, protestierte er.

»Nellie nicht.«

»Die mag das.«

»Komm, los, Mann, weg hier, weg hier, weg hier«, drängte Rambler.

Woodruffs Arme und Beine waren so taub, dass er nur mit Mühe in den Mantel kam. Er musste die Handschuhe ausziehen und mit bloßen Händen im Schnee herumstochern, um Brieftasche und Autoschlüssel zu finden. Der Schmerz in den Händen war intensiv und schneidend, als hätte er sich verbrannt.

Als er in seinen Kombi stieg, zitterte er vor Wut. Wenn er aus diesem elenden Friedhof raus wäre, würde er sofort die Polizei anrufen. Junge Tiere. Er hatte sie Halunken genannt, aber das waren keine Halunken, das waren Tiere. In der Hast ließ er die Schlüssel fallen und musste den Boden abtasten.

Als er den Motor endlich in Gang gebracht hatte, bibberte und zitterte er, und sein Magen zuckte so heftig, dass er nicht loszufahren wagte. Er drehte die Heizung auf und sah den verschwindenden kleinen Rücklichtern von Ramblers Auto hinterher – ein altes Auto, die Rücklichter im Dunkeln glühende rote Bleistiftspitzen. Das explosive Geballer des Motors ließ allmählich nach. Als er es nicht mehr hörte, schaltete er das Innenlicht an und sah auf die Uhr. Viertel nach drei. Wollten die Eltern dieser gottverlassenen Jungs gar nicht wissen, wo sie um diese Zeit waren? Vielleicht war es ihnen egal – vielleicht hatten sie Angst vor ihnen – so wie er.

Er wollte so schnell wie möglich nach Hause, um sich aufzuwärmen, um nachzudenken, aber er musste langsam fahren und genau auf die zerfurchte schmale Straße achten, er war ja halb blind ohne Brille. Am Friedhofstor blieb er kurz stehen, weil er nicht wusste, ob er nach rechts oder nach links fahren sollte, er hatte keine Ahnung, wo er war. Er versuchte es mit rechts und folgte einer Schotterstraße, immer noch langsam, sah eine Kirche auf einem Hügel und erkannte sie, es war die kongregationalistische Kirche in Brooksville, dem Nachbarort, das hieß, dass es noch ungefähr acht Kilometer bis nach Hause waren.

Als er an seiner Einfahrt ankam, lief ihm der Schweiß von der Stirn wie das Wasser aus einem Duschkopf – sogar die Wimpern waren nass. Er rann ihm über die Ohren, tropfte ihm von der Nase, den Lippen, sogar den Handflächen.

Er machte im ganzen Haus Licht, im Wohnzimmer, im Flur, in seinem Schlafzimmer. Er ging an seinen Schreibtisch, zog eine Schublade auf und nahm eine alte Brille heraus. Er hatte sie jahrelang getragen. Sie sah ein bisschen aus wie die von Peter Cooper – die hatte er einmal im Cooper Union Museum in New York gesehen –, kleine Gläser in einer zierlichen, silbrigen Fassung. Sie verlieh einem das Aussehen eines gewissenhaften Gelehrten. Als er mit Brillentragen anfing, hatte er immer Fassungen wie die von Peter Cooper genommen. Addie hatte ihn davon abgebracht. Sie sagte, damit sehe er aus wie aus einer anderen Epoche, allzu leicht zu karikieren für seine Schüler – eine lange, schlanke, leicht gebückte Gestalt mit Nickelbrille. Sie sagte, damit wirkten seine sanften dunklen Augen, als säßen sie hinter der kleinen Brille in der Falle.

Er setzte sie auf und ging zum Telefon, stand mit der Hand auf dem Hörer da, wieder schwitzend, wieder zitternd. Er wandte sich ab, zog den Mantel aus, hängte ihn auf einen Bügel und dann in den Schrank im Flur.

Er lief im Wohnzimmer auf und ab – der Raum war angenehm weitläufig, einfach eingerichtet. Er lag nach Süden und hatte zu der Seite große Fenster. Vor den Fenstern war eine Wiese. Ein Gedanke kam ihm in den Sinn, ganz leicht, wie ein zarter seidiger Spinnwebfaden: Er würde hier wegziehen müssen. Aber er schob ihn weg – nicht ganz weg, eine Spur blieb hängen.

Er würde die Polizei nicht anrufen. Schwanzeinzieher. So nannten das seine Schüler. Oder Pisser. Er würde den Schwanz einziehen. Er würde sich verpissen.

Warum rief er die Polizei nicht an? Weil – was sollte er denen denn erzählen? Dass er ausgeraubt worden war? Gut, das stimmte. Dass er gekidnappt worden war? Gut, das stimmte auch, klang aber zu grob ausgedrückt. Er müsste darüber nachdenken. Dass er Zeuge einer Vergewaltigung geworden war? Er war doch gar nicht sicher, dass sie das Mädchen vergewaltigt hatten. Nein. Wen wollte er auf den Arm nehmen? Sich selbst? Sich selbst.

Also, warum ging er nicht zur Polizei? Er hatte sie doch nicht angefasst. Aber diese grässlichen Rotzbengel, nein: eher Kröten, wieso Kröten, Froschzeh steckt in Hexengebräu, ein Giftstoff in der Haut – Bufotenin, ein Halluzinogen, entdeckt in der Haut von Fröschen, von Kröten. Diese grässlichen Rotzkröten würden behaupten, dass er sie angefasst hatte. Gut, hatte er auch. Etwa nicht? Dafür hatten sie gesorgt. Würde die Polizei ihm glauben? Die Schulleitung? Der Lehrer-Eltern-Ausschuss? »Wo Rauch ist, muss doch Feuer sein.« – »Meine Tochter bleibt auf keinen Fall in seiner Klasse.«

Wieder schauderte es ihn, er kochte sich Tee, setzte sich mit der Tasse ans Wohnzimmerfenster, trank und stand nochmal auf und schaltete das Licht aus und sah nach draußen in den Schnee. Der Mond schien so hell, dass er hohe Grasbüschel aus der Wiese ragen sah, gelb über dem Schnee. Sofort fielen ihm die langen blonden Haare des spindeldürren jungen Mädchens ein. Waren die gebleicht? Vielleicht. Seine Empörung minderte das nicht. Sie trug dasselbe Zeug wie die Jungs – dicke Steppjacke, hautenge Hose, trug sogar die Haare so wie sie, die Stirn und die Gesichtshälften zugehängt.

Plötzlich bewegte sich etwas draußen vor dem Fenster, er beugte sich vor und überlegte stirnrunzelnd, was da um diese Zeit unterwegs war. Er sah ein Kaninchenpaar herumspringen, herumrennen, regelrecht miteinander spielen. Er hatte noch nie so freie, fröhliche Bewegungen gesehen, nicht mal bei spielenden Kindern. In den Augen von Kindern, in der Art, wie sie den Mund hielten, die Stirn in Falten legten, lag immer etwas Angespanntes – sie sahen aus wie in die Enge getrieben, unter Zwang, sich zu wehren, oder unter Zwang, einem Gegenstand nachzujagen, der nie zu greifen war.

Während er dem fröhlichen spielerischen Gehopse der Kaninchen zusah, wurde ihm klar: Ich kann nicht weiter in derselben Stadt leben wie dieses Mädchen und diese sieben Jungs. Die Jungs hatten längst vor ihm gewusst, dass er das – diesen Vorfall – diese Verbrechen – nicht anzeigen würde. Sie waren helle genug, um zu wissen, dass er schnell merken würde, in welche Falle sie ihn gelockt hatten, er würde schon stillhalten. Falls er doch wagte, sie anzuzeigen, würden sie ihn beschuldigen, das Mädchen vergewaltigt zu haben, würden erzählen, sie hätten ihn auf dem Friedhof mit ihr erwischt. Wessen Geschichte würde geglaubt? »Wo Rauch ist, ist auch Feuer.«

Er fing sofort an zu packen. Er legte seine Kleidung in eine Truhe. Er stapelte seine Bücher auf dem Boden des Kombis. Er fand zu seiner Überraschung ein Medizinlehrbuch, das John gehört hatte – Addies Bruder.

Er setzte sich hin und las alles, was darin über Angina Pectoris stand. Um acht rief in der Schule an und sagte, er fühle sich nicht wohl (was stimmte) und würde nicht kommen. Dann rief er in der Praxis des Arztes im Ort an und ließ sich einen Termin für nachmittags geben.

Im Gespräch mit dem Arzt beschrieb er einen heftigen Schmerz in der Brust, linksseitig von der Schulter bis in die Fingerspitzen, weshalb er sich wie zusammengepresst und zerschlagen fühle und Mattigkeit und Schwindel verspüre.

Der Arzt, ein fetter Mann in einem alten Tweedsakko und einem labberigen weißen Hemd, untersuchte ihn und sagte: »Angina. Sie werden drei, vier Monate Auszeit nehmen müssen, sonst kriegen wir die Sache nicht in den Griff.«

»Ich werde sofort kündigen.«

»Nein, nein. Das ist nicht nötig. Ich habe übrigens gehört, dass Sie der beste Englischlehrer sind, den wir je hatten. Es wäre sehr schade, Sie zu verlieren.«

»Nein«, sagte Woodruff, »kündigen ist besser.« Hier wieder herkommen und die vergewaltigte Kleine ansehen? Hier wieder herkommen? Jemals?

Er hörte sich die detaillierten Anweisungen kaum an, die er befolgen sollte, warf nicht einmal einen Blick auf die drei Rezepte, die er mitbekam, er wollte unbedingt schnell hier weg. Er entwarf in Gedanken ein Kündigungsschreiben. Er fuhr zurück in den Bungalow, schrieb es rasch auf und legte es zum Abschicken von unterwegs auf den Beifahrersitz des Kombis.

Dann ging er noch einmal ins Haus, aber nur ganz kurz, um seinen Vermieter anzurufen. Er sagte, er habe einen Herzanfall gehabt und fahre zum Genesen nach Virginia, er habe den Thermostat auf fünfundsechzig gestellt und schicke den Hausschlüssel mit der Post. Der Vermieter sagte: Du meine Güte, Sie haben doch gerade erst den ganzen Monat im Voraus bezahlt, ich erstatte Ihnen den Rest per Post, geben Sie mir Ihre neue Adresse, tut mir so leid, ein idealer Mieter.

Woodruff legte auf und sagte: »Friede sei mit dir, Bruder –« Der Satz erzeugte ein Echo, obwohl der Raum gar nicht leer war – er hatte nur seine Bücher und seine Kleidung ausgeräumt.

Er zog den eleganten Mantel an. In Virginia würde er ihn verschenken, seine Freude an ihm war ein für alle Mal hin, er würde ihn immer daran erinnern, wie grauenhaft sich der enge Pelzkragen am Hals angefühlt hatte, wenn er nur den Stoff mit den Fingerspitzen berühren würde, kämen Bilder wieder hoch, vom Friedhof, vom Geräteschuppen und von dem Mädchen.

Er fuhr langsam. Die Straße war kurvig, kein Tempo möglich, außerdem sah er gern in die Landschaft. Eine Hügellandschaft. Unter einer Schneedecke – blau-weiß im Schatten der Birken und Hemlocktannen, gelb-weiß glitzernd auf der schönen Wiese, auf der er der hopsenden Freiheit der spielenden Kaninchen zugesehen hatte.

An der Auffahrt zum Highway bremste er ab. Er wartete auf eine Lücke zum Einfädeln in den fließenden Verkehr, als er plötzlich einen explosionsartig ballernden Motor hörte, ganz in der Nähe – ein wohlbekanntes Geräusch. Er war so entsetzt, dass er einen Moment lang alle Symptome eines Herzinfarkts durchlebte, die furchtbare plötzliche Unfähigkeit zu atmen, das Gefühl, dass etwas seine Brust zusammenpresste und knetete, und der Schmerz schoss durch ihn hindurch, als ob er den Bahnen seines Kreislaufs folgte.

Das Geräusch sagte alles, es war Ramblers Wagen, der vom Highway herunter- und genau auf die Straße auffuhr, die er gerade verlassen wollte. Im Sonnenlicht, als Silhouette im Schnee, sah er aus wie ein Schrotthaufen auf Rädern, Kotflügel verbeult, Seiten verbeult, das Chassis verrostet. Und alle Jungs drin. Rambler fuhr. Das dünne blonde Mädchen saß vorn – mit einem furchtbaren Bluterguss unterm Auge. Einen Sekundenbruchteil lang sah Woodruff Rambler in die Augen, gerade noch sichtbar unter den langen Zotteln. Ihr Ausdruck war kalt, unpersönlich, analytisch.

Als er endlich auf dem Highway war, sah er immer wieder in den Rückspiegel. Keine Anzeichen für eine Verfolgungsjagd. Offenbar hatte Rambler nicht bemerkt, dass Woodruffs Autos fluchtfertig beladen war – die Bücher und Kartons auf den Sitzen, die Truhe auf dem Boden, nichts davon hatte er sehen können. Woodruff überlegte, was sie jetzt gerade taten. Die Einrichtung in seinem Bungalow demolieren? Nein. Wahrscheinlich warteten sie dort auf ihn, wollten ihn erpressen. Anschwärzen. Einen schwarzen Mann anschwärzen.

Auf der Schnellstraße beschleunigte er – hundertfünfunddreißig Stundenkilometer, hundertfünfundvierzig, hundertfünfzig, hundertsechzig. Die rasende Geschwindigkeit beschwingte ihn. Klärte den Kopf, ermutigte ihn, riss ihn aus seinem Zustand.

Er versuchte dahinterzukommen, was passiert war. Er kam zu dem Schluss, dass er schwarz war, kümmerte Rambler und seine Freunde einen Dreck. Eigentlich war ihnen das völlig wurscht. Aber sie waren sehr helle, so helle, dass sie sofort kapierten, was er war: ein schwarzer Mann über sechzig, sein Leben lang konditioniert durch die Erkenntnis: »Weiße Frau für dich tabu« (wie einer seiner afrikanischen Schüler sagte). Sie waren in dem Moment, als er vor der Kirche dazwischengehen wollte, darauf gekommen: Den nehmen wir mit. Sie wussten genau, der geht nicht zur Polizei wegen etwas, das mit Sex und einem weißen Mädchen zu tun hat, schon gar nicht, wenn ihn mit ziemlicher Sicherheit alle sieben bezichtigen würden, Sex mit dem Mädchen gehabt zu haben. Sie hatten seine Anwesenheit in dem Geräteschuppen benutzt, um ihrem grauenhaften Spiel einen exquisiten Extra-Kick zu verpassen.

Er schaltete das Radio an und wartete ungeduldig auf Musik, irgendwelche Musik, die ihn hoffentlich ablenkte. Was kam, war einer der Sender mit Bums-und-Plärr-Musik, wie er sie nannte. Eine rauchige Frauenstimme schrie einen Song – sie sang nicht, sie schrie:

Ich rühr die große Trommel
Ich peitsch die Hitze hoch
Für mein Ho-Daddy, Ho-Daddy
Für mein Ho-Daddy, Ho-Daddy

Er drehte ab, kappte den Ton und fuhr nach und nach langsamer, noch langsamer, noch langsamer. »Wir ham uns ’n reichen Ho-Daddy geschnappt.« Das hatte der eine Junge vor der Kirche gesagt und das Geld aus Woodruffs Brieftasche gegrapscht. Ein reicher Ho-Daddy? Ein schwarzer Ho-Daddy. Ein Klugscheißer. Ein Zeuge. Wieder ein armer verängstigter schwarzer Bastard, der Zeuge war.

Schlagzeugsolo

Das Orchester war für eine Woche am Randlert Theater Broadway Ecke 42nd Street engagiert. Sein Name stand in Leuchtschrift auf dem Vordach. Erst der Name des Orchesters und darunter sein eigener.

Es gab Zeiten, da hätte ihn das begeistert. Er wäre stehen geblieben, und seine Gedanken und seine Blicke hätten liebevoll darauf verweilt. Kid Jones. Der Name – sein Name – da oben in Lämpchen, tanzend und blinkend in der messinggelben Sonne. Und abends funkelte sein Name wie mit Diamanten besprenkelt da oben auf dem Vordach. Alle, die sich durch die belebte Straße drängten, sahen hoch, sie wussten, wer er war, und lächelten.

Er hatte den Anblick immer genüsslich verschlungen. Heute nicht. Nicht nach dem, was heute Morgen passiert war. Er sah nur kurz auf die Anzeige. Da stand sein Name. Dann stellte er fest, dass inzwischen die Sonne schien, zuckte die Schultern und ging ins Theater, den cremeweißen Anzug anziehen und seine Stücke zusammenstellen.

Nach dem Umziehen warf er einen Blick in den hohen Spiegel in seiner Garderobe. Er hatte sich gar nicht verändert. Dasselbe Gesicht. Weder dicker noch dünner. Kein graues Haar. Nichts. Er runzelte die Stirn. Eigentlich müsste ihm das, was ihn innerlich verschlang, doch anzusehen sein. War es aber nicht.

Als es Zeit war, auf die Bühne zu gehen, nahm er seinen Platz hinterm Schlagzeug ein, wortlos, saß einfach da. Das Orchester fing leise an zu spielen. Er notierte sich in Gedanken, dass die Jungs tatsächlich so geschmeidig zusammenspielten, als wären sie alle geölt.

Der lange graue Vorhang ging auf. Eben waren die beiden Bahnen noch zu gewesen. Und jetzt waren sie offen. Ganz still. Fast wie von Zauberhand. Die Hochleistungsscheinwerfer fluteten die Bühne mit Licht. Er sah Staubteilchen auf den breiten Lichtstrahlen entlangschweben. Unter den dicken Lichtbündeln lag der riesige Raum davor komplett im Schatten. Nur langsam hoben sich Gesichter ab – körperlose Köpfe und Schultern, die schräg nach oben und wieder zurück schwankten, bis fast unter die Decke.

Er schlug zart auf die Trommeln. Gleichmäßig. Einen leisen, kaum erkennbaren Rhythmus. Als Hintergrund. Wiederholte Akzente für die Blasinstrumente und das Klavier. Der Mann mit der Trompete stand auf, seine ersten Töne kamen süß und klar und hoch.

Kid Jones lieferte weiter die getrommelte Untermalung. Langsam. Vorsichtig. Sanft. Er spürte, wie seine linke Augenbraue beim Spiel des Trompeters von allein hochging und zu zucken anfing. Es passierte jedes Mal, wenn er die Trompete hörte. Ihre Töne kletterten hoch, höher, höher, höher. So hoch, dass sich sein Magen zusammenzog. Dann etwas tiefer und kräftiger. Ein durchgezogener Ton. Sein Rhythmus schlug ihm auf die Ohren, bis er voll davon war und mit ihm mitseufzte.

Er hätte sich am liebsten die Ohren zugehalten, weil er andauernd eine Stimme hörte, die wieder und wieder dasselbe flüsterte. Die Stimme saß irgendwo unter der Decke fest – gefangen und festgehalten von der Trompete. »Ich gehe ich gehe ich gehe.«

Der Klang holte ihn sofort zurück in den Regen, den Regen, der mit dem Morgen gekommen war. Er sah deutlich vor sich, wie der Tag begonnen hatte – kalt und rau. Er war zu Hause. Aber er hatte es warm, er war ihr nahe, hielt sie in den Armen. Wind und Regen weinten leise draußen vorm Fenster.

Und jetzt – es fühlte sich an, als ob die lange Blue Note der Trompete ihn nach oben nach oben nach oben schwemmte. Er schloss halb die Augen und schwamm auf ihr mit. Das war keine Musik mehr. Das war diese Flüsterstimme, und sie ließ ihn schaudern. Er hasste sie und konnte nichts dagegen tun. »Ich gehe wegen dem Typ der Klavier spielt ich bin verliebt in den und ich gehe noch heute.« Regen auf der Straße. Hitze weg. Essen weg. Alles weg, weil eine Frau weg ist. Alles, was du immer gewollt hast, dachte er. Alles, was du nie gekriegt hast. Alles, was du je gehabt hast, alles, was du je verloren hast. Alles ist in der Trompete da – Schmerz und Hass und Kummer und Frieden und Stille und Liebe.

Der letzte Ton blieb unter der Decke hängen. Hing und hing da. Der Trompeter hatte aufgehört zu spielen, aber Kid Jones hörte weiter diesen letzten Ton. In den Ohren. Im Kopf.

Der Scheinwerfer schwenkte um und leuchtete Kid Jones aus – den Mann am Schlagzeug. Der lange weiße Lichtstrahl traf ihn oben auf dem Kopf und verwandelte ihn in ein Muster aus Licht und Schatten. Sein Körper in dem cremeweißen Anzug sah aus wie lichtumfangen. Nur auf seinem Gesicht lag ein Schatten, wodurch die Züge ineinanderflossen und verschwanden. Sein Haaransatz war weit nach hinten gerückt, er sah aus wie ein Mann mit einem Gesicht, das nirgends endet. Ein Mann mit einer hohen Stirn und dunkler, dunkler Haut.

Er liebkoste die Trommeln mit den Besen. Sie antworteten im Flüsterton. Der Rhythmus kam durch, aber man musste genau hinhören. So blieb es eine ganze Weile. Leise, heimtückisch, wiederholt. Dann ließ er die große Basstrommel knurren und den Rhythmus aufnehmen.

Der Marquis of Brund, der Bandpianist, fing an zu spielen. Schlagzeug und Klavier sprachen im selben Rhythmus. Das Klavier hoch. Ein kleines bisschen eindringlicher als das Schlagzeug. Der Marquis saß seitwärts auf der Klavierbank. Gab mit dem linken Fuß den Rhythmus vor. Sein cremeweißer Anzug zog einen scharfen Umriss seines massigen Körpers auf das glänzende dunkle Klavier. Der Schlagzeuger und der Pianist waren Silhouetten in zwei einzelnen gleißenden Lichtbündeln. Ganz langsam eroberte das Schlagzeug die Herrschaft über das Klavier.

Der Rhythmus wechselte. Wurde schneller. Kid Jones sah in den vollen Theatersaal, während er seine Trommeln schlug. Er fühlte sich, als wäre er das Schlagzeug und das Schlagzeug er.

Das Theater pulsierte mit der getrommelten Erregung mit. Dicht vor der Bühne bebte ein Mann und zuckte rhythmisch mit dem Kopf. Ein Matrose legte dem Mädchen neben sich den Arm um, hielt ihr Gesicht und drückte seinen Mund fest auf ihren. Fest. Fest. Fest. Bis ihre Gesichter zu verschmelzen schienen. Ihr rutschte der Hut weg, aber keiner von beiden rührte sich. Seine Hand grub sich tief in ihre Schulter, und noch immer rührten sie sich nicht.

Ein Junge schlich durch eine Seitentür herein und schlüpfte auf einen Platz am Gang. Er hielt mit beiden Händen die Mütze umklammert, drückte sie an die Brust und lauschte mit offenem Mund.

Der Schlagzeuger vergaß, dass er im Theater war. Es gab nur ihn und die Trommeln, und sie waren weit weg. Lange vorbei. Er hielt Lulu, Helen, Susie, Mamie fest umarmt. Alle auf einmal – all diese Mädchen flossen ineinander, wurden eins, waren seine Frau. Die Frau, die gesagt hatte: »Ich gehe.« Wieder und wieder hatte sie das gesagt, heute Morgen, während der Regen die Fensterscheiben hinunterlief.

Als er wieder auf die Trommeln einschlug, hatte er die Vorstellung, gegen den Pianisten zu kämpfen. Er würgte den Marquis of Brund. Er rammte ihm ein Messer zwischen die Rippen. Er schlitzte ihm mit einer langen glatten Klinge die Kehle auf. Nimmst du mir die Frau. Nehm ich dir das Leben.

Die Trommeln hüpften auf von all der Wut, die in ihm war. Die Männer der Band drehten sich um zu ihm – leises Staunen im Blick.

Er ignorierte sie. Die Trommeln trugen ihn weg von ihnen, trugen ihn weit und weit und weit zurück in Zeit und Raum. Er flüchtete sich in Fantasien. In denen er Nachrichten verbreitete. Oma ist gestorben. Der Ausländer auf der Trage war schon vorher krank und wird nicht mehr gesund. Der Mann von jenseits des großen Wassers schläft mit der Tochter des Häuptlings. Kill. Kill. Kill. Der Krieg läuft gut für die Männer, die übel riechen und laut lachen. Er läuft schlecht für die Häuptlinge, die Rundköpfe haben und gehen wie Pfauen.

Ganz tief im Wald ist es kühl. Kühl und still. Die Bäume sprechen leise. Sie erzählen vom Tanz heute Abend. Da kommt auch das junge Mädchen von jenseits des Sees. Ihre Taille ist schmal und ihre Schenkel sind wohlgerundet. Aber dann waren die Worte, die er so gern vergessen wollte, wieder rings um ihn herum. »Ich gehe ich gehe ich gehe.«

Er wusste nicht weiter. Er hörte auf, seine Trommeln zu schlagen, und starrte auf den Marquis of Brund – ein langer böser Blick, hasserfüllt.

Im Theater kam Bewegung auf, unruhig, beunruhigend. Er wusste wieder, wo er war. Fing wieder an zu trommeln. Die Trompete spielte eine Phrase. Leise, kurz. Das Schlagzeug antwortete. Die Trompete sagte dasselbe noch einmal. Das Schlagzeug wiederholte es. Beim nächsten Mal wurde es verzwickt. Die Phrase kam umgekehrt, lief vor und zurück und rauf und runter. Und das Schlagzeug sprach sie nach, genau so.

Einen Moment wurde er panisch. Das war die Stelle, wo wieder sein Solo kommen sollte, und er war nicht sicher, ob er es schaffte. Er touchierte die Trommeln nur leicht. Sie erzitterten, antworteten ihm.

Und dann war es fast, als ob die Trommeln aus seinem Leben erzählten. Die Frau in Chicago, die ihn hasste. Die junge Frau mit dem runden weichen Körper, die seine Frau gewesen war, die ihm davongelaufen war, heute Morgen, im Regen. Die alte Frau, nämlich seine Mutter, eben die Frau, die in Chicago lebte und die ihn hasste, weil er aussah wie sein Vater, sein Vater, der sie verführt und dann sitzenlassen hatte, vor Jahren.

Er vergaß das Theater, vergaß alles außer dem Schlagzeug. Er war mit den Trommeln verschweißt, in sie hineingesogen. Ganz und gar. Sein Puls klopfte. Sein Herz klopfte. Er war jetzt Teil des Schlagzeugs. Es war jetzt Teil von ihm.

Er ließ die Pauke wummern und widerhallen. Tobte sich aus an der Pauke. Lud noch mal und noch mal den Saal auf mit donnerartigem Klang. Der Klang schien nicht vom Schlagzeug zu kommen, sondern tief aus seinem Innern, ein aus ihm herausgerissener Klang – gewalttätig, rasend, brüllend. Und während der Klang aus ihm kam, kam ein Gedanke in seinen Kopf: Dies ist die Geschichte meiner Liebe, dies ist die Geschichte meines Hasses, dies ist alles, was von mir übrig ist. Und der Sound hallte vor und zurück bis unter die Decke des Theaters, wieder und wieder.

Als er endlich aufhörte zu spielen, zitterte er und war am ganzen Körper schweißnass. Er sah verblüfft, dass das Schlagzeug immer noch da stand. Er war doch nicht Teil von ihm geworden. Er war immer noch er selbst. Kid Jones. Master of the drums. Der größte Schlagzeuger der Welt. Der sich stückchenweise verkaufte. Jeden Nachmittag. Zweimal jeden Abend. Aber diesmal hatte er all seine bisherigen Auftritte übertroffen. Diesmal, mit diesem Spiel nach dem, was am Morgen passiert war, hatte er sich im Stück verkauft – nicht nur stückchenweise.

Jemand trat ihm gegen den Fuß. »Verbeug dich, du Affe. Is'n mit dir los?«

Er verbeugte sich mit dem ganzen Oberkörper, und der Scheinwerfer glitt weg von ihm, über seine Beine nach unten, und landete beim Marquis of Brund, dem Pianisten. Die Haut des Marquis schillerte wie ein Stück schwarzer Tang. Dann lag das Licht wieder auf Kid Jones.

Er schwitzte, er dachte: Ich stinke nach Schweiß. Der Talkumpuder, den er nach dem Rasieren aufs Gesicht getupft hatte, fühlte sich an wie eine erdrückende Zementschicht. Nur dünn, aber eindeutig aus Zement. Keine Luft schaffte es da durch an seine Haut. Er nahm sein Taschentuch, tupfte sich das Gesicht und konnte das Gemisch aus Puder und Schweiß fühlen.

Dann verbeugte er sich noch mal. Und noch mal. Wie ein – wie diese Dinger, wo man eine Strippe zieht, und die zucken los und machen Tanzbewegungen. Noch mal ziehen, und die treten zu. Ja, dachte er, du warst mal verdammt heiß. Die Gogo-Girls haben dich verschlungen, und jetzt weißt du nicht mehr, wo du hinkannst. Seit heute Morgen hast du nichts mehr, wo du hinkannst. »Ich gehe wegen dem Typ der Klavier spielt bin verliebt in den Marquis of Brund der spielt so schön süß ich gehe gehe gehe –«

Er starrte eine Weile auf den Marquis of Brund. Dann stand er auf und verbeugte sich noch mal. Und noch mal.

Ein nötiges Klopfen

Alice Knight wachte nur wenige Stunden nach dem Einschlafen auf. Sie setzte sich im Bett hoch, horchte, auf einen Ellbogen gestützt, und überlegte, wovon sie wach geworden war.

Nirgendwo ein Laut – weder hier im Zimmer, noch, soweit sie ausmachen konnte, irgendwo anders im Haus. Sie ging in Gedanken durch das Zimmer, vielleicht war ja ein Tiegel Coldcream oder ein Buch von dem Tischchen am Bett gefallen. Dabei bemerkte sie, dass der Mond schien – ein bleiches, kaltes Licht, das durch die kleinen Fensterscheiben schimmerte und groteske Muster auf den Boden und an die Wände und die Decke zeichnete.

Vielleicht hatte eine Jalousie geklappert. Aber es ging kein Wind – in der stillen, kalten Bergluft rührten sich weder die durchsichtigen Gardinen noch die dunkelgrüne Jalousie. Vielleicht hatte der Boden geknarrt, dachte sie, das tun alte Böden ja nachts – wenn das Holz so laut gegen das Alter protestiert, dass es bis in den Schlaf dringt und ihn stört. Warum hatte es nur ein Mal geknarrt und dann nicht mehr? Vielleicht war jemand die Treppe heraufgekommen und gestolpert. Aber im Flur waren keine Schritte zu hören.

Viel logischer, befand sie, war der Gedanke, dass sie geträumt und irgendeine Traumphase sie aufgeschreckt hatte. Sie legte sich wieder hin, zog die Decke über die Schultern, schloss die Augen.

Fast sofort fuhr sie wieder hoch. Da war doch ein Geräusch – ein leises gequältes Stöhnen. Gefolgt von einem schweren, erstickten Atmen – keuchend und abbrechend und anscheinend fast stillstehend, bis es wieder losging. Dann wieder das Stöhnen – tief, lang, schleppend.

Sie griff nach dem Morgenrock, schob die Füße in die Hausschuhe. Sie öffnete die Tür und ging nach draußen. Der lange Korridor war durchflutet von Mondlicht. Das bleiche, kalte Licht flimmerte auf den getäfelten Wänden. Sie dachte, als sie es betrachtete, dass sich der Mond wahrscheinlich durch das ganze Haus getastet und es auf seiner Reise mit einer unheimlichen Stille überblendet hatte, und jetzt lag über allem, Schicht um Schicht, diese Stille, in der niemand hustete oder seufzte oder sich im Bett umdrehte.

Sie neigte den Kopf zur Seite und horchte. Das unterdrückte tiefe Stöhnen ging wieder los. Es kam aus dem Zimmer genau gegenüber. Sie ging hin, hatte schon die Hand ausgestreckt, um zu klopfen. Dann las sie den Namen auf dem Schild in einer Ecke des Türrahmens: Mrs. Taylor. Die säuberliche Handschrift der Sekretärin des Rest House in Schwarz, scharf abgehoben auf dem weißen Kärtchen.

Sie hatte ganz vergessen, dass es Mrs. Taylors Zimmer war. Sie zog die Hand zurück. Als sie das ungleichmäßige Atmen, das stockende tiefe Stöhnen hörte, streckte sie sie wieder aus. Aber sie klopfte nicht. Sie stand mit ausgestreckter Hand da und starrte auf das Kärtchen. Und fröstelte.

Die Frau ist krank, dachte sie. Aber selbst wenn sie krank ist, von dir würde sie kein Hilfsangebot annehmen. Allein dein Anblick würde sie noch kränker machen. Aber ich muss doch anklopfen, herausfinden, was los ist. Nur wie? Das kann man doch von niemandem verlangen.

Sie hätte jetzt gern richtig helles Licht im Flur – hartes gelbes Licht von einer nackten Glühbirne. In dem bleichen Mondlicht wurde dieser Augenblick weniger wirklich, verblasste, verging. Im flimmernden Mondschein verschwammen die Konturen des Flurs, er schien sogar den Klang von Mrs. Taylors ungleichmäßiger Atmung zu dämpfen. Sie musterte noch einmal das weiße Kärtchen und versuchte, sich darauf zu konzentrieren. Aber ihre Gedanken waren nicht bei dem Kärtchen, sie sah vielmehr all das bildlich vor sich, was sie vom Anklopfen abhielt – sah es und hasste es.

Monatelang hatte sie sich auf die Konferenz gefreut – die Jahreskonferenz über das Christentum in der modernen Welt, die jeden August im Rest House in den Berkshire Mountains stattfand. Sie hatte sich die eine Woche dort vorgestellt wie eine Oase in der Wüste all der Jahre ihres Lebens in Washington – Jahre der erstickenden Hitze, die im Juni anfing und erst im Oktober aufhörte, Jahre der Bemühungen, gleichgültigen Schülern Grammatik beizubringen, Jahre voller andauernder Kränkungen, integraler Bestandteil des Lebens in der Hauptstadt.

Als sie im Rest House angekommen war, hatten die prickelnde Bergluft und die frische grüne Landschaft die verstopften heißen Straßen von Washington in die Ferne gerückt wie einen halb vergessenen Traum.

Und jetzt – jetzt wäre sie schon zum zweiten Mal lieber zu Hause geblieben, trotz der mit Sicherheit gerade über Washington hängenden Hitze und Lethargie, trotz der glänzenden Referenten auf der Konferenz.

Wäre sie zu Hause geblieben, müsste sie jetzt nicht fröstelnd vor einer verschlossenen Tür stehen und Angst vor einer völlig normalen, menschlichen Geste gegenüber einer Frau haben, die offenbar in Not war. Müsste sie ihr Gesicht nicht zu maskenhaftem Stillhalten zwingen, so wie gestern Morgen beim Frühstück. Warum bin ich da nicht gleich nach Hause gefahren?, fragte sie sich.

Jetzt stand sie im Flur, mit dem weißen Kärtchen im Blick, und durchlebte noch einmal ihre erste Begegnung mit Mrs. Taylor. Es war im Speisesaal gewesen, auf den Fensterbänken standen Töpfe mit weißem Phlox, mitten durch den Raum zog sich ein langer T-förmiger Tisch. Der Saal war voller Frauen, allesamt weiß. Es gab nur noch einen freien Platz – links neben ihr. Sie hörte das Gesprächsgemurmel, hörte ihre eigene Stimme im Verein mit denen der anderen, sie diskutierten über Minderheiten in Europa. Sie entspannte sich unbewusst, während sie redete, wärmte sich an der herzlichen Akzeptanz der anderen Teilnehmer.

Sie hatte gerade woandershin gesehen, als eine Frau auf den Platz links neben ihr geschlüpft war. Sie hatte die Neue, aus einem spontanen Impuls heraus und weil sie das Rest House, die Konferenz überhaupt, die freundliche Atmosphäre im Speisesaal als tiefe Genugtuung empfand, ins Gespräch ziehen wollen.

Sie hatte einfach, weder zögerlich noch vorsichtig tastend, sondern kühn, in freudigem Ton und erwartungsvoller Haltung, gesagt: »Ach! Der Kaffee ist aber gut!«

Die Frau sah sie kurz an und stand auf. Alice nahm nur verschwommen die weißen Haare und den verächtlichen Blick wahr. Dann machte die Frau eine heftige, wegwerfende Handbewegung, und auf dem ganzen Tisch klapperte Besteck, klirrten Teller und Gläser.

Die Frau sagte: »Ich habe noch nie mit Niggern gegessen, und ich bin zu alt, um jetzt damit anzufangen.«

Sie verließ mit raschen Schritten den Speisesaal. Alice sah, dass sie noch eine der kleinen grünen Frühstücksservietten in der Hand hatte.

Dann kam ein langes, unbehagliches Schweigen. Daran erinnerte sie sich jetzt und versuchte, sich auch genau zu erinnern, wie sie sich gefühlt hatte. Heiß? Kalt? Beides auf einmal? Eins nach dem anderen? Mit stockendem Atem? Ja. Aber warum? Aus Verlegenheit? Aus Hass? Aus Zorn? Vielleicht alles drei.

Sie hatte jeden einzelnen Muskel ihres Körpers gezwungen, sich nicht zu rühren. Und während sie ganz still, ganz ruhig dasaß, nahm das furchtbare Schweigen erst zu, verbreitete sich, dehnte sich aus. Dann kam von allen Seiten Gebrabbel – heiteres, flinkes Geschwätz, in aller Eile zusammengebraut, um den vom Schweigen erzeugten Hohlraum zu füllen.

Ihr Blick wurde seltsam verzerrt. Alles, was sie in diesem Moment sah, vervielfachte sich. Der große Speisesaal schien nur aus hektischer Bewegung zu bestehen. Um sie herum nickten Hunderte Frauenköpfe oder wurden geschüttelt, zuckten Tausende ziel- und zwecklos herumzeigende und winkende Hände.

Sie beobachtete die zuckenden Köpfe, die gestikulierenden Hände, zwang allen Ausdruck aus ihrem Gesicht, hielt es so still wie das Schweigen und dachte: Sie haben es eilig, eine Brücke über das gähnende Schweigen zu bauen. Sie kommen alle mit Strohhalmen, um an der Brücke mitzubauen. Sie haben die Strohhalme zwischen den Zähnen, sie haben es eilig, eilig, eilig mit dem Brückenbauen. Warum ist mir das nicht egal? Warum sollte ich sie hassen wegen eines Worts, eines Worts mit zwei Silben? Nicht nur diese eine weiße Frau mit den weißen Haaren, sondern auch alle anderen. Was kann ein einzelnes Wort schon anrichten?

Ja, sie hätte gleich nach dem Frühstück gestern nach Hause fahren sollen. Der Entschluss, bis zum Ende der Konferenz zu bleiben, war eine Trotzreaktion, eine Kampfansage an die Frau mit den weißen Haaren. Wäre sie gleich nach dem Frühstück abgereist, hätten alle Delegierten Bescheid gewusst. Hätten sie für überempfindlich erklärt. Hätten sie bemitleidet. Sie konnte ihr Mitleid nicht ertragen – deshalb war sie geblieben.

Sie sah auf ihre Hände. Sie verkrampften und entkrampften sich im ständigen Wechsel. Bewegten sich genauso ruckhaft, wie Mrs. Taylors Atmung klang. Bei dem Vergleich fiel ihr wieder ein, wo sie war und was sie tun musste.

Sie streckte die Hand wieder nach der Tür aus, keuchend wie nach einem Rennen. Diesmal stießen ihre Knöchel dran, bevor sie wieder zurücktrat.

Du bist ein Feigling, sagte sie zu sich. Du hast Angst, dass sie dich, wenn du anklopfst und hineingehst, mit dem Wort »Nigger« bespuckt. Du wärst zwar darauf gefasst, aber du könntest es nicht ertragen. Sobald ihr das Wort über die Lippen kommt, macht es dich zum Tier, zur Ausgestoßenen, zu etwas Obszönem, Kriechendem. Doch, du kannst es ertragen. Es ist nur ein Wort. Du würdest einen Moment lang diese ekelhafte Übelkeit verspüren und noch einen Moment lang dieses beängstigende Gefühl, von Hass erstickt zu werden. Mehr nicht.

Aber statt anzuklopfen, rückte sie weiter von der Tür weg. Plötzlich blieb sie stehen und betrachtete den Flur, aber sie sah ihn nicht, in Bann gehalten von einer Erinnerung, die stärker war als dieser wirkliche gegenwärtige Moment.

Am Vorabend waren alle zum Dinner in den großen Speisesaal gegangen. Sie hatte sich einen Platz in einer Ecke ganz hinten gesucht, hinter einem großen Krug mit Rittersporn. Die gezackten Blütentrauben schirmten gut ab.

Als sie die Frau mit den weißen Haaren hereinkommen und neben der Tür Platz nehmen sah, fragte sie ihre Tischnachbarin.

Die junge Frau antwortete sofort: »Oh, das ist Mrs. Gib Taylor. Sie reist immer ganz aus Mississippi an. Sie gehört seit Jahren fest zur Konferenz. Ich glaube, sie hat ihr Zimmer auf derselben Etage wie Sie.«

Nach der Abendveranstaltung war Alice an allen Türen auf dem Flur die Namen durchgegangen – ja, Mrs. Taylors Zimmer lag direkt gegenüber. Beim Blick auf den Namen auf dem weißen Kärtchen fühlte sie sich, als ob sie hinter einem Wandschirm stände und sich den Kopf verrenken müsste, um dasselbe zu sehen wie alle anderen.

Sie schob die Erinnerung von sich, schloss die Augen und riss sie wieder auf. Der Flur war noch da, auch das Mondlicht und die Tür. Alles war allzu wirklich. Ich muss ihr Hilfe anbieten, dachte sie. Aber wenn ich in ihr Zimmer gehe, wird sie mich hinterher beschuldigen, während sie schlief, bei ihr eingebrochen zu sein, ich hätte ihr Hab und Gut durchwühlen wollen, um ihren Schmuck zu stehlen.

Sie hatte Mrs. Taylor einmal sagen gehört: »Man weiß ja nie, zu was die imstande sind.«

Aber ich kann den Flur langgehen und andere Leute suchen. Dann können die an ihre Tür klopfen. Sie blieb kurz vor einer Tür stehen. Und was sollte sie sagen, wenn die Bewohnerin fragte, warum sie nicht selbst in Mrs. Taylors Zimmer ging?

Sie suchte nach Worten, flüsterte kaum hörbar vor sich hin: »Mrs. Taylor, Mrs. Gib Taylor ist krank. Ich möchte nicht bei ihr anklopfen, ich habe Angst, dass sie mir mit einem Schimpfwort kommt. Ihnen wird sie nicht damit kommen, sie benutzt das Wort nur bei mir, also könnten Sie bei ihr pochen? Könnten Sie das übernehmen, jemand muss unbedingt an Mrs. Taylors Tür klopfen?«

Warum stehe ich hier und murmele vor mich hin?, dachte sie. Ihre Lippen formten noch einmal den Satz: »Mrs. Taylor, Mrs. Gib Taylor ist krank.«

Aber wenn sie jemanden ansprechen würde, käme die logische Frage: »Was ist denn mit ihr?«

»Das weiß ich nicht. Ich war nicht in ihrem Zimmer.«

»Warum nicht?«

Das war es eben. Es war unmöglich, das oder irgendetwas sonst zu erklären. Sie ging wieder in ihr Zimmer. Sie drückte ganz leise die Tür hinter sich zu und lehnte sich dagegen.

Sie legte sich wieder ins Bett, kuschelte sich unter die Decke und betrachtete das seltsame Muster, das der Mond auf die Wände und die Zimmerdecke zeichnete, und horchte angestrengt auf Mrs. Taylors schwaches, ersticktes Atmen.

Irgendwann schlief sie ein. Sie schlief unruhig, unentspannt, sie träumte, dass sich das Mondlicht zu einem Oktopus verformt hatte, und die Tentakel des Mondlichts, das weiße Kärtchen an Mrs. Taylors Tür und der Springbrunnen im Innenhof unter ihrem Fenster jagten einen endlosen Hügel hinab hinter ihr her. Und während sie stolpernd, keuchend vor ihnen weglief, hörte sie den Mondscheinoktopus rufen: »Dein Verbrechen ist das schlimmere. Ein Verbrechen. Ein sehr schlimmes Verbrechen. Das war ein Verbrechen. Und wir waren Zeugen.«

Sie wachte unendlich erschöpft auf. Dann sah sie die Sonne durch die Flügelfenster hereinströmen, und das Zimmer war voll von tanzendem, funkelndem Licht, das die Glasscheiben, die Gardinen, sogar die Möbel zum Leuchten brachte. Der Blick in das klare kräftige Licht verschaffte ihr ein Gefühl, als sei eine schwere Last von ihr genommen worden.

Eigentlich müsste man einen solchen Morgen auf besondere Art begrüßen, dachte sie. Mit einer Willkommensgeste, einem altmodischen Knicks, zum Beispiel, vor der Sonne, vor dem Tag überhaupt.

Sie wollte schon lächeln. Aber dann fiel ihr wieder ein, dass sie nicht geschafft hatte, sich zum Anklopfen bei Mrs. Taylor zu zwingen, und der Impuls zu lächeln verschwand.

Ich war bestimmt im Halbschlaf, ich habe gestern Nacht dösend und träumend bei dieser Frau vor der Tür gestanden. Es konnte gar nichts wirklich Ernsthaftes sein. Vielleicht eine Erkältung. Und nachts klingt mühsames Atmen bedrohlich, um die Zeit klingt alles bedrohlich. Du hast das über die Maßen aufgeblasen – das tust du ja mit allem.

Dann dachte sie: Es gibt immer für alles eine vollkommen normale, leicht nachvollziehbare Erklärung. Nur hat man leider nicht immer einen sonnendurchfluteten Morgen, der einem dazu verhilft.

Sie runzelte die Stirn, weil sie plötzlich hektisches Treiben vor ihrer Tür hörte – schnelle Schritte, aufgeregte laute Stimmen. Um diese Zeit war das Rest House sonst immer ruhig. Das einzige Geräusch dürften die lieblichen hohen Glockentöne aus der Kapelle sein. Die Neugier trieb sie aus dem Bett, sie ging zur Tür und sah hinaus.

Ein Hausmädchen kam den Flur hoch und grüßte nur kurz, weil sie vor allem eine Neuigkeit loswerden wollte. »Guten Morgen, Miss. Haben Sie das mit gestern Nacht gehört?«

Alice schüttelte den Kopf. Dann fiel ihr das Stöhnen, das heisere Atmen aus dem Zimmer gegenüber wieder ein, und sie fragte barsch: »Was war denn los?«

»Ach!«, sagte das Hausmädchen. »Die nette Mrs. Taylor ist in der Nacht gestorben. Der Arzt sagt, Herzanfall, die hätten sie retten können, wenn irgendwer was davon mitgekriegt hätte.«

Dunkelheit und Durcheinander

William Jones trank einen Schluck und stellte die Kaffeetasse auf den Küchentisch. Er schmeckte nicht, und das ärgerte ihn, denn aufs Frühstück freute er sich immer. Normalerweise stand er auf, sowie er wach war, und ging in die Küche. Dann wärmte er in aller Ruhe das Maisbrot auf, das vom Essen am Abend vorher übrig geblieben war, machte richtig schön starken Kaffee, briet Speck aus und schlug Eier auf. Auch beim Essen ließ er sich Zeit – er genoss die Ruhe am frühen Morgen und sein genau richtig zubereitetes Frühstück.

Keine Frage, dachte er, frühmorgens ist der beste Teil vom Tag. Aber an diesem Samstagmorgen im Juli war es zu heiß in der Wohnung. In seinem Kopf schwirrten zu viele nagende Sorgen herum. Bei der Hitze konnte er nicht klar denken – deshalb lasteten alle Sorgen zusammen auf ihm, drückten ihn nieder.

Er schob den Teller weg. Die Rühreier waren zu durchgebraten, und das Maisbrot, das er sonst so gern mochte, schmeckte wie Sand heute Morgen – war wie grobkörniger Grieß im Hals. Er überlegte, ob es an seinen Magenwänden womöglich genauso kratzte.

Pink war im Schlafzimmer zugange. Er legte den Kopf schräg und horchte. Er wusste so gut, was sie gerade tat, als wäre er mit ihr im Zimmer. Weiche schwere Schritte auf Strümpfen zur Kommode. Die Schublade wurde aufgezogen. Das hieß, sie nahm einen frischen Unterrock heraus. Dann der Rumms, mit dem ihre zweihundert Pfund im Schaukelstuhl am Fenster landeten. Haare kämmen im Sitzen. Die gestern Abend geflochtenen Zöpfchen wieder aufdröseln. Ein Zöpfchen nach dem andern entflechten, die Haarnadeln solange in den Mund stecken. Jetzt bürstete sie die Haare aus, der Schaukelstuhl ächzte, weil sie beim Bürsten vor und zurück schaukelte, leise vor sich hin summend.

Sobald sie in die Küche käme, würde er selbst wieder ins Schlafzimmer gehen, sich anziehen und auf den Weg zur Arbeit machen. In Gedanken war er schon am Briefkasten. Ihm war nicht nach einem Gespräch mit Pink zumute. Heute musste ein Brief von Sam da sein. Musste einfach.

Er war so in den Gedanken vertieft, dass er Pink nicht kommen hörte.

Als er hochsah, stand sie im Türrahmen. Eine kleine Frau, enorm fett. Ein Unterrock in Hellrosa war das Einzige, was sie anhatte, er machte ihren Körper noch voluminöser. Durch den hellen Stoff bekam die Haut auf Armen, Schultern und Brust etwas bestürzend Dunkles. Ihre Haare standen trotz der schnellen Bürstenrunde steif und drahtig-kurz um den Kopf, als hätte sie einen Turban aus irgendeinem rauen, dunkelgrauen Stoff auf.

Er stand sofort auf, als er sie sah, sagte: »Heiß, was?«, tätschelte ihr kurz den Arm und ging an ihr vorbei zum Schlafzimmer.

Sie sah auf den Teller mit Essen. »Wolltst kein Frühstück nich?«, fragte sie.

»Zu heiß«, rief er über die Schulter.

Er zog leise die Schlafzimmertür zu. An der geschlossenen Tür würde sie erkennen, dass er heute Morgen nicht gut drauf war und dass er keine Lust zum Reden hatte. Er lief erst zügig herum – holte ein sauberes Arbeitshemd, bürstete kurz die Schuhe, suchte ein Paar saubere Socken. Dann stand er mit der dunklen Arbeitshose in der Hand mitten im Zimmer und hörte Wasser in die Badewanne rauschen und brausen.

Annie May war wach und nahm ein Bad. Hieß das etwa, dass sie arbeiten gehen wollte? Wenn sie mal arbeiten ging, traktierte sie die Haare vor dem Frühstück immer mit einem Glätteisen, und wenn sie weg war, roch die Wohnung den ganzen Morgen nach dem Gebrutzel von Pomade auf dem heißen Eisen.

Er runzelte die Stirn. Irgendetwas musste passieren. Annie May war ja gerade mal achtzehn, aber praktisch nächtelang unterwegs. Er hatte Pink nichts davon erzählt, aber Annie May schlich sich morgens um drei oder vier oder fünf Uhr in die Wohnung. Er hörte den Schlüssel ins Schloss gleiten und dann das verräterische Klicken, wenn der Zapfen zurückschnappte. Sie zog die Tür immer ganz leise zu und schloss wieder ab. Sie stand eine Weile da und horchte, ob jemand aufgewacht war. Dann zog sie die Schuhe aus und tappte auf Strümpfen durch den Flur.

Wenn sie das Badezimmerlicht anschaltete, konnte er die Uhr auf dem Toilettentisch sehen. Heute Morgen war sie um halb fünf wiedergekommen. Pink hatte neben ihm gelegen und friedlich weitergeschnarcht. Er war froh, dass sie nicht leicht wach wurde. Sie würde sich nur Sorgen machen, wenn sie wüsste, wie Annie May sich aufführte.

Annie May stemmte einfach die Hände in die Hüften,

warf den Kopf nach hinten und lachte, wenn er ihr klarmachen wollte, dass sie früher nach Hause kommen sollte. Der pomadige Dampf des Glätteisens kroch langsam ins Schlafzimmer, und er zog sich schnell zu Ende an.

Auf dem Weg nach draußen blieb er kurz bei der Küche stehen. »Muss früh im Laden sein heute«, erklärte er. Pink wusste mit Sicherheit, dass er schnell nach unten zum Briefkasten wollte. Aber sie nickte und hielt ihm das Gesicht zum Kuss entgegen. Als er mit den Lippen ihre Stirn streifte, sah er, dass ihr Gesicht schweißnass war. Bei dem Gewicht, dachte er, muss sie die Hitze entsetzlich finden.

Annie May nickte ihm nur wortlos zu, zwischen hastigen Schlucken aus der Kaffeetasse. Ihre dünnen dunklen Hände bildeten ein Muster auf der dicken weißen Tasse. Sie hatte die Haare mit dem heißen Eisen so straff geplättet, dass sie aussahen wie eine auf dem Kopf festgezurrte glänzende Kappe. Ihr Mund war dick mit Lippenstift beschichtet, erstaunlicherweise. Zur Arbeit ging sie immer ohne, und er fragte sich, warum sie so früh aufgestanden war, wenn sie nicht zur Arbeit wollte. Am Tassenrand prangte ihr roter Lippenabdruck.

Er hatte eigentlich nichts sagen wollen. Aber beim Anblick des Lippenstifts auf der Tasse musste die Frage heraus: »Gehs nich arbeiten heute?«

»Nein«, sagte sie träge. »Glaub ich geh einkaufen.« Sie zwinkerte Pink zu, was ihn wütend machte.

»Wie willst du eigentlich eine Stelle behalten, wenn du da die halbe Zeit nicht auftauchst?«, fragte er.

»Nehm ich eben 'ne andere.« Sie hob die Kaffeetasse mit beiden Händen zum Mund und lachte ihn über den Rand hinweg mit den Augen an.

»Wann warst du gestern Nacht wieder zu Hause?«, fragte er schroff.

Sie starrte aus dem Fenster auf die nackte Ziegelwand gegenüber der Küche. »Keine Ahnung«, sagte sie schließlich. »War nich spät.«

Er wusste nicht, was er sagen sollte. Wahrscheinlich war sie irgendwo tanzen. Oder auch nicht. Er war sogar ziemlich sicher, dass sie nicht tanzen war. Aber Pink durfte nicht wissen, was er dachte. Er scharrte unruhig mit den Füßen und sah Annie May beim Kaffeetrinken zu. Sie trank sehr schnell.

»Du, so groß bist du nicht, dass du nicht den Hintern versohlt kriegen kannst«, sagte er schließlich.

Sie musterte ihn aus den Augenwinkeln. In ihrem Gesicht lauerte ein tief sitzender Verdruss, der ihn bestürzte. Er wusste genau, dass Pink sie beide mit wachsender Besorgnis beobachtete.

Dann kicherte Annie May. »Von dir und wem noch?«, fragte sie lässig. Pink brüllte vor Lachen. Und Annie May lachte mit.

Er knallte die Küchentür hinter sich zu. Er hörte die beiden noch im Treppenhaus lachen. Es machte ihn wütend, obwohl er wusste, dass Pink aus Erleichterung lachte, weil nichts Schlimmes passiert war. Aber Annie May hatte neuerdings jedes Mal, wenn sie ihn ansah, ein unverhohlenes, höhnisches Lachen in den Augen, als ob sie ihn anstacheln wollte: Trau dich doch, mir was zu sagen. Fast als ob sie ihn für einen Trottel hielt, weil er so schwer arbeitete.

Als sie sie vor sechs Jahren aufgenommen hatten, war sie ein liebes kleines Mädchen gewesen. Er kramte in Gedanken nach einer Bezeichnung für das, was Annie May seiner Meinung nach jetzt war. Eine Isebel, beschloss er grimmig. Ein loses Luder. Genau das.

Und er wollte nicht, dass Pink erfuhr, wie sie in Wirklichkeit war. Denn Annie Mays Mutter Lottie war Pinks Schwester. Und Pink hatte Annie May nach Lotties Tod zu sich geholt. Und immer sofort Entschuldigungen für alles gefunden, was sie anstellte. Sobald er mit Annie May schimpfte, hielt Pink ihm einen geharnischten Vortrag. Er fing immer gleich an: »Kann dir egal sein, was sie gemacht hat, William. Du rührst sie nicht an. Sie hat kein Vater und keine Mutter außer uns …«

In einem Anfall von Wut und Ärger war er die erste Treppe rasend schnell runtergerannt. Auf der nächsten ging er langsamer, das Treppenhaus war dunkel, er musste aufpassen, um nicht über eine Stufe zu stolpern. Also trottete er die langen Treppen hinunter und dachte über Pink nach. Und wie immer, wenn er über sie nachdachte, verschwand der glühende Zorn. Sie war so fett, dass sie kaum noch die steilen Treppen hochkam. Eigentlich müssten sie umziehen – ins Parterre, wo es für sie leichter war. Sie wohnten jetzt seit Jahren hier im obersten Stock, und Pink wurde schwerer und schwerer. Der Arzt im Krankenhaus sagte jedes Mal, Treppensteigen sei nicht gut für sie. Sie hatten sich auch schon nach einer anderen Wohnung umgesehen, aber, na ja, im obersten Stock ist es billiger, und dann waren sie eben hiergeblieben. Und –

Dann dachte er nicht mehr an Pink, er war jetzt im Parterre. Er ging zu den Briefkästen und atmete tief durch. Heute war ein Brief da. Er wusste es. Musste da sein. Sie hatten von Sam schon so lange keinen Brief mehr bekommen. In den letzten hatte immer dasselbe gestanden. Wieder und wieder. Wie ein Refrain. »Lange halte ich das nicht mehr aus, Ma.« Und dann war einfach keiner mehr gekommen.

Er stand da, starrte auf den Briefkasten, traute sich vor lauter Angst, dass kein Brief drin war, fast nicht aufzuschließen und dachte zurück an den Abend von Sams Highschool-Abschluss. Ein warmer Juniabend. Pink und er hatten sich feingemacht, mit ihren besten Sachen. Und er hatte immer gedacht: Pink und ich haben es so weit gebracht, wie wir konnten. Aber Sam – das hatte er beschlossen, Sam würde seinen Lebensunterhalt nicht mit Mopp und Besen bestreiten. Er würde ihn mit gestärktem weißen Kragen und blank polierten Schuhen und Hosen mit Bügelfalten bestreiten.

Gleich nach der Highschool nahm Sam einen Job als Gepäckträger in der Grand Central Station an. Er sparte das Geld, weil er aufs Lincoln College in Pennsylvania wollte. Die Zeit schien im Flug zu vergehen, plötzlich war er einundzwanzig. Und in der Armee. Pink weinte, als er auszog. Das Schluchzen schüttelte ihr den ganzen Riesenkörper durch. Er hatte sich einfach schräg und verloren gefühlt, das wusste er noch. Da war so ein Krieg, und alle jungen Männer wurden eingezogen. Aber warum Sam – warum musste er weg?

Er ging ihm nicht aus dem Kopf. Gleich danach war Sam in einem Ausbildungslager in Georgia. Pink und er redeten nicht darüber, dass er in Georgia war. Eines Abends waren sie ganz kurz davor, als Pink sagte: »Ich hoffe, er gewöhnt sich schnell dran. Als einer, wo hier in New York geboren is, gibts 'ne Menge da unten, was er nicht versteht.«

Dann blieben die Briefe aus. Wenn er abends nach Hause kam, fragte er beiläufig: »Hat Sam geschrieben?« Pink schüttelte nur wortlos den Kopf.

Die Tage krochen dahin. Und irgendwann platzte sie heraus. »Wieso fragst du andauernd? Denks du, ich würds dir nicht sagen?« Und fing an zu weinen.

Er legte den Arm um sie und tätschelte ihre Schulter. Sie drückte sich an ihn. »Herrgott«, sagte sie, »das is mein Baby. Was ham die mit ihm gemacht?«

Es riss ihn in Stücke, wenn sie so weinte. Seine Gedanken gingen im Kreis. Herum und herum. Aber ihm fiel nichts ein, was er tun konnte. Schließlich setzte er sich eines Abends nach der Arbeit an den Küchentisch und schrieb einen Brief an Sam. Er hatte kaum je im Leben Briefe geschrieben, das hatte ihm Pink immer abgenommen. Und jetzt hier vor dem Briefkasten wusste er wieder genau, wie sich der Stift in der Hand angefühlt hatte; wie das Blatt auf dem Tisch vor ihm ausgesehen hatte – leer, herausfordernd; dass die Küchenuhr getickt hatte und immer lauter geworden war. An dem Abend war es auch heiß gewesen, und er hatte den Stift so fest umklammert, dass seine Handfläche schweißnass war.

Er hatte lange dagesessen und gegrübelt. Dann hatte er geschrieben: »Gehts dir gut? Dein Pa.« Mehr bekam er nicht hin. Er hatte den Umschlag angeleckt und die Adresse draufgeschrieben, Sam würde das bestimmt verstehen.

Er griff nach dem Schlüsselring, nahm den Briefkastenschlüssel und schloss hastig den Kasten auf. Er war leer. Er tastete darin herum, obwohl er sah, dass er leer war. Dann schloss er wieder ab und ging zur Haustür.

Das strahlende Sonnenlicht nach der Dunkelheit im Treppenhaus zwang ihn zum Blinzeln. Schon jetzt am frühen Morgen war es heiß auf der Straße. Das würde ein harter Tag werden, dachte er, bei der Hitze und weil Samstag war und überhaupt. In letzter Zeit schien er mit seinen Gedanken nur noch bei Sam zu sein. Selbst bei seinem Putzjob im Drugstore grübelte er, kaum dass er sich mal auf den Besen stützte oder eine Pause beim Wischen machte, darüber, was mit Sam passiert war.

Dann schnauzte ihn der Mann, dem der Laden gehörte, an: »Boy, was zum Teufel ist los mit dir? Kannst du mal an die Arbeit denken?« Und er putzte weiter die Fenster oder wischte den Boden oder fegte den Bürgersteig. Aber egal, was er gerade tat, irgendwie glitten seine Gedanken immer wieder zurück zu Sam.

Auf dem Weg zum Drugstore betrachtete er die Häuser auf den beiden Straßenseiten. Er kannte die Straße so gut wie die Dellen in dem alten Filzhut, den er das ganze Jahr über trug. Egal, was man von ihr hielt, es war keine Straße für ein gutes Leben. Eine lange Durchgangsstraße. Auf der Hälfte der einen Seite lagen die Rückwände von drei Theatern der 125th Street – eine lange, kahle, dunkelgraue Steinfront. Bäume gab es kaum. Und selbst die wenigen waren eine Gefahrenquelle, denn abends tauchten aus dem Dunkel plötzlich undeutliche Umrisse auf, lungerten bei den Bäumen herum oder drückten sich dahinter herum. Er selbst war nie von solchen gespenstischen Gestalten behelligt worden, aber allein ihre verstohlenen Bewegungen verrieten unlautere Absichten, die ihm Angst machten. Deshalb lief er abends auf dem Nachhauseweg immer mindestens einen Block weiter, damit er die 125th Street nehmen und von der 8th Avenue aus in seine Straße einbiegen konnte.

So früh morgens schlief die Straße noch. Die Rollos waren gegen die Morgensonne ganz nach unten gezogen. Die wenigen anderen Passanten eilten zur Arbeit. Aber gegen Mittag würden da, wo die Leute jetzt noch schliefen, die Rollos hochgehen und Musik aus Radios dröhnen, die ganze Straße rauf und runter. Dann würden die Frauen mit den kessen Blicken, die in solchen Häusern wohnten, im offenen Fenster fläzen und sich quer über die Straße laut unterhalten.

Manchmal, wenn er zum Mittagessen auf dem Nachhauseweg daran vorbeikam, riefen sie ihm zu: »Komm mal rein, Poppa!« Er starrte dann immer stur geradeaus und ging schneller.

Als Sam sechzehn wurde, empfand er die Straße als unerträglich. Nach dem Mittagessen gingen sie immer an diesem Block vorbei – Sam in die Schule und er zurück in den Drugstore. Er hatte gesehen, wie Sam die fläzenden Frauen in den Fenstern angestarrt hatte. Mit ausdrucksloser Miene, aber neugierigen Blicken.

»Erwisch ich dich nur in der Nähe von so einer, prügel ich dich den Block rauf und runter«, hatte er grimmig gesagt.

Sam hatte nichts gesagt. Er hatte nur mit einem seltsam erwachsenen Blick auf ihn herabgesehen, er war schon mit sechzehn über zehn Zentimeter größer als sein Vater. Danach starrte er immer stur geradeaus, wenn sie den Block entlangkamen. Und William hatte das ungemütliche Gefühl, dass Sam längst erkundet hatte, was dieser Block so zu bieten hatte. Sicher war er allerdings nicht. Und Sam zu fragen, brachte er nicht über sich. Stattdessen ging er neben ihm her und dachte verzweifelt: Wir müssen hier wegziehen. Ich rede mit Pink. Diesmal müssen wir wirklich wegziehen.

Als Pink an dem Sonntag aus der Kirche kam, hatten sie sich nach einer neuen Wohnung umgesehen. Waren in Mietshäuser auf der 7th Avenue und der 8th Avenue, der 135th Street, der 145th Street gegangen und wieder rausgekommen. Die meisten Wohnungen hatten sie erst gar nicht angeguckt. Sie hatten nur den Hauswart nach der Miete gefragt.

Es war schon spät, als sie sich auf den Nachhauseweg machten. Er hatte Pink gereizt recht gegeben, dass sie am besten da wohnen bleiben sollten. Mehr als zweiunddreißig Dollar pro Monat konnten sie sich nicht leisten.

»Is trotzdem kein Ort zum Leben«, hatte er gesagt. Da gingen sie gerade die 7th Avenue entlang. Die Straße wirkte so weiträumig, er dachte angewidert an ihre Wohnung. Die Zimmer waren so eng, dass man sich nicht bewegen konnte, ohne irgendwo anzustoßen. Manchmal dachte er, dass Annie May deswegen so selten zu Hause war. Sie hatte es schon mit dreizehn nicht ausgehalten, auf engem Raum eingepfercht zu sein.

Pink sagte nur: »Wills wohl auf der Park Avenue wohn, was? Mit'm Portier, der ein rein und raus dienert? ›Guten Morgen, Mr. William Jones. Ist das Wetter recht heute Morgen?‹« Die Stimme schneidend wie ein Peitschenknall.

Das war vor fünf Jahren gewesen. Und jetzt müssten sie eigentlich doch endlich umziehen, weil Pink die Treppen nicht mehr schaffte. Er beschloss, sich Montagabend gleich nach der Arbeit auf Wohnungssuche zu machen.

Im Drugstore war es noch heißer als auf der Straße. Er musste sich zwingen, hineinzugehen und den labbrigen Arbeitskittel anzuziehen. Dann Besen in die Hand und ab an die Tür. Er winkte zum Hausmeister im Haus an der Ecke hinüber und sah zu, wie er die Mülltonnen aus dem Innenhof zerrte und an den Bordstein rollte. Also, die Sorte Arbeit sollte Sam nicht machen müssen. Er grübelte, warum nicht. Es lag nicht nur daran, dass Sam sein Junge war und das hier Schwerarbeit. Er kramte in seinen Gedanken nach dem Grund. Sie brachte nicht genug ein, dass ein Mann anständig leben konnte davon. Das war der Grund. Er wollte einen Job für Sam, bei dem genug für gute Kleidung und ein schönes Zuhause rumkam.

Dass Sam in der Armee war, war gar nicht so schlecht, dachte er. Schlecht war, dass er in Georgia war. Schwarze Leute wurden da unten nicht anständig behandelt. Das wusste jeder. Wenn er es irgendwie schaffen könnte, ihn weiter nach Norden zu kriegen, müsste sich Pink nicht solche Sorgen machen.

Georgia, der bloße Klang des Wortes löste etwas in ihm aus. Da war seine Mutter geboren. Sie hatte viel darüber erzählt, so lebhaft und bildlich, dass er das Gefühl hatte, die Gegend zu kennen – die Hitze und wie die Erde da roch und wie Baumwolle aussah. Und da war noch etwas. Die Art, wie sie jedes Mal mit zusammengepressten Lippen gesagt hatte: »Die hassen Nigger da unten. Lass bloß nie kein Kind von dir da nich hin.«

Das war auch Jahre her, aber noch jetzt, hier auf der 5th Avenue, trat ihm trotz der Hitze der kalte Schweiß auf die Haut, weil ihm wieder einfiel, wie sie das gesagt hatte. Und ausgerechnet da musste Sam hin, nach Georgia. Sam, der hier in New York geboren war, der hier die Highschool abgeschlossen hatte – ihn mussten sie in die Armee stecken und nach Georgia schicken.

Er packte den Besen fester und fing an, in gleichmäßigen langen Streifen den Bürgersteig zu fegen. Der Rhythmus seiner Bewegungen brachte die innere Aufregung nach und nach zur Ruhe. Das gleichmäßige Vor und Zurück war so angenehm, dass er weiterfegte, als der Bürgersteig längst sauber war. Als Mr. Yudkin, dem der Laden gehörte, um halb neun kam, war er noch immer mit dem Besen draußen. Und hatte noch immer keine Lust zum Reden, sondern nickte nur auf das muntere: »Guten Morgen! Heiß heute!«

William folgte ihm in den Laden und machte sich ans Polieren des großen Spiegels hinter dem Limonadenspender. Aus dem Augenwinkel beobachtete er, wie sich der Chef im Hinterzimmer die Hände wusch und das Jackett gegen einen frischen weißen Laborkittel tauschte. Und fand, wenn der Krieg vorbei wäre, sollte Sam vielleicht lieber Drogist als Arzt oder Rechtsanwalt werden.

Der Morgen ging dahin, ständig strömten neue Kunden herein. Sie kauften Bromo-Seltzer, Zigaretten, Aspirin, Hustensaft, Nuckelflaschen. Er lieferte zwei zubereitete Rezepturen aus, die fünf Dollar kosteten. Und die Ladenkasse klingelte so oft, dass fast eine Melodie daraus wurde. Er hörte ihr zu und dachte bei sich: Ja, Sam soll Drogist werden. Die Arbeit ist sauber und gut bezahlt.

Um kurz nach elf kamen drei junge Mädchen herein. »Cola«, sagten sie und kletterten auf die Hocker vor dem Spender. William stand gerade auf der Trittleiter und sortierte neue Ware in die Regale. Er musterte sie von oben, und soweit er es beurteilen konnte, sahen sie völlig gleich aus. Alle drei. Und alle wie Annie May. Zu dünn. Zu viel Lippenstift. Die Kleider zu kurz und zu eng. Die Haare aus spiegelglatt gezogenen Locken auf dem Kopf getürmt.

»Och, ich hab gekündigt«, sagte eine. »So früh morgens steh ich nicht auf, für nichts in der Welt.«

Auch das war ganz Annie May. Sie wechselte ständig die Jobs. Weil sie nie pünktlich zur Arbeit kam. Wenn sie um neun da sein sollte, erschien sie um zehn. Statt um zehn kam sie gegen elf. Er wusste sehr wohl, dass sie nicht genug verdiente für die vielen billigen knallbunten Kleider, die sie ständig kaufte.

Ihre Freundinnen sahen auch genau aus wie sie und genau wie diese Mädchen. Er hatte sie öfter auf der 125th Street aus dem Kino kommen sehen, zusammen mit zwei, drei Freundinnen. Alle kauten Kaugummi und knufften sich gegenseitig und redeten zu laut und lachten zu laut. Sie gafften jeden vorbeigehenden Mann an.

Mr. Yudkin sah ihn streng von unten an, und William wandte den Blick von den Mädchen und stellte große Flaschen Father-John's-Hustensaft akkurat ins Regal. Beim Einsortieren überlegte er, ob Annie May anders wäre, wenn sie noch auf der Highschool wäre. Mit sechzehn war sie einfach nicht mehr hingegangen. Er hatte es mit Pink besprochen und gesagt: »Sie darf doch nicht die Schule abbrechen. Sie ist viel zu jung.«

Aber Annie May war nun mal das Kind ihrer Schwester, und Pink hatte nur gelassen den Kopf geschüttelt. »Sie hat die Schule satt. Das arme kleine Ding. Lass sie in Ruhe.«

Also hatte er nichts weiter gesagt. Pink hielt immer zu ihr. Und er und Pink hatten nie Zank miteinander, so wie manche Leute. Er nahm sich einen Nachmittag frei, ohne ihr etwas zu sagen, und ging zur Schulleiterin. Er musste zwei Stunden warten. Also studierte er die Bilder an den Wänden im Warteraum und starrte auf seine Schuhe und versuchte, in Worte zu fassen, was er sagen wollte – und wie er es sagen wollte.

Die Schulleiterin war weiß und vollbusig. Sie hörte gerade so lange zu, bis sie wusste, dass er Annie Mays Onkel war. »Ah, ja, Mr. Jones«, sagte sie dann. »Also, meiner Meinung nach –«

Und begrub ihn unter einem Schwall aus Worten, einem Gebirge aus Worten ohne Ende. Sie hatte eine hohe laute Stimme und redete so lange auf ihn ein, bis er nicht mehr mitkam. Eine Formulierung tauchte immer wieder auf aus den Wortmassen, sprang ihn geradezu an – »langsam von Begriff«.

Er kam verwirrt und verlegen aus ihrem Büro. Hätte er doch bloß Worte gefunden, er hätte ihr doch erklären können, dass Annie May blitzgescheit war. Von wegen »langsam von Begriff«. Er hatte gar nicht gemerkt, dass er wieder auf der Straße stand, er hatte nur im Kopf, dass er einen ganzen Nachmittag Lohn eingebüßt hatte und nicht mal dazu gekommen war, den Zweck seines Besuchs zu erklären. Er kochte vor Wut auf sich selbst. Er hatte die Schulleiterin nur um Hilfe bitten wollen, wie er Annie May überreden konnte, die Schule fertig zu machen. Aber er hatte die Worte nicht zusammengekriegt.

Als er um acht an dem Abend seinen verschmutzten Arbeitskittel in den Besenschrank hängte, fühlte er sich, als hätte er seit Anbeginn der Zeit Böden gefegt, Armaturen abgestaubt, Getränkespender geputzt und Botendienste erledigt. Er betrachtete sich in dem gesprungenen Spiegel an der Tür des Wandschranks. Gar keine Frage, er war sichtlich gealtert, seit Sam zur Armee gegangen war. Die Haare an den Schläfen wurden krisselig grau. Der Unterkiefer war kantiger. Die Schultern hatten etwas Gebeugtes.

»Die Haare müssen wohl mal wieder ab«, sagte er leise. Wirklich nötig war das nicht. Aber samstagabends war Hochbetrieb beim Friseur. Er würde lange warten müssen, bis Al ihn endlich drannahm. Und dem Gerede da zuzuhören, täte gut – den Streitereien, die irgendwann ausbrachen und nie wirklich endeten. Für eine kleine Weile würde das all die nagenden Sorgen um Sam in seinem Kopf ganz nach hinten drängen, aus seinem Bewusstsein.

Kaum hatte er den Friseurladen betreten, spürte er, wie die innere Spannung nachließ. Alle Stühle waren besetzt. Eine Menge Kundschaft wartete. Er winkte den Friseuren zu, sagte: »Heiß, was?«, und wischte sich die Stirn.

Einen Moment lang stand er nur da und hörte dem Gesprächsgebrumm zu, bevor er sich einen Platz zum Sitzen suchte. Bestimmt würde auch Gewalt zur Sprache kommen, er wusste das, er ging solchen Diskussionen immer aus dem Weg, er mochte Gewalt nicht – nicht mal, wenn nur darüber geredet wurde. Gesprächsfetzen zogen an ihm vorbei.

»Die Weißen haben uns an den Eiern –«

»Och, ich weiß nich. Auch nich alle Weißen. Gibt auch Weiße, wo die Eingeweide rausgequetscht kriegen –«

»Klar. Sind aber weiß. Die könn das besser ab.«

»Sadie hat gestern zwei Dollar auf 546 gesetzt, und dann sind die gezogen worden und –«

»Da liegste schief, Mann. Da gibs überhaupt kein Vertun. Dies Land is so gebaut, dass –«

»Wenns nach mir geht, das Einzige is alle käsigen Leute erschießen und nochma von vorne –«

Schließlich setzte er sich auf einen Stuhl in der Ecke, nicht zu weit weg vom Fenster und zwischen lauter Stammkunden, die hitzig über den Krieg stritten. Der Platz war gut. Er hatte dank der langen Spiegel vor den Friseuren den ganzen Laden im Blick.

Er stieg gleich ins Gespräch ein. »Die Japse ham keine Chance –«, fing er an. Und fühlte sich wohl. Er war genau zur rechten Zeit gekommen. Er holte tief Luft, bevor er weiterredete. Wenn er von den Japsen anfing, hörten die anderen Kunden fast immer voller Achtung zu. Über die wusste er nämlich mehr als sie. Pink arbeitete bei Marineleuten und erzählte ihm immer, was die so sagten.

Er sah an der Warteschlange entlang und beobachtete, wie die anderen auf seine Worte reagierten. Bald würden die ihm alle zuhören. Plötzlich hörte er auf zu reden. In der Ecke gegenüber saß ein Soldat und starrte auf seine Schuhe. Das ist doch Scummy, dachte er. Der ist doch im selben Ausbildungslager wie Sam. Er vergaß, was er sagen wollte. Er stand auf und ging zu ihm. Er verschluckte alle Fragen nach Sam, die ihm auf den Lippen zitterten.

»Hallo, mein Sohn«, sagte er. »Is aber schön, dich zu sehen.«

Er schüttelte dem Jungen die Hand und sah ihn genauer an. Hat sich verändert, dachte er. Ist älter geworden. Irgendwas an den Augen war anders als früher. Schien nicht reden zu wollen. Sah William nur schnell kurz an und dann wieder nach unten, starr auf die Schuhe.

Irgendwann konnte William die Frage nicht mehr zurückhalten. Sie kam ganz schnell: »Wie gehts Sam?«

Scummy nahm eine Zeitung vom Nebenstuhl. »Dem gehts gut«, brummte er. Langes Schweigen. Dann hob er den Kopf und sah William ins Gesicht. »Jehnfalls letze Mal wo ichn gesehn hab.« Er betonte das Wort »letze« auf seltsame Art.

William verspürte ein Zittern, das in seinem Magen losging. Es lief durch den ganzen Körper. Er nahm wahr, dass die Gespräche im Laden aufgehört hatten. Es war, als säße er in einem Kegel aus Schweigen, in dem nur das Schrappen der Rasiermesser zu hören war – harsch und laut in der Stille. Al wollte gerade einem Kunden zähes Öl in die Haare schmieren, er drehte sich um und sah nach hinten, mit der Ölflasche in der Hand, angekippt über dem Kopf des Kunden. Alle Männer in den zurückgekippten Friseurstühlen verdrehten die Hälse – ungelenk, langsam – und sahen zu Scummy.

»Was soll das heißen – letze Mal?«, fragte William barsch. Die Worte hämmerten ihm in den Ohren. Er hätte lieber gehabt, wenn die Männer weitergeredet hätten, so hörte er andauernd seine eigenen Worte. »Was soll das heißen – letze Mal?« Als ob er sie wieder und wieder sagen würde. Auch mit seinem Atmen stimmte etwas nicht. Irgendwie bekam er nicht genug Luft durch die Nase.

Scummy stand auf. Er hatte etwas an sich, das William nicht benennen konnte. Es machte das Zittern im Magen schlimmer.

»Letze Mal wo ichn gesehn hab gings ihm gut.« Scummys Stimme lief wie ein Knurren durch den Laden.

Ein Teil in Williams Kopf sagte: Ja, genau. Das ist Hass,

deshalb sieht er anders aus. Er hat Hass in den Augen. Den kann man sehen. Er hat ihn in der Stimme, und man kann ihn hören. Es ist voll mit Hass.

»Seit ichn letze Mal gesehn hab«, fuhr Scummy langsam fort, »hatn weißer MP auf ihn geschossen. Wollte im Bus nich am Niggerende sitzen. Hat sichn Bauchschuss eingefangen. Hat dem MP die Knarre abgenomm und den Bastard inne Schulter geschossen.« Er legte die Zeitung weg und ging zur Tür. Kurz davor drehte er sich um. »Is vors Kriegsgericht gekomm«, sagte er leise. »Hat zwanzig Jahre Zwangsarbeit gekriegt. Am Tag, wo ich weg bin, hing die Meldung im Lager aus.« Dann ging er nach draußen. Ohne einen Blick zurück.

William sah ihm nach, als er die Straße hinunterging. Im Laden war kein Mucks zu hören. Selbst die Rasiermesser schrappten nicht mehr. Al hielt immer noch die Haarölflasche über den Kopf seines Kunden. Das zähe Öl kleckerte dem Mann auf dem Stuhl ins Gesicht. Ganz langsam – Tropfen für Tropfen.

Die Männer im Laden sahen zu William und dann wieder weg. Ich darf das nicht Pink erzählen, dachte er. Sie darf das nie erfahren. Ich kann morgens ganz früh an den Briefkasten gehen, ich kann irgendjemanden nachmittags noch mal reingucken lassen, und falls die Nachricht kommt, kann ich sie zerreißen.

Die Friseure schnitten wieder Haare. Es gab wieder Gesprächsgemurmel im Laden. Kunden kamen aus den zurückgekippten Stühlen hoch. Jemand sagte: »Du kannst meinen Platz haben.«

Er nickte und ging zu dem freien Stuhl. Auf schwachen, wackeligen Beinen. Denken schien unmöglich. Immer wieder wich sein Hirn dem Gedanken an Sam im Gefängnis aus. Immer wieder schlich sich das vertraute Bild von Sams jungen Jahren dazwischen. In der Mittelschule hatte er immer gute Noten bekommen. Die Zeit verging so schnell, als wäre er über Nacht aus den kurzen Hosen rausgewachsen. Und schon war er auf der Highschool.

Da hatte er das Basketballteam hochgebracht. Die ganze Schule war stolz auf ihn, weil in einer der weißen Zeitungen ein Foto von ihm war. An dem Tag hatten sie zwei Exemplare gekauft. Pink hatte die Fotos ausgeschnitten und eins im Schlafzimmer an den Toilettentischspiegel gehängt. Das andere hatte sie ihm für die Brieftasche gegeben.

Während Al ihm die Haare schnitt, starrte er sich im Spiegel an, bis er das Gefühl hatte zu schielen. Zuerst dachte er, vielleicht stimmt das gar nicht. Vielleicht hat Scummy einen Witz gemacht. Aber ein Mann, der Witze macht, sieht nicht aus wie Scummy vorhin. Er überlegte, ob sich Scummy unerlaubt von der Armee entfernt hatte. Das wäre schlecht. Er ermahnte sich, nicht hier beim Friseur über Sam nachzudenken – erst wieder zu Hause.

Plötzlich wurde er wütend auf Annie May. Sie war schlicht und einfach nicht gut. Warum konnte nicht ihr irgendwas zustoßen? Warum musste es Sam sein? Dann schämte er sich. Er suchte nach einer Entschuldigung dafür, dass er ihr etwas Böses gewünscht hatte. Er hatte eigentlich sein Leben lang nur ein kleines bisschen für sich und Pink gewollt und das vergessen, als Sam dann da war. Danach sollte Sam alles haben, was er und Pink nicht hatten erreichen können. Für sie war es irgendwann zu spät dafür. Aber für Sam – wieder ermahnte er sich, nicht an ihn zu denken. Erst wieder zu Hause, und im Bett.

Al nahm ihm den Umhang ab, und William stand aus dem Friseurstuhl auf. Dann war er wieder auf der Straße, auf dem Weg nach Hause. Die Hitze kroch vom Bürgersteig durch seine Schuhsohlen. Er hatte vergessen, wie heiß es war. Er zwang sich, darüber nachzudenken, wie es sich wohl auf dem Land lebte. Wenn es so heiß war, setzte er sich abends nach der Arbeit manchmal in den Park. Da war es immer kühler. Auf dem Land wäre es wahrscheinlich auch kühl. Aber im Winter womöglich kalt – noch kälter als in der Stadt.

Zu Hause zog er sofort Schuhe und Hemd aus. Die Hitze in der Wohnung war wie eine Wolldecke – sie juckte und kribbelte ihm an tausend Stellen auf der Haut. Er ging ins Wohnzimmer und lehnte sich zum Abkühlen aus dem Fenster. Noch nicht, dachte er. Er durfte jetzt noch nicht daran denken.

Er lehnte sich weiter aus dem Fenster, weg von den unzähligen Gerüchen aus den schuhkartonartigen Zimmern hinter ihm. Sie schnitten ihm die Luft ab, er konzentrierte seine Gedanken darauf. Da war der fettige Geruch von Kohl und Collard Greens, dann der Geruch von altem Holz und Seifenlauge und Desinfektionsmitteln, der hartnäckige Gasgeruch vom Herd, und über allem Annie Mays Parfüm.

Dann lenkte er seine Aufmerksamkeit nach unten. Die Straße hoch und runter, soweit er sehen konnte, saßen Leute auf den Haustürstufen. Sie redeten nicht. Sie saßen einfach da. Irgendwo die Straße hoch weinte ein Baby. Dann sagte eine schneidende Frauenstimme, es soll die Klappe halten.

Pink würde erst spät nach Hause kommen. Die Weißen, bei denen sie arbeitete, gaben eine Dinnerparty. Außerdem ging sie, egal, wie spät sie Feierabend hatte, samstagabends immer erst auf der 8th Avenue einkaufen, für ihr eigenes Sonntagsessen. Das traute sie ihm nicht zu. Gut so, dachte er. Heute Abend müsste sie mich nur kurz ansehen und wüsste sofort, dass etwas nicht stimmt.

Ein Schlüssel klackte im Schloss, und er ging vom Fenster weg. Als Annie May ins Zimmer kam, saß er auf der Couch.

»Bist aber mal früh zu Hause, was?«, fragte er.

»Ach, ich geh gleich wieder«, sagte sie.

»Du solltest nicht spätnachts noch draußen sein, so wie gestern«, sagte er vorsichtig. Er hatte das gar nicht sagen wollen. Aber wegen Sam und –

»Und was soll ich deiner Meinung nach tun? Jeden Abend hier rumsitzen und mit dir plaudern?« In trotzigem Ton. Laut.

»Nein«, sagte er und setzte nach: »Aber nette Mädchen laufen nich nachts um vier auf der Straße rum.« Und da er schon mal angefangen hatte, konnte er sich nicht bremsen. »Tja, ich weiß, wann du nach Hause kommst. Und das gehört sich nich. Wenn du das nicht lässt, kannst du gern woandershin ziehen.«

»Is mir recht«, sagte sie lässig. Sie kaute extra schmatzend auf dem Kaugummi herum. »Ich weiß sowieso nich, wieso Auntie Pink n Knirps wie dich geheiratet hat. Würd mir kein bisschen ausmachen, dich nich mehr sehn zu müssen.« Sie ging zum Flur. »Ich bin übers Wochenende weg«, rief sie über die Schulter, »und Montag zieh ich aus.«

»Was soll das heißen, übers Wochenende?«, fragte er barsch. »Wo willst du hin?«

»Geht dich n Scheißdreck an«. Sie knallte die Badezimmertür zu.

Das Krachen tat ihm so in den Ohren weh, dass er zusammenzuckte und überlegte, wieso er in den letzten paar Stunden so geräuschempfindlich geworden war. Und wozu musste sie das überhaupt sagen, grübelte er. Einsfünfundsechzig war doch nicht so klein für einen Mann. Er war immerhin größer als Pink. Verglichen mit Sam dagegen war er vermutlich ein Knirps, Sam war einfach immer weiter gewachsen, bis über eins achtzig. Bei dem Gedanken sprang er vom Sofa auf, zog sich aus und ging ins Bett. Er lag da und versuchte, das Zittern im Magen zu beruhigen; versuchte auch jetzt noch, nicht an Sam zu denken, denn es war besser zu warten, bis Pink im Bett lag und fest schlief, damit kein Ausdruck in seinem Gesicht, keine noch so kleine Regung seinen inneren Aufruhr verriet.

Als er Pink kurz vor Mitternacht die Treppe hochkommen hörte, schloss er die Augen. Lauschte mit dem ganzen Körper. Er hörte sie auf dem Treppenabsatz keuchen. Dann kam eine lange Pause, bevor sie den Schlüssel in die Tür steckte. So lange hatte sie gebraucht, um wieder Luft zu kriegen. Sie wird alt, dachte er. Sie darf das mit Sam nie erfahren.

Sie kam ins Schlafzimmer, und er stellte sich schlafend. Er atmete bewusst langsam. Gleichmäßig. Mit dem Gedanken, morgen kriege ich das gut hin. Ich stehe erst kurz, bevor sie zur Kirche geht, auf. Dann ist sie so mit Anziehen beschäftigt, dass sie mich gar nicht bemerkt.

Sie ging wieder hinaus, und er hörte sie leise mit Annie May sprechen. »Da mach dir mal gar nichts draus, Liebes. Er meint kein Wort davon. Ich kenn die Männers. Sind immer müde und schlecht gelaunt, wenns auf Samstag zugeht.«

»Ich bleib trotzdem nicht hier.«

»Doch, tus du. Oder glaubs du, ich lass mein Schwesterkind rausschmeißen? Du bleibs genau hier.«

Sie sprachen noch leiser. Es gab Gelächter. Das von Pink tief und voll und langsam. Das von Annie May hoch und nervös. Pink sagte: »Siehs goldig aus, Liebes. Also, hab ne schöne Zeit.«

Die Wohnungstür wurde geschlossen. Diesmal knallte Annie May sie nicht zu. Er drehte sich auf den Rücken, wodurch die Sprungfedern quietschten. Sofort kam Pink ins Schlafzimmer und sah zu ihm. Er lag ganz still, mit geschlossenen Augen und angehaltenem Atem, aus lauter Angst, dass sie womöglich mit ihm über das, was er zu Annie May gesagt hatte, reden wollte und ihn wecken würde. Als sie wieder gegangen war, schlug er die Augen auf.

Was mit Sam passiert war, musste irgendeinen verborgenen Sinn haben. Vielleicht war es ein Richtspruch des Herrn, dachte er. Vielleicht hätte er weiter zur Kirche gehen sollen. Sein einziges Zugeständnis an den Tag des Herrn war, seinen besten Anzug anzuziehen. Den trug er nur sonntags, und Pink bügelte die Hose noch spät samstagabends. Aber seit ein paar Jahren bekam er, sowie er in der Kirche saß, Lust, aufzustehen und loszubrüllen: »Ihr verdammten Idioten! Wie viel wollt ihr noch einstecken?«

Er dachte an die Straße, in der sie wohnten, und der Anblick des Pfarrers mit seinem umgeklappten sauberen weißen Kragen und seiner Buttercremestimme war einfach zu viel. Eines Sonntags war er tatsächlich aufgestanden, als der Pfarrer etwas von Straßen aus Gold oben im Himmel erzählte; die Worte lagen ihm schon auf der Zunge, aber Pink hatte neben sich gegriffen und ihn fest in den Hintern gekniffen. Er hatte aufgejault und sich wieder hingesetzt. Hinter ihm hatte jemand gekichert. Und langsam, unwillkürlich, hatte sich auf seinem Gesicht ein Lächeln ausgebreitet. Den Rest des Gottesdienstes hatte er geschwiegen, aber zur Kirche war er nie wieder gegangen.

Die Straße, in der er und Pink wohnten, war so wie die, in der seine Mutter gewohnt hatte. Dabei hätten er und Pink es doch weiter bringen sollen als sie. Seine Mutter hatte in den Küchen von Weißen die Böden geschrubbt und Wäsche gewaschen und gebügelt. Und sie taten im Grunde auch nichts anderes. Noch ein Grund, weshalb er nicht mehr zur Kirche ging. Es leuchtete ihm nicht ein, dass das alles so bleiben musste, und wenn der Herr das nicht so gewollt hatte, warum änderte Er es nicht?

Seine Gedanken wanderten doch wieder zu Sam, also verlagerte er seine Aufmerksamkeit auf die Geräusche, die Pink in der Küche machte. Sie bereitete die Brötchen für morgen vor. Schälte die Süßkartoffeln. Putzte das Gemüse. Zerlegte das Hühnchen. Dann das Bügeleisen beim Aufsetzen. Selbst bei der Hitze bügelte sie seine Hose. Er unterdrückte den Impuls, aufzustehen und sie davon abzubringen.

Als sie etwas später das Licht im Badezimmer anschaltete, wusste er, dass sie sich bettfertig machte. Er drückte die Augen fest zu und hielt den Körper steif und still. Solange sie glaubte, dass er fest schlief, würde sie ihn nicht genau ansehen. Ein genauer Blick, und sie würde wissen, dass etwas nicht stimmte. Das Bett sank ein, als sie sich zum Beten davor kniete. Dann legte sie sich neben ihn. Sie seufzte leise auf, als ihr Kopf aufs Kissen fiel.

Er musste eine Zeit lang geschlafen haben, aber als er morgens wach wurde, kam es ihm vor, als hätte er fast die ganze Nacht an die Decke gestarrt. Er konnte sich nicht erinnern, eingeschlafen zu sein.

Als er schließlich aufstand, war Pink angezogen und fertig zum Kirchgang. Er setzte sich im Wohnzimmer in einen Sessel fern vom Fenster, damit ihm die Sonne nicht ins Gesicht schien. Er sah Pink an und hätte gern auch durch Singen und Rufen in der Kirche Erlösung von dem Durcheinander in seinem Kopf gefunden. Aber das ging nicht. Und Pink verlor nie ein Wort darüber, dass er nicht mehr zur Kirche ging. Sie sah ihn nur manchmal, bevor sie aufbrach, etwas wehmütig an. Heute auch.

Sie hatte ihr Sonntagskleid an. Es war aus bedruckter Baumwolle – auf cremeweißem Untergrund prangten große rot-schwarze Mohnblüten. Er wollte ihr auf keinen Fall in die Augen sehen, sondern starrte auf das Kleid, damit sie das nicht merkte. Es saß wie angegossen über ihrer besten Korsage, und die Korsage drückte im Gegenzug ihre Schenkel zusammen und schnürte die Fleischrollen um die Taille fest ein. Aber Pink ging nicht los, und weil er nicht noch länger das Kleid betrachten konnte, hob er den Blick zu dem breiten cremeweißen Strohhut auf ihrem Hinterkopf. Danach fiel ihm auf, dass sie auf den Seitenkanten ihrer Lacklederstöckel stand, wohl um die Fußsohlen zu entlasten.

Er langte hinüber und tätschelte ihr den Arm. »Siehs gut aus«, sagte er und griff nach der Comicbeilage der Zeitung.

Sie stand da, zog sich weiße Baumwollhandschuhe über die rissigen Hände und sah ihn an. »Alles n Ordnung bei dir, Liebes?«, fragte sie.

»'türlich«, sagte er und hob die Zeitung vors Gesicht.

»Du darfs nicht so gemein sein zu Annie May«, sagte sie behutsam.

»Ja, weiß ich«, sagte er und hoffte, sie würde es als Entschuldigung verstehen. Er wagte nicht, die Zeitung sinken zu lassen, solange sie da stand und ihn so aufmerksam ansah. Warum geht sie denn nicht, dachte er.

»Gib Grütze und Eier zum Frühstück.«

»Is gut.« Er versuchte zu klingen, als ob er so in das vertieft war, was er gerade las, dass er ihr nicht die volle Aufmerksamkeit widmen konnte. Sie ging zur Tür, und jetzt ließ er die Zeitung sinken und betrachtete sie, dachte, dass ihre Beine an ihrem Körper in diesem ausladenden geblümten Kleid zu klein aussahen und dass Weibsleute wirklich komisch sind – sie hat eine riesengroße Handtasche am Arm schlenkern, aber kaum was drin. Sam hatte sie immer gern aufgezogen mit ihren Riesentaschen.

Als sie die Wohnungstür zugezogen hatte und die Treppe hinunterging, schlug ihm die Hitze in dem kleinen Zimmer voll ins Gesicht. Fast hätte er sie zurückgerufen, um nicht allein zu sein – zurückgelassen zum Grübeln über Sam. Er beschloss, mit ihr ins Bett zu gehen, wenn sie aus der Kirche zurückkam. Selbst bei dieser Hitze wären ihr weicher Körper, ihre glatte Haut ein Trost.

Er zog den Sessel dicht vors offene Fenster. Jetzt konnte er sich gehen lassen. Konnte darüber nachdenken, was er wegen Sam machen sollte. Irgendetwas muss doch zu machen sein, dachte er. Aber seine Gedanken hielten nicht still. Sie liefen immer wieder zurück zu Sams Highschool-Abschluss. Neunzehnfünfundsiebzig hatte der dunkelblaue Anzug gekostet. Er und Pink hatten hin und her gerechnet, aber schließlich hatten sie es hingekriegt. Sam sah gut aus darin, der Anzug sah aus wie maßgeschneidert bei seiner Größe und seinen breiten Schultern. Als er sein Abschlusszeugnis entgegennahm, gerieten alle aus dem Häuschen – er war Center in der Basketballmannschaft gewesen, alle Welt wusste, wer er war.

Beim Gedanken an Sam wurde das Zittern im Magen wieder schlimmer. Ihm wurde klar, dass es nie weggewesen war, seit Scummy von »letze Mal« gesprochen hatte. Es war die ganze letzte Nacht lang weitergegangen, und jetzt war er innerlich verkrampft und verspannt und fühlte sich, als wären seine Trommelfelle ganz weit aufgespannt, um jedes Geräusch zu erlauschen. Die sind bestimmt fast einen halben Meter weit offen, dachte er. Offen und pulsierend vom angestrengten Offensein. Auch die Nasenflügel waren so aufgesperrt. Er spürte sie. Und etwas Schweres hinter den Augen.

Er schlief im Sessel ein. Als er wieder wach wurde, war er am ganzen Körper schweißnass. Is wohl noch heißer geworden, wie ich geschlafen hab, dachte er. Er nahm einen Schmerz im Kiefer wahr. Kommt vom Zähnezusammenbeißen. Auch die Zunge – er hatte sie so unbewegt im Mund gehalten, dass sie sich anfühlte wie angeklebt.

Der Klang von Stimmen lockte ihn zum Fenster, und er sah hinaus. Gegenüber stritten sich ein Mann und eine Frau. In der stillen heißen Luft gingen die Stimmen hoch und runter. Er konnte direkt in das Zimmer sehen, in dem sie standen, sie waren halb ausgezogen.

Die Frau schlug dem Mann ins Gesicht. Es klang wie ein Pistolenschuss, und für einen Moment spürte William, wie sein Kiefer lockerer wurde. Er hatte das Gefühl, dass der ganze Block still war und wartete. Er wartete mit. Der Mann packte seinen Gürtel und schlug nach der Frau. Er sah zu, wie der Gürtel hochschnellte und auf ihrer braunen Haut niederging. Die Frau schrie pünktlich wie ein Uhrwerk. Dann kam das Leben in die Straße zurück. Es waren wieder Stimmen zu hören, Geschirrklappern. Ein Baby wimmerte. Die Stimme der Frau wurde zum Hintergrundgeräusch aus Schmerz.

»Ich brauch jetz'n Bier«, sagte er laut. Das würde ihn abkühlen. Und ihm bei Denken helfen. Er zog sich schnell an, Pink war ja noch stundenlang weg, sagte er sich, bis dahin roch sein Atem auch nicht mehr nach Bier.

Überall auf der Straße spielten Kinder Fangen. Alle hatten ihre Sonntagssachen an. Bis zur Ecke tanzten rote Socken, blaue Socken vor ihm herum. Bei ihrem Anblick ballte sich das Beben in seinem Magen zusammen. Hier im Block hatte Sam sonntagnachmittags immer gespielt. Er ging weiter. Überall steckten Frauen den Kopf aus dem Fenster und riefen ihre Kinder, und für ihn wurden all die Stimmen zu Pinks Stimme, die sagte: »Du, Sammie, du solls nich in deine guten Sachn rumrenn!«

Er war so froh, die Kinder nicht mehr sehen zu müssen, dass er die Hitze in der Hotelbar an der Ecke ignorierte und sich entschlossen den Weg bis zur langen Theke bahnte, vorbei an Mädchen in dünnen Sommerkleidern und Männern in schrillen Karojacketts und hautengen cremeweißen Hosen.

Die Atmosphäre war so hitzig und erregt, dass er sich

umsah. Männer mit öligen, geglätteten Haaren beäugten an der Theke aufgereihte Mädchen mit Schlafzimmerblicken. An einem Tisch nebenan lehnte ein Mädchen an einem Mann, der andauernd die Hand an ihrem nackten Arm rauf und runter gleiten ließ. Runter und wieder rauf. William zuckte zusammen und sah weg. Die Jukebox lief auf vollen Touren, schrille, rohe Musik dröhnte durch den ganzen Raum und prallte auf seine Ohren, ein irres Gemisch aus Gewalt und Liebe und Hass und Terror. Er starrte auf die leuchtend bunten, flackernden Lichter der Jukebox und dachte beim Zuhören, er hätte lieber zu Hause bleiben sollen, bei der Musik wurde der Raum noch heißer.

»Mach mir'n Bier«, sagte er zum Barkeeper.

Das Bierglas war kalt. Er hielt es in der Hand und genoss die Kühle, bevor er es an die Lippen setzte. Er trank es in einem Zug aus. Sofort fühlte sich die Luft kühler an. Der über allem hängende Bier- und Whiskeydunst verzog sich.

»Noch eins«, sagte er. In seinem Magen war weiter dieses furchtbare Zittern, aber er hatte das Gefühl, langsam wieder richtig denken zu können. Richtig denken. Gerade stritt er mit sich.

»V'leicht war Sam ja auch so einer. Sonntagnachmittags rumhuren.«

»Aber er war doch ein Teil von mir und ein Teil von Pink. Er hatte Aussichten –«

»Joh. Die Aussicht, in so'm Höllenloch zu leben. Die Aussicht auf 'ne Frau zum Verprügeln.«

»Er hätts College fertig gemacht und 'ne gute Stelle gekriegt. Drogist v'leicht oder Doktor oder Anwalt –«

»Joh. Oder n Stall Frauen v'leicht, zum Verticken aufm Markt –«

Er leckte sich Schaum von den Lippen. Der Mann am Tisch nebenan hatte aufgehört, den Arm des Mädchens zu streicheln. Jetzt küsste er sie – zog sie immer enger an sich.

»Joh«, stichelte William gegen sich selbst, »könnte Sam sein, an so'm heißen Sonntagnachmittag –«

Während er da stand und mit sich stritt, wurde es anscheinend immer wärmer in der Bar. Das Licht war jetzt gedämpft. Ich geh lieber nach Hause, dachte er. Ich muss eben eine Weile mit der Sache leben. Hier Bier trinken bringt gar nichts. Er sah hinaus in die Hotellobby, angelockt von Stimmengewirr. Ein weißer Polizist stritt mit einer verlotterten jungen Frau, die offensichtlich zu viel getrunken hatte.

»Is mein Recht, hier reinzugehen. Geht allein um mein eignen Kram«, sagte sie, mit einem Blick zur Bar.

»Ah, mach dich vom Acker.« Der Cop gab ihr einen Schubs Richtung Tür. Sie stolperte über einen Stuhl.

William sah amüsiert zu. »Besser als Kino«, befand er.

Sie richtete sich wieder auf und zerrte an ihrem Gürtel. »Du weißer Hurensohn«, sagte sie.

Der Cop lief zornrot an. Er schwang den Schlagstock und ging auf die Frau zu. Genau in dem Moment sah William den Soldaten. Groß. Aufrecht. Kakihose mit Bügelfalten. Schiffchen schräg über ein Auge gezogen. So sah Sam auch aus, als er einmal auf Heimaturlaub war, dachte er.

Der Soldat packte den Cop am Arm, drehte ihm den Schlagstock aus der Hand und warf ihn quer durch die kleine Lobby. Er schepperte über den Boden und blieb unter einem Sessel liegen.

»Und was hat er jetzt davon?«, sagte William leise. Er wusste, der Cop musste jeden Abend in dieses Hotel kommen. Er ist das Gesetz, dachte er, und er kann nicht zulassen – dann brach sein Gedanke ab, denn der Cop riss den Arm hoch. Der Soldat zielte mit der Faust nach seinem Kinn. Der Cop duckte sich weg und griff nach seiner Pistole. Der Soldat drehte sich um und wollte losrennen.

Das geht zu schnell, dachte William. Das ist wie bei Pferderennen im Kino, wenn sie die im Zeitraffer zeigen. Dann wurde ihm innerlich eiskalt. Das Beben im Magen wurde schlimmer. Der Soldat war auf dem Weg zur Tür. Rannte. Hatte den Fuß auf der Schwelle, als der Cop schoss. Der Soldat ging zu Boden. Sauber zusammengefaltet wie die braunen Tüten, die Pink vom Einkaufen mitbrachte und leerte und sorgfältig in den Küchenschrank legte.

Das Schussgeräusch blieb ihm im Trommelfell hängen. Es ging nicht weg. »Lieber Gott!«, sagte er. Und noch mal: »Lieber Gott!« Das Bierglas war warm. Er stellte es auf die Theke, mit solcher Gewalt, dass Bier auf sein Hemd schwappte. Er starrte auf den nassen Fleck, Pink würde ihm die Hölle heißmachen. Er in einer Bar, trinkend, an einem Sonntag. Es war plötzlich still, der Biergestank, die Hitze im Raum wurden ihm bewusst, und noch immer hörte er das Schussgeräusch. Jemand ließ ein Glas fallen, und das Klirren tat ihm in den Ohren weh.

Dann strömte alles Richtung Lobby. Die Türen zwischen Bar und Lobby knallten zu. Laute, aufgeregte Gespräche gingen los.

Der große dünne Schwarze neben ihm sagte: »Das reicht jetzt. Is nich mal hier sicher, wo wir leben. Hier auch nich mehr. Ich schnapp mir so'n weißen Bullenbastard und nagel dem seine Haut ans Straßenschild.«

»Is der Soldat tot?«, fragte jemand.

»Hat sich nich gerührt«, kam als Antwort.

Sie drückten mit aller Kraft gegen die Türen zur Lobby. Aber die blieben zu.

William stand da und beobachtete alles. Zorn durchströmte ihn, ein solcher Zorn, dass er sich an der Theke festhalten musste, um nicht umzukippen. Er hatte das Gefühl, gleich zu zerbersten. Es war, als hätte er mitangesehen, wie Sam vor seinen Augen umgebracht wird. Dann hörte er das Heulen der Krankenwagensirene. Sein Trommelfell schien nur darauf gewartet zu haben, es aufzufangen.

»Los, kommt, worauf wartet ihr?«, knurrte er die Leute an, die sich vor den Lobbytüren drängelten. »Los, kommt!«, sagte er noch einmal und lief Richtung Straße.

Die Menge folgte ihm zum Hoteleingang in der 126th Street. Er kam gerade rechtzeitig, um zu sehen, wie vor der Tür eine Trage mit einer Gestalt in Kakiuniform darauf im Krankenwagen verschwand. Der Wagen raste davon, und er starrte ihm nach wie ein Trottel.

Er hatte nicht geahnt, dass er so etwas tun würde, aber er fühlte sich betrogen. Hängen gelassen. Er merkte, dass es langsam dunkel wurde. Immer mehr Menschen strömten auf die Straße. Er fragte sich, wo die alle herkamen und wie sie so schnell von dem Schuss erfahren hatten. Jedes Mal, wenn er sich umsah, waren es mehr geworden. Dauernd waren neugierige, eifrige Stimmen zu hören: »Wasn hier los? Wasn hier los?« Und immer kam dieselbe Antwort. Harsch, zornig: »Ein weißer Cop hat aufn Soldaten geschossen.«

Jemand sagte: »Kommt mit ins Krankenhaus. Mal gucken, was mit ihm los ist.«

Am Hotel hatte er noch vor der Menge gestanden. Jetzt waren so viele Leute vor ihm und hinter ihm, dass er einfach mitging, als sie zum Krankenhaus zogen. Es war keine bewusste Entscheidung – er wurde ohne jede Absicht von der Vorwärtsbewegung aufgesogen und mitgezogen. Er fühlte sich, als hätte er seine Identität als Mensch mit eigenem freiem Willen verloren. Zuerst machte ihm das Angst. Aber allmählich bekam er ein Gefühl von Macht. Um ihn herum waren Hunderte Menschen wie er. Sie waren alle zusammen. Sie konnten alles machen.

Als die Menge langsam die 8th Avenue entlangzog, sah er Cops in Reih und Glied auf beiden Straßenseiten. Aus den Nebenstraßen kam berittene Polizei, brüllend: »Abbrechen! Weitergehn. Weitergehn.«

Die Cops hatten Schiss vor ihnen. Das sah er. Im Halbdunkel waren ihre Gesichter totenweiß. Er sagte das Wort immer wieder vor sich hin. Totenweiß. Er musste wieder lachen. Tot und weiß. So getrennt klang das komisch. Plötzlich hörte er auf zu lachen, etwas in seinem Kopf sagte mehrmals: zwanzig Jahre, zwanzig Jahre.

Er leckte sich die Lippen. Es war höllisch heiß heut Abend. Er stellte sich vor, eiskaltes Bier zu trinken, Schluck für Schluck. Seine Kehle machte mit, er schluckte hörbar.

Der massige Schwarze, der neben ihm ging, drehte sich um und sah ihn von oben an. »Alles gut, Bruder?«, fragte er neugierig.

»Ja«, nickte William. »Sind die Cops, die Hurensöhne. Die ham Schiss vor uns.« Er schauderte. Die Hitze war fürchterlich. In seinem Magen bebte eine Flut aus Hass und erhitzte ihn noch mehr. »Hätt jetz gern 'n Schluck Bier«, sagte er.

Der Mann schien nicht nur das, was er gesagt hatte, zu verstehen, sondern auch alles, was er ungesagt gelassen hatte. Denn er nickte und lächelte. Und William empfand diesen Abend als etwas ganz Besonderes. Es war, als ob sie alle hier, so dicht beieinander, so viele auf einmal – als ob sie genau wussten, was die anderen dachten. Das war etwas Wunderbares.

Die Menge trug ihn mit sich. Sachte. Ganz leicht. Er ging auch gar nicht. Er glitt dahin. Er nahm wahr, dass die schlurfenden Füße auf dem Betonbürgersteig einen gedämpften Rhythmus erzeugten. Er war langsam, unentrinnbar. Klang unheilschwanger, wie bei einem Trauerzug. Regelmäßig wie Trommelschläge. Nein. Eher wie Pulsschläge, dachte er. Nichts Lärmendes. Es kommt nur immer und immer wieder. Aber nicht ganz regelmäßig, weil es sich aufbaut zu irgendwas. Immer weiter aufbaut.

Die berittenen Cops lenkten ihre Pferde in die Menge. Versuchten sie in kleine Gruppen zu zerschlagen. Dann brach der Rhythmus ab. Setzte Sekunden später wieder ein. Jedes Mal etwas schneller im Tempo. Er merkte, dass er auch so atmete. Schneller und schneller. Als ob er rennen würde. Die Cops wurden immer mehr. Allesamt weiß. Sie hatten die farbigen Cops abgezogen.

»Das machen die öfter«, murmelte er.

»Was?«, fragte der Mann neben ihm.

»Die schwarzen Cops abziehen.«

Er hörte, dass der Mann es einem Nebenmann weitersagte. Die Nachricht wurde Teil des langsamen, schlurfenden Rhythmus auf dem Bürgersteig. »Die ham die schwarzen Cops abgezogen.« Er hörte sie durch die Menge hallen, immer wieder, so lange, bis sie nur noch hasserfülltes Flüstern in der stillen heißen Luft war. »Die ham die schwarzen Cops abgezogen.«

Vor dem Krankenhaus fing er Gesprächsfetzen aus der hin und her schlurfenden Menge auf. »Der Soldat war schon tot, als die den in den Krankenwagen geschoben haben.« – »Versuchen ja immer, uns zu bescheißen.« – »Himmel! Wenn ich ein' von die Cops in die Finger kriege.«

Er war mit den Gedanken bei dem Krankenhaus und beteiligte sich an keinem Gespräch. Er wusste selbst jetzt, nach so langen Jahren, noch genau, mit welcher furchtbaren, ohnmächtigen Wut er aus genau diesem Krankenhaus nach Hause gelaufen war. Ohne ein Wort. Nur irgendwie instinktiv nach Hause.

Pink war hier eingeliefert worden, als sie ihr letztes Kind bekam. Er hörte wieder die kalte Verachtung in der Stimme der Krankenschwester. Auf Pinks laute Trauerklage hin hatte sie nur gesagt: »Ihr Leute habt sowieso zu viel Kinder.«

Es hatte ihn sprachlos gemacht. Er hatte den Hut in der Hand gehabt, und er wusste noch genau, im Nachhinein hätte er ihn am liebsten vor ihrer Nase aufgesetzt, um ihr zu zeigen, was er von ihr hält. Aber all die bitteren Antworten, die ihm irgendwann die Kehle hochstiegen, hatten ihm dann wohl die Luft abgeschnürt. Kein einziges Wort wollte rauskommen. Also hatte er auf ihren dürren Körper gestarrt. War mit dem Blick lange auf ihren platten Brüsten geblieben. Weiße Uniform. Weiße Schuhe. Weiße Strümpfe. Weiße Haut.

Dann hatte er: »Schade, dass Sie nich auch noch weiße Augen ham«, gemurmelt, auf dem Absatz kehrtgemacht und war gegangen.

Eine passende Antwort war das nicht. Vermutlich hatte sie keine Ahnung, wovon er redete. Ein totes Baby, und ihm fiel bloß ein, ihr zu erzählen, sie müsste weiße Augen haben. Weiße Schuhe, weiße Strümpfe, weiße Uniform, weiße Haut und blaue Augen.

Er betrachtete das Krankenhaus und entdeckte mit Genugtuung ängstliche Gesichter an den Fenstern. In manchen ging das Licht aus. Langsam hatte er das Gefühl, an diesem Abend zum ersten Mal wirklich am Leben zu sein. Heute Abend würde alles anders. Eine Ahnung von Macht stieg in ihm auf, schwoll an. Er spürte sie auch bei den Leuten um ihn herum.

Und das bekamen auch die Cops mit, dachte er. Sie waren in voller Stärke angerückt. Berittene und Streifenpolizisten, Einsatztrupps. Funkwagen, die aussahen wie überdimensionale Käfer, krochen durch die Seitenstraßen. Warteten am Bordstein. Die weißen Dächer stachen heraus in der Dunkelheit. »Weiße Leute mit weiße Autos.« Er hatte es laut gesagt, aber das merkte er erst, als es durch die Menge lief. »Weiße Leute mit weiße Autos.« Das folgende Gelächter kam in einem rüden, spröden Rhythmus. Wiederholte das Muster der schlurfenden Füße.

Jemand sagte: »Die ham den aufs Revier gebracht. Der is nich hier.« Und die Menge bewegte sich Richtung 123rd Street.

Grundgütiger, dachte William, alle Welt ist hier. Mädchen in dünnen Sommerkleidern, Jungs in langen Mänteln und hautengen Hosen, alte Frauen, die Kinder hinter sich her zogen. Ein Mann auf Krücken humpelte im Rhythmus der schlurfenden Füße vorbei. Ein Blinder ertastete sich den Weg durch die Mitte, und die Menge teilte sich in zwei

Ströme und schwappte neben ihm her. An jeder Straßenecke sah William jemanden anhalten und den Blinden über den Bordstein geleiten.

Vor dem Polizeirevier war die Straße so brechend voll, dass er nicht durchkam. Die Leute taten nichts, soweit er sehen konnte. Sie standen einfach da. Warteten, dass etwas passierte. Ein paar erkannte er: die Frau mit den unruhig rollenden Augen, die in der 125th Street Einkaufstüten verkaufte; den Losverkäufer – er hatte immer einen weißen Papagei auf der Schulter; drei Schwestern von der Bewegung Himmlische Ruhe für Alle – Barfüßerinnen in lockeren weißen Gewändern.

Dann bewegten sich alle hoch zur 125th Street, er konnte nicht erkennen, warum. Jetzt ging es langsamer, weil die Menge immer größer wurde, sie sog auch Leute auf, die aus dem Spätgottesdienst kamen. Die waren leicht zu erkennen, dachte er. Die Frauen trugen weiße Handschuhe. Die Kinder sahen aus wie geleckt. Aber obwohl es nur schrittweise voranging, wurde er weiter mitgetragen, mühelos, leicht. Als ihm ein Mensch den Weg versperrte, schubste er ihn gereizt und runzelte erbost die Stirn, weil er in seiner geschmeidig fließenden Vorwärtsbewegung unterbrochen worden war.

Der Mensch vor ihm war Pink. Das Stirnrunzeln verschwand, als er sie erkannte. Sie hatte eine braune Papiertüte unterm Arm, er wusste, sie war im Laden an der Ecke vorbeigegangen und hatte eine große Flasche Vanillebrause gekauft, die sie sonntags immer mit nach Hause brachte. Er wurde neidisch, denn die Tüte bedeutete, dass dieser Sonntag für Pink geordnet und normal verlaufen war, während er – Sie sah ihn scharf an, und ihm wurde schlagartig klar, dass sein Hemd nach verschüttetem Bier roch. Sie hatte es auch gerochen, er wusste es, weil sie die Handtasche noch fester hielt.

»Was machs du bei dem Pack hier? Is Sonntagabend, und du trinkst Bier«, sagte sie grimmig.

Einen Augenblick lang fiel ihm keine Antwort ein. Das Einzige, woran er denken konnte, war Sam. Fast hätte er gesagt: »Sam ist heut Nachmittag erschossen worden«, und musste heftig schlucken.

»Ich hab heut Nachmittag gesehen, wie 'n weißer Cop 'n schwarzen Soldaten umgebracht hat«, sagte er. »In der Bar, wo ich 'n Bier getrunken hab. Ich hab das gesehen. Deshalb bin ich hier. Mir is Bier auf die Sachen gekleckert. Der Cop hat den in' Rücken geschossen. Deshalb bin ich hier.«

Er hielt einen Moment inne und holte tief Luft. Dann sollte es so sein, beschloss er. Irgendwann musste sie es erfahren, und hier war der richtige Ort, es ihr zu sagen. In diesem Halbdunkel, in diesem Durcheinander von Stimmen, zum tiefen harschen Rhythmus der Schritte, der mit dem Geklapper der Pferdehufe zusammenprallte.

Seine Stimme war belegt. »Hab gestern Scummy getroffen«, fuhr er fort. »Der sagt, Sam hat Zwangsarbeit gekriegt. Deshalb hören wir nichts mehr von ihm. Ein weißer Militärpolizist hat auf ihn geschossen, weil er im Bus nicht ans Niggerende wollte. Sam hat dann auf den geschossen. Die ham ihm zwanzig Jahre Zwangsarbeit gegeben.«

Er wusste, er hatte nicht klar gemacht, dass er in dem Soldaten in der Bar Sam gesehen hatte; dass es für ihn war, als wäre Sam vor seinen Augen erschossen worden. Ich weiß ja nicht mal, ob der Soldat tot ist, dachte er. Wie komme ich überhaupt dazu, ihr hier auf der Straße von

Sam zu erzählen? Und es machte ihm gar nichts aus, stellte er leicht schockiert fest, dass er ihr das erzählt hatte. Er fühlte sich stark, mächtig, woanders. Er hatte die ganze Zeit geredet, ohne sie anzusehen. Jetzt sah er sie plötzlich an wie eine vollkommen Fremde. Er überlegte, was sie tun würde, ganz kühl. Er war auf alles gefasst.

Auf den Klageschrei aus ihrer Kehle war er jedoch nicht gefasst. Der Klang blieb in der heißen Luft hängen. Er machte das entsetzliche Beben in seinem Magen wieder schlimmer. Er hallte durch die ganze Straße und wieder zurück. Irgendwo in der Ferne wieherte ein Pferd. Eine Frau weit weg in der Menge stöhnte auf, als wären der Kummer und der Jammer in diesem Schrei mehr, als sie ertrug.

Pink stand einen Moment lang da. Schweigend. Brütend. Dann riss sie die Brauseflasche hoch und schleuderte sie mit aller Kraft in die Luft. Sie flog im hohen Bogen und traf das Schaufenster eines Möbelladens, genau in der Mitte. Die Scheibe krachte ein, es klang wie ein Pistolenschuss.

Ein Seufzer stieg aus der Menge hoch. Alle stürmten auf die zerschmetterte Scheibe los. Pink dicht hinter ihnen. Als sie ankam, war das Glas ganz weggebrochen. Sie langte nach innen, schnappte sich einen kleinen Hocker, drehte sich um und schmetterte ihn in das Schaufenster des Kleiderladens nebenan. William blieb dicht hinter ihr und sah zu, wie sie ein Schaufenster nach dem anderen einschlug und aus jedem ein neues Geschoss mitnahm.

Die 125th Street entlang gingen überall Schaufenster zu Bruch – auf beiden Seiten. Ein gewalttätiger, explosiver Sound, der seinem Machtgefühl neue Nahrung gab. Pink hatte das hier angefangen. Er war stolz auf sie, sie hatte sich als passende Gefährtin für einen Mann seines Schlags erwiesen. Er blieb so dicht er konnte bei ihr. Und bekam trotz des Gekrachs und Gesplitters und des gewalttätigen Gewimmels um ihn herum mit, wann genau sie ihren großen Strohhut verloren hatte, wann sie die Lacklederstöckel abgestreift und weggeschleudert hatte und flink auf Strümpfen weitergeschritten war. Und dass ihr Kleid schief hing.

Er war direkt hinter ihr, als sie vor einem Hutladen stehen blieb. Sie musterte alle Hüte in der Auslage. Schließlich griff sie durch die zerborstene Scheibe, nahm ein Hütchen mit purpurroten Veilchen und zog es sich fest auf den Kopf.

»Die Frau hat Geschmack«, sagte ein Mann.

»Mann, oh Mann! Ich will da auch rein«, sagte eine hagere Frau, drängelte sich durch den Wust von Leuten nach vorn durch und holte sich zwei Hüte aus dem Fenster.

Die Menge brüllte anerkennend. Von da an war jedes eingeschlagene Schaufenster von allen Waren leergefegt, sobald die Leute daran vorbeigeströmt waren. Diese Läden gehörten Weißen. Die machen Miese um Miese um Miese, dachte er mit Genugtuung. Die Wörter »zwanzig Jahre« hallten in seinem Kopf wider. Dann bin ich ein alter Mann. Und: Vielleicht bin ich tot, bevor Sam aus dem Gefängnis kommt.

Das großartige Gefühl von Macht und Stärke verschwand. Der Verlust brachte ihn so durcheinander, dass er beschloss, was hier auf der Straße passierte, war nicht wirklich. Es war so dunkel, so viele Leute schrien und rannten herum, dass er beinah überzeugt war, einen Albtraum zu haben. Sein Gehör, registrierte er, war jetzt so scharf, dass er selbst winzigste Geräusche wahrnahm: den beschleunigten Atem, das leise hämische Gelächter der Menge und sogar seinen eigenen Herzschlag. Er konnte alles hören, hinter dem Krach von berstendem Glas, hinter den Rufen auf beiden Seiten der Straße. All diese Geräusche zwangen ihn zu der Einsicht, dass das hier kein Traum war, sondern etwas Wirkliches, dem er nicht entkommen konnte. Er ging weiter, und das Beben in seinem Magen nahm weiter zu.

Pink durchpflügte direkt vor ihm die Menge. Er musterte sie, wollte herausfinden, ob sie sich auch so fühlte wie er. Aber sie schien jünger geworden durch die Empörung, die in ihr tobte. Sie war unermüdlich. Meistens führte sie die Menge an. Er konnte nur versuchen, hinter ihr herzukommen, aber irgendwann gab er auf – er war zu müde.

Er blieb stehen und sah zu, wie in einem Schaufenster ein Mädchen die Taille einer Schaufensterpuppe umklammert hielt. »Was will die denn damit?«, sagte er laut. Denn die Puppe war total entkleidet worden von der vorbeiziehenden Menge, der blassrosa Oberkörper war einer wirklichen Frau so ähnlich, dass er ihn leicht obszön fand.

Das Mädchen war jung und dünn. Sie stand mit dem Rücken zu ihm, und ihre dunklen Hände hielten die nackte Puppe auf so wüste Art gepackt, dass er dem Vorwärtsdrang der Menge widerstand und fasziniert hinsah. Jetzt drehte sie sich um. Die nervösen Hände lagen fest um die Taille der Puppe. Es war Annie May.

»Oh, nein!«, sagte er und seufzte auf.

Dann legten sich ihre Hände um den Hals der Puppe, und sie schleuderte sie über die Köpfe der Menge durch die Luft. Die Puppe landete knapp vor einem Schaufenster auf der anderen Straßenseite. Die Beine zersplitterten. Der

Kopf rollte auf den Bordstein zu. Die Taille brach säuberlich entzwei. Nur der Rumpf blieb ganz.

Annie May stand im leeren Schaufenster und lachte mit der Menge, als jemand den Oberkörper auf die Straße kickte. Er starrte sie an. Er hatte das Gefühl, dass er sie gerade zum ersten Mal verstand. Sie hatte immer nur schlecht bezahlte Jobs gekriegt – Arbeit bei jungen weißen Frauen, die sie vermutlich verachteten. Sie war wie Sam in dem Bus in Georgia. Sie wollte auch nicht bloß das Niggerende von irgendwas, aber etwas anderes gab es hier in Harlem für sie nicht. Eigentlich wollte sie immer nur dem Leben ein kleines bisschen für sich selbst abringen, auf die einzige Art, die sie kannte.

Er versuchte, näher an das Schaufenster zu kommen. Er musste ihr sagen, dass er verstanden hatte. Aber die Menge duldete nicht, noch länger durch seinen Stillstand behindert zu werden, sie riss ihn mit und spülte ihn weiter. Er hörte auf zu denken und ließ sich von einer riesigen Gefühlswoge davontragen. Der Bürgersteig war voller Glasscherben, es knirschte unter den Füßen der vorwärtseilenden Menge. Ein so stumpfes, harsches Geräusch, dass es ihm durch und durch ging und das Beben in seinem Magen beschleunigte.

Inzwischen waren alle Schaufenster kaputt, an denen er vorbeikam. Die mit ihm laufenden Leute schleppten Tische, Lampen, Schuhkartons, Kleider weg. Eine Frau neben ihm hatte einen Hochzeitskuchen in Händen – mehrstöckig, mit weißem Zuckerguss und einem kleinen Brautpaar obendrauf. Sie blutete an den Händen, und er sah sich die anderen in seiner Nähe genauer an. Die meisten hatten ebenfalls Schnittwunden an Händen und Beinen. Dann entdeckte er Blut auf dem Bürgersteig vor den Fenstern, Blut, das von den scharfen Zacken der geborstenen Scheiben heruntertropfte. Er wollte dringend nach Hause.

Er nahm wahr, dass der Rhythmus der Menge gewechselt hatte. Er war schneller, und er hatte einen hässlichen Ton angenommen. Die Cops setzten die Schlagstöcke ein. Polizeiautos fuhren die Bordsteine hoch. Wenn sie wieder wegfuhren, waren sie beladen mit Männern und Frauen, die geplünderte Sachen aus den Läden bei sich hatten.

Zu den Polizeifahrzeugen, die durch die Straßen streiften, kamen weitere Autos mit Lautsprechern auf dem Dach. Aus den Lautsprechern dröhnten barsche Stimmen. Sie steigerten den Lärm und das Durcheinander. Er versuchte, die Stimmen zu verstehen. Aber die Worte sagten ihm nichts. Eine Phrase schnappte er immer wieder auf: »Gute Leute in Harlem.« Ihm wurde übel.

Er wiederholte dieses »in Harlem«. Und dachte, wir gehören nirgendwo hin. Für uns ist nirgendwo Platz. Für Sam war im Bus in Georgia kein Platz. Für uns ist hier in New York kein Platz. Kein Platz außer dem obersten Stock. Die Schwarzen vom obersten Stock. Und er musste lachen, und der Laut blieb ihm im Hals stecken.

Danach schnappte er sich einen Anzug aus dem Schaufenster eines Herrenbekleiders. Es war ein Sommeranzug. Der Stoff fühlte sich frisch und kühl an. Er klemmte ihn sich unter den Arm und ging weiter. So einen Anzug hatte er noch nie besessen. Er schwitzte sich in derselben dunklen Hose durch den Sommer, die er auch im Winter trug. Er betastete den Stoff, und selbst das brachte ihn nur auf den bitteren Gedanken: Du hast jetzt ,ne Sommerhose, Sam hat zwanzig Jahre.

Er stellte überrascht fest, dass er kurz vor der Lenox Avenue war, er wusste nicht mehr, dass er die 7th Avenue überquert hatte. An der Ecke schubsten die Cops gerade eine Gruppe Jungen und Mädchen in ein Polizeifahrzeug. Er blieb stehen und sah zu. Annie May war mittendrin. An einer Hand baumelte eine Gelbfuchsjacke.

»Annie May!«, rief er. »Annie May!« Die Menge schob ihn immer schneller weiter. Sie hatte ihn nicht gesehen. Er ließ sich von der Bewegung der Menge davontragen. Er musste Pink finden und ihr sagen, dass die Cops Annie May mitgenommen hatten.

Er sah angestrengt nach vorn in die halbdunkle Straße und suchte sie nach ihr ab. Dann drängelte er sich mit den Ellbogen durch zum Bordstein, um auf die andere Seite sehen zu können, und vergaß die Suche. Genau gegenüber lag der Plattenladen, an dem er abends nach der Arbeit vorbeikam. Auf dem Bürgersteig davor hingen immer Jungen und Mädchen herum. Sie tanzten ein paar Schritte zur Musik, die gerade im Laden aufgelegt wurde. Die Platten klangen alle gleich – irgendeine grässlich verstärkte Frauenstimme kreischte einen Blues, für ihn klang sie nach einem läufigen Tier – einem müden und geprügelten alten Tier, das aber immer noch aufreizend genau wusste, wie‘s geht. Die weißen Männer, die an dem Laden vorbeikamen, lächelten und begafften ausgiebig die jungen Mädchen, die sich zur Musik wiegten.

»Die Weißen lassen uns immer antanzen. Ganz egal, wo«, knurrte er. Er kämpfte sich aus der Menge frei und ging zu einem Parkverbotsschild vor dem Laden. Er wälzte es über den Bordstein. Es war schwer, er keuchte vor Anstrengung. Er brauchte seine ganze Kraft, um es durch das Glas in der Tür zu schmettern.

Fast augenblicklich schlüpften eine alte Frau und ein junger Mann in den engen Laden. Er folgte ihnen. Sie zertrümmerten reihenweise Schallplatten aus den Regalen. Er sah zu, er war gar nicht auf die Idee gekommen, die Platten kaputt zu machen, aber als er selbst damit anfing, fand er das scharfe Bruchgeräusch angenehm. Das Machtgefühl kam langsam zurück. Er mochte diese Platten nicht, also mussten sie zerstört werden.

Als sie den Laden verließen, war keine Platte mehr heil. Die alte Frau kam als Letzte heraus. Er eilte die Straße hoch und hätte schwören können, beißenden Brandgeruch wahrzunehmen. Er drehte sich um und sah nach hinten. Es stimmte. Aus der Ladentür kam eine feine Rauchfahne. Die alte Frau war längst in der Menge verschwunden.

Weiter oben sah er sich noch einmal um. Das Feuer im Plattenladen brannte fröhlich vor sich hin. Sein Schein brachte Licht auf diesen Abschnitt der Straße. Und es gab wieder einen neuen Rhythmus. Er wurde schneller und schneller. Sogar die Stimmen aus den Lautsprechern hatten sein drängendes Tempo übernommen.

Feuerwehrautos röhrten die Straße entlang. Er warf den Kopf zurück und lachte, als er sie sah. So is recht, dachte er. Brennt die ganze verdammte Gegend nieder. Es war wundervoll. Dann verfinsterte sich sein Gesicht. »Zwanzig Jahre Zwangsarbeit.« Die Wörter kamen wieder zurück. Er war ein Narr. Mit Feuer waren die nicht wegzukriegen. Mit gar nichts waren die wegzukriegen.

Dann fiel ihm wieder ein, dass er Pink finden musste. Ihr das mit Annie May erzählen. Im nächsten Block holte er sie ein. Sie hat sich noch mehr Zeug geholt, dachte er. Sie hatte in einer Hand eine Tischlampe und in der anderen einen großen Emaillekessel. Um ihre Schultern hing ein leichter Sommermantel, so klein, dass er kaum über ihre voluminösen Arme reichte. Sie beobachtete eine Gruppe Jungs, die an den Stahlgittern eines Schnapsladens rüttelten. Sie sah sie so böse an, dass er sich fragte, was sie vorhatte. So, wie sie Schnaps hasste, war er fast sicher, dass sie die Jungs ohrfeigen und die Straße hochscheuchen würde.

Sie drehte sich um und warf einen Blick in die Menge hinter sich. Sie sah ihn und winkte ihn zu sich. »Halt das mal«, sagte sie. Er nahm ihr Lampe, Kessel und Mantel ab und sah, dass ihr Gesicht schweißüberströmt war. Auch das blumenbedruckte Kleid hatte dunkle Schweißflecken.

Sie zog sich den Hut mit den Purpurblüten wieder fest auf den Kopf. Dann ging sie zum Stahlgitter. »Mach ma Platz«, sagte sie zu den Jungs. Sie baute sich davor auf und fing an, daran herumzureißen. Das Gitter hielt stand. Sie zerrte weiter, sie hatte vor Wut plötzlich eine solche Kraft, dass er erschrak. Als er sie so sah, kam es ihm vor, als ob sich bei ihr im Kopf das widerspenstige Gitter verwandelt hatte. Es war kein Gitter mehr – es war die ganze Welt, die ihr den Sohn genommen hatte, und sie nahm jetzt Rache an ihr.

Das Gitter gab langsam nach unter ihrer Attacke und kam ins Schwanken. Dann war es offen. Einen Augenblick lang stand sie da und starrte auf ihre Hände – Blut quoll in dicken Tropfen über die Innenflächen. Danach drehte sie sich zur Menge, die stehen geblieben war und zuschaute.

»Na los, ihr Nigger«, sagte sie. Der Blick aus ihren kleinen Augen war boshaft und triumphierend. »Na los, trink dem weißen Mann sein Schnaps weg.« Dann schritt sie weiter die Straße hoch, mit dem bedenklich am Hinterkopf wackelnden Blütenhut.

Als er bei ihr ankam, stöhnte sie und flüsterte heiser mit sich selbst. Sie hörte auf, sowie sie ihn sah, und legte ihre Hand auf seinen Arm.

»Is heiß, was?«, japste sie.

Er fand die schlichte Allerweltsfrage inmitten all der Gewalt beunruhigend. Er sah Pink genauer an. All ihre innere Raserei war verschwunden, sie war nur noch vollkommen erschöpft. Sie atmete zu schnell, das ungleichmäßige Keuchen erschütterte den ganzen Körper. Bäche von Schweiß liefen ihr übers Gesicht. Es war, als ob der Triumph über das Metallgitter sie erledigt hätte. Eigentlich hat das Gitter gewonnen, dachte er.

»Komm, wir gehn nach Haus, Pink«, sagte er. Er musste schreien, um das Gebrüll der Menge, den Lärm von zerbrechendem Glas zu übertönen.

Er erkannte, dass sie nicht mehr die Kraft zum Sprechen hatte, denn als Antwort nickte sie nur. Wenn wir erst mal zu Hause sind, gehts ihr wieder gut, dachte er. Nach Hause zu kommen war plötzlich ganz dringend, dahin, wo es ruhig war, wo er nachdenken konnte, wo er etwas nehmen konnte, um das Gezitter in seinem Magen zu besänftigen. Er wollte sie dazu bringen, ein bisschen schneller zu gehen, aber sie wurde immer langsamer, und als sie endlich in ihrer Straße waren, schienen alle beide kaum noch vorwärtszukommen.

Auf halber Höhe des Blocks blieb sie stehen. »Ich schaffs nicht«, sagte sie. »Ich bin zu müde.«

Er legte ihr den Arm um, trotzdem rutschte sie nach unten. Er versuchte sie zu halten, aber ihr enormes Gewicht war zu viel für ihn. Sie rutschte nach unten, langsam, unweigerlich, wie ein kenternder Riesentanker. Dann lag ihr ganzer massiger Körper zusammengesackt auf dem Bürgersteig.

»Pink«, sagte er. »Pink. Du muss aufstehn«, sagte er immer wieder.

Sie reagierte nicht. Er beugte sich über sie und betastete sie sanft. Und richtete sich sofort wieder auf. Das ganze Leben lang hatten Augenblicke der Verzweiflung und der Frustration ihm die Sprache verschlagen – war er erstickt an den Worten, die ihm die Kehle hochstiegen. Diesmal stürzten die Worte hinaus.

Seine Stimme raste hinein in die Dunkelheit und das grauenhafte Durcheinander von Geräuschen. »Diese Hurensöhne«, brüllte er. »Diese Hurensöhne.«

Doby ist weg

Doby trat in Sue Johnsons Leben, als ihre Eltern eine Farm weit oben im Staat New York verwalteten. Die Johnsons nahmen Doby schweren Herzens als Familienmitglied auf, weil Sue sonst niemanden zum Spielen hatte.

In dem Frühjahr, Sue war sechs, zogen sie um nach Wessex, Connecticut – eine Kleinstadt in Neuengland, in der sich adrette Häuser im Kolonialstil über die Hügel oberhalb des Connecticut River ziehen. Den ganzen Sommer lang hoffte Mrs. Johnson, dass Doby, bevor Sue im Herbst zur Schule kam, längst verschwunden wäre. Er würde die Sache mit der Schule nur verkomplizieren.

Denn Doby gab es nicht. Er existierte nur in Sues Kopf. Ihr Bedürfnis nach einem gleichaltrigen Freund hatte ihn erschaffen. Und ganz allmählich war er zu ihrem Ausweg aus der wirklichen Welt um sie herum geworden. Zuerst hatte sie mit zwei Jahren von ihm erzählt, seitdem war er immer bei ihr. Er saß beim Essen neben ihr und spielte tagsüber mit ihr. Nachts schlief er im Sessel neben ihrem Bett, weshalb sie morgens beide zur selben Zeit aufwachten. Bei Tisch musste immer für ihn mitgedeckt werden. Im Zug und im Bus musste immer ein Platz für ihn frei bleiben.

Er blieb auch, als sie nach Wessex gezogen waren, ihr ständiger Gefährte, genau wie früher, als sie drei und vier und fünf gewesen war.

An dem Morgen, an dem sie das erste Mal zur Schule gehen sollte, sagte Sue: »Doby hat auch einen neuen Stift. Und ein rot kariertes Hemd, genau wie mein Kleid.«

»Warum kann Doby denn nicht zu Hause bleiben?«, fragte Mrs. Johnson.

»Weil er überall hingeht, wo ich hingehe«, antwortete Sue verwundert. »Natürlich geht er mit zur Schule. Er sitzt direkt neben mir.«

Als ihre Mutter vom Frühstückstisch aufstand, ging Sue mit ihr hoch in das große Schlafzimmer nach vorn raus. Zu ihrer Überraschung zog ihre Mutter Ausgehsachen an.

»Musst du mitkommen, Mommy?«, fragte sie bang. Sie wollte doch mit Doby gehen. Nur sie beide. Seit ihre Mutter ihr gesagt hatte, dass sie ab Herbst in die Schule gehen würde, hatte sie jeden Schritt dahin geplant.

»Nein, muss ich nicht, ich komme aber trotzdem mit. Ich möchte mit deiner Lehrerin sprechen.« Mrs. Johnson knöpfte den Mantel zu und strich gekonnt eine lose Haarsträhne zurecht.

Sue sah sie an und überlegte, ob die Mütter der anderen Kinder wohl auch mit in die Schule kämen. Sie hoffte es inständig, sie wollte nämlich nicht das einzige Kind sein, das eine Mutter mitbringt.

Dann hopste sie im Zimmer herum, mit Doby an der Hand. Ihre kurzen schwarzen Zöpfe hüpften mit. Ihr Kleid mit dem Bauernkaro war so gestärkt und der Saum so steif, dass er beim Herumspringen wie ein großer runder Rahmen um ihre stämmigen dunkelbraunen Beine wippte.

»Oooh«, sagte sie plötzlich. »Doby hat mir ein Band aus den Haaren gezogen.« Sie langte zum Boden, hob es auf und blieb stehen, bis ihre Mutter wieder eine schmucke rote Schleife gebunden hatte.

Dann ging sie Hand in Hand mit ihrer Mutter die Straße entlang. Dobys Hand hielt sie an der anderen Seite. Sie fand es jetzt doch ganz gut, dass ihre Mutter mitkam. Es war besser so. Wenn sie mit Doby allein gewesen wäre, hätte die Straße furchtbar lang und furchtbar breit ausgesehen, auch wenn sie genau wusste, wo die Schule war. Einfach die Straße runter auf dieser Seite. Vorbei am Postamt und am Rathaus, die lagen zurückgesetzt hinter einem grünen Rasen. Vorbei an der öffentlichen Pumpe und dem alten weißen Haus an der Ecke, vorbei an der großen leeren Fläche. Und dann kam die Schule.

Zu ihr führte ein Fußweg mitten durch grünes Gras, nur braungelber Schotter – gröber als Sand. Eines Tages war Sue mit ihrer Mutter vorbeigekommen, sie war stehen geblieben und hatte das Zeug, aus dem der Weg bestand, befühlt. Ihre Mutter hatte gesagt: »Das ist Kies.«

Sie hatten darüber gesprochen, das wusste sie noch. »Was ist Kies?«, hatte sie gefragt.

»Das da in deiner Hand. Das ist so wie Sand, nur gröber. Das nimmt man für Auffahrten und Fußwege«, hatte ihre Mutter erklärt.

Kies. Der Klang des Worts gefiel ihr. Es klang fast wie Kiesel. Kies. Kiesel. Sie sagte sich die Wörter vor. Du Kies und Kiesel. Kiesel sagt zu Kies. Sie erfand eine Geschichte. Kies sagt zu Kiesel: »Du bist ein Kiesel«, und Kiesel entgegnet: »Und du bist ein Kies.«

»Wirf das weg, Sue. Das ist schmutzig, und du hast saubere Hände«, sagte ihre Mutter.

Sie warf den Kies auf den Bürgersteig. Aber sie sah sich

beim Weitergehen immer wieder um. Versprengtes Gelbbraun auf dem kräftigen Braunschwarz des Gehwegs.

Sie hielt Dobys Hand ein bisschen fester. Jetzt ging sie tatsächlich über diesen langen Kiespfad bis zur Schule. Hier würden sie und Doby jeden Tag nach der Schule spielen.

Der Schulhof war voller Kinder. Sue ging langsamer und sah ihnen zu. Sie spielten Ball unter den großen Ahornbäumen hinten im Schulhof. Ein paar kleine Kinder hockten am Schulgebäude und ließen Kies durch die Finger rieseln.

»Ich will auch spielen.« Sie versuchte, ihre Hand aus dem festen Griff ihrer Mutter zu ziehen.

»Zuerst gehen wir mal rein und suchen deine Lehrerin.« Und schon ging sie mit Sue fest an der Hand die Stufen zur Schule hoch.

Sue musterte die Kinder auf den Stufen. »Warum starren die so?«, fragte sie.

»Wahrscheinlich, weil du sie auch so anstarrst. Na, komm jetzt.« Und schon zog ihre Mutter sie durch die Tür. Der Flur war dunkel und sehr lang. Über einer Tür auf der rechten Seite stand auf einem akkuraten weißen Schild in fetten schwarzen Buchstaben ERSTE KLASSE.

Sue spähte in den Raum, während ihre Mutter an die Tür klopfte. Eine hübsche Dame mit gelben Lockenhaaren stand von einem Pult auf und bat sie herein. Während die Lehrerin und ihre Mutter Erwachsenengespräche führten, sah Sue sich um. Sie nahm an, dass sie an so einem kleinen Pult sitzen sollte. Davon gab es ganz viele, und sie überlegte, ob wohl eins für jedes Kind gedacht war. Falls ja, müsste Doby sich neben sie quetschen.

»Sue, geh ruhig draußen spielen. Wenn die Glocke läutet, musst du hereinkommen«, sagte die Lehrerin.

»Ja, Frau Lehrerin.« Und Sue eilte zur Tür.

»Ich bin Miss Whittier«, sagte die Lehrerin. »Und so musst du mich anreden.«

»Ja, Miss Whittier. Wiedersehen, Mommy«, sagte Sue und lief rasch den Flur entlang und aus der Schultür.

»Nimm meine Hand, Doby«, sagte sie fast unhörbar.

Jetzt konnten sie und Doby im Kies spielen. Ihn wie die anderen Kinder zwischen die Finger klemmen, zu Mustern legen. Der gestärkte kurze Rock stand ihr von den Beinen ab, als sie die Stufen hinunterhopste. Sie sah den Kindern zu, ohne ein Wort, solange sie konnte.

»Dürfen wir mitspielen?«, fragte sie schließlich.

Ein Junge mit Sommersprossen und roten Haarstoppeln sah hoch und runzelte die Stirn. Er antwortete nicht, sondern klopfte demonstrativ weiter auf einem Kieshäufchen herum.

Sue ging etwas näher ran, Doby fest an der Hand. Der Junge ignorierte sie. Ein kleines Mädchen in einem blau-weiß karierten Kleid streckte die Zunge raus.

»Deine Beine sind schwarz«, sagte sie plötzlich. Und als die anderen hochsahen, setzte sie nach: »Nein, seht mal, die ist überall schwarz. Guck mal an, die ist überall schwarz.«

Sue ging einen Schritt weg vom Haus. Die Kinder standen auf und folgten. Sie ging noch einen Schritt zurück und dann ging sie zwei Schritte vor. Das kleine Mädchen, das die Zunge rausgestreckt hatte, fing an zu skandieren: »Guck mal, guck mal. Die hat schwarze Beine. Die hat schwarze Beine.«

Alle Kinder sangen mit. Sie stellten sich im Kreis um Sue und tanzten und schrien: »Die hat schwarze Beine. Die hat schwarze Beine.«

Sie stand mittendrin und war fassungslos. Sie wollte nach Hause, wo es sicher war und ruhig und wo ihre Mutter sie in die Arme schließen würde. Sie zog Doby an sich. Was meinten die mit ihren schwarzen Beinen? Natürlich waren sie das. Nicht schwarz, sondern dunkelbraun. Manche Kinder waren eben dunkel, so wie diese hier weiß waren. Das hatte ihre Mutter gesagt. Aber dass ihr irgendwer ein schlechtes Gefühl wegen ihrer anderen Farbe machen würde, das hatte ihre Mutter nicht gesagt. Sie wusste nicht, was sie machen sollte, also blieb sie stehen und sah zu, wie sie näher kamen, immer näher – die Köpfe rot vor Aufregung, die Stimmen heiser vom Schreien.

Dann läutete die Schulglocke. Und plötzlich stürzten die Kinder zum Gebäude. Sie blieb mit Doby allein zurück. Sie weinte, als sie ins Klassenzimmer ging.

»Mach dir nichts draus, Doby«, flüsterte sie. »Mach dir nichts draus. Ich lasse nicht zu, dass die dir wehtun.«

Miss Whittier teilte ihr einen Platz ganz vorn zu. Gleich bei ihrem Pult. Und lächelte ihr zu. Sue lächelte zurück und wischte sich vorsichtig mit dem Handrücken Tropfen von den Wimpern. Sie drehte sich um und sah sich das Zimmer an. Kein leerer Platz. Doby würde wohl stehen müssen.

»Bleib dicht neben mir stehen und setz dich einfach auf die Stuhlkante, wenn du müde wirst«, sagte sie.

Sie ging zur Pause nicht nach draußen. Sie blieb da und half Miss Whittier, die Tafel mit bunten Kreiden zu bemalen – gelb und grün und rot und violett und braun. Miss Whittier zeichnete die Blumen vor, und Sue malte sie bunt aus. Sie legte auch für Doby ein Kreidestück hin. Miss Whittier bemerkte es. Sie sagte aber nichts, sie lächelte nur.

»Ich liebe sie«, dachte Sue. »Ich liebe meine Lehrerin.« Und gleich noch mal: »Ich liebe Miss Whittier, meine Lehrerin.«

Mittags liefen ihr die Kinder den halben Heimweg lang hinterher. Sie riefen ihr nach, und Sue rannte so schnell und so stramm, dass das Pochen in ihren Ohren lauter war als das Geschrei.

»Lauf schneller, Doby«, sagte sie. »Du musst schneller laufen.« Und hielt seine Hand und rannte, bis ihr die Beine wehtaten.

»Wie war's in der Schule?«, fragte ihre Mutter.

»Es war ganz gut«, sagte sie langsam. »Ich glaube, Doby mag es nicht so gern. Aber Miss Whittier mag er gern.«

»Magst du sie?«

»Oh, ja.« Ein Seufzer beim Ausatmen.

»Warum keuchst du denn so?«, fragte ihre Mutter.

»Ich bin den ganzen Weg nach Hause gerannt«, sagte sie.

Der Rückweg nach der Mittagspause war nicht so schlimm. Sue ging gleich zu Miss Whittier ins Klassenzimmer. Sie blieb nicht bis zum Klingeln im Hof.

Sie beschloss, nach der Schule sofort nach Hause zu laufen, vielleicht würden die Kinder sie nicht sehen. Sie ging den Kiesweg hinunter und sah immer mal kurz hinter sich. Niemand nahm Notiz von ihr, sie war so glücklich, dass sie Doby fest die Hand drückte.

Dann sah sie sie, sie lauerten an der Brache. Sie ging schnell weiter, versuchte, nicht zu hören, was sie sagten.

»Meine Mutter sagt, du bist'n kleines Niggermädchen«, sagte der Junge mit den roten Haaren.

Und dann fingen sie wieder an zu schreien: »Die hat schwarze Beine. Die hat schwarze Beine.«

Und plötzlich etwas anderes: »Renn. Los, jetzt renn schon.« Sie sah sich um. Ein Junge kam auf sie zu, mit einem langen Stock in der Hand. Er riss ihn drohend hoch, und Sue fing an zu rennen.

Zwei Tage lang rannte sie nach Hause. Rannte, bis sich ihre kurzen Beine anfühlten, als ob sie es keinen Schritt weiter schafften.

»Sue«, fragte ihre Mutter beunruhigt, als sie nach Luft schnappend auf den Türstufen ankam, »wieso rennst du denn von der Schule nach Hause?«

»Doby mag die anderen Kinder nicht so gern«, keuchte sie.

»Warum nicht?«

»Ich glaube, die verstehen nichts von ihm«, sagte sie nachdenklich. »Aber Miss Whittier liebt er.«

Am nächsten Tag lauerten die Kinder schon am Ende des Kieswegs. Sie sah sie erst, als sie ganz nahe war. Sie kam Hand in Hand mit Doby den Weg entlanggeschlendert, neugierig, auf wie viele große Kiesel sie treten konnten, ohne auf die feineren, sandigeren Kiesbröckchen zu treten.

Bevor sie es merkte, stand sie mitten zwischen den anderen Kindern. Es ging erst langsam los: »Wie kämmt man so Haare?« – »Wäscht sich die schwarze Farbe raus?« Und dann skandierten sie wieder, und der Spruch kam schneller und schneller: »Die hat schwarze Beine. Die hat schwarze Beine.«

Ein kleines Mädchen griff zu und zog an einem von Sues Zöpfen. Sue wollte ausweichen, aber die anderen Kinder umringten sie. Sie rieb sich den Kopf – eine Seite tat weh vom Haareziehen. Jemand gab ihr einen Schubs. Heftig. Mitten auf den Rücken. Jetzt war sie aufgebracht. Sie pflanzte sich auf dem Kiesweg auf. Sie verteilte Fausthiebe. Fußtritte. Zog an Haaren. Riss an Kleidern. Dann griff sie nach unten, nahm eine Handvoll Kies und zielte auf Augen und Ohren und Nasen.

Sie schlug und trat auf all die kleinen Gestalten ein, die sie umringten, und plötzlich merkte sie, dass Doby weg war. Zum ersten Mal in ihrem Leben hatte er sie verlassen. Er war gegangen, als sie angefangen hatte zu kämpfen.

Sie kämpfte weiter – kratzte und biss und trat um sich – so leidenschaftlich und mit einer solchen Energie, dass der Raum um sie herum langsam freier wurde. Die Kinder rückten ab. Und sie stand da. Sie atmete hastig, als ob sie gerannt wäre.

Die Kinder liefen die Straße hinunter – vorbei an der Brache, vorbei am alten weißen Haus mit den grünen Fensterläden. Sue sah ihnen nach. Sie verspürte kein Siegesgefühl. Sie empfand nichts als ein schmerzhaftes Gefühl von Verlust. Sie stand da, keuchend, mit den Gedanken bei Doby.

Dann rief sie leise: »Doby.« Und dann lauter: »Doby! Doby! Wo bist du?«

Sie horchte – den Kopf schräg gekippt. Er antwortete nicht. Und sie war sicher, dass er nie wiederkommen würde, denn er hatte sie noch nie verlassen. Er war für immer weg. Und sie wusste nicht, warum. Wahrscheinlich hatte es irgendwas mit Erwachsenwerden zu tun, beschloss sie. Und sah an ihren Beinen hinunter in der Hoffnung, dass sie jetzt so lang waren wie die ihres Vaters. Aber sie sah nur, dass das Kleid an drei Stellen Risse hatte, dass die Strümpfe auf die Knöchel gerutscht waren, dass sie lange böse Kratzer auf Armen und Beinen hatte. Sie befühlte ihre Haare – die roten Haarbänder waren verschwunden, die Zöpfe fingen an, sich aufzulösen.

Sie machte sich auf die Suche nach den Bändern. Und dabei sah sie Daisy Bell, das kleine Mädchen, das ihr am ersten Schultag die Zunge rausgestreckt hatte und jetzt an einer Eiche am Ende des Kieswegs lehnte.

»Komm, wir gehen zusammen nach Hause«, sagte Daisy Bell einfach nur.

»Ist gut«, sagte Sue.

Als sie an der Brache vorbeikamen, merkte Sue, dass jemand hinter ihnen her trottete. Es war Jimmie Piebald, der Junge mit den roten Haarstoppeln. Als sie sich umsah, kam er dazu und ging an ihrer anderen Seite mit.

Sie gingen schweigend bis zur Stadtpumpe. Dort blieben sie stehen und sahen hinunter in den tiefen Brunnen. Eine ganze Weile lang riefen sie Hallos nach unten und lauschten entzückt, wie komisch hohl ihre Stimmen klangen.

Sue kam viel später als sonst nach Hause. Daisy Bell und Jimmie brachten sie bis zur Tür. Ihre Mutter stand schon wartend auf den Stufen.

»Sue«, sagte sie erschrocken, »was ist denn los? Ist dir was passiert?«

Daisy Bell legte ihren Arm um Sue. Jimmie kickte mit ein paar Steinen auf dem Weg herum.

Sue starrte ihre Mutter an und versuchte, sich zu erinnern. Irgendetwas stimmte nicht, aber sie kam nicht drauf. Und dann fiel ihr ein, was es war. »Ach«, sagte sie traurig, »Doby ist weg. Ich kann ihn nirgends finden.«

Quellen, Anmerkungen und Dank der Übersetzerin

S. 43: **Jim-Crow-Waggon** – »Jim Crow« ist eines der übelsten rassistischen Schimpfwörter, wird aber nicht als *trigger*-Wort empfunden, sondern ganz offiziell-»neutral« benutzt als Begriff für das gesamte rassistische System, das bis heute in den USA funktioniert; dazu gehörten sehr lange auch Eisenbahnen mit Extra-Waggons für Schwarze, den *Jim Crow cars*, und Busse, in denen Schwarze nur hinten sitzen durften: am *nigger end* (was Sammy in »Dunkelheit und Durcheinander« verweigert wie Rosa Parks 1955 die Räumung ihres Sitzes für einen Weißen)

S. 44: **»Ergreift sie, Furien ...«** – Shakespeare, RICHARD III, 1. Akt, 4. Szene, übersetzt von Frank Günther; im Original heißt es allerdings: »Ergreift ihn ...«

S. 54: **»Soll ich vergleichen einem Sommertage dich?«** – Shakespeare, Sonett 18, hier in der Übersetzung von Stefan George

S. 82: **»Ain't gonna study war no more ...«** – berühmter Gospelsong aus Bürgerkriegszeiten, auch bekannt unter dem Titel »Down by the Riverside«

S. 90: **Black is the color …** – traditionelle Folkballade aus den Appalachen, vermutlich schottischen Ursprungs, später Standardtitel von (weißen) Folkstars wie Pete Seeger und Joan Baez, aber auch Nina Simone hat ihn immer wieder gespielt

S. 100: **Flaum vom Kauz …**, – Original: *wool of bat and nose of Turk, root of the mandrake and dust of the toad* – Shakespeare, MACBETH, 4. Akt, 1. Szene: die Hexen rühren ihre *bitches' brew* zusammen; der »Flaum vom Kauz« und die »Nas vom Türk« sind aus Frank Günthers Übersetzung; die *mandrake* ist bei Shakespeare eine *hemlock*, und die *toad* hat keinen *dust* – diese beiden Ingredienzien habe ich übersetzt

S. 226: … **die Ehe mit einer Frau, die hässlicher ist als man selbst** – populärer Calypso-Song, der Text stammt von Robert Mitchum (der ihn auch singt). Titel: »From a logical point of view (better marry a woman uglier than you)«

S. 247: **Light of the moon we danced. Glimpses of the moon revisited** – »Dance by the light of the moon« war ein 1960er-Hit der R&B-Band The Olympics (deren Sänger während der Watts Riots 1965 erschossen wurde); die *glimpses of the moon* gehören wiederum zu Ann Petrys Shakespeare-Fundus: HAMLET 1. Akt, 4. Szene; auch Edith Wharton hatte sie 1922 als Romantitel gewählt

S. 248: ***nigger in the woodpile*** – der *woodpile* (Holzstapel) in dem Bild wäre auf Deutsch wohl der Kohlenkeller, eine rassistische Trope, die im US-Gebrauch aber zunächst als Synonym für die »Leiche im Keller« genutzt wurde, für etwas verborgen Gehaltenes

S. 252: … **bei des Däumchens Juckerei …**, – Original: *By the pricking of my thumbs / Something wicked this way comes* – Shakespeare, MACBETH (die Hexen, bevor Macbeth erscheint), hier übersetzt von Frank Günther; der zweite Teil war, als Ann Petry »Der Zeuge« schrieb, Titel eines Romans von Ray Bradbury, auf Deutsch DAS BÖSE KOMMT AUF LEISEN SOHLEN

S. 253: … **die Schlange im Gedicht** … – D. H. Lawrence, »Snake«, in: BIRDS, BEASTS, AND FLOWERS (1923); die Schlange ist hier männlich und kommt aus einer Lehmmauer, es geht thematisch unter anderem um männliche Unsicherheit

S. 257: **Cartoon von James Thurber,** in ihm »erkennt« eine Frau beim Optiker drei Seepferdchen und ein H auf der Buchstabentafel

S. 264: **Peter Cooper / Cooper Union** – sozial engagierter Unternehmer und Erfinder, gründete 1859 das Privat-College Cooper Union for the Advancement of Science and Art im New Yorker East Village; sein Porträt mit der winzigen metallgerahmten Brille ist ikonisch

Die Übersetzerin dankt sehr herzlich dem Deutschen Übersetzerfonds, der ihre Arbeit – und damit die Sichtbarwerdung der großen US-Schriftstellerin Ann Petry im deutschen Sprachraum – so großzügig mit einem Arbeitsstipendium unterstützt hat.